地火在地下运行，奔突；熔岩一旦喷出，将烧尽一切野草，以及乔木，于是并且无可朽腐。

——《野草·题辞》

吴义勤 主编

所有坚固的一切都将永驻

青年文学与『80后』写作

徐勇 著

上海人民出版社

浙江师范大学中国语言文学一流学科建设成果

目 录

第三章 青春“80后”作家

第四章 另类“80后”作家

第五章 微观细读

地火奔突　批评问道

——序“地火文学批评丛书”

吴义勤

文学批评作为专门的学科是现代教育体制的产物。韦勒克、沃伦的文学理论/文学史/文学批评三分法既是对西方学术的准确概括，又把这种划分传递到中国。如今有无数专业研究者从事着文学批评工作，很大原因就在于这种知识生产具有深厚的学科支撑。文学现场源源不断的新作需要文学批评的阐释，层出不穷的文学现象需要文学批评去辨认，文学史的准入门槛需要文学批评去建构和创设……因此，文学批评从来不缺热闹，甚至，文学批评的问题就在于太过热闹。

近年来，对文学批评的反思与诟病不绝于耳。站在不同的立场上会有不同的反思：忧心于批评的独立性、公正性而有对“红包”批评的发难；忧心于批评的及物性和同时代性而有对学院化批评的针砭；忧心于批评的专业性而有对泡沫化媒体批评的炮轰；忧心于批评标准的主观性和随意性而有对“棒杀”和“捧杀”批评的深恶痛绝。这些不同的反思之间甚至是相互抵触的，从事纯学院文学批评的人关心的是文学批评的精深渊博以及在学术谱系中的突破，这个谱系由于很难被专业读者共享而常被视为艰深晦涩，因此反对批评的过度学院化成为一种有代表性的声音。反过来，受过专业训练，把客观公允、准确自洽作为批评标准的批评者能轻易发现当下很多批评，或自说自话，没有参照，无限放大；或翻手为云覆手为雨，为了不同需要能引申出完全不同的结论。这只能说明任何批评类型都有其限度。

批评的乱象呼唤有效的批评伦理，显然，这种伦理恐怕不是以某种类型为旨归，不是定于一尊，而是在批评场域中确立一种有益的生态。除了抄袭、谩骂等明显有违文学批评的道德及专业伦理的做法外，作为类型的争执，不妨且看其百花齐放、百家争鸣。从事文学批评者也不妨多一点平常心，无论是习惯于肯定性的批评，还是善做否定性的批评，无论是何种批评风格，文学观点和判断本身并无高下优劣之分，更不存在审美和道德上的高低之分，“剜烂苹果”这样直接、实证的文本批评有精深学院批评所不及处，但优秀学院批评的宏阔视野也不该被轻慢。

提倡批评生态的包容多元并不意味着我们没有自己的批评立场。何谓文学批评，教科书提供的是一般化定义，但好的文学批评都是个人风格化的。所以，从事文学批评者不仅要追问何谓文学批评，更要追问何谓有效的文学批评，何谓好的文学批评。在我看来，文学批评必须要有幽微曲折的审美之心，也要有精深宏阔的历史之眼，前者帮助批评家不要遗漏了作家的体验，后者帮助批评家为这种体验找到合适的历史位置。能如此，便不失为称职的批评家。可是，更好的批评家，还为自己的写作找到个人风格；更更好的批评家，他的写作不仅阐释作品，阐释自己，它也在时间的迷雾笼罩的巨石荒野中寻路，并用创造性的批评照亮了人类精神的某条分岔小径。

鲁迅在《野草·题辞》中写道：“地火在地下运行，奔突；熔岩一旦喷出，将烧尽一切野草，以及乔木，于是并且无可朽腐。”我相信在中国文学批评场域，也有这种问道的力量在“地下运行”，它奔突着，吸纳着，要去寻找那条精神的该往之路！主编这套“地火文学批评丛书”，与其说是已找到了这样的一种力量，不如说是呼吁这样一种于边缘问道的批评！

是为序！

绪　论　青春叙事与“80后”写作

一

曾经，青春书写被视为“80后”写作的代名词，“80后”写作几可以等同于青春文学。事实上，在“80后”进入公众视野并引起人们普遍关注的时候，确乎是以有关青春的叙事标榜自身，诸如成长之痛、青春的感伤、反抗与叛逆、校园题材等，也一度成为“80后”写作的鲜明风格。

在这当中，“80后”之所以同青春文学“耦合”起来，媒体起到了至关重要的作用。换言之，“80后”青春写作具有某种程度上的媒体制造的特点。一方面，“80后”被建构成一个有异于社会正常秩序的另类形象或“新新人类”，因此，某种程度上就成为媒体所臆想中的被社会观看、凝视甚至审视的对象，满足了新闻学传播意义上的新奇感和窥视欲。另一方面，这一另类形象又被赋予了反权威的意义，一定程度上又具有了其道义上的积极内涵和“崇高性”，甚至民族国家意义上的色彩，因而呈现出全球化时代的表征。可以说，正是两者的矛盾，使得“80后”文学别具意味且充满张力。

“80后”写作的矛盾性质，尤其体现在“80后”青春文学的“去宏大叙事”这一倾向上。“去宏大叙事”并不是“80后”写作的专利，新写实小说自不必说，自20世纪90年代以来，以韩东为代表的晚生代作家们的欲望叙事更是将日常生活同市场逻辑结合起来，将“去宏大叙事”推向了极端；但远离宏大叙事之于他们，又常常不免携带有某种反抗宏大叙事的底色或背景在内，也就是说，离开了宏大叙事的背景或参照，便不可能理解晚生代作家的欲望叙事。这在韩东的《三人行》等小说中有集中呈现。但对于“80后”写作而言，“去宏大叙事”却具有了另一个层面的意义。对于“80后”而言，这一远离宏大叙事，与沉浸在个人的小叙事里面是一体两面，互为前提的。一方面是沉浸于个人的微小叙事之中，一方面却又不期然地与全球资本主义劈面相遇，在其潜移默化的影响下，纵情于消费、享乐和时尚的追逐，某种程度上成为了“80后”写作的象征，在这方面郭敬明(如他的《小时代》)和杨则纬(如她的《于是去旅行》)是最为鲜明的代表。对媒体制造出来的“80后”群像而言，叛逆往往只是一种姿态和抽象意义上的反抗，并没有具体的反抗对象。在全球资本主义时代，当反抗仅仅沦为一种姿态的时候，这样的反抗往往容易滑入或演变成一种消费意识形态的对象物。春树是最为典型的代表。她作为首次登上《时代》周刊的中国作家，这一“殊荣”的得来，与她极端的叛逆姿态、桀骜不驯的形象特征及其全球化层面的亚文化取向密不可分。而这些，恰恰也正是消费文化的重要组成部分。

二

如果说成长主题是人类永恒的命题，而有关青春的书写并不必然与青年作者联系在一起的话，那么可以说，随着“80后”群体的年龄渐长，及其随之而来的多元化和个性化的增强，主题及其题材上的分化也势将必然。这一分化首先来自经由“新概念”成长起来的“80后”群体内部。蒋峰、颜歌、李晁、马小淘、张怡微等人近几年来的作品虽整体上仍不脱成长的主题范畴，但已越来越难以被称为青春文学。他们的创作一方面表现出“脱青春书写”的倾向，一方面也变得日趋成熟老辣。蒋峰的《白色流淌一片》(长篇)、颜歌的《我们家》(长篇)、李晁的《迷宫中的少女》(长篇)、张怡微的《你所不知道的夜晚》和《细民盛宴》(长篇)，以及马小淘的《毛坯夫妻》(中篇)等，都显示出“80后”作家们的风格的突变及其渐入佳境。特别是马小淘的《毛坯夫妻》，她把青年人的成长困境放在全球化的语境下加以表现，充分显示出“80后”写作的叙事张力及其时代矛盾内涵。

另一分化则来自“新概念”之外的通过传统期刊成长起来的“80后”作家们，他们有孙频、王威廉、双雪涛、甫跃辉、文珍等。近几年来，这一脉“80后”成员越来越多且影响日大，早已使得原来意义上的“80后”青春文学的说法失效。事实上，他们之间的区别也是非常明显的。相对“新概念”一族“80后”作家们大多以城市为背景，传统型“80后”作家则涉及较广，除城市题材之外，既有乡土题材，又有乡镇写作，主人公也不再仅仅局限于青少年一族。同样是成长主题，“新概念”一族会在相对静止或孤立的背景下，凸显并放大青春成长的创痛，但对于传统型“80后”作家们，他们笔下的主人公的成长往往因为被置于城乡二元对立和现代化(乃至全球化)这样的历史进程及时空背景而显得别有厚度和深度。对于这一批作家而言，他们从一开始就自觉向传统文学靠拢，但他们的写作主题又常常纠缠于“青春”相关范畴，某种程度上，他们的写作也就往往起到了传统文学和青春写作之间的桥梁连接作用。事实上，对于这些作家来说，他们同传统文学的关系，比他们与“新概念”一族在代际的关联要更为紧密。他们的作品不仅在主题、题材的选择上，还在趣味、立场及其人生的感悟上，都更接近老一代作家。他们同“新概念”一族，常常只是在“80后”这一点上显示其关联。

“80后”的分化表明，他们的写作已越来越呈现出“去类型化”的倾向，同时这也意味着“80后”文学的经典化和历史化进程的开始。因此，对此时的他们而言，另一个问题随之凸显，即如何从文学的青春在场书写向文学的普遍性命题过渡。如果说此前谈到“80后文学”时其关注点更多落在“80后”这一代际指称上，那么此时的侧重点无疑应转向“文学”这一落脚点来。也就是说，对于“80后”而言，他们所要或应思考的应该是如何把“80后”的代际经验耦合到“文学”的普遍性命题中去，而不是相反，仅仅让文学作为他们一代人青春表象的符号或标签。

三

今天看来，“新概念”一族的早期青春写作，很大程度上是一种表面化青春写作或者说是“为赋新词强说愁”式的青春感伤书写。因为，他们笔下的青春特征只是特定时代的产物，具有短暂性和过渡性的特征。这一短暂性和过渡性，在更新一代的“90后”文学写作中有明显表现。“90后”写作虽也是在写作青春主题，但因其是以“语言幽默与温和的小感伤相结合的方式来表现日常生活”（张颐武：《90后写作的兴起与文学的新变化》），使得他们笔下的青春表象与他们的上一代人——“80后”——笔下的青春并不是一回事。

这说明，“青春”作为一个永恒的主题，虽为人类所共有，但因时代的不同而具有不同的时代特征。同时，这也说明，青春写作并不为“80后”所独有。青春写作不仅是人类永恒的主题，也是各个年龄段的作家们的共同话题。就“80后”而言，他们代表的是一种青春时期的青春在场写作。事实上，在文学史上，更多的是一种不在场的青春写作。诸如20世纪七八十年代之交曾经出现过的所谓追回逝去青春的改革文学（张贤亮的《男人的风格》和蒋子龙的《赤橙黄绿青蓝紫》是其代表），青春无悔的知青写作（如梁晓声的《这是一片神奇的土地》）等均如此。这些文学写作都涉及一个命题，即当青春韶华不再时，如何书写青春的问题。这是青春写作中普遍面对的难题。青春期的短暂而易逝，使青春显得十分美好，它同热情、浪漫和想象等彼此“耦合”在一起，但另一方面，一个人的青春期又往往联系着狂热、幼稚和盲动等特征；这一双重特征，使得青春这一范畴实际上显得格外丰富复杂而具有多面矛盾的内涵。对于改革文学中的复出的中老年英雄主人公们而言，这可以是一种追回逝去的青春的青春激情，对于似乎并不年轻的知青作家们来说，这可以是一种剥离具体历史语境（即“文革”）后的抽象的青春颂歌。就这些创作潮流来看，他们对青春的书写都略显单调而浅直，没有更深入涉及或表现出“青春”这一范畴所具有的矛盾内涵。

这一情况，对于“80 后”作家，特别是“新概念”一族而言，更是如此。他们所进行的是一种青春在场的青春写作，这样一种深陷其中，而又被媒体裹挟的状态，使得他们的写作往往缺乏一种反思和冷静，及其必要的审视的距离，其结果，他们的青春表象更多成为一种消费的对象。他们虽然被作为一代人的形象和代言人出现，但其实并不具备代表性。另一方面，不论是他们自己，还是媒体，常常有意无意地从整体上看待他们，这也造成个体经验和体验的普遍缺失。而事实上，有些“80 后”，比如笛安，也常常从一代人的经验入手展开思考，他们写作中的个人经验并不明显。因此，这也提出了另一个问题，即如何在媒体关注的背景下，展开并表现有关一代人的思考及其个体经验的表达。应该说，后者对于一个“80 后”作家的写作来说，才更为重要。他们往往被作为一代人列举，但真正显示其价值和地位的，却表现在如何从一代人的经验中挣脱出来而具有恒久的意义。对于他们而言，题材和主题的青春特质并不重要，重要的是要显示出个人的独特性，而这些，相对来说，却常常被评论界所忽视。

但这并不意味着要去否定一代人的经验的重要性，而只是表明一种路径和方向：即如何从个人经验出发展开有关一代人的思考，而不是相反。“代”的阶序性格局，既保证了新陈“代”谢的推进，也为一种身份上的自我认同和自我意识的觉醒提供前提并成为可能。不论我们是否承认，代际差异都是一个个体所不得不面对的语境上下文，因为，与代际差异联系在一起的，还有特定时代的历史、文化、经济状况和政治等所谓的上层建筑或意识形态，这些某种程度上构成了代际差异的背景及其规定性内涵。脱离了这些背景，去孤立地表现一代人的经验，这样的代际写作无论如何都是抽象的和不及物的。早期的“80 后”“新概念”一族的青春写作，某种程度上正是这样一种脱离了特定规定性的抽象写作。他们的小说中虽然充满期期艾艾的创痛和泪水，但仍旧是抽象的、空洞的。对于“80 后”而言，他们所需要做的首先是寻找一种个人的不被媒体塑造的经验，然后是把个人的经验重新置于(不同)时代的、历史的和文化的语境下加以锻造、融会及其表象，只有这样，他们的经验才可能是有代表性的，然后才是一代人的，最后才可能是永恒的。

“青春”虽是人类永恒的话题，但对于任何伟大的青春写作(如歌德的《少年维特之烦恼》、拜伦的《唐璜》以及巴金的《家》等)而言，它们又都各不相同彼此殊异。两者间的辩证关系，是我们今天的青春写作者们所不应且不能回避的。

第一章　宏观综论

第一节　“80后”纯文学写作创作模式探析

虽然说，纯文学写作只是“80后”小说写作中的一部分，但随着时间的推移和积累，其写作愈趋成熟并日益被主流批评界和文学界所认可；其从业人数之众，作品产量之多，也都让人不可小觑，成为文坛上一道“亮丽”的风景。作为“青春写作”（这里取宽泛的意义）的一部分，他们已有自己的一套方式方法和言说语调，对于他们，继续沿用传统的评价标准并不一定适用；但既为不同于通俗写作的纯文学写作，就应有纯文学写作所共有的某些惯例成规。作为通俗写作，类型化、模式化或许不成其为问题，因为若不如此便很难流行，也难做到通俗；但对纯文学而言，如此这般却可能是大忌了。本着这样的认识，本文将以李晁、文珍、马小淘、王威廉、蒋峰和笛安等“80后”作家的小说为中心，探讨“80后”写作中普遍存在的问题。

一

正如研究者所言，“很多‘80后’小说属于‘经验写作’”。①对于他们中的纯文学写作来说，最大的问题或许莫过于经验的不足了。事实上，这一经验上的不足并非仅仅是年龄上的限制。因为，在中外文学史上，30岁前后创作出伟大作品的作家大有人在，而即使是在中国现当代文学史上，这样的作家也不乏其人。相比“70后”和“60后”，“80后”们生活在相对稳定而物质较为丰富的和平年代，他们既没有经历过

① 高玉：《光焰与迷失：“80后”小说的价值和局限》，《中国社会科学》2012年第10期。

像“文革”那样的年代，20世纪八九十年代的社会转型于他们也更多地是一种模糊的记忆。他们生活在社会较少“断裂”的年代，故而经历相对整齐划一，这是他们的作品在表现题材和主题上常有重叠的原因。另一方面，90年代乃至新世纪的社会环境又塑造了他们，他们没有80年代中人的那样充满介入社会和干预社会的积极和热情，他们更关心自身身边的琐事。民族国家甚或世界大事，似乎都远离他们，距离他们遥远，故而在他们的作品也少有投射。李晁的《米乐的1986》(2010)很有象征性。1986年本是男女主人公出生的年份，在自称为作家的米乐的眼里，却非要显示出不同寻常的意义不可，因而就有了米乐的不断的思考和写作。1986年，世界上发生了诸多大事，但这并不能因此而与自己的生活联系在一起，故而米乐的小说《一九八六年》就只能永远处于一种不断的延宕中，永不能终结。因为毕竟，这世界的大事与一己之身并不总能“耦合”起来。小说显示出某种分裂的主题来。这一分裂是自我圆满的镜像与存在之间的分裂，某种程度上也是“80后”作家先天经验不足，及其突围的困境的隐喻。他们生活在自己的世界，如果硬是要使这一自我的世界同身外的广大世界连结起来，于他们多少有些显得异类而让人费解，实际上也不大可能。或许也正是因为这点，李晁的小说创作在“80后”写作中别具“症候性”。

李晁是近几年来活跃在《青春文学》和《上海文学》等刊物上的一名青年作者。李晁1986年出生，其自2007年发表作品以来，累计已有20余部中短篇小说和1部长篇小说问世。虽然说，他出道较晚，创作时间不长，但很坚实，且有自己的鲜明特色；但进入他的小说便会发现，他的小说几乎都是围绕青少年的成长主题及童年的经历而成，虽然作者在深入人物的内心上有自己的独特体会和心得，终不能掩盖自己经验上的不足而带来的自我重复和反复。他长于经验的重组，不擅想象的再造，故而在情节和题材上总不能有很好地突破；稍一涉足自己经历之外的世界，如《山中客》(2012)中中年的心理生活，便显示出他的局限。《小城·爱》(2012)讲述了两个平行的爱情故事。它们被平行并置于一起，却没有任何逻辑联系，就这点而言，小说暴露出作者在叙述技巧上的欠缺；而既然是现实主义小说，一旦两个爱情故事并置一处，总有其起承转合与因果转折的脉络，这点在小说中也没有很好地体现，从这点来看，小说充分暴露出作者想象上的苍白和经验的不足。

而说李晁在“80后”写作中很有代表性是因为，年龄不过32岁的他，创作也仅数年，却不断出现自我的重复和对经验的过度利用。他的小说创作根植于自己有限的经验和阅历，不断挖掘，不仅表现在主题上的重叠(如青少年成长主题)，还表现在情节上的重复使用。其长篇小说《傻时光》在某种程度上就是此前创作中短篇的汇总和扩大加长版。应该说，李晁小说写作中的这种问题，并非个案，相反，可以说在“80后”纯文学写作较为普遍。比如说马小淘。在马小淘的写作中，与传媒大学有关的人和事，始终是其创作的核心，这并没有什么不好。就像李晁在创作中借主人公之口曾表明独特的地域坐标对于作家的重要性，传媒大学也应是解读马小淘的空间坐标。独特的空间坐标作为故事发生的背景或前景的重要性，这在文学史上十分普遍，而且也一度被作为“民族的，就是世界的”典型例证而为人们所认同。莫言的高密东北乡、贾平凹的商州、沈从文的湘西世界等都是其中广为人知的代表，但这并不必然意味着同一片土地上或空间内上演的故事可以不断重复。李晁小说中的“铁葫芦街”确实亲切可闻，但其中上演的故事的雷同却多少有点让人难以忍受。应该说，李晁的铁葫芦街与马小淘的传媒大学都与他们的经历息息相关。而这，其实也提出了作家的创作与经验阅历之间的关系问题：一旦经验被掏空，其写作的“可持续性”如何能够保证？

对于“80后”作家，题材和主题上的重复这一现象的出现，原因是多方面的。年龄上的限制和经验的不足只是其中之一甚至某种程度上说并不是主要的。他们沉迷在爱情和成长主题的领域而不愿放眼外界，既有个人方面的原因，时代社会的因素也不可忽略。马小淘的《毛坯夫妻》在这方面很有象征性。小说讲述了一对现代职场患难夫妻的故事。就业、工作、生活诸方面的压力，使女主人公温小暖宁愿退居于家庭的一隅，终日在家“宅”着，而不愿出去面对世界。而说《毛坯夫妻》具有象征性，是因为她不仅写出了年轻一代——某种程度上也是“80后”一代——“宅男宅女”的文学形象，还在这种想象中使之显得合情合理。她们并非没有才华和学识，也不乏创造生活的勇气和热情，但她们宁愿“宅”在家里。你可以说她是在逃避或自我封闭，但从她们自己的角度看，毋宁说也是自我敞开。她们在虚拟的网络空间敞开自己。她们可以一整天挂在网上，冲浪、购物或者聊天。她们为之封闭的只是陌生的外部世界，这一世界是那么地不可捉摸、拥挤不堪乃至让人紧张，相反，她们向之敞开的世界，则是那么毫无限制。在这一世界上，人与人之间虽然彼此陌生，但却可以互相信任，了无障碍。这虽是一虚拟的空间，却让人心情放松。从这个角度看，温小暖的拒绝“走出家庭”，既是一种社会现实的缩影，同时也是另一种自我流放。她以自我放逐的方式表达出面对未知世界的排斥，退守家庭的狭小空间就是拥有自己世界的完满，即使这一空间只是一处粗陋不堪的“毛坯”房。

用这部小说来分析“80后”作家的精神状态虽然不一定准确，但其在某种程度上仍不妨看成是他们一代人的精神内心和文学的写照。他们和他们的小说主人公并非不愿向外界敞开，他们也并非想要活在自己的狭小世界或童年记忆中；是外面世界的陌生冷漠和充满恐惧，使他们宁愿守在自己的世界，做着青春和成长的文学白日梦。表现在“80后”(如马小淘和迪安等)的小说中，是主人公沉浸在爱情的想象世界中放逐自己。马小淘的小说(最为典型的莫过于长篇《慢慢爱》)大都围绕爱情纠葛展开故事情节，青春在她那里是同爱情联系在一起的，故而守住了爱情，也就是守住了自己的永恒的青春：这样一种默契虽不甚明确，但始终存在于她的小说创作中。马小淘和笛安之外，李晁也是这方面的典型。在李晁的小说中，童年和成年生活题材构成他的小说的两个主要部分。有趣的是，他的小说中的青少年时光(如《少年故事》《少年往事》《孤独鸽》《傻时光》等)，虽偶有不堪回味处，但仍让人温馨和感动；而那些表现成年时期的小说(如《一个人的世界》《来日无痕》《一家人》

《本命年》等）则大都充满感伤，甚至反讽，主人公也带有精神疾患的幻象。这种分裂，某种程度上正是作者面对成人世界或外面世界的不安的表征。

这种反复被挖掘的经验，表现在“80后”作家的写作中是成长和青春这两个主题/题材的泛滥。“80后”的小说创作大都涉及成长主题和青春书写，这似乎是辨认他们的一个标识。涉及成长主题，但却非“成长小说”，也很少有人从成长小说的角度加以解读，这也似乎是“80后”写作的读者们所默认的共识。但对“80后”之外的前辈作者们，情况并不这样。王蒙的《青春万岁》，写的是青春、理想和成长，作者写作小说时也未及30岁，但这样一部小说却是公认的成长小说。同样，杨沫的《青春之歌》也是如此。这里有必要对“成长小说”有一个基本的认识。所谓“成长小说”，说得简单点就是主人公的成长是同社会/国家的特定时空联系在一起的。用巴赫金的话说，就是“这已不是他的私事。他与世界一同成长，他自身反映着世界本身的历史成长。他已不在一个时代的内部，而处在两个时代的交叉处，处在一个时代向另一个时代的转折点上。这一转折寓于他身上，是通过他完成的。”①换言之，主人公的成长并非仅仅是一个人的成长故事，它还是民族国家的命运的象征或缩影。“80后”的写作虽普遍涉及成长主题，但这成长只是青少年主人公一己的事情，与民族国家的命运无涉，也不可能从民族国家的角度加以解读。正如有学者所言，“‘80后’小说是‘80后’这一代人的小说，是‘代际’小说，而不是‘时代’小说，它代表了‘他们’这一代人，而不能代表‘我们’这个时代，可以说还没有达到这个时代的文学高度。”②如果说《青春万岁》和《青春之歌》之类的成长故事是一种“宏大叙事”的话，那么“80后”写作的成长故事则只能是“微小叙

---

① 巴赫金：《教育小说及其在现实主义历史中的意义》，《巴赫金全集》第三卷，河北教育出版社2009年版，第228页。

② 高玉：《“80后”小说的文学史地位》，《学术月刊》2011年第12期。

事”了。

对于“青春”这一议题，“80后”作家似乎情有独钟。但我们也要明白，“青春”议题并非“80后”作家的“专利”，事实上，任何时代都有所谓的“青春写作”，表现在当代文学中，有所谓“永葆革命青春”的革命主题，有对永恒青春主题的歌颂，有追寻已逝青春的“归来写作”，有重新书写青春激情的知青文学等，不一而足。对于这些“青春写作”，不论其主题上差异多大，但在对青春的书写中，总与社会时代密切联系在一起。换言之，对于这些青春写作，他们是把青春书写放在特定历史时空的脉络中展开的，故而他们的青春并不仅仅指向个人，还指向个人之外的民族国家。对于他们的青春写作，必须在隐喻的意义上加以理解。但在“80后”的青春写作中，青春议题则几乎完全割断了其同时代社会的联系，他们的青春往往是青春的琐事录，是青春期喜怒哀乐的展现，因而同样可以看成是“微小叙事”的一部分。

在这里，谈论“宏大叙事”和“微小叙事”并不涉及价值上的判断，但就一部成长主题的小说创作而已，却是关涉其创作格局和气象的关键命题。如果一部表现青少年成长主题的小说，仅仅表现个人生活中的琐碎小事，而与时代社会的变化发展了无关涉，这样的作品无论如何都很难说有大的气象和格局。应该说，在“80后”作家中，有意突破成长主题写作中“微小叙事”倾向的，东北的蒋峰是其中重要的一位。他的最近一部由《遗腹子》《花园酒店》《六十号信箱》以及《守法公民》等系列中篇组成的长篇《白色流淌一片》很能说明问题。可以说，正是这一系列小说的出现，表明了蒋峰小说的真正成熟和大气象来。他的这一系列小说真正突破表现成长主题的局限，而与时代巨变联系在一起，故而其小说中的成长主题也别具韵味。在这系列小说中，特别是《六十号信箱》中集中展现少年许佳明渴望早日长大的成长故事。这一成长既联系着教育、环境和时代社会的发展，也与性的苦闷、幻想，孤独、自强，绝望和希望纠缠在一起，因而格外显得沉重，让人唏嘘不已。虽然说，这一成长并不具备太多象征意义，但其直指人心的力量即使是非“80后”

写作中都可谓罕有其匹。

二

应该说，“80后”创作中这种普遍存在的经验不足和主题重复，其导致的结果往往是，在同一题材或主题范围内的不断出新和翻新。这似乎是一个循环：他们活在自己的文学世界，当经验的不足而又不能通过向外伸展拓宽自己的时候，就只能靠想象中的“经验上的再造”来弥补自己了。

经验问题是文学写作中的一个重要范畴，康德、柏格森、本雅明、卢卡奇、阿甘本等都有论述。应该说，没有经验作基础，文学自写作到流通以及接受诸环节便无以存在。对于文学写作而言，经验可以传递和继承，可以自己历经，也可以“再造”。在当代小说史上，“创造新经验”的提法出自先锋作家马原。因为不满于传统小说写作中的连贯叙事，马原提出“偶尔逻辑局部逻辑大势不逻辑”（《方法》）的主张，他之再造的经验正是对应于这样的局部的逻辑和整体上的“不逻辑”。很明显，如果按照本雅明对“经验”的理解，马原这里的“偶尔逻辑局部逻辑”的“新经验”因为无法拼凑成可供交流的经验，而毋宁说是经验的碎片。事实上，可供交流的经验，不仅对于故事体十分重要，其同时也是现实主义小说创作的根基。在这方面，古今中外大多数优秀作家无不擅长此道。他们依靠自己的想象之功，随意出入他们所不了解的不同人物的内心，处处显示出再造经验的可能。但他们也知道，仅靠经验的不断再造和翻新，并不必然带来艺术作品内在深度的递增；相反，如果过于执迷于此，反会造成作品内容的重复乃至深度的下降。

这其实是提出了这样一个问题，即对于那些经验明显不足的青年作者们，当他们为突破自己经验的局限而靠想象不断再造新的经验时，如果不能把视野从自己的内心或想象世界转向外部世界时，这一“经验的再造”便只能是“镜城突围”，只能从“心像”的角度加以理解。笛安的近作《龙城三部曲》(《西决》《东襄》和《南音》)虽然以“龙城”为背景，但说来说去，故事的展开总是在不多的几个青年人之间的情感纠葛展开。可以说，任是作者怎么努力——努力把人物之间的故事糅合进大的历史时代中，终究不过是新版的“大城小事”。在这方面，充分显示出“80后”写作普遍存在的问题，即面对大历史时的无力而无能，个人经验与大历史之间的矛盾实际上已成为横亘在“80后”写作中的难题。

或许，仅靠想象中的对接或靠近的姿态，是不足以完成个人经验与大历史的重合。而只有把自己投身或置身于历史时代的洪流中，才可能从这一困境中走出。文珍的《第八日》应该说是一个很好的例子。这篇小说讲述的是一个城市白领失眠七天后终于睡着的故事。小说是从第八日的清晨起笔，采用电影叙述中闪回式的方式，让前半生的经历在主人公清醒的回忆中一一呈现。回忆，在这里，其实就带有精神分析中的回忆疗法之功用，回忆临近完成，主人公紧张的心灵也在一定程度上得到缓解，其最后能在飞速的过山车上睡着也就是情理之中的事了。

这篇小说之给人震撼之处并不仅止于此。小说写出了现代文明对人造成的挤压感和由此引发的深深的孤独。现代文明表面上使人们之间的距离靠近，但其实是把人推向了更远。这样一种悖论，被作者匠心独运地同失眠叙述结合在一起，因而别具感染力。叙述者通过主人公展开的回忆试图暗示我们，失眠的根由似乎与童年时的创伤经历有关。可一旦往事被一一还原后，我们发现，这一切似乎又同城市生活工作的快节奏和高度紧张密不可分。小说中重复六次出现的“早上7点55分”这一标明时间的表述，也在不断提醒并指向着残酷的现实存在，并一再把读者和主人公从记忆的深处拉回到现实中。正是在这种回溯和前推的双重交替中，小说向我们展现出现代生活带给人们的深深的绝望感和窒息感。城市既让人孤独，童年又无法回去，文珍写出了现代性语境中所无法抵达的怀乡病。她们是这样一批都市的女性梦游者形象，顾采采(文珍《第八日》)、苏小枚(文珍《衣柜里来的人》)、小音(文珍《地下》)、杜乐(文珍《画图记》)以及文珍《北京爱情故事》中的主人公“她”，等等。她们非常清楚并痛苦于城市带给人内心的荒芜和贫乏，但又不忍甚至迷恋着这种生活，因而她们只是在城市的内部“梦游”。她们一方面清醒地认识到自己与城市的格格不入，会把自己比作“衣柜里来的人”，或者就是整天的发呆；但另一方面，她们又必须为在城市生存下努力工作，夜以继日。这就形成了梦游者的矛盾特征，即内心上的抗拒和身体上的靠近。她们的形象和城市联系在一起，已然成为城市中不可或缺的风景线。

三

对于经验上的不足，很多“80后”作家选择了绕道而行，那就是形式上的探索和实验。在这方面蒋峰和王威廉是其中最有代表性的作家，而且某种程度上可以说代表了两种路向。

一种是通过形式上的实验创作一种新的经验，蒋峰是这方面的代表。1983年出生的蒋峰，推出的第一部长篇《维以不永伤》(2004)就是先锋意识十分浓厚的作品。小说围绕少女毛毛被杀这一刑事案件的发生展开叙述，试图揭开背后的原因及其凶手何在。这看似一部侦探小说。而蒋峰也似乎热衷于侦探小说的手法，首先是告诉读者案件的发生，然后从多个角度试图靠近，但当经过各个角度不同叙述视角的叙述后，却发现原来离案件越来越远了。这部小说分为四部分，第一、二和四部分分别从毛毛男友杜宇琪的表弟周贺、警察队长雷奇和毛毛的父亲张文再的视角展开叙述，小说中最为奇特的是第三部分。

> 在第三部每一小节都会出现一个由数字组成的标题。其中前边的数字表示叙述此节的人物，中间的数字表示此节讲述的是谁，后边的数字表示从时间顺序上看此节在第三部的位置所在。这样的做法使得小说除了按着页码阅读之外，还会有三种不同的阅读方式：以三位数字的顺序依次阅读。在这里，作者向你保证，每一种重新

组合的文本都会令你有新的发现。(《维以不永伤》)

不论如何，这种叙述手法都有点类似于先锋写作。马原是这方面的大师，他的《虚构》和《叠纸鹞的三种方法》等都一再表明，故事其实只是“虚构”的结果，故事是被建构的，至于是否实有其事或事情的真实性，是可以不管不顾的，也无关紧要的。这样来看蒋峰，又似有不同。蒋峰的小说中，事情特别是案件是确确实实的，但对于这一案件的由来及其原因，却又不可追寻。蒋峰想还原案件发生的始末，却最终发现原来只是徒劳。这在他的另一部小说《去年冬天我们都在干什么》(上海译文出版社，2005)中也有同样的呈现。而事实上，作者也似乎无意于此。他并不是在写侦探小说，因此凶手或嫌疑人是谁并不重要，重要的是叙述过程，是过程中的各色人等和他们鲜活的性格。

从这两部小说可以看出，在蒋峰的小说中，他的本意并不在形式的探索上，形式实验不是本体论，重要的是，他通过从不同角度进入案件意在创造一种讲述故事的多种可能；而这也可看出他想从形式上的多种可能中创造某种可供辨认的经验的努力，这使得蒋峰在经验再造和形式探索之间不断摇摆。这在他的另一部长篇《恋爱宝典》中有淋漓尽致的表现。这部小说仍不改他玩弄技巧的“伎俩”，但很多事情往往是物极必反。这是一部无法评价之作，是蒋峰的小说中最难读也最让人左右为难的小说。它以一种倾诉的笔调，讲述我的恋爱经历和文学写作过程。逻辑上的混乱和内容上的繁复，让人目不暇给；而事实上，恋爱同写作其实早已经融为一体，难分轩轾。这就有点类似于“庄周梦蝶”：在小说的虚构和想象中恋爱，乃至于最后叙述者“我”深陷其中，分不清现实和虚构，只好在想象中渴望美好的结局。整部小说就是在这样一种缠绕中展开和结尾的。相对而言，蒋峰近期的长篇《白色流淌一片》则要成功得多。这部小说仍旧延续了蒋峰一以贯之的形式实验的努力，但又似有不同。这是一部依次由《遗腹子》《花园酒店》《六十号信箱》以及《守法公民》等系列中篇组成的长篇。在这部小说中，蒋峰开创了一种长篇小说的新的模式，即构成长篇的各个部分之间，同整体上的若即若离的关系：合则是一个整体，拆开来又都是独立完成的小说。各个部分有头有尾，自成一体，不需要特别的交代；而且，各个部分，叙述的侧重点不同，呈现的面也不同。这就像古人所说的“横看成岭侧成峰，远近高低各不同”。叙述的目标很明确也很简单，但因为进入的角度，呈现的面貌也各不相同相映成趣。这与蒋峰向来注重多种叙述的可能的追求是一致的，不同的是，在这部小说中形式实验和新经验的创造并不是分裂的，相反，它们互相重叠而不显做作，充分显示了蒋峰艺术上的成熟。

比较之下，王威廉代表的则是另一种倾向。王威廉显然非常擅长编织故事，而且往往乐此不疲。这从他那些有悖常情常理而又妙趣横生的情节中可以看出，什么一个“没有指纹的人”（《一个没有指纹的人》），一个人如何才能“倒立生活”（《倒立生活》），能否保持同世界的隔绝（《信男》《我的世界连通器》），一个同鳄鱼互换了脑袋的人（《市场街的鳄鱼肉》）等。但若以为王威廉只是在炫耀他的故事的怪奇险异，那就是对他最大的“误读”。就像任何表象都只是本质的变形的表现一样，王威廉的每一个奇特的故事背后都有他对人生/世界的独特的思考和探索。他曾把这视之为“试图找到某种潜藏的秩序”和“在绝望内部反抗绝望”（《隐秘的神》）。这样来看王威廉的叙事，便会发现其中的悖谬和矛盾处。他的故事旨在以有悖常情常理的情节，和人类在各种极致/极端情境中的反应，来探索人类的种种荒谬处和存在感：故事无不具有了形而上的意味。《内脸》探讨了现象和本质的辩证关系，《禁地》探讨了欲望与禁忌的关系，《谁是安列夫》探讨了名实之间的错位，《铁皮小屋》和《老虎，老虎》探讨了自杀与拯救的关系，《我的世界连通器》和《信男》探讨了内外的辩证等。一边是怪奇故事的编织，一边是形而上的探索，这使得他的小说往往表现出一种分裂和罅隙。故事往往为了表现形而上的主题而不期然地成为一种装饰或符号，就像他的小说中的人物一样，无关紧要无足轻重甚至可有可无，无不可以随意替换，其结果反显得他的故事过假，斧凿的痕迹明显。

他的小说明显有一个现实主义的框架，情节的推进，和极端情境的营造，都是在这种真实的幻觉中出现，这就使得他的小说中，形而上的主题和故事情节的编织之间，并不能很好地耦合在一起：因为显然，现实主义的语境和现实的逻辑，并不总能承载那么沉重而显在的形而上甚至荒诞的主题。以此观之，王威廉的问题似乎就是，他以现实主义的“成规”表现现代主义甚至后现代主义的命题，其悖谬、无力和艰难诸种都在其中了。这也带来另一个问题，即当他以“故事”——本雅明意义上的“故事”——的形式表现最为形而上的探索时，小说之为小说的本身的质感却在慢慢消失，此时，或许最应该追问不再是世界或生存的意义何在？而应该是小说作为小说，它应该具备什么样的外形？王威廉的形式承载了太多的思想，这或许就是真正意义上的不能承受之重吧！生命之重和小说之轻，在王威廉那里恰好形成一种奇怪的对应关系。情境的极致，虽必然灌注作者本人的思考于其中，但却并不必然是表象化。王威廉往往是把思想情节化，而不是相反。这既显示了他的力度，同样也流露出他的用力过猛。

四

看来，对于“80后”作家来说，真正的问题或许并不在经验上的丰富与否，经验上的不足可以靠想象弥补，他们也不缺技巧，甚至也与思想的深邃无关。王威廉的小说在“80后”作家中是思想最为深刻的之一。他的小说理论性大于经验性，实验性强于现实性。这样一种形式实验的姿态，在先锋文学的形式实验早已耗尽后的今天，看起来是那么的“醒目”和“不合时宜”，而这其实也提出了如下问题，即在呈现自己鲜明风格的同时，如何“贴地行走”吸纳地气面向现实发言的问题？这一问题的重要性对于涉世不深的“80后”作家而言，尤其如此。一个“倒立生活”的人，失去的不仅仅是重力的牵引，还有生活的厚度和地基。王威廉想必没有料到，在他的小说《倒立生活》中，他其实早已以隐喻的方式告诉了我们这点。只不过，置身其中的他很难看到这点罢了。

这样或许就能理解笛安的长篇新作《东裳》(2010)中的分裂了。这篇小说一改《西决》(2009)中脱历史/时代的倾向，而把青年男女主人公之间的情感纠葛置于如汶川地震、2008年奥运会以及随之而来的金融风暴等“宏大事件”的背景下展开。从这里，不难看出作者向“大历史”靠拢的意图。但从故事讲述及叙述的实际情况来看，这种尝试并不成功。因为显然，这些所谓的“大事件”只是某种如背景、前景甚至布景式的点缀，虽然偶尔同主人公们的生活相切，但却并不构成真正的影响，也并无交融。可见，对于“80后”作家而言，他们并非没有认识到经验上的局限和“微小叙事”的不足，他们表现出的对经验的再造的热情和形式探索的执着无不说明了这点，他们也有意同“宏大叙述”靠拢。但问题似乎在于，他们生活在宏大叙事解体后的小叙事的时代(或后现代)，生活的总体性的解体使得他们的小说创作往往成了“空中楼阁”，他们既非不愿，也非不能。

对他们来说，如何从小叙事中突破，固然十分重要，更为重要的应该是通过小说创作重建“生活的总体性”，而只有了重建了生活的总体性，青春主题上的重复和形式上的缠绕就不再成其为问题了。卢卡奇把这种重建过程视为一种“赋形”：“史诗为从自身出发的封闭的生活总体性赋形，小说则以赋形的方式揭示并建构了隐藏的生活总体性……历史情状所负载的一切分歧和破裂必须被放置到赋形的过程中去，而不能也不应用写作方式伪饰起来。”①我们今天的时代早已不再是史诗的年代，面对碎片化的现实/经验，需要我们的，是要用小说的形式把它们聚拢，重建其完整性。这一过程也是本雅明意义上的“翻译”，是对可以辨认的碎片的重新缝合。

这应该是实情。对于“80后”的年轻作家们，他们所缺少的，并不仅仅是经验上的不足；认识不到这点，便很难有大的飞升。

---

① 卢卡奇：《小说理论》，《卢卡奇早期文选》，南京大学出版社2004年版，第36页。

第二节 “80后”文学的创作实绩及症候探析

一

今天，当我们使用“80后”文学这一概念的时候，往往需要加以严格限定，否则便可能失去其概念范畴的有效性与阐释力。因为，“80后”作家的分化已经十分明显，不像十数年前，“80后”几可等同于“青春文学”作家，主要是由“新概念”一批作家构成，在这之后，随着很多非“新概念80后作家”的崛起，“80后”越来越呈现出双峰并峙的局面。后者是通过传统期刊渠道成长起来的一批“80后”作家，与通过媒体制造的“80后”明星作家风格明显不同。

但是，近几年来，情况又有大变。虽然“80后”作家仍旧可以大致分为两类群体，但“80后”作家的创作却呈现出趋同的倾向，“80后”作家也越来越走向成熟。这主要表现在两个方面，一是“80后新概念作家”的“去青春化”倾向。或许，这与“青年文学”的接力棒被媒体转让给更年轻的“90后”有关，或许也因为“80后”一代已并不太年轻，青春正逐渐离他们而去。在前几年，这一“去青春化”倾向，还主要体现在个别作家身上，比如说蒋峰，虽是“新概念”出身，但他的创作始终与“80后新概念作家”创作的主流保持一致，近期创作出版的长篇《白色流淌一片》更是显示出“80后”文学应有的高度和成熟。另外，像张怡微的创作，也常常在青春和“去青春”之间徘徊，其早期创作，带有明显的青春时尚的余韵，但自从创作《你所不知道的夜晚》(2012)和《细民盛宴》(2015)以来，张怡微离青春文学越来越远。就“80后新概念”作家的“去青春”倾向而言，2016年发表的张悦然的长篇《茧》(《收获》2016年第2期)是一个标志和象征。这部新作虽然在形式上同她此前的作品并没有太大的变化，都是采取混合视角。混合视角是“80后”青春文学惯常采用的视角，某种程度上，可以视之为“80后”文学的标志。虽然说，这仍是在表现创伤与成长的主题，但在作品中，作者不再在一种静止式的时空中展现其青春忧伤与感叹，而是把故事内容转向具体历史语境(而非像《誓鸟》《红鞋》以及《葵花走失在1890》那样在一种虚化的历史背景下展开叙事)之中，显示出“80后”作家(不限于“80后新概念作家”一族)少有的历史感和历史担当，让人惊叹。在这之前，曾有张怡微的《你所不知道的夜晚》和颜歌的《我们家》，也都是试图在历史的背景下表现家族成员的兴衰，但因为两部作品都并不突出成长主题，它们虽有“去青春化”倾向，但并不具有代表性。张悦然是“青春文学”的代表作家，她这部作品以具体历史背景表现成长主题，某种程度上可以看成是对此前“80后新概念作家”成长写作的某种颠覆和突破。从这个角度看，《茧》的出现，标志着“80后新概念作家”一族的“去青春化”从自发到自觉的转变。此外，还有李晁的《迷宫中的少女》和王若虚《火锅杀》等，也可以放在这一脉络中加以考察。与这一“去青春化”相呼应的，则是“80后新概念作家”的分化，像郭敬明向影视导演转型，张悦然进入高校讲堂，马小淘、李晁、陈崇正等加入各地作协或文联主办下的传统文学期刊编辑部(这些编辑在以前主要是由传统作家构成)，而颜歌、张怡微、霍艳等则作为文学博士的身份出现，这样一种分化，其带来的必定是“80后新概念作家”内部的分化，及其向传统作家身份的靠拢，“青春文学”作家的标签日渐不显。

应该说，向传统文学或文学传统的靠拢，表明的是“80后”青春作家历史感和文学史意识的增强。就像艾略特所说的，传统“它涉及一种历史感……这种历史感迫使一个人不但用铭刻在心的他们那一代人的感觉去写作，而且他还会感到自荷马以来的整个欧洲文学以及处于这个整体之中的他自己国家的文学同时存在，组成了一个共存的秩序……就是这种意识使一位作家成为传统的。与此同时，它使得一位作家敏锐地意识到他在时间中，在同时代诗人中的位置”①。对“80后”作家来说，只有成为传统的一部分，才能显示其“共存的秩序”的文学史价值。此前，因为媒体制造的倾向，他们大都采用时尚文体和残酷青春的写作，类型化和自我重复比较突出，文学史意识淡薄。类型化写作是与(后)工业时代的文化产业联系一起的，它是一种以某些所谓的抽象模式或要素(如永恒的青春主题)等共时性元素为其存在形态的文化产品，因此，反历史和“灵韵”的缺失，是其显著特征。类型化写作曾造成“80后”青春文学的个体性严重不足，诸如七堇年的《被窝是青春的坟墓》《尘曲》，颜歌的《马尔马拉的璎朵》《良辰》和《桃乐镇的春天》，以及张悦然的《十爱》，马小淘的《火星女孩的地球经历》，张怡微的《青春禁忌游戏》《怅然年华》等作品，只要抹去作者的名字，彼此看不出有什么区别。可以肯定，“80后”青春作家文学史意识的增强，与他们的年龄的渐长、(创作和生活)经验的积累日厚和创作存在方式的改变有一定的关系。相比之下，那些靠传统期刊成长起来的“80后”作家则各个风格鲜明，甫一出场即表现不俗。

文学史意识的增强，某种程度表明了“80后”文学的成熟。其标志就是出现了一大批风格鲜明的“80后”代表作家，诸如蒋峰、孙频、甫跃辉、双雪涛、张悦然、颜歌、笛安、李晁、文珍、春树、郑小驴、马小淘、马金莲、蔡东、朱个等等。与此相对应的是，还出现了一批代表“80后”文学创作成就的中长篇小说代表作，长篇小说代表作有蒋峰的《白色流淌一片》、颜歌的《我们家》、李晁的《迷宫中的少女》(小长篇)和张怡微的《你所不知道的夜晚》(小长篇)等。中短篇小说更是灿若星辰，如王威廉的《非法入住》、双雪涛的《跛人》、笛安的《光辉岁月》、甫跃辉的《秘境花园》(也叫《弯曲的影子》)、文珍的《第八日》、孙频的《同体》、马小淘的《毛坯夫妻》等。“80后”文学开始真正进入文学史“共存的秩序”中，而不仅仅是时尚文学的代名词。

---

① T.S.艾略特：《传统与个人才能》，转引自塞尔登编：《文学批评理论》北京大学出版社2003年版，第411页。

二

虽然可以肯定“80后”文学已经真正登上历史舞台，但仍存在着许多亟待解决的问题，其中有些问题的重视与否及其能否解决，某种程度上甚至能决定“80后”文学创作到底可以走多远。

题材和主题仍旧是困扰“80后”作家的主要问题。即使是像张悦然的《茧》这样的寻求自我突破之作，其仍旧是在成长主题上缠绕，更不用说像王若虚的《火锅杀》，虽然在题材上有让人瞩目之处，但其实是把社会上的黑帮故事放在大学校园的背景中展现。这两部作品，某种程度上代表了“80后”努力的方向和限制所在。当他们在题材上试图创新时，如张怡微的《细民盛宴》、杨则纬的《于是去旅行》，主题却自觉不自觉地回到他们所惯常的创伤书写或成长之痛上来。反之，当他们想在主题上有所开掘时，题材却仍旧显得陈旧，如双雪涛的《聋哑时代》、李晁的《迷宫中的少女》。而即使是像王威廉的《获救者》那样，试图从题材和主题两个方面进行突破时，却又陷入了主题的现代主义探索与题材的奇观化效果的奇怪耦合中，小说中先锋与通俗的结合，与我们通常所见的好莱坞电影模式颇为相似。这样一种二律背反表明，经验问题仍旧是限制“80后”作家的重要方面。比如说张怡微，她的小说，总是围绕家族或从家族入手，写人情冷暖和世态炎凉，虽写得触目惊心或细致入微，但总感觉似曾相识。一直以来，他们太过看重自己的经验，不断挖掘，难免会有枯竭或自我重复之处。要么是避实向虚，其走向极端就是幻想文学，如郭敬明的《幻城》和双雪涛的《翅鬼》，或者像张悦然、颜歌那样向抽去具体时空的历史索取，如《誓鸟》和《关河》，简直成了架空之作。或是寓言写作，如颜歌的《异兽志》。在这两者之间，做得较好的有双雪涛的《天吾手记》（发表前也叫《融城记》，曾入围第十四届台北文学奖年金奖），虽然带有穿越小说的痕迹，但其试图在形式的创新和哲学层面多方探索，让人耳目一新。

题材和经验问题的自我重复背后，是第一人称主观视角和混合视角的普遍使用。“80后”作家普遍青睐第一人称主观视角，这一倾向还带来另一副产品——混合视角——的出现。所谓混合视角，是指第一人称主观视角和第三人称限制视角的混合（而非结合）。表面看来，小说的叙事是由一个个不同的第三人称限制视角的叙述构成，但其实是第一人称主观视角的变体。其最为典型的是笛安的“龙城三部曲”，三部小说（《西决》《东霓》和《南音》）分别由西决、东霓和南音三个视角分别以第一人称的口吻讲述的故事构成。三部小说其实就是三个人分别以自己的视角讲述的故事，他们的讲述构成同一个整体的故事（同一个家族的故事）的不同侧面，只是讲述的角度不同，因而呈现不同的面目。混合视角的使用，在“80后”作家中比较普遍，颜歌的《关河》（长篇），张怡微的《下一站，西单》（长篇），以及笛安的“龙城三部曲”和《告别天堂》等，是其代表。张悦然的新作《茧》，也是此例。对于混合视角来说，其困难在于，虽然在整体上小说叙述主观色彩很浓，但因为小说采用不同的第三人称限制视角，不同第三人称限制视角的叙述必须（或原则上应该）个性鲜明，而不能彼此类同或相似。在这方面，很多“80后”作家往往不太注意，以至于虽视角人物不同，但整体叙事风格前后一贯，有多人一面的感觉。笛安的“龙城三部曲”和《告别天堂》是其典型。

混合视角的使用，表面看来是在使用多重视角，但其实仍是第一人称主观视角的变体，主观抒情色彩很强。换言之，这其实仍是一种倾诉文体，是独语体，而非复调。同一个故事或同一件事，被不同的叙述者从不同角度呈现和讲述，虽能造成叙事上的繁复的效果，和云遮雾罩的印象，但其实表现出的是对已有经验的过度倚重和不断挖掘。某种程度上，这种独语体，反映的是叙述者/作者或主人公的孤独而封闭的内心，他们不愿把视角向外伸展，故而往往倾力或聚焦于个人经验的各种讲述的实验当中。另一方面，也要看到，混合视角的使用，就小说文体而言，它还是一种中篇小说串珠的做法，合起来看虽像长篇，但其实更像一个个中短篇小说。因此，就长篇小说的结构而言，它其实并不严谨，有时显得十分松散。这一点，在张悦然的新作《茧》中仍表现明显，而这，在某种程度上，也决定了“80后”作家在整体上都不太擅长长篇小说创作。

三

如果说经验问题仍旧是限制“80后”作家文学创作的重要症结所在的话，这正好可以解释“80后”文学创作整体上的另一矛盾现象——即有代表作家，没有(长篇)代表作品——的产生。这可以从两个方面来理解。首先，因为媒体的宣传和介入，造就了“80后新概念作家”的代表，如韩寒、郭敬明、张悦然、蒋峰、颜歌、七堇年、王若虚等，他们名气很大。但因他们走的是传统作家之外的另一条路，可以不经过传统期刊发表这一环节而出版长篇小说，凭借市场和时尚主题/题材——倾向于成长之痛或残酷青春之类的主题的持续生产而生存，他们的作品类型化现象比较突出，就此而论，“新概念”制造出一批代表作家，但无代表作品出现。其次，与之相反但又相似的是，“新概念”之外的“80后”作家这几年虽有大幅度的涌现，但因为第一，他们出道较“新概念”一族要晚，而大都依靠传统期刊和文学出版，这就决定了他们整体上偏向于中短篇小说创作，而不太擅长长篇。这是一种先发表后出版(在今天逐渐演变为时间上同步的形式)的文学生产机制，与“新概念”一族可以跨过发表的文学生产机制明显不同①。传统文学期刊中，发表长篇小说的本已不多(坚持定期发表长篇的只有为数不多的几家，诸如《收获》《当代》等，而像《人民文学》《花城》《钟山》《大家》等刊物，只是不定期地发表长篇，有些则主要是发表中短作品，如《十月》《上海文学》《山花》《西湖》《天涯》等)，如此有限的篇幅常常倾向于留给长篇写作经验丰富的前辈作家。在这当中，《收获》有过几次集中篇幅刊发以“80

---

① 参见谢有顺：《让更多的青年作家发声》，李德南：《遍地伤花》，河南文艺出版社2013年版，总序第1—2页。

后”为主体的青年作家专辑，但在主打的每期长篇栏目中，却很少留给“80后”（张悦然的《茧》发表在2016年第2期），只是在每年的两期长篇小说专号中，会有“80后”作家的面影浮现（如笛安的《南方有令秧》、七堇年的《平生欢》和王若虚的《火锅杀》）。这样一种机制，决定了“80后”大都是从中短小说起步，他们这方面用力很大，涌现了一批相当擅长于中短篇小说的作家，比如说甫跃辉、孙频、双雪涛、王威廉、李晁、朱个等等都是。只是近几年来，政府与国家资助力度加大，加之各种基金会（如中华文学基金会）和民间资本积极介入，非营利性文学资助成为当前纯文学生产的一种重要的补充方式和传播方式。这一背景下，出版了一些“80后”作家的长篇作品（更多的时候是出版中短篇小说集，如《21世纪文学之星丛书》），但因为这些作品多是作家的长篇处女作，并不太成功，比如甫跃辉的《刻舟记》、曹永的《无主之地》、杨则纬的《我只有北方和你》（非处女作），甚至孙频的《绣楼上的女人》等。第二，或许也因为受制于已有的、有限的、贫乏的经验。相比较而言，“80后”一代人整体上要较他们的前辈在经验上要贫乏单一得多，他们生活在一个物质相对丰富的年代，少有生活的磨难和波折。这就决定了在篇幅容量上，相对贫乏的经验与经历比较适合于中短篇。他们聚焦于已有的经验，用心往下，是空间上的深挖掘；相比之下，在纵向上或历史时段的把握上则用力不够。有些作品，虽试图从纵向的角度展开，但很大程度上仍然可以看成是中短篇小说的结集，最为典型的莫过于双雪涛的《聋哑时代》。

这也决定了“80后”作家（包括“新概念”一族）长篇小说的一个普遍特点，即虽看似长篇，其实为短制。这一情况主要表现在以下两个方面，一是小说各部分之间，似断似连，很多时候并没有连贯的故事主线。叙事随意而线索多线交叉展开是“80后”作家们喜欢采用的结构方式。《聋哑时代》自不必说，颜歌的《异兽志》《声音乐团》、蒋峰的《恋爱宝典》、张怡微的《下一站，西单》、张悦然的《誓鸟》《茧》，都是如此。这与他们喜欢采用的混合视角有一定的关系。当然，这并不意味着这样一种体制就一定不好，因为像蒋峰的《白色流淌一片》就堪称当代文学中的精品，虽然其也是由多个中篇小说连贯而成。这里的区别在于部分与部分之间的关系。如果部分与部分之间，只是视角上的转换，或故事的多个侧面，而无内在的整一的气脉，这样的长篇小说只不过是中短篇小说的集锦。相反，对于那些长篇小说，各个部分之间，表面看起来往往只有人物关系的联系，既没有一以贯之的故事，也没有贯穿始终的主要矛盾或线索，但各个部分之间有其内在的风格上的一致性或笼罩整部小说的格调、氛围上的相互渲染，这样的长篇小说，虽看似中短篇小说的随意集合，但其实是一个完整的整体，比如说奈保尔的《米格尔街》，和艾伟的《整个宇宙在和我说话》，就是这样的范例。另外，缺少节制和主观色彩强烈也是部分“80后”作家的长篇看似长篇，其实只是中篇小说的扩展和膨胀。缺少节制和主观性较强其实是一体两面，表现在小说中就是倾向于倾诉。这在杨则纬的小说中表现最为集中，诸如《我只有北方和你》《最北》，甚至发表于2015年的《于是去旅行》，都是如此。另外像笛安的《龙城三部曲》、张悦然的《茧》等，也都不同程度地存在这种情况。

四

可见，对于很多“80后”作家来说，普遍存在这样一种矛盾现象，他们往往注意形式上的创新，甚至也刻意营造结构（最典型的是颜歌的《声音乐团》和蒋峰的《恋爱宝典》），但很多时候只是为了形式而形式，并不能掩盖经验上的不足，相反，倒常常显示出对叙事及其技巧的忽略。可以肯定，某种程度上，在他们那里，混合视角的使用，并不是为了叙事上的创新，而毋宁说是为了倾诉的方便。不同视角的转换，只是为了更加方便倾诉和不受第三人称限制视角的限制。这一点在张悦然的近作《茧》中仍表现明显。他们的作品可以写得非常有（内心的）深度（像孙频、张怡微、李晁），有（时代的）力度（像甫跃辉、双雪涛、马小淘)，或者(历史的)厚度(像张悦然的《茧》)，甚至也可以很有思想(如王威廉)，但却往往只是在某个点上用力，比如孙频擅长对主人公的那种具有创伤的内心矛盾的挖掘，张怡微善于对人情冷暖的体察和把握，甫跃辉和文珍则敏感于全球化大都市中青年男女主人公的内心困惑、焦虑与不安，朱个则喜欢把主人公置于一个虚化具体时空背景的小镇，杨则纬倾向于聚焦于成长过程中的个人的多愁善感等，一旦脱离了某个点，“80后”作家们就会感到迷茫，或踟蹰不前。在某种程度上，“80后”作家不擅长或不太用力于长篇小说的创作，正与此有关。他们在某个点上用力，攻击其一，不及其余，很多方面往往就会被忽略。但另一方面，这也表明或意味着作家们各自风格的形成和创作的成熟，他们扬长避短，或者说找到了自己的兴趣点，不断推进。这恰恰就是所谓的辩证法。一个作家，仅仅囿于自己的风格，而不能不断超越自己或自我创新，这样的风格成形或成熟从另一个角度看又何尝不是自我桎梏?

对于“80后”作家而言，这种困境的出现不仅仅是因为历史感的贫弱，甚至也不是创新意识的不足，这些都不是。某种程度上，宏大叙事的阙如，是造成“80后”文学难以飞升的重要原因。这当然不是要“80后”作家重拾前辈作家们的宏大叙事的余唾，也不是要他们重建另一套宏大叙事，而只是想指出，当他们在放逐或回避宏大叙事的时候，其实是把宏大叙事作为一套观察和思考问题的角度与方法也一同抛弃了。他们的前辈，如新写实诸代表作家，在书写日常生活的平庸与琐碎时，其实是有宏大叙事作为背景的，不管这一背景是以反讽的姿态或是作为远景出现。也就是说，他们虽反对宏大叙事，自顾自地建构了一套日常生活的书写形态，但宏大叙事作为一种视角、一道目光，却是贯穿始终的。他们越是反对宏大叙事，越是表明宏大叙事的不可磨灭与不可化约；这从方方的小说创作的轨迹中可以很明显地看出，她的《风景》《白雾》《白驹》系列最为典型地表现这一辩证法。但对于“80后”作家们，他们的作品却是一种宏大叙事普遍缺席的真空状态：他们的小说要么时空模糊(如张悦然、颜歌、七堇年、朱个)，要么沉溺于全球化的悖论情境中，以一种消费主义的文化形态或身份认同的混杂等多重形式显现。这使他们的创作在整体上呈现为一种碎片化的、零散的状态，这是那种本雅明意义上的瓶子打碎后还没有“重新粘合”的中间状态①，他们仅仅专注于瓶子被打碎后的碎片般的存在，既不关心或询问其碎片化的前身、瓶子的有无，也无意于把它们粘合完整。某种程度上，这是造成他们的作品(包括很多长篇小说)从总体上看很多都是中短篇小说的重要原因，也是他们为什么写不好或回避长篇小说的重要原因。因此，对于“80 后”作家而言，他们需要重建的，是作为方法和视角的宏大叙事，是隐藏在宏大叙事背后的永恒的乌托邦冲动的“记忆”和“回声”，是卢卡奇意义上的“**先验世界结构的总体性**”坍塌后对“**隐藏着的生活总体性**”②的重建。从这个意义上说，“80 后”文学还是一种中间状态的文学；因此不难(或不妨)得出结论，就整体走向及创作实践来看，“80 后”作家们并不缺技巧，甚至也不缺经验，他们缺乏的是引渡他们的“涉渡之舟”，虽然这一彼岸并不总是存在。

① 参见本雅明：《译作者的任务》，转引自《启迪》，生活 · 读书 · 新知三联书店，2014 年版，第 90 页。

② 参见卢卡奇：《小说理论》，《卢卡奇早期文选》，南京大学出版社 2004 年版，第 36 页。

第三节　2014年小说创作观察

一

2014年是“80后”写作大放异彩的一年。随着年龄的增长和社会阅历的增加，“80后”写作已日趋成熟，题材愈显多彩纷呈，作家的独特性亦更加彰显。几乎同时，主流文学期刊也不约而同地一起向这群有才华的年轻人抛出橄榄枝。2014年《收获》推出2期“青年作家小说专辑”，将霍艳、郑小驴、张忌、朱个、旧海棠、于一爽、张怡薇、双雪涛、张悦然、七堇年、蔡东、陈幻、孙频、常小琥、颜歌、王威廉、甫跃辉、马小淘、手指、青蓖、顾拜妮等年轻的面孔推入广大读者的视线；这可以说是中国当前青年作家(主要是“80后”)的一次集体亮相和对他们创作的整体检阅，某种程度上代表了中国目前青年作家的整体创作实力。稍后不久，《收获》秋冬卷长篇专号又将笛安和周嘉宁的最新长篇《南方有令秧》《密林中》囊括其中。除此之外，《创作与评论》和《西湖》杂志仍继续保持对文学“新锐”(包括“80后”)的热情，《创作与评论》从2012年起就开辟了“新锐”专栏以推广年轻有为的青年作家与评论家，《西湖》杂志的“新锐”和“80后观察”栏目也将焦点对准“80后”作家，这些都意味或预示着这一创作群体在主流文学界的地位的变化。这一方面表征了文学内部结构的调整；另一方面也预示着“80后”写作正在向着纯文学靠拢，且必然会经历一个逐步经典化的过程。主流文学界对于这一作家群体的重视日益凸显。

为了更加清晰地呈现出2014年“80后写作”的发展脉络，我们对2014年度《收获》《人民文学》《当代》《十月》《花城》《芙蓉》《上海文学》《江南》《作家》《西湖》《山花》《长江文艺》《延河》《青年文学》《青年作家》《萌芽》《百花洲》《小说林》《小说界》《创作与评论》《中篇小说选刊》《小说月报》《小说选刊》《长篇小说选刊》《长江文艺选刊》等 20 余种文学期刊发表“80 后”作家的小说作品数量进行了统计整理，并进行了排序(不包括连载小说)，从中大致可以看出 2014 年“80 后”写作的概貌。他们分别是纳兰妙殊(10 篇)、双雪涛(8 篇)、孙频(8 篇)、甫跃辉(7 篇)、郑小驴(6 篇)、王威廉(5 篇)、孟小书(4 篇)、文珍(4 篇)、池上(4 篇)、张怡微(3 篇)、马小淘(3 篇)、蔡东(3 篇)、宋小词(3 篇)、马金莲(3 篇)、刘汀(3 篇)、陈幻(3 篇)、林培源(3 篇)、蔡骏(3 篇)、吕魁(2 篇)等(这些期刊之外，张悦然主编的《鲤》和笛安主编的《文艺风赏》上也发表有他们的作品，但数量不多)。这些作家活跃于各大文学期刊，写作势头喜人。其中纳兰妙殊、张怡微和七堇年等以专栏作家身份出场，分别为《小说界》《萌芽》《青年作家》等刊物撰写专栏文章；而双雪涛、王威廉、孟小书、池上、马小淘、吕魁、蔡东、宋小词、刘汀等作家则作为《创作与评论》《芙蓉》《西湖》等期刊的重点推荐“新锐”而闯入读者的视线。除此之外，一些排名未进入前 20 却也得到刊物重点推荐的新面孔也值得大家关注与期待，比如在《收获》发表作品的旧海棠、常小琥、青蓖、顾拜妮，还有碧珊、了小朱、包倬等人。统计数据显示张怡薇的《春丽的夏》、双雪涛的《大师》、孟小书的《抓不住的梦》和《锡林格勒之光》、文珍的《我们究竟谁对不起谁》《普通青年宋笑在大雨天决定去死》、马小淘的《两次别离》、吕魁的《我们的女神》、宋小词的《太阳照在镜子上》和马金莲的《绣鸳鸯》均同时被至少三种刊物刊载(刊发后又被转载)，可见其代表性。

二

不难看出，纯文学期刊对于“80 后”作家的普遍示好，与其说是出于对不同类型文学的接纳，毋宁说是企图完成一次纯文学意义上的作家收编。其实近几年来的“80后”创作早已出现明显的内部分化现象，彼此不同的年龄趋向（十年的年龄跨度）、地域文化熏染、个人阅读积累和精神价值选择都或多或少地对作家的创作产生影响。如今的“‘80后’写作”已经无法用简单的主题题材类型加以区分概括，他们的描写对象也不再局限于年青人，而开始有意识地对处在社会不同阶层的角色进行书写，政府官员、知识分子、公务员、底层小人物序列都成为他们笔下的倾诉者，他们因所处的地理空间位置的不同，而面临着各自不同的生存境遇。在马小淘、王威廉、文珍、蔡东等人所编织的城市空间里，全球化正影响着这群刚刚踏入社会的年轻人，他们带着梦想和对未来的憧憬踏入社会，却被哄抬的房价、惨烈的竞争伤得体无完肤，沦为城市底层的蚁族（马小淘《章某某》、王威廉《书鱼》）。世界再大，对于一个北漂青年来说可能一无所有，然而回归原始森林就能找到心中的桃花源吗？郑小驴在《可悲的第一人称》中给出了否定的答案，被现代性浸染过的灵魂怎能永远安于单调的平凡。当鲜活的生命遭遇机械刻板的人生，冲破固然需要勇气，而困守也同样艰难，蔡东笔下的小公务员们正在遭受巨大的精神灾难（蔡东《我们的塔希提》）。人们的精神被压迫到了渺小的一隅，要么在沉默中爆发，要么在沉默中灭亡，每个人都在试图寻找自己心中的塔希提，也在寻找的过程中同世界达成一种和解。王威廉在其颇具思索意味的《书鱼》中提到“生活就是由恋人的脑袋到昂贵的房价这一系列重量构成的链条，它们严密衔接，牢牢限定着我的现实”。可现实是我们的社会诗意正在消逝，物化的背后是更为深层次的精神荒芜，但对于处在社会底层的小人物们而言，谈生活的诗意又显得如此缥缈，他们所关注的不过是一粥一饭的妥帖和基本生存权利的捍卫。“80后”作家们显然也注意到了这一点，刘汀的《倾听记》通过对因抗拒拆迁而成为植物人的陈东升长达数十年的倾听描述，直面暴力拆迁、医疗腐败、制度弊病、人之伪善等社会症结，展现人与人之间亲密关系的破裂。而孙频的《不速之客》则将关注的视线转向了一位挣扎在社会最底层的风尘女子纪米萍，她以执拗的爱情追求完成了自己的精神拯救。借用七堇年的话就是：伟大的人多相似，平凡的人各有各的平凡（《平生欢》）。而霍艳《无人之境》、陈幻《人生规划》、包倬《四十书》则看到了潜藏在中年男人内心的焦灼与不安，对于中年危机的书写跳出了“此时经验”的范畴而显示出对于未来的某种思考。

事实上，通过前面的对“80 后”写作的大致梳理，已能看出其所展现出的种种“新变”来。首先，这一新变最为明显的表征即所谓题材主题上的“去青春化”。此前的数年中，“80 后”文学都可以用“青年写作”来概括而基本上不会影响其整体特征的把握，这一情况自这两年来有明显改变。这首先要得力于一批通过传统期刊而成长起来的“80 后”作家。可以说，出场方式的不同，某种程度上也决定了其回应世界和回答问题的方式方法上的不同。

其次，与通过“新概念”成长起来的作家不同的是，这一批被传统期刊哺育的“80 后”作家没有被叛逆、青春和成长之痛的标签所束缚，这并不是说他们并不关心他们自身的痛楚经验，而是说他们在把目光投向自身的痛楚时，他们还注意到或感觉到这一痛楚并不仅仅指向或针对自身，他们以他们的写作表明了在全球化时代中个人痛楚的时代/历史背景内涵。这也是“80 后”写作的“新变”的另一重表征：“微小叙事”向大历史倾斜，时代的显影在他们的小说中更加明显。甫跃辉、文珍、孙频、王威廉、双雪涛等都是这方面的代表。这些作家以他们的创作，丰富了全球化时代中个人人生困境的各个层面的内涵，其交织着诸如城乡二元对立的历史文化结构、全球化城市空间与地方性城市空间的空间差异矛盾，以及时代变动中的个人内心位置和归家（或精神荒芜）的主题等。相比之下，这些问题是“80 后新概念作家”（马小淘等除外）所很少关注，或关注甚少的。“80 后”作家向这些主题的倾斜某种程度上表明了他们的成长和思考问题的日趋深刻。

再次，这一“新变”表现在他们小说写作中问题展现或表象的方向的改变上。这不再只是个人层面的问题，甚至也不再仅仅是“80 后”所面对的问题，而毋宁说是不同时代不同年龄段的人生都会面临的问题。

这或许就是一种悖论，当他们执着于青年一代人经验的反复书写和渲染时，他们的“经验”看似超越了时代，其实距离个人生活最远，一旦世易时移，既可能被视为失真又会被更年轻一代所否定；而当他们把目光转向个人之外时，他们的写作虽不免带有时代易变的印记或显影，但恰恰是这一显影，决定了他们写作中那并不为时代所左右的“永恒”气质的出现。

三

当青春不再成为核心主题时，他们的写作也必将步入转型阶段。2014年有几部中长篇值得注意。首先就是被誉为笛安转型之作的《南方有令秧》。笛安将小说背景设置在明朝万历十七年，通过讲述懵懂少女令秧如何在自己与他人的合力之下成长为一代孤绝节妇的故事，将明朝的服饰理念、风物人伦呈现在读者面前。正如笛安所言：“所谓历史，既不是我们都念过的那些课本里冷冰冰的‘压迫与被压迫’，也不是随处可见的‘穿越戏’里那些完全用现代人的趣味解释甚至消费古人的桥段。”（笛安：《告读者书》）如果仅将这部小说视为“展现令秧这一人物的悲惨命运，揭露封建习俗对于妇女的残害”这等老生常谈想必并不是笛安所愿看到的。相对于将责任归结于封建制度、男权意识的传统写法，笛安更看到了令秧自身对于这种制度的主动迎合和追求，发展到最后竟成为一种偏执，不惜自断左臂来维持自己的名声，更要让女儿到了年纪抱着灵位嫁入谢家，令秧身上的鬼魅气已经向张爱玲笔下的曹七巧逼近。除此之外，在笛安所构建的休宁唐家这个以女子为主的叙事空间里，宅子里的每个女人都以自己的方式坚韧存活，她们或将感情寄托于下一代，或以偷情的方式解决生理需求，或从同性身上寻求安慰，这难道不是对于制度的一种嘲讽和反抗？唯其才更显示出令秧身上的悲剧性，她别无选择。而笛安给予了这个古代人物足够的宽宥与慈悲。

在一些作家急于突破自我努力转变之际，也有一些人坚持在自己所熟悉的领域不断探索，并逐渐形成风格化的个人写作标记。周嘉宁便是其中的一个。与笛安同期刊登在《收获》秋冬卷长篇小说专号上的《密林中》是其继2012年《荒芜城》之后的又一部“80后”女性精神自传。小说讲述了纯粹的文艺理想主义者阳阳如何试图在自我与爱情的矛盾中突围的故事，这是一个有关女性意识觉醒的宣言。周嘉宁在小说中直面一个女性写作者的精神困境和内心痛苦，在“自我”与爱情产生冲突时，再美的爱情也必须让位于“自我”，正是这种强势的生活理念使阳阳在生活中屡屡碰壁，她不愿意依附于男性，却又无法跳脱于这个由男性标准建构的世界，“归根到底还是因为一种与性别不匹配的野心勃勃。野心勃勃地想要与世界连接，却被困于一个女性的思维方式里。”（周嘉宁《密林中》）而这也必然将成为其不可消解的痛苦。周嘉宁的文字总是这么一语成谶，把人性中最幽暗的角落照得敞亮，你不得不承认这就是生活的真实。

除了这两部重要长篇之外，2014年也产生了相当数量的优秀中短篇小说，比如吕魁的《我们的女神》、马小淘的《两次别离》、孟小书的《锡林格勒之光》、宋小词的《太阳照在镜子上》、马金莲的《绣鸳鸯》等，它们均是在刊物上发表之后，被至少两种刊物转载的优秀作品。吕魁的《我们的女神》讲述鲜活的青春生命如何一步步在生活的诱逼下变得平庸而琐屑。而马小淘则试图在婚恋主题上走得更远，体现出“80后”女性面对爱情的自信与果敢，“两次别离”无疑给了女性主人公谢点点独立成长的机会，促使她开始反思围绕在其身边的社会迷局，并以实际行动拒绝了那触手可及的、被男性话语牢牢捆绑的微颤幸福，在此过程中自我意识得以建构。《锡林格勒之光》通过一次意外车祸，将人情的微妙、制度的冷漠一一暴露在读者面前，这也是现代人所面临的残酷现状：在强大的现实面前，人的那种渺小与无奈经不起考验。而作为一名青年写作者，宋小词对生活与人生也有着自己清晰而稳固的体认，基于自身女性经验的书写使她对笔下的人物总是怀着一种耐心与体恤，不论是《太阳照在镜子上》还是《呐喊的尘埃》，不论是在城市还是乡村，在揭示女性普遍生存境遇的同时她选择直面苦难，体现出“80 后”作家少有的厚重感。回族女作家马金莲 2013 年以一部《长河》广受业界好评，2014 年她又有多个中短篇小说面世，其中《绣鸳鸯》以质朴的语言，细致的民俗风土描绘，通过一个七岁女孩的所见所感，为我们讲述了一个单纯得极尽美好的爱情故事。其中人物的善良品性和淳朴民风跃然纸上，小说虽以悲剧而收场，但也不失为其以往爱的乡土童谣的一种延续。除此之外，常小琥的短篇《琴腔》、双雪涛的《大师》和蔡东的《通天桥》也值得一读，前两者是对于作家前辈大师（毕飞宇、阿城）的致敬和对于传统的回归，最后一篇则体现出作者与以往写作方式的一种告别，从中不难嗅出现代主义的味道。

四

2014 年的文坛，双雪涛一定是个不容忽视的后起之秀。从 2012 年发表第一部长篇《翅鬼》开始至今不过短短三年时间，他便凭借冷峭遒劲的文笔、奇崛瑰丽的想象、变化多端的风格稳稳占据各大主流文学期刊，成为备受瞩目的文学新星。其作品虽不是很多，但大都精彩，全无“80 后”作家们惯常呈现的那种情绪过剩且叙述上不够节制的特点。

与同时代的“80 后”作家相比，双雪涛没有华丽繁复的语言和黏滞的情绪宣泄，相反字里行间透露着某种冷静的克制，他将自己隐匿在文本的背后，充分挖掘故事和想象本身的可能性。写作于他而言是另外一种存在方式，语言的虚构性使他得以搭建起另一个与现实并肩而立的小说世界。在小说《北极熊》中，实与虚的对立，是小说与现实间的转换和对立。作者设置了一个小说介入现实的神话模式。这一介入是小说中的人物命运直接对应或影响现实中的人的方式，小说与现实是一种直接因应的关系。一方面是以小说的写作影响现实中人物的命运；另一方面是现实中的“我”（叙述者兼故事的参与者）竭力想摆脱现实的束缚，到北极去看北极熊。但正如北极熊只是一个遥远的精神性的存在一样，小说中的小说家的写作也只是一种想象方式。小说中，“我”受雇于去刺杀小说家并不是要真的消灭他，这是一种象征，象征着现实的强大。事实上，小说家的窘迫和他的不为社会所容，本身就足以让他消失。因而，小说的结尾，作者没有写到小说家是否被杀死，这其实并不重要。重要的是，这是一个开放的结尾，蕴含着多重可能，但也意味着这一切都是虚妄。任何逃离社会，想象世界的方式，相比现实的强大，都只是虚妄，双雪涛没有写出这一结尾，正在于表明了这样一种犹豫和无奈。双雪涛小说的想象空间是无比广阔的，“《长眠》在虚实之间，既有扎实的写实功底，又有对魔幻超验的驾轻就熟”（孟繁华：《从容冷峻的叙事　超验无常的人生——评双雪涛的短篇小说〈大师〉和〈长眠〉》）。浓雾的渔网里网住的不单单是六鳍两爪的怪鱼，更是村民们贪婪的灵魂，作者通过荒诞的笔法来回穿梭于现实与魔幻之间，显示出人世的无常和自我精神诉求。

双雪涛对于题材的积极探索和大胆写作，使他的未来充满了可能性，这体现在其变化多端的创作风格。除了对于魔幻题材的驾驭，他同样涉及青春创伤性叙事的书写，《安娜》和《大路》都是他在这一题材领域的实践，她们的青春布满荆棘并企图以自杀的方式予以告别。他的小说中时常隐含着自我与他者的某种对立，这构成现实与理想的某种距离。自我始终是活在现实里庸常的那一个，而他者则是理想高地中的佼佼者。《冷枪》中的老背在枪击游戏中所向披靡，《大师》中的父亲在象棋界无人能敌，《长眠》里的老萧为了捍卫家园而不惜放弃生命，《跛人》中的刘一朵义无反顾地踏入成人世界的丛林。但我们又惊奇地发现所谓的“理想高地”其实值得怀疑，他们都在用各自的方式远离现实，现实生活中老背是暴力的受害者，父亲是丢了饭碗的下岗工人，老萧是怀才不遇的流浪诗人，刘一朵则刚刚面临高考的失利。这种矛盾感其实是双雪涛的中短篇小说中普遍存在一种内在的张力结构，这既是日常/非日常的对立，也是现实与想象、桎梏与自由、有限与无限的对立。这样一种对立，使得他的小说大都有一个镜像式的结构，表现在叙述视角上，是第一人称“我”的视角的使用和“他者”的存在的并置。双雪涛的小说（如《我的朋友安德烈》《冷枪》《大路》《大师》《长眠》《无赖》《安娜》《北极熊》《跛人》，甚至《翅鬼》）几乎都是以第一人称“我”的视角展开叙述，但核心主人公却又非“我”，而是其他人。“我”介入故事的进程当中，但又作为审慎、审视或不动声色的角色而出现。他的小说中大量使用第一人称叙述，虽然很难说是作者“我”的意志（或意识）的表征，但其实表现出作者强烈的主体意识，这一主体意识既体现在叙述者“我”的思考和探索中，也体现在“他者”的反射式的指涉中。他的小说虽然有多幅面孔，奇幻之外，有写实，有象征，但这都是作者主体意识的呈现。因此不妨说，他的作品的风格越是变幻不定，越是显示出他的主体意识的强大。这一方面决定了作者的独特的创作风格面貌；另一方面也似乎表明，在当代作家中，双雪涛可能是最具有主体意识的作家之一了。

（徐勇、卞蕴雯合著）

第四节 2015年小说创作观察

一

对于“80后”作家而言，2015年是他们继续“高歌猛进”的一年。较之2014年，2015年有更多的刊物开辟专栏或专号来集中推介这股文坛的新势力，有意识地在他们与读者之间牵线搭桥。除《创作与评论》《西湖》等杂志继续推出“新锐”专栏外，《小说月报》在新年伊始的第1期增刊就推出“小说新声特集”，颜歌、孙频、文珍、马小淘、王威廉、池上、陈再见、寒郁、曹永、林森、余静如、何荣、陈崇正等多位在2014年有不俗表现的“80后”作家逐一亮相，成为重点推荐的对象。《中篇小说选刊》在2015年第2期增刊随即推出“新锐小说家专号”，孙频、于一爽、李晁、文珍、颜歌、陈崇正、周李立、陈楸帆、王哲珠等人的优秀中篇小说被集中刊载，展现出不凡的写作实力。《收获》杂志更是一如既往地支持青年作家的写作，继2014年两次开辟专栏(“青年作家小辑”)之后，2015年第5期又一次开辟专栏，以鼓励青年作家的创作(其中有很多新面孔，绝大部分都是“80后”作家)，同时又在两期长篇小说专号先后刊登了“80后”作家张怡微的《细民盛宴》和王若虚的《火锅杀》。

2015年我们继续对《收获》《人民文学》《当代》《十月》《创作与评论》《西湖》《上海文学》《北京文学》《芒种》《钟山》《鸭绿江》《雨花》《长江文艺》《中国作家》《小说月报》《小说选刊》《中篇小说选刊》《萌芽》《文学港》《山花》《长江文艺选刊·好小说》《花城》《芙蓉》《江南》《作家》《天涯》《青年文学》《青年作家》《百花洲》《小说林》《小说界》

等30余种文学期刊进行统计整理，以此考察2015年文坛“80后”写作的大致走向。经统计，2015年发表小说数量(包括2014年发表，2015年被刊物转载的篇目)排在前20位的“80后”作家分别是：周李立(12)、甫跃辉(10)、于一爽(9)、孙频(9)、陈再见(9)、陈崇正(7)、小昌(7)、马金莲(6)、钱佳楠(6)、草白(5)、毕亮(5)、王威廉(5)、祁媛(5)、彭敏(5)、池上(5)、王哲珠(5)、大头马(5)、双雪涛(4)、文珍(4)、徐衎(4)、魏思孝(4)、寒郁(4)、叶临之(4)。此外，一些未进入榜单却得到刊物重点推荐的作家也值得关注，他们是手指、吴纯、王海雪、周嘉宁、向向、陈树泳、陆源等人。这些期刊之外，在那些青春文学辑刊，如郭敬明主编的《最小说》、笛安主编的《文艺风赏》、张悦然主编的《鲤》上也能看到一些“80后”作家的身影，其中，尤以科幻作家居多，陈楸帆、宝树等科幻作家均有专栏连载。从以上数据可以看出，“80后”作家已日益成为主流文坛的中坚力量，除不断有新人加入且人数甚众外，其他诸如甫跃辉、孙频、马金莲、王威廉、双雪涛、文珍等人，更是以稳健的步伐耕耘不辍，正日渐成长为“80后”写作的中流砥柱。

二

与2014年相比，2015年的“80后”写作整体上有更进一步的推进，除题材有继续的拓展、叙事技巧更为圆熟外，青年作家们的艺术个性亦日趋凸显，叙述上也更加讲究艺术的趣味及其氛围的营造。最显著的就是周李立的“艺术区”系列小说，2015年她所发表的作品中近一半都是在讲述画家乔远的故事，关乎生存、压力、逃离、亲情、友情、爱情，乔远正经历着所有青年人都可能面临的人生困境：他可能在画完第50幅画之后灵感枯竭，再也无法完成蒋爷所期待的“关键”第51幅，他渴望挣脱压力的枷锁，另存为一个崭新的生活片段，但这终将成为一场永远无法实现的旅行(《另存》)；亲人的突然离世牵扯出一连串童年的创伤记忆，烧掉的十八子菩提手串彰显出都市文艺青年们微妙而略显随意的情感关系(《往返》);由借住所引发的心理危机，暗示着人总是勉为其难地在做一些不喜欢却又偏偏无法拒绝的事情(《冰释》《更迭》);面对失意的爱情和灰败的人生，只能以疯狂的偷树行为来掩饰，移栽的不只是一棵树，更是一种光明的期盼(《移栽》)。周李立通过艺术家乔远的际遇向我们展示了自己对于生活的“透视”——“其实人在很多事情上，都是没有选择的”。但所有的喜悦、痛苦也终将过去，宛如行车途中的一个个弯道，总会回到直路上的。这是一种崭新的尝试，却也成为一种局限。毕竟作者并不是绘画专业出身，在情感表达上总是隔了一层，乔远的艺术区画家身份显得可有可无，又或许这只是一种叙述策略，理性的表述背后是作者深刻的生命体察，只是以第三人称来表达更加稳妥些，是我也不是我，你们去猜吧!

毋庸置疑，如今的“80后”写作正越来越走向分化，媒体制造的印迹已愈来愈淡，地域差异、作家风格日益凸显，这是一种好现象，某种程度上标志着“80后”一代主体意识的凸显。文珍以北京为根据地的都市边缘书写，钱佳楠和张怡薇小说中上海弄堂的家长里短，甫跃辉笔端全球化大都市与僻远边地的“双重变奏”，毕亮和陈再见以深圳为背景的城市书写，以及马金莲小说里充满民族风情的“一抹晚霞”，都令时下的“80后”写作异彩纷呈。比如文珍，从她2015年的三篇作品(《乌鸦》《觑红尘》《夜车》)，不难看出作者的大胆尝试和不懈追求。《乌鸦》是个颇具魔幻色彩的小说，作者以一只乌鸦的视角讲述了一段悲伤的爱情故事，对比乌鸦先生对女孩的一片痴情，男孩的负心恰印证了鲁迅先生那句“首要是生活，爱情才有所附丽”。小说自如穿梭于浪漫与现实之间，通过视角的切换全方位记录着刚踏入社会的青年人们正在承受的巨大生存压力，逼仄的居住空间、遥远的上班路途、脆弱的情感维系已然成为他们这一代人的表征，全球化是机遇亦是挑战。因而文珍笔下的主人公们对远方总是怀有一种莫名的向往，他们或是出走别国他乡，寻求更好的发展(《觑红尘》)，或是坐上一趟午夜的火车去到叫作加格达奇的远方(《夜车》)，带着忏悔与期望，但这些地方终归不是可以停留的地方，他们也为此付出了代价，不但失去一段美好的姻缘，更加加速了预定死亡的降临。渺小的个体与宏大的时代激烈碰撞，在文珍的笔尖擦出细腻的情感火花，她准确地把握了“大”与“小”的尺度。

除此之外，双雪涛的《平原上的摩西》和常小琥的《收山》同样是2015年值得关注的中篇小说佳作。作为备受瞩目的文坛新星，双雪涛近年来一直保持着喜人的创作态势，他的作品全无“80后”作家们惯常呈现的那种情绪过剩且叙述上不够节制的特点，而是坚持在“别人的故事”中述说时代、信念及历史，《平原上的摩西》就是一种全新的尝试。这个在侦探小说外壳包裹下颇具年代感的故事，拨开历史的重重迷雾走到我们面前，作者通过不断变更叙述视角，让小说中的关键人物自己发声，以此完成事件的来龙去脉，读者必须依靠自己的阅读经验和大胆的想象推理才能进入这个由各个故事拼凑完成的立体世界：这个世界中有幽暗的历史、美好的往昔、残酷的现实与不灭的信念。在略显漫长的时间跨度中，当代社会几十年的历史变迁毕然呈现，人物的命运却因一连串的意外事件而变得叵测难料，连环杀人案件的背后竟是一段单纯美好的暗恋往事，令人唏嘘的是李家父女阴差阳错的命运转折及随之而来的苦难人生。平原上的摩西与其说是一个人，毋宁说是傅东心与李斐间一种信念的传承——“只要你心里的念是真的，只要你心里的念是诚的，高山大海都会给你让路，那些驱赶你的人，那些容不下你的人，都会受到惩罚。”这或许是同暴力与苦难和解的唯一方式。2014年凭一曲《琴腔》广受业界好评的常小琥，2015年带着他的全新中篇小说力作《收山》接连登上《上海文学》《小说选刊》《中篇小说选刊》三大主流期刊的舞台，足见其代表性。在“80后”作家中，常小琥算不上高产作家，但绝对是个值得期待的精品作家，其小说字里行间所浸润的文化继承感和厚重的历史感正是许多同龄作家所欠缺的，由此显得弥足珍贵。此外，李晁的《步履不停》同样值得品读，小说开放式的结尾令读者脑洞大开，读完深感意犹未尽，屋内越来越暗的灯光似乎早就预示了一场暴风雨的到来。

三

在我们欣喜地看到“80 后”作家走向成熟的同时，亦必须正视其存在的问题。经验不足且想象力趋同仍旧是困扰他们的写作的主要问题。这使得他们整体上倾向于中短篇小说的创作，而不敢过多问津长篇，即使努力为之，诸如双雪涛的《聋哑时代》、张怡薇的《细民盛宴》、王若虚的《火锅杀》和杨则纬的《于是去旅行》，也仍旧还是在已有生活经验的基础上挖掘，一定程度上限制了小说的气象和格局。这里尤以《于是去旅行》（《中国作家》2015 年第 9 期）为代表。《于是去旅行》是杨则纬的第四部长篇小说。较之前几部，这部小说在叙述上虽显得更为悠如，但似乎并没有大的突破：仍旧是在男女两性的情感世界打转，仍旧是在成长的框架内展开故事情节。应该说，杨则纬及其小说在“80 后”文学中是相当有症候性的，这一症候性表现在，生活在父母长辈之爱包裹中的青年主人公们，总是要在看似“无事”的日常生活中制造出“事件”和波澜来，他们的情感乃至情绪表达虽很真实，但总不免显得夸张而多变，因而也就往往停留在表面，并不能深入。她的小说，常常给人一种一览无余、了无遮拦的感觉，缺乏某种必要的（叙事上的）张力和（阅读上的）阻力。看来，情感表达上的缺乏节制和叙事上的随意漫漶仍旧是制约作者写作之路走得更远的主要障碍。

《细民盛宴》是张怡微的第三部长篇小说。这部小说延续了张怡薇以往擅写的世情小说风格，讲述了一个大家族里的少女袁佳乔在经历了父母离异、家族忽视、爱情破碎等一系列创伤往事后内心不为人知的隐秘伤痛，在某种程度上可以视为一部成长小说，但这显然与作者的初衷“家族盛宴”相违背，过于流露的情绪表达使小说不由自主地倾向于个人诉说，家族其他成员因此而得不到充分延展，这也体现出作者在长篇小说掌控力上的局限。尽管视角有限，但聪明的张怡薇还是利用爷爷的病将形形色色的一大家子人凑到了一起，他们在麻将桌上说着无关痛痒的奉承话，私下却各怀鬼胎，觊觎着爷爷大自鸣钟的房子，上海人的精明世故跃然纸上。在一次次的饭局中，继父、继母、继母之子、公婆先后亮相，面对如此复杂而微妙的家族关系，袁佳乔以戒备的偏见抵御着人情冷暖的考验，顽强而固执地坚守着自己对于原生家庭的爱，但生父的冷漠一次次令她备感失望，反而是继父及时弥补了部分空缺；为了与小茂的爱情，她忍受着公婆的轻视与挑剔。岁月过去，回首往事她蓦然发现，成长旅程中不期然的点滴才是生活最真实的本相，而时间让她理解并宽宥一切。

相比她的前两部长篇小说，这部小说虽显得更为成熟、老练而描摹入微，但仍不能给人以耳目一新之感，其题材、主题及其情绪的表达一仍其旧，延续的是她在家庭伦理层面的创伤情结及其内心情状的文学写作。对于张怡微而言，其症结与关键或许还在于如何挣脱或跳出已有的生活经验和内心世界的表象而后“向外转”。事实上，张怡微并非不能，而是不愿。在前一部小长篇《你所不知道的夜晚》(2012)中，张怡微把眼光转向上海的郊区田林，并尝试从时间上的纵深的背景以表现一个少女的成长。就这部小说而言，时空上的开阔带来的是新的气象和景象，如若沿着这一条道继续向前，定有新的斩获，但遗憾的是，张怡微并没有向着可能的新变迈进，而是向后，又回到了老路上来。对张怡微而言，她显示出来的是文学创作上的犹豫和一唱三叹。但这一部小说，还是显示出张怡微的努力来。这部小说把家庭伦理、人性的复杂置于一个家族的数十年的演变的过程中展现，不难看出张怡微的努力，这一家族小说的方向本可以使得小说显得厚重且凝重的，但因为作者有意把家族史从整个城市和社会变迁的背景中剥离出来，其家族史的写作仍只能是家族成员人性之幽暗的展现，很难提供进一步的信息。

王若虚的《火锅杀》在题材上有一定的开拓，讲述的大学生校园内倒卖二手摩托车的故事。这是一批颇有经商头脑的校园商人，靠改装、倒卖二手车营生，普通学生都在拼命啃书、死记硬背应付考试的时候，他们在忙着做买卖挣钱，联系到如今校园里随处可见的物什摊位，你不得不说王若虚敏锐地捕捉到了21世纪正悄然变化着的校园生态，商品社会的利益化使得象牙塔也开始“朝野相通”，大学于这群人而言就是社会。这里的校园二手车倒卖团体，俨然社会上的“古惑仔”。步入校园的大一新生，要向大二的老生拜师，而后一步步做起，直至做到带头大哥的位置，层级之间等级森严。所不同的是，社会上的大哥是长期做下去，而这里的带头大哥到了大四，要找工作和实习，就会让位给大三的学生，以此类推。但这只是就理论而言，实际上，这里的权力更迭也和民间帮会一样充满“血腥”，团伙成员之间彼此钩心斗角，暗藏杀机。从这个角度看，这篇小说虽然写的是校园，其实是隐喻社会，至于里面的大学生形象也与我们通常理解中的大学生截然不同，他们的言行举止，行为处事完全就是社会上的成年人的派头，很难看出什么大学生的性格特征来。可见，题材在某种程度上只是一个虚设，一个噱头，但它通过时空上的错置，也能制造出某种戏剧效果来。应该说，这部小说，它最大的特色并不在题材，而在于它的结构及其起承转合上。它采用的回溯和前进并进的双线结构，两条线索之间的转换、联结，有点类似于电影镜头间的淡入、淡出，耦合得十分自然而了无痕迹，处处显示出了作者在结构上的用心经营和独有体会。

《聋哑时代》（连载于《鸭绿江》杂志，其中部分已于2014年和2014年之前公开发表过）是“80后”作家双雪涛继《翅鬼》之后的另一部（小）长篇。对于《聋哑时代》而言，其最明显的不同是它的结构。小说看似长篇，实则是中篇小说的集锦。《序曲》之后，每一节皆以人名作为标题，一共有八节。小说的八个部分，分别讲述八个人的故事，但因为每个人的故事里都有第一人称主人公“我”的参与其中，因而被连缀成一个整体，它们彼此之间是一种互文性的关系。这是一种似断实连的串珠式的小说结构，其贯穿始终的线索（珠线）并非一般意义上的时间和空间的转换，而是第一人称主人公“我”。这一结构特点，决定了小说虽然讲述的是与“我”有关的八个人的故事，但其实着重点在核心主人公“我”身上。换言之，这是以八个人的故事作为背景或铺垫来讲述

“我”的故事。

就社会学的角度看，小说自有其思想史的认识价值(中学生成长主题的独特表现)，但就“文学性”而言，小说的耐人寻味之处却在于叙述者与其所叙内容间的反讽的距离、叙述者对这一距离的把握及其独特的叙述语调上。这与小说中第一人称“我”的塑造有关。“我”是以叙述者兼小说主人公的身份介入故事的讲述当中，因而某种程度上，对“我”的形象的塑造就决定了小说的整体叙述风格。虽然从小说中可以明显感觉出叙述者(甚至作者)对其主人公们的深深的忧虑、批判和反省之倾向，但作者却无意把“我”塑造成一个具有先知意识或弃绝于烟尘气之外的冷静的主体。他对自己(作为第一人称主人公“我”)是既不愿又不甘，因而总是无聊着，而对他的同学们，则是既认同又质疑，既批判又羡慕；可以说，他对小说的主人公们的态度，就像对自己的态度一样，摇摆不定、犹豫不决。这使得小说在整体上充满一种反讽的精神气质和不彻底的风格。其中既有对现行教育制度的反思，但随之而来的又是对自己无力考上好的大学的无奈的感叹；有对自己和他人的调侃戏谑，但这背后又有对某种东西的近于固执的认真；有对世事洞察或感同身受的会心一笑，但又无积极进取或钻营的热情。正是这样一种无奈和情感与理性上的进退失据，构成了双雪涛小说的最为坚硬的内核，也最终把主人公“我”塑造成这样一个左右摇摆的复杂形象。他的小说中大量使用第一人称叙述，虽然很难说是作者“我”的意志(或意识)的表征，但其实表现出作者强烈的主体意识。这在“80 后”作家中实属难得，其作品的独特之处也正在于此。

四

2015 年的文坛，孙频、甫跃辉、于一爽等多位“80 后”作家的表现十分抢眼，作品数量相当可观、个人风格特征比较明显。相对于通过“‘新概念’作文”出来的“80 后”作家们，他们的小说呈现出一种与众不同的质感。其中，孙频尤以中篇小说见长，独特的底层经验书写与扎实的写作功底令其作品质朴而深蕴，坚硬且沉着，显示出少有的成熟和老辣，即使置身于“70后”，甚至“60后”作家们的作品中，也毫不逊色。熟悉孙频的人都知道，笔锋犀利而冷静是她最为鲜明的特点之一，正是基于对现实残酷、尊严可贵的清晰体认，她笔下的人物才一次次被损害被侮辱：童年的创伤与暗疾使张子屏害怕独自面对彻骨的孤独，李觉越是侮辱她践踏她，她却愈发爱他，她爱这种侮辱，只因为这也是一种变种的审判，似乎只有这种真切的痛和抚摸才能让她感觉自己还活在世上，与这个世界有所联系(《抚摸》)；单身女博士张月如在与院长李文涛发生一夜情后，对于后者对自己的不闻不问倍感受伤，为了证明自己的尊严与魅力，先后与酒吧小老板周小华、入室抢劫的水电工发生性关系，终于亲手将尊严毁掉，一步步把自己逼到绝路(《丑闻》)；推销员许峰本想利用老女人宋怀秀对女儿的爱趁机向她兜售保健品，怎料却被这对母女相中，宋怀秀以房子为条件诱使许峰娶自己的智障胖女儿，为了生存，许峰竟鬼使神差答应了这个要求(《圣婴》)；1997年的下岗大潮和随之而来的暴力拆迁令张利生一家陷入前所未有的困境，面对邻居的蓄意栽赃，为证清白的张妻武兰用刀刺死了自己，张利生也意外进了监狱，这间接导致他们的女儿张荣荣不堪受辱而跳楼自杀(《我们的盐》)。仔细阅读，不难发现孙频很喜欢以狗来喻人，张利生“用一种狗一样的目光更用力更可怜地瞅着他们，怕他们真的就抛下他走了”；每当张子屏“看到自己落在地上一摇一摆的影子，她便觉得自己像条狗”；杨红蓉的房东从不喊她名字，只喊她租房的，“像是在她脖子里挂了只狗牌，大黄，二黑，哪只狗都可以这么叫，她在这些有房的人眼里连个名字都不配有”。狗的倔强而卑微，某种程度上恰是孙频对小人物所做的精神写照。尊严对于这些人来说实在是奢侈且近于妄想，但他们却固执地持守着，正是这种矛盾心理，使得他们显示出某种不可化约的坚硬和力度来，这就是孙频的力量！

作为从“彩云之南”的边地来到国际化的大都市上海的青年作家，

甫跃辉深知，没有广大农村作为他的创作的后花园，这样的文学之路并不能走远。以乡土为背景的小说在他的作品中一直占有很大比重。记忆中的乡村总是有一些亘古不变的永恒存在，是老一辈人世代坚守的松林，是山里的孩子险象环生的艰难上学路，是慈祥老奶奶园子中的月季，是河岸边永远矗立的坟。但这看似平静的乡村实则早已暗流涌动，金钱对人的异化正悄然上演，《乱雪》中的儿子因嫌家里穷而选择入赘，其母得知后一时无法接受，不久便得病死去。余国安“无论如何不能相信，无论儿子还是女儿，都只想要那片松林，没人想要他和妻子”。终于他擎起铁锹，照着儿子的脑袋拍了下去，结尾略为现代的处理方式与余国安崩溃的精神互为印证。《看黄河》结尾模糊的时间处理几乎让人以为整个故事只不过是主人公的一场春秋大梦，但那种对于河对岸的向往却是真切扎根在人们心中的，黄河南岸在某种意义上象征一种全新的生活，可以是县城、城市，是城镇化进程的某种表征，人们愿意出走、告别和追寻，并为此付出任何代价，彼岸有什么谁也不知道，也可能什么也没有。相对于《乱雪》与《看黄河》中对于苦难略显沉重的描写，《星垂》则因其充满童趣的少年视角而显得轻松许多，尽管山区的孩子上学依旧艰险，但这一切似乎都被孩子的天真快乐所消解，甫跃辉将两兄弟面对黑暗竹林、死人传说、断崖危险时的害怕与恐惧写得入木三分，又将孩子生气勃勃、对一切充满好奇的天性表现得淋漓尽致，竹林的大火在他们眼中就是“黑夜黑色的衣服被一块块卷下来扯下来撕下来，烧着了！”火焰迎着天上的流星实在是太美了，面对大自然，他们懵懂的心灵第一次产生了一种渺小感。

于一爽作为2015年众多刊物的重点推荐对象，以率性的语言、真实而不矫饰的情感表达成为“80后”作家中独树一帜的一个。有评论家称其“爽利，如天上的云，淡然多姿，独有韵味”，她对爱情、生活和性都有着自己一套独特的理解，往往在偏个人化的叙事风格中倾向对人物意识流动展开细致描摹，毫无章法的自由叙说有时显得过于随意，难以把握，但又毫无例外地给人带去一种新鲜感，《云像没有犄角和尾巴瘸了腿的长颈鹿》的书名就颇为有趣。云淡风轻的戏谑态度、基于个体经验的陌生化修辞表达，诸如“很多问题塞进她狭小的锁骨里，让她根本没时间介意矫揉造作”“方糖融化在咖啡里就像一场雪崩”等都显示出其别样的语言美感。在对日常生活流的“如实”记录中，她真正关心的是人们内心深处无法言说的暗疾与伤痛，这种个性化的经验书写几乎成为辨认于一爽的重要标识，亦是她十分可贵的探索。

（徐勇、卞蕴雯合著）

第二章　传统“80后”作家

第一节　出走、告别与追寻：甫跃辉小说论

虽然说甫跃辉反对把自己的小说按照“地理”范畴分为“写乡村的小说”“写城市的小说”和“写城乡接合部的小说”三类（《动物园·后记：刺猬还是狐狸？》），但地理、背景上的不同，对于理解作家的作品仍是必不可少，甚至可以说是重要前提。他的小说中常出现“滚石河”“老鹰山”（《红马》《滚石河》）、“孤竹村”（《刻舟记》）、“天和镇”（《街市》）、“白水寨”（《初岁》）等地名，但这些地名并不构成甫跃辉小说的“地标”：甫跃辉并不是一个有意要写出自己的“根据地”（《动物园·后记：刺猬还是狐狸？》）的作家。地域出现在他的小说中大都并不具有独特的意义，它们常常只是作为乡土或城镇的面具。地域在甫跃辉的小说中，只是功能性的符号，常常可以互换，而并不影响小说故事情节的展开和对小说的理解。而事实上，甫跃辉的很大一部分以乡村为背景的小说并没有标明具体的地域名，这在《红鲤》《玻璃山》和《冬将至》等那些写得极“虚”而富有象征意蕴的小说中，表现得更为明显。在这些小说中，地域的象征意蕴要远远大于它的所指。

一方面是凸显小说的发生背景（如乡村背景、城市背景等）；另一方面却又有意淡化空间的独特内涵，这种既实又虚的“矛盾”做法表明，文学地理空间的差异在甫跃辉那里并非可有可无，相反，倒可能是理解并进入甫跃辉小说所表现的隐秘世界的钥匙所在。

一

乡土背景的小说在甫跃辉的创作中占有很大的比重，仅就其出版的

第一部中短篇小说集《少年游》(2011)的11篇小说中，乡土小说就有6篇之多。虽然说，甫跃辉从“彩云之南”的边陲来到中国最为发达和最具全球化气息的大都市上海，但奇怪的是，他的乡土小说却很少沾染全球化的气息。相对于那些动态而紧张的都市生活景观，甫跃辉的乡土世界大都呈现出静态而时间缓慢流动的静美的一面。诸如《哑湖》《红马》《鱼王》《鹰王》《玻璃山》《红鲤》《守候》等这些小说中，时间大都模糊不清，即使偶有呈现，如《刻舟记》，其作用于主人公的成长却常常是可有可无的。时间的意义，只在于提供了故事展开的脉络线索或背景，而时间的逆转或流转，也并不能对主人公的命运或心境有太多的改动，相反，倒似乎是见证了命运在主人公身上的轮回和迁延(《红马》《雀跃》《街市》)。其中最为典型的莫过于中篇《哑湖》，小说结尾主人公(亮子)祖父的离奇死亡只是重复了他父亲当年的命运，十数年的时间流转，似乎什么都改变了，又似乎什么都只在自我重复。这篇小说颇有几分类似沈从文的《边城》，都是祖孙二人的故事，都是近于无声的悲剧——小说最后祖父死去，留下孤儿；所不同的，是《哑湖》那更纯粹而伤感的宁静。边城虽地处地理空间之“边”陲，却不能阻止现代气息的侵扰，而哑湖则完完全全近于沉默(“哑”)的处子，时间的流转与人事的变迁最多只是在叠加它无声的树影和光影。这样一种时间的律动，让我们看到了中国现代自沈从文以来汪曾祺一脉的乡土叙述传统，其一方面与乡土生活的部分经验相适应；另一方面也表明作者有意于全球化时代营造一个宁静的未被浸染和侵犯的空间。

在这些小说中，《刻舟记》(长篇，2013)集中体现了作者对乡土时间经验的思考。这是一部有关记忆的故事，是青年主人公对自己童年成长经验的回忆和叙述，但叙述者一边叙述，一边又不禁怀疑起来：

> 经过漫长的时间冲刷之后，记忆常常出现差错。如果不是有实物作证，我永远不可能发现自己的错误。所以，回忆往事的时候，我常常抱着怀疑的态度：也许那些事根本没发生过，我完成的，只

不过是一次美好的虚构。①

“回忆”是甫跃辉进入乡土经验的主要方式，这使得他笔下的乡土世界无不笼罩于一种淡远朦胧的既实又虚的状态中。在这里，时间的律动一方面提供了主人公回忆的动力，同时也产生无法逾越的屏障。往事确乎存在，但因时间流转沧海桑田，早已不复存在于原地，留下的只有不可靠的记忆。时间既是力量也是阻力。写作似乎就成为这种徒劳的仪式，知其不可而为之。写作即是这种对逝去/丢失的“刻写”“标记”和“播撒”（“刻舟记”即此），过去已去，我们所能做的只能是留下痕迹。《刻舟记》整篇小说弥漫了一种哀伤。这样来看，甫跃辉其实是把乡土写作还原为一场能指的滑动与无尽的怀旧的缠绕。

而也正是这种处于时间的遮蔽中，甫跃辉的乡土世界才能保存完好的未被侵入和打破宁静的状态，因而也更多沾染了神秘的气息。保卫队队长半夜骑马下山在被梳子变成的漂亮女妖迷惑后设计杀死女妖，数十年后又被女妖带走的故事（《红马》）。在父亲的坟头附近常常遇到并与之建立起友谊的小男孩，竟是意外死去不久的新鬼（《玻璃山》）。但神秘并非甫跃辉表现的内容本身，甫跃辉往往借助于神秘探讨他对自然人生与人性的认识。当鱼王不再仅仅只是传说，而从傻子眼中的神秘符号渐渐现身为硕大无比的鱼肉时，村民们也从此前的敬畏心理立马现形他们贪婪的本质（《鱼王》）。而对于那些常常若隐若现的神秘的红鲤其实成了人们心意难平的对照（《红鲤》），人鬼相通亦即渴望理解的孤独而内秀的表征（《玻璃山》）。

如果说乡土世界在甫跃辉的小说中更多是一种回忆中的远景的话，那么都市景观则因为其在甫跃辉的生活中的迫近性而显得确实、驳杂而迷乱得多。《苏州夜》通过镜像式的文体形式，表明了城市暧昧而诱惑的

---

① 《刻舟记》，文汇出版社2013年版，第17页。

复杂特征。小说一方面以第三人称的形式讲述了主人公一次偶然出入色情场所嫖娼的复杂情绪变化；另一方面又在第三人称之外设置了一个冷静的叙述者“我”的存在。“我”刚从老家来到城市，踌躇满志，自认为纯洁而高尚，但在城市暧昧的霓虹灯的背景下仍会浮想联翩不能自已。在这篇小说中，作者把那种面对城市万花筒式的迷幻景观的复杂心态作了淋漓尽致的展现。

与那种过去式的乡土写作不同的是，他的都市写作往往具有一种当下性和躁动不安的表征。但这是一种什么样的城市生活经验呢？这在他那以顾零洲为主人公的系列小说中有集中而象征的呈现。这是一种生活在多重复杂关系网中但却彼此隔膜而漠不关心的个人经验世界。顾零洲无意中丢失了存有500多个号码的手机，他本以为这其中很多人在得知他的手机停机联系不到人后会有各种反应(痛恨、担忧、不安、怀疑、责备、挑剔、指责、警告等)，可三天过后开通手机发现，包括自己的女朋友在内竟没有任何人有什么特别的表现(《丢失者》)。这也是一个人与人之间的距离既近又远的空间。本以为紧靠窗户下的动物园大象馆触目(手)可及，到头来却发现，站在大象馆往上看，终不能确定自己窗口的确切位置。窗户在这里，显然具有连通和看清外面世界的象征意义。虽然说女友从实用主义的角度思考问题——自窗户涌入的动物气息令女友不安——让主人公他沮丧，但他自以为是的固执和坚持己见却原来是一厢情愿(《动物园》)。人与人之间的“窗口”又何尝不是如此？这也是物质和精神分裂的世界。主人公与女友之间，因物质条件的限制而分手，又因精神的牵绊而藕断丝连(《晚宴》)。面对这样一个稍有不慎便会迷失自己的世界，甫跃辉在一篇带有童话性质的文本《光点》中表达了自己的困惑和思考。这是一个有关青春、梦幻、迷失和怀乡的童话文本，《光点》通过虚构一个同叙述者“我”对话的“小王子”的形象以表明，只有内心有了光点，人才不会在城市的沙漠中迷失。

一方面是农村来的主人公努力融入上海并成为新上海人的过程(《晚宴》《朝着雪上去》《动物园》)；另一方面又是对城市文明的尖锐批判

（《光点》《丢失者》）。这样一种复杂而矛盾的纠缠，往往成为一个心结如鲠在喉难以拔除。“巨象”和“下牙内侧的小刺”（《解决》）都是这样的象征，特别是后者，如不能拔除，主人公便不能面对现实很好生活下去。《解决》讲述的是来自农村的上海某高校教师李麦同前女友(上海姑娘)分手过程中纠缠而自我救赎的故事。女友的分手要求令主人公难以接受，痛苦、不甘、忿恨而又无奈，各种复杂的感情纠缠在一起，就像那“下牙内侧的小刺”样让人难受，甚至杀心顿起。小说最后，主人公不惜用尖嘴钳把连同小刺一起的两个牙齿一起拔掉，即象征地表明了一种决绝和重生。

二

城乡背景和两极景观之外，甫跃辉的小说中，“写城乡接合部的小说”占有格外重要的意义。这些小说有《少年游》《牙疼》《老街》《街市》《旧城》《走失在秋天的夜晚》《白雪红灯笼》等。其中《少年游》《老街》和《走失在秋天的夜晚》具有某种象征意义。

《少年游》呈现的是柳浪镇少年幻想离家出走而未成的故事。“出走”首先是一个仪式，是“反抗”的姿态，叙述者/主人公少年“我”通过一次未完成的出走，完成了“我”的成长宣言：父亲把“我”视为“朋友”，“我”由此而获得“大人的资格”。但这只是一个仪式而并非真正成人，所以主人公“我”就只能始终在镇街上游荡。游荡于小镇中的少年生活构成了小说的主部，而事实上，“我”并不想真正出走，“我”的出走在不停的幻想中延宕，在他人的离去(出走)中满足：

> 我忽然很兴奋，说不出的兴奋，我搓着手，想，我二十岁了，我才二十岁，我应该到地球上走走，我应该到远方认识一个人，我应该真实地走入一场斑斓炫目的青春和流浪。可这时候悠悠(小说的女主人公——引注)拐出了小镇，看不见了，踮起脚尖也看不见了，

我的兴奋穿过了一条窄窄的隧道，不可遏止地刺痛了一下。

我不可遏止地想起了十二岁那年，十二岁那年我离家出走。（《少年游》）

小说最后并没有告诉我们主人公是否真的“在这个世界上由着自己的意愿飘荡”，这也并不重要，重要的是，“出走”与成长有关，象征着成长的完成。小说讲述的仍旧是成长的故事，这一成长贯穿于有关出走的想象和实践中。而这在某种程度上，是甫跃辉小说特别是那些以城乡接合部为背景的小说中若隐若现的一贯主题。《牙痛》中“小艾姐”的出走(外出打工)即如“牙痛”一样，“痛”过之后也就意味着渐渐长大成人。《旧城》中少年女主人公奋力想要挣脱母亲的努力，最终通过“出走”——考学出去而得以实现。

而事实上，“出走”其实也正是中国全球化、城市化进程中的必然隐喻。甫跃辉的乡土小说虽然很少全球化的气息，但是他的乡镇题材小说却笼罩在这一象征进程中。短篇《走失在秋天的夜晚》中的青年李绳，虽然从小石场街来到省城打工，努力想融入城市的生活，却终究割不断与家乡的联系。李绳既想开始一段新的生活(他在省城里以虚构的城市身份开始了一段注定无果的恋爱)，又忍不住想着旧时恋慕着的对象。“走失”在这里，既是“出走”，又是迷失。记忆恰似这魔咒，一旦没有了未来的指向，过去便注定成为自造的迷宫，既迷幻又迷失了其中的主人公。从这点来，这部小说以象征的意味表明，“出走”的同时，必然伴随过去的记忆与纠缠，而如果不能很好地处理这两者的关系，这样的“出走”/成长便可能是一次轮回和自我重复。这样一种象征，在小说《巨象》中有极为寓言式的表达。巨象，在这里既是个梦魇，也是过去的象征。小说主人公李生多次梦见森林中的巨象向自己压迫而来，但又无能为力。主人公在同上海姑娘恋爱的失意中偶遇来沪读书的乡村女大学生小彦，城市生活的挫败经验虽然使李生在小彦身上获得了安慰，但只是让他在喘息之后更加投入融入其中的努力之中。这就形成一个悖论，也是一种精神与肉体的分离，过去与未来的分离，李生陷入其中而不能自拔，“巨象”正是这不能自拔的隐喻和象征。小说发展到最后，主人公也仍没有从这种循环中得到解脱。

在这些小说中，青年主人公的农村/乡土出身并非可有可无，而事实上这对于理解小说非常关键。如果联系对比作者那些未被现代文明侵染的乡土世界(如《哑湖》《鱼王》等)，更可以看出这一国际化大都市上海对外来者意味着什么。可以说，在甫跃辉的小说中，不是乡土文明被现代文明侵入，而是城市被来自边远的年轻人入侵。是来自边地的年轻人闯入上海，想在上海扎根的苦苦挣扎。而越是艰难，作者也就越是做着怀乡的梦——也是梦魇。这似乎是一个悖论。但也说明，甫跃辉的小说中，乡土越是纯净、充满回忆，他的都市主人公们也越是意难平。这样一种矛盾和迷乱，在他的中篇《杀人者》中有极为象征而集中的表达。这部小说虽然不脱同类题材小说的窠臼，但其在一起看似偶然实则必然的杀人事件中所呈现出的城市与乡村、富有与贫穷、善良与邪恶、尊严与自卑、反思与自私等多重矛盾的纠缠与爆发，仍让人唏嘘不已。

三

在“80后”作家中，甫跃辉是为数不多地执着于中短篇小说创作的作家之一。在一部作品集的后记中，甫跃辉坦言他更倾向也更熟稔于中短篇小说的创作：“我固执地认为，长篇之所以成为长篇，不仅要‘长’，还要对世界有刺猬那样‘终极的解决方案’。这‘终极的解决方案’，就是作家用以考量世界的标尺，是对世界全盘性的思考。……短篇则不同，因其‘短’，它没那么大的负担，它无需对整个世界发言，看清一时一地的风景足矣。它尽可以单枪匹马，轻装上阵、行踪不定、声东击西、打一枪换一个地方。”“对身处的世界，我还远没有形成固定的、站得住脚的且完全属于自己的考量标准。这个世界实在太大太复杂，我只能一点一点地了解它。”(《动物园·后记：刺猬还是狐狸?》)

基于这样一种自我表白，我们当然可以说甫跃辉这是一种游击战术式的写作方式，但若联系他的写作实践来看，情况并不这么简单。因为显然，就其与文学传统的关系而论，甫跃辉的小说（特别是中短篇小说）很少有“80后”作家普遍表现出的那种稚嫩、飞扬而华美的一面，而更多是一种成熟与内敛，这是从文字到内容和主题以及情感风格等各方面表现出的倾向，从中不难看出文学传统（包括现代/后现代主义）的深厚滋养。在这当中，传统现实主义和浪漫主义的影响尤其明显。应该说，甫跃辉是一个文学创作路子较广的作家，他多有吸收而不偏废，风格多样而不独擅，从这点来看，甫跃辉确实是一个文学上的游击战术者。我们很难从流派或倾向上准确定位甫跃辉的小说风格，他的小说既有传统现实主义的写实，如《雀跃》《街市》《初岁》《守候》；也有浪漫主义的虚幻，如《光点》；既有魔幻现实主义的神秘，如《红马》《红鲤》《玻璃山》；也有现代主义的荒诞，如《秘境花园》《冬将至》等。而如果说文类的不同反映的其实是作者理解世界的方式和角度的不同的话，这样的理解世界的方式很难说有总体性和局部性的分别。虽然说甫跃辉喜欢并擅长中短篇小说的写作，但并不代表甫跃辉没有“对世界全盘性的思考”。

中短篇小说的创作对于作者，恰如一个个不同的视角，以此得以窥见世界的众多面向。甫跃辉并非没有尝试过长篇小说的创作（《刻舟记》即是他的第一部长篇小说），他以他的中短篇小说的创作实践表明，他只是努力从多个方面进入对世界的理解、思考和阐释。风格的易变和流动，从另一个角度看也表明了作者的矛盾和犹豫不决。这种矛盾，或许只能理解为在作者还没有形成对世界的稳定的理解前，他宁愿创作中短篇小说。中短篇小说与作者矛盾复杂的情感结构更相吻合。而即使这样，我们也可以从甫跃辉的中短篇小说中看出作者“总体性”的追求和“对世界全盘性的思考”。《秘境花园》（在另一篇小说中，更名为《弯曲的影子》）就是这样一篇小说。这是甫跃辉的小说中最为神秘而难解的一部。小说中有极为清晰的写实，但正是在这写实中孕育难以理解的神秘。毕业十年后的一次同学聚会，主人公重逢大学时的女同学梁晴，本以为借此终于可以了却沉积于中的“心结”，但其实是越陷越深，不能自拔：“我”和梁晴越是想弄清十年前同学从岸自杀的真相，最终却两人皆陷落其中——梁晴因此而自杀，“我”也意识到“自己无法规避的命运”。而这一切，都与那神秘的“弯曲的绳影”有关。这一意象在小说中多次出现，实际上已成为人类不可挣脱的命运的象征。人们越是想找寻事实的真相(比如说自杀)，到最后却发现，我们找到的只是这神秘的“弯曲的绳影”，至于这“绳影”的寄主——那真相——我们任谁也无法得知。这是何等的绝望，无怪乎主人公纷纷赴死!

这或正可以用来解读甫跃辉的小说创作。真相若不可知，写作便只能是一种追寻，和对追寻的枉然，就像他在《刻舟记》中对时间和空间的思考一样，任是我们怎样的努力，过去即如流水中丢失的宝剑一般，只留下记忆，和对记忆的无限的接近。一方面是努力对世界的不同角度的进入；另一方面又是对世界背后真相的追寻中的宿命般的无奈，甫跃辉的小说呈现给我们的，正是这种悖论和决绝。

第二节 以诗的方式直面现实：双雪涛小说札记

1983 年出生的双雪涛为文坛所关注是近几年来的事，这主要源于他那瑰丽奇美的长篇《翅鬼》(2012)的出版。其自创作以来，作品不多，《翅鬼》之外，还有长篇小说《融城》(待出)，以及《我的朋友安德烈》《跛人》等十数篇中短篇小说。或许正因为出道较晚(将近 30 岁开始有作品问世)，他的小说全无“80 后”作家们惯常呈现的那种情绪过剩且叙述上不够节制的特点，它们甫一面世，即显出创作上的成熟、笔力的遒劲和多重面孔来，一再让人瞩目。

一

《翅鬼》是作者的处女作。小说讲述的是一个叫作雪国的“奇幻国度”发生的关于叛乱、忠诚与爱的故事。雪国的名字极易让人想起郭敬明的《幻城》及其中的同名冰雪国度。同是奇幻文学的代表，双雪涛之不同于郭敬明的地方在于，幻想只如翅膀，其所属意或着力的仍是这翅膀所承载着的飞翔的方向。这当然是一部可以从隐喻的角度加以解读的小说。其隐喻之意正在于这是一个不受现实世界时空律令限定的相对静止的所在，但其又非桃花源式的乌托邦。雪国显然不是现实世界之外的彼岸之所在。桃花源式的乌托邦叙事，其实是预设了一个现实批判的视角，《翅鬼》之特具魅力的地方，在于其既富有想象力的奇美，又有现实的指向。换言之，这并非“80 后”作家们所常常钟爱的那种小叙事式的耽于想象，而是宏大叙事指涉下的想象的飞扬。

翅鬼是长有翅膀的雪国人对自己的称呼，他们因为刚一出生即带有一对小翅膀，故而被视为异类，或遭杀戮，或沦为囚犯。代代相传，沿袭至今。这样一种宿命，部分源自如下既成事实：相对于80多万无翅膀的雪国人而言，他们是少数（不足5 000人）。他们中的大多数人，出生后就被告知低人一等，长大不久就被押解至服苦役。他们接受这一事实并习以为常。这一习以为常的打破源自一个名叫萧朗的翅鬼的出现。对于他们中的大多数人而言，他们既不通文字（不被允许读书），也无名无姓，从一定意义上说，他们的宿命，与雪国人对他们的愚民政策有关。萧朗则不同。他能识文断字，熟知雪国历史，又有极强的集体（或共同体）意识。他的出现，即如一道光芒，预示着雪国不可避免地将要发生一场事关启蒙与人生意义追寻的革命的爆发。

如此看来，小说的开头部分萧朗对故事讲述者兼参与者"我"的命名就显得富有深意。

> 你有了名字，等你死的那天，坟上就能写上一个黑色的"默"字，走过路过的就会知道，这地方埋着一堆骨头，曾经叫默，这骨头就有了生气，一般人不敢动它一动。你要是没有名字，过不了多久你的坟和你的骨头就都被踩成平地了。（萧朗语）

这是萧朗和"我"之间的一场对话。从这里可以看出，名字不仅是一种记号或符号，还是一种针对"死"/生的态度。如若联系萧朗稍后对"我"所说的"怪论"（"默，命本就是两段无边黑暗中间的一线光亮，和之前和死后比起来，你基本上等于没活过。"）来看，命名即是这样"一线光亮"，让你明白死/生之间的辩证关系了：生的意义即在于对"死后"和"之前"的宿命的抗争和对自由的向往。可以说，正是在这一启蒙的号召下，雪国的大地上正酝酿着一场翻天覆地的革命的发生。

但双雪涛之意，似乎并不仅仅在于启蒙的伸张。自由的失去虽某种程度上肇始于野蛮、暴力和压迫，但自由本身其实也是一种"认识装置"；就像启蒙的大业，其虽看似宏伟且让人充满遐想，但其实裹挟着牺牲、背叛、杀戮和人性的多面性内涵。双雪涛并没有简化这些问题及其之间的辩证关系。《翅鬼》所展现的，正是这一围绕着自由和启蒙实践下的对真与爱的命题的深度的思考和探索。原来，翅鬼虽在雪国被视为异类，但在雪国边界大断谷的对面——羽国其实是常态。相反，在羽国，那些生来就没有翅膀的人“是羽国的畸形儿，被唤做土鬼”，土鬼都是囚徒，与土地为伴，做苦役。也就是说，羽国的统治阶级，在雪国被视为异类，而在羽国视为异类的，在雪国则是统治阶级。如此看来，所谓压迫和反抗、正义和邪恶、统治和被统治之间的关系，其实并非天定而毋宁说是一种既成事实，随时都有可能发生逆转；以此观之，萧朗所发动的启蒙及其革命，也就只能在既定的范围内——雪国才有意义，一旦越过了雪国的边界，逾越到羽国，便会是另一场灾难的开始。这是一种悖论和循环，在这背后，起作用的毋宁说是权力的争夺和更迭，小说的结尾所呈现的正是这一围绕权力而展开并不断延续的战争乱局。双雪涛写出了这一社会困境，并试图从中找出可能有的答案。在作者看来，爱或许才是跳出其中怪圈的关键。小说结尾，小说中的主人公萧朗和他的心爱的女人小米的不知所踪显示的正是这一远离乱世乱局的象征和多重可能。从这个角度看，《翅鬼》所张扬并凸显的正是真（所谓启蒙、自由等）的有限与爱的无限大的命题的深刻辩证关系。

二

虽然双雪涛的作品不是太多，但却颇难归类或对其风格化。如果说《翅鬼》代表的是奇幻写作的一脉的话，双雪涛的小说还有其他诸多面孔。所谓奇幻之外，有现代主义的荒诞，和现实主义的反思，甚至现实主义与现代主义的奇怪结合。他的小说有写青少年的成长的刺痛及其隐喻的，也有探讨生之意义和价值的，有思考个人同世界的复杂关系的，也有反思人生的成功与失败的，等等。

《跛人》（短篇小说，《收获》2014 年第 4 期）堪比余华的《十八岁出门远行》，极具象征色彩，都是写的成长中的男主人公的远行。不同的是，一个是18岁，一个是17岁(《跛人》)。年龄的差别，某种程度上决定了他们远行的不同结果及其不同取向。从这个角度看，不妨说《跛人》是对《十八岁出门远行》的模拟式反写。高考结束后的“我”，为表示对来自父母的压力的反抗，决定与女友一起偷偷远行去北京天安门广场放风筝。此时的天安门广场之于主人公，虽缥缈迷离，但其相对于紧张的高中生活不啻为一自由自在无拘无束的象征，这与余华18岁的主人公那漫无目的的远行不同。目的或目标的缺失，使得18岁成长中的主人公踏上了一条不知来路没有去路的人生不归路，相比之下，天安门广场放风筝对17岁的主人公而言，却是一种精神上的指引，这注定了是一场有其既定终点和起点的远行，小说最后，主人公“我”迷途知返，重回现实中来，某种程度上正是这一结构所内在限定的。这样来看，《跛人》其实带有明显的情节剧和公路电影的味道。如果说《十八岁出门远行》是以成长完成后的社会与个人的对立来反写成长和对成长主题的颠覆的话，那么《跛人》则是以成长完成前的叛逆式的远行与回归来表现成长主题的合理合法。

而说《跛人》深有象征性，是因为这篇小说写出了叛逆中的成长的主人公以及叛逆后的成熟。对于“80后”写作及其“80后”烙印在人们中的印象而言，成长中的叛逆和桀骜不驯，是其重要的精神标志，这一倾向随着“80后”一代的走向成熟和回归社会开始有明显的变化。《跛人》最为象征地表达了回归社会后的主人公对自己青春时代的叛逆的审视和反思。“从现在算起，十七年前的时候，我的年龄是现在的一半，十七岁”，这一小说的开头，实际上设定了两个时代的“我”的相遇和成熟后的主人公对成长中的自己的重审。小说的叙述正是沿着这一“情感结构”而展开的。就“80”后的写作而言，表现出对自己青年时代的叛逆的反思和忏悔的，在这之前，代表性的有苏瓷瓷的自传体散文《一个人的医院》(2009)。对于《跛人》这一情节剧式的小说和散文《一个人的医院》而言，促使叛逆中的青春主人公回归或迷途知返的，既非宏大的理想或信念，亦非若隐若现的天安门广场式目标，而是亲情的召唤和对父母亲情的忏悔。小说《跛人》中“跛人”的形象正在于提供了这样一个“他者”的形象：叛逆中愤然出走的主人公，待返乡回家后父亲却已逝去，主人公“我”正是从跛子身上看到了自己，故而幡然醒悟迷途知返。而与主人公“我”一同出门远行的女友刘一朵之所以义无反顾，部分原因也正在于因父母离异而导致的亲情缺失。这一亲情的遗恨或对遗恨的想象中的忏悔成为包括双雪涛和苏瓷瓷在内的“80后”作家中回归主题写作的典型倾向。

在双雪涛的小说中，短篇《大路》（《上海文学》2014年第2期）也是表现成长主题的其中之一。只不过，这一成长是与存在主义式的活着的主题联系在一起，因而也就格外具有症候性。“到底值不值得一活”是小说的文眼，这让人想起余华的《活着》（又是余华！），所不同的是，余华是用死亡来写活着的存在感，而双雪涛则是把活着放在成长的主题下加以表现。小说设置了一个成长中的主人公“我”之外的一个年轻女孩的形象，我和她约定，30岁之后再来看看“到底值不值得一活”。这其实是悬置了“活着”的命题的形而上的讨论，而把其置于日常生活的实践之中。对于爱钻牛角尖的人们而言，这或许是最好的做法。有些问题，讨论或理论上的探讨往往无济于事，只有生活，也只有生活本身才能最终回答这一问题。用小说主人公“我”的话说就是“我不知道，我没有为了答案而活着”，“我只是活着，然后看看会不会有有趣的事情发生”。悬置问题（疑惑），而后坚持，定能发现生活中的美（有趣），这就是生活，也是《大路》这篇小说所给我们的最大启发。《安娜》是双雪涛另外一篇关于成长主题的小说。这篇小说讲述的主人公安娜，曾经是一个好学生，得到过钢琴、书法、舞蹈等全国性的大奖，但就是这样的一个好孩子，成长的过程中渐渐沦为酗酒、打架、早恋，甚至带有自杀倾向的问题青年。好孩子而兼问题青年，如何在一个人身上同时存在而又相互转化，及其产生的社会和家庭的原因，正是这部小说所欲思考并试图想弄明白的问题。小说在主题及内容上虽略有陈旧，但作者及叙述者浸透其中的困惑和期冀却是真诚而感人的，读后让人唏嘘不已。

三

双雪涛的小说《大师》（短篇小说，《西湖》2014 年第 8 期），与阿城的《棋王》极似，但又不同。同样是深受道家思想影响（在《翅鬼》中，雪国的天书即庄子的《逍遥游》），同样是写棋坛高手的凡与不凡，但双雪涛的用意似在于指向社会人生的思考。小说《大师》的结尾，主人公"我"成长后参加了工作，有了正常的生活，"工作忙了，棋越下越少了，棋也越下越一般，成一个平庸的棋手"。这真是悖论！和尚、父亲和"我"的棋技高超，是以痴迷棋艺而生活潦倒落魄为代价的——父亲因下棋丢了工作、跑了老婆，和尚因下棋一生孤苦伶仃无妻无子——一旦主人公"我"回归日常生活，却退化而成一个"平庸的棋手"。悲乎！这之间竟无调和的可能！作者/叙述者在肯定父亲"大师"式的风范的同时，内心其实充满了喟叹和深深的无奈。不难看出，在这里，双雪涛其实是预设了日常与非日常、平庸与不平庸的二元对立结构。这一对立结构，在双雪涛的《我的朋友安德烈》（中篇小说，《文学界》2013 年第 6 期）中也有呈现。安德烈是一个奇人，甚至可以说是一个天才，但就是这殊异之人却并不为社会所理解、认可和接纳，其最终精神失常而被关进精神病院也就是必然的结局。小说通过叙述者"我"的视角展现的正是安德烈如何为社会所不容并最终一步步被毁灭的过程。

双雪涛的小说主人公们大都是一些奇人，父亲、和尚（《大师》）、安德烈、老马（《无赖》，《文学界》2013 年第 10 期），以及老背（《冷枪》，《芙蓉》2014 年第 1 期）等都是。他们都有着不同于常人的奇怪或奇异之处，但也正因为其"奇"，所以大都穷苦潦倒、落拓不羁：他们是"奇人"，也是生活于社会底层的失意之人。这使得双雪涛的小说显现出一种奇特而坚硬的写实的面貌来。老马是小偷、无赖、酒鬼和亡命徒，表面看似大大咧咧，粗暴蛮横，其实内心软弱而孤独（《无赖》）。老背整天沉迷于网络游击，号称无敌手，在网游中的强者形象的掩盖下，呈现的其实是一个生活中的失败者的角色。网络内外，虚拟与真实，强者与弱者，冷枪与明箭，往往糅合在一起，构成一种生活的辩证图景和人生困境（《冷枪》）。

相对前面那些中短篇小说中的单向度的写实，双雪涛的《长眠》（短篇小说，《西湖》2014年第8期）和《北极熊》（短篇小说，《芙蓉》2014年第1期）则显得有些游移而复杂得多了。它们既有非常厚重的写实，又有象征性的虚幻，小说内部呈现/充满一种张力。《长眠》中，现实的庸碌，使叙述者“我”深陷其中，自欺欺人（作为理财经理的“我”，其实就是把这个人的钱放到另一个人的钱包里，如此循环而已），这样一种生活，坚实可触摸但却琐碎让人窒息；另一方面，我的朋友老萧（带着我的前女友）大学没毕业就回到他的家乡，过起了他们自己的精神生活。两者并置一起，不难看出其间内在的因果关系。精神生活的梦幻色彩，呼应着小说中虚幻部分。在小说中，精神与现实之间，是一种诗（人）与非诗（人）间的对立，也是“我”和老萧的对立。老萧的诗（三首）既是贯穿小说始终的内在线索，也是文眼所在。“让我们就此长眠/成为烛芯/成为地基/让我们就此长眠/醒着/长眠”（《长眠》诗）。作者在《关于创作谈的创作谈》（《西湖》2014年第8期）中曾把（这部）小说的写作视为“作家看世界的方法”的体现，就这篇小说而言，诗歌就是这样一种“看世界的方法”。诗歌是现实世界之外的精神存在，其看似虚幻其实有着最为彻底的真实。故而老萧以他的身死（长眠），成就的是他的永恒的“醒着”。诗歌的存在就是这样一种在世界中“醒着”的本真。以此观之，借这篇小说，双雪涛其实是提出了诗的伟大的宣言。在当代小说家中，双雪涛可能是最具有诗人气质的作家。但他似乎不是诗人，因为他深知，没有刻骨的写实，是写不出伟大的诗歌的。真正的诗歌写作是一种写实与写虚间的内在辩证。

从这个角度看，《北极熊》也是一首诗，真正的诗。在这篇小说中，实与虚的对立，是小说与现实间的转换和对立。作者设置了一个小说介入现实的神话模式。这一介入是小说中的人物命运直接对应或影响现实中的人的方式，小说与现实是一种直接因应的关系。一方面是以小说的写作影响现实中人物的命运，另一方面是现实中的"我"（叙述者兼故事的参与者）竭力想摆脱现实的束缚，到北极去看北极熊。但正如北极熊只是一个遥远的精神性的存在一样，小说中的小说家的写作也只是一种想象方式。小说中，"我"受雇去刺杀小说家并不是要真的消灭他，这是一种象征，象征着现实的强大。事实上，小说家的窘迫和他的不为社会所容，本身就足以让他消失。因而，小说的结尾，作者没有写到小说家是否被杀死，这其实并不重要。重要的是，这是一个开放的结尾，蕴含着多重可能，但也意味着这一切都是虚妄。任何逃离社会，想象世界的方式，相比现实的强大，都只是虚妄，双雪涛没有写出这一结尾，正在于表明了这样一种犹豫和无奈。

四

从前面的分析可以看出，双雪涛的中短篇小说中普遍存在一种内在的张力结构，这既是日常与非日常的对立，也是现实与想象、桎梏与自由、有限与无限的对立。这样一种对立，使得他的小说大都有一个镜像式的结构，表现在叙述视角上，是第一人称"我"的视角的使用和"他者"的存在的并置。双雪涛的小说（如《我的朋友安德烈》《冷枪》《大路》《大师》《长眠》《无赖》《安娜》《北极熊》《跛人》，甚至《翅鬼》）几乎都是以第一人称"我"的视角展开叙述，但核心主人公却又非"我"，而是其他人。"我"介入故事的进程当中，但又作为审慎、审视或不动声色的角色出现。核心主人公的存在正是作为"我"之外的异己的"他者"显示其意义。"他者"的存在，是"我"所能醒悟的前提，其既是"我"的镜像式的欲望的投射，也是"我"所以要避免成为的对象。质言之，"他者"构成的是"我"的欲望和恐惧的辩证物："我"在"他者"身上看到另一个"我"，但又能有效规避。

但“他者”并非仅仅“他性”式存在。双雪涛并没有简化“他者”之于“我”的辩证意义。就像《大师》所显现的那样，主人公“我”虽然同情父亲(作为“他者”)的境遇而渴望回归现实日常，但同时又对平庸的现实有所批判，主人公的内心其实十分矛盾。同样，《长眠》中的“我”虽然并不想过老萧(作为“他者”)那种亦真亦幻式的精神生活，但又对自身的境况深感厌倦和无奈。可以说，正是这样一种无奈和情感与理性上的进退失据，构成了双雪涛小说的最为坚硬的内核。他的小说中大量使用第一人称叙述，虽然很难说是作者“我”的意志(或意识)的表征，但其实表现出作者强烈的主体意识，这一主体意识既体现在叙述者“我”的思考和探索中，也体现在“他者”的反射式的指涉中。他的小说虽然有多副面孔，奇幻之外，有写实，有象征，但这都是作者主体意识的呈现。因此不妨说，他的作品的风格越是变幻不定，越是显示出他的主体意识的强大。这一方面决定了作者的独特的创作风格面貌；另一方面也似乎表明，在当代作家中，双雪涛可能是最具有主体意识的作家之一了。

第三节 逻辑、思想和“扳手”：王威廉小说论

王威廉是近几年来较为引人注目的“80后作家”，也是“80后作家”中比较罕见的有理论自觉的作者之一。他的作品虽然不多，只有20余篇中短篇小说问世（据说有一长篇正在构思，将于不久出版），写作时间上的跨度也不算长——从《非法入住》（2007年）发表至今，仅仅只有五年多的时间，但却给人以深刻的印象。这一印象不在于他提供给文坛/读者多少鲜明生动的人物形象/典型，也不在于他的思想有多深刻——虽然他的作品也表现出艰难的思考和探索。虽然他的很多作品也确实写得很好，但给人们印象深刻的，还是他那孜孜以求的思想上的探索和高傲不屈的执着。王威廉以他的无望的执着的精神/情绪烙刻在他的作品中，汇聚成一个“大写”的作者/叙述者的形象。相比之下，他的作品中的主人公反而显得暗淡无光，似有似无了。

一、法与非法的冷静和冷漠

王威廉之最为引人注目的作品首推被称为“法三部曲”的《非法入住》（2007）、《合法生活》（2008）和《无法无天》（2009）了。这三部小说探讨了“法”之为“法”的合理与否，以及法与非法之间的界限及其辩证关系；若以逻辑而论，三部小说的顺序应为《合法生活》《非法入住》和《无法无天》。合法并不一定合理（《合法生活》），法与非法之间，往往只在于强弱力量的对比和道德观念的有无（《非法入住》），那么这时，再去探讨合法和非法的区别其实已经没有什么意义了，正常/疯癫、理性/狂热、真/假、对/错之间又何尝不是如此（《无法无天》）？王威廉的小

说很难用现实主义去“标记”，因而后两部(即《非法入住》和《无法无天》)其意就不在于展现国民性主题和批判的姿态，但读完之余，还是对人性的丑恶与幽暗心有余悸。这让人不由自主地联想到小说意图表现的人类荒诞之处境。虽说合法/非法等对立之间的“界限”并非不证自明因而需要我们重新把它们置于括号，但如果说人性的混沌和丑恶也是这种荒诞之一部分的话，那么生活于合法的幻象之中又何尝不是一种自洽和幸福呢？可见，“法”之为“法”并不一定面目可憎；其虽不一定“合理”，但终究还是一种“度”，一旦超过这个“界限”，任何奢谈法与非法都似乎不再可能了。

在一篇创作谈中，作者曾把“法”理解为“律令”、法度和禁忌构成的“生命的界限”(《隐秘的神——有〈“法”三部曲〉的随笔》)，面对这样一种无处不在的秩序，王威廉似乎想表达出某种反抗。但作者也很矛盾。在当前这种被称为“总的真理已经破碎”后的“后现代”社会，作者十分清楚秩序并非没有正面的意义，只是问题在于，旧的秩序让人压抑，新的“潜藏的秩序”却又渺茫难以企及。(《隐秘的神——有〈“法”三部曲〉的随笔》)“法三部曲”正表达了这样的困惑。这一对绝望的感受显然不同于鲁迅，也不同于作者所心仪的卡夫卡和加缪等人。当鲁迅他们以反抗显示自己的存在的时候，王威廉却只能为反抗而反抗了，因为很明显，就连他自己也不知道反抗过后会是什么样子。当下的后现代语境——王威廉曾多次提到“后现代”的当下现实——决定了反抗往往只能成为一种姿态和表演(这一点在《内脸》中有极鲜明的呈现)，而这似乎是王威廉并不想看到的。

应该说，王威廉的“法三部曲”之特出，并不在于表现出的思想上的深刻——虽然说叙述者在《合法生活》中表现出思想探索的自觉，对诸如“合法性”等命题有过直接的追问；其真正触动人心的，还是那种彻骨的冷静和冷漠。这种冷静和冷漠渗透在“法三部曲”特别是《非法入住》和《无法无天》中，化为文字血肉和情节上的坚硬与刺耳，让人无法且不能回避。

王威廉的小说中，有一点值得注意，那就是第二人称“受叙者”的运用。用叙述学的理论说，受叙者即“文本中所刻画的叙述接受者”①。他的小说中，第二人称“你”既是主人公，又是受叙者。这种第二人称，其不同于第一人称和第三人称叙述的地方，在于距离感的凸显，和冷漠的叙述者的出现。这一点非常突出在《非法入住》和《内脸》等小说中。第二人称受叙者“你”在小说中比较少见，王威廉对这一视角的使用，显然并非无意为之。有研究者就《非法入住》中第二人称的使用这样评论道：“此篇采用的是较为少见的第二人称而且运用自如，消减了小说的陌生感，同时增加了读者的参与感。……正是‘你’调动出读者隐藏在心中的‘我’，由始至终凝神观看这场惊心动魄的有关‘恶心’的演出。”②这里说王威廉对第二人称运用自足并非溢美之词，但说其“消减了小说的陌生感，同时增加了读者的参与感”却并不符合实际。情况恰恰相反。这就必须联系王威廉的现代主义/后现代主义追求。第二人称受叙者的运用，事实上暗含了“你”和“我”之间的对话关系。当说“你”的时候，叙述者“我”已经隐藏其中了，“我”和“你”其实很熟。但在王威廉的小说中，这种第二人称的运用，却是为了凸显距离：叙述者“我”显然熟悉“你”的一切，甚至“你”的内心世界，但在小说中，“我”冷眼观看“你”，却并未出现。这种距离，既表明人与人之间的隔膜和冷漠，也表明这个世界带给人的“疏离感”：叙述者“我”虽洞悉“你”的一切，但却不能真正理解；这个世界与我们原来很“隔”，我们根本不能进入这个世界中去。

二、“疾病”的隐喻，及其悖论

说王威廉的小说中充满“疾病”的隐喻，一点都不夸张。因为显

① 杰拉德·普林斯：《叙述学词典》，上海译文出版社2011年版，第134页。
② 刘勇：《非法入住·点评》，《2007中国小说·北大选本》，北京大学出版社2008年版，第70—71页。

然，王威廉的小说中到处都是身患“疾病”的人，诸如没有指纹的人（《没有指纹的人》），没有表情的人（《内脸》），长有病足的人（《病足》），被毁容的人（《第二人》），患有交往障碍的人（《信男》《我的世界连通器》），被割掉子宫的残缺女人（《飞升的雅歌》），精神有问题的人（《无法无天》《暗中发光的身体》），患肺病的人（《非法入住》《他杀死了鸽子》）等。而且事实上，王威廉是一个理论意识非常自觉的作家（这从他的专业背景和阅读，以及小说中出现的理论家名单就可以看出）。可见，他之如此酷爱疾病的意象，显然有所指，象征意味十足。

作者曾坦言“目前一种有良知的写作只可能是隐喻性质的……文学的力量在于真实，而真实的路径却是虚构”（《虚构是一种理想》），这段话对理解王威廉的小说十分关键。小说中弥漫的疾病，当然可以从隐喻和虚构的角度加以解读和阐释。但这一隐喻又不太同于桑塔格意义的疾病之隐喻。在后者看来，疾病之作为隐喻在于它的文化内涵及其围绕疾病建构的一套话语，而在王威廉看来，疾病之为疾病正在于它的反面，就像他所说的真实之于虚构的辩证关系。换言之，王威廉通过疾病这一隐喻其实是探讨了一系列二元对立之间的辩证关系。疾病之于健康，常态之于病态，真实之于虚构，残缺之于完满，真理之于谬论，表之于里，正之于反，真之于假，等等。这些范畴之间，虽看似互相对立，其实相通，甚至一体。

文明社会要求每个人以不同的假（外脸）面示人，一旦这外在的假面失效，便会被视为“病态”；然而当人们真正戴上面具（如小说中的女领导）出现时，又会被视为怪物（《内脸》）。一个没有指纹的人，虽然一切正常，但随着文明及技术的发展，最后竟被一步步逼到无处容身的处境，甚至连作为“人”的资格也被剥夺（《没有指纹的人》）。王威廉通过他的小说试图告诉我们，疾病之为疾病，以及这其中的命名，并不是天经地义，而实在是一种知识的建构物，和权力的赋予。可一旦这种命名或生活被颠倒过来，似乎也并不可行。我们每个人都习惯了地球重力下的生活，一旦真正“倒立生活”后，又会感到那样的柔弱无力（《倒立生活》)。虽然一个被毁容的极端丑陋“鬼脸”，往往比一个相貌平庸之人更容易在社会立足并可能获得极大的好处，但这终究是一种极端扭曲的生活，还是平庸的生活那样的可爱可近(《第二人》)。人生既令人无望，颠倒过来又似乎不可行。王威廉曾借用鲁迅的“无物之阵”来形容他的处境和困境：“仿佛自己被一种莫名的力量放置在了这个残酷的战场上，而敌人却是看不见摸不着的，就像鲁迅先生所说的‘无物之阵’，而我假如要存活下去，则必须坚持不懈地应战下去，尽管失败的结局早已注定。”(王威廉：《在无物之阵中的抵抗》)如果写作于王威廉而言是一种抵抗的姿态的话，那么小说中弥漫的“疾病”隐喻则可以看成是他表达抵抗的象征了。虽然世界以病态/常态建构的秩序多么地不合理，但如果不这样的话，我们又无法生存：这或许就是人生的大悲哀。世界是这样的不合理，我们却只能生活在这样的不合理中。我们并不是不知道反抗，但反抗的行为本身，及其结果，却更加强化了这一不合理。所谓“无物之阵中的抵抗”，其意义应该就在这其中了吧。从这个角度看，王威廉的小说深具现代主义/后现代主义的风格。而事实上，王威廉也的确是想写出人类而不仅是中国才有的荒诞处境。这从他的小说中人物的生存困境可以看出。他的小说中的主人公大都生活在社会的中下层，带有一种明显的“底层小人物的悲戚”，但这一悲戚，并不来自生活本身，而是关乎生存和生存的困窘。生活本身的困境或许还可以解决，生存的困境却是无论如何也难于挣脱的。

或许在这个时候，只有死亡才可能跨越这一“疾病”的隐喻所构筑的世界，就像《老虎，老虎》和《暗中发光的身体》那样。在前一篇小说中，名叫“老虎”的主人公以一种豁达和坦然的态度执着地追求自杀，确实给人“向死而生”的感觉。但问题是，当他把死亡当作生存的目标，他其实是以延宕的方式，把这一生存的困境推向无限。因为，一旦死亡即存在，那么生存本身也就不再成其为问题了：死亡永远只能以一种缺席的状态，立于存在的前一刻而不是之后。这一矛盾，在后一篇小说中，有更其震撼的表征。当哥哥的死亡，在嫂子的叙述中渐渐清晰并逻辑分明的时候，一病历本的意外出现令所有的一切印象，变得那么不可靠。嫂子原来患有“偏执性精神障碍”，这使得她的叙述顷刻之间轰然倒塌；而更为要命的是，叙述者“我”一直以为自己很正常，及至从临死的未婚妻晓雪的口中得知，“我”其实早已濒临崩溃的边缘，并不能从哥哥车祸的阴影中走出来。原来，并不仅仅是嫂子不能在现实和幻象间作有效的区分！当初哥哥以自己的死意图唤起嫂子快乐起来的努力，现在再一次以晓雪的自杀表现出来。哥哥的车祸和晓雪的自杀，两人先后的死亡，重复并再一次确证了嫂子和叙述者“我”的精神错乱。这不禁让人困惑：这到底是叙述者“我”和嫂子不能走出虚幻的投影，还是世界本就虚幻不堪？小说以重复性的结尾告诉我们，即使死亡也终究不能摆脱真实与虚幻的界限，它们互相缠绕在一起，并非仅仅颠倒就能理出其中错综的脉络。看来，晓雪的自杀被再一次证明是无效而无用的了。

虽然，王威廉在对隐喻的使用上，表现出作者特有的巧思和妙用，这一点已被研究者所公认。但就深度和力度而言，他的大部分小说在总体上并不如“法三部曲”中的《非法入住》和《无法无天》。无论从哪个方面看，他的这两部小说，特别是《无法无天》，都是王威廉乃至“80后”作家中最最震撼人心的典范，这一震撼并不仅仅来自象征和隐喻，象征和隐喻若不能透过叙述/叙事的肌理，便会流为轻巧；也不仅仅来自故事的编织和叙述的技巧，虽然王威廉非常擅长于此道。这一震撼源自某种透彻后的绝望与冷静。没有这样一种矛盾而执拗的情感体验，仅仅靠隐喻技巧，显然是不能奏效的。

三、故事与形而上

王威廉显然非常擅长编织故事，而且往往乐此不疲。这从他那些有悖常情常理而又妙趣横生的情节中可以看出，什么一个“没有指纹的人”（《一个没有指纹的人》），一个人如何才能“倒立生活”（《倒立生活》），能否保持同世界的隔绝（《信男》《我的世界连通器》），一个同鳄鱼互换了脑袋的人(《市场街的鳄鱼肉》),等等。但若以为王威廉只是在炫耀他的故事的怪奇险异,那就是对他最大的“误读”。就像任何表象都只是本质的变形的表现一样,王威廉的每一个奇特的故事背后都有他对人生/世界的独特的思考和探索。他曾把这视之为“试图找到某种潜藏的秩序”和“在绝望内部反抗绝望”(《隐秘的神》)。这样来看王威廉的叙事,便会发现其中的悖谬和矛盾处。他的故事旨在以有悖常情常理的情节,和人类在各种极致/极端情境中的反应,来探索人类的种种荒谬处和存在感。这使得他的故事无不具有了形而上的意味。《内脸》探讨了现象和本质的辩证关系,《禁地》探讨了欲望与禁忌的关系,《谁是安列夫》探讨了名实之间的错位,《铁皮小屋》和《老虎,老虎》探讨了自杀与拯救的关系,《我的世界连通器》和《信男》探讨了内外的辩证,等等。一边是怪奇故事的编织;一边是形而上的探索,这使得他的小说往往表现出一种分裂和罅隙(另外可参见李德南:《面向绝境的写作——略论王威廉的小说》,《新世纪文坛报》2012年第1期)。故事往往为了表现形而上的主题而不期然地成为一种装饰或符号,就像他的小说中的人物一样,无关紧要无足轻重甚至可有可无,无不可以随意替换,其结果反显得他的故事过假,斧凿的痕迹明显。

有研究者曾把王威廉的《非法入住》称之为“将现代西方哲学观念和中国本土经验结合起来”的典范①,这种评价也适合他的另外两部小说《无法无天》和《暗中发光的身体》,但对他的大部分小说而言,却不能做到这点。现代主义/后现代主义小说中,情节和形而上的主题之间的关系,主要有这样两种情况,一种是情节的明显失真和扭曲,甚至荒诞,这一荒诞恰好与某种形而上的主题相匹配,余华等人的先锋小说就是这样的例子,卡夫卡的小说也是如此。还有一种就是,情节也能给人一种真实的幻觉,但随着情节的发展,情节越来越脱离真实/现实的逻辑,向着意想不到的极端情境发展;此时,推动这一极端情境方向发展

① 刘勇:《非法入住·点评》,《2007中国小说·北大选本》,北京大学出版社2008年版,第70页。

的不再是真实/现实的逻辑，而是某种冥冥之中不可捉摸不可扭转的力量，这样一来，小说也能给人一种形而上和形而下的双重震撼。刘震云的《一句顶一万句》和《我不是潘金莲》就属于这一类。这样来看王威廉的小说，并不属于其中的一种。他的小说明显有一个现实主义的框架，情节的推进，和极端情境的营造，都是在这种真实的幻觉中出现，这就使得他的小说中，形而上的主题和故事情节的编织之间，并不能很好地耦合在一起，因为显然，现实主义的语境和现实的逻辑，并不总能承载那么沉重而显在的形而上的主题。以此观之，王威廉的问题似乎就是，他以现实主义的“成规”表现现代主义甚至后现代主义的命题，其悖谬、无力和艰难诸种都在其中了。

这也带来另一个问题，即当他以“故事”——本雅明意义上的故事的形式表现最为形而上的探索时，小说之为小说的本身的质感却在慢慢消失，此时，或许最应该追问不再是世界或生存的意义何在？而应该是小说作为小说，它应该具备什么样的外形？王威廉的形式承载了太多的思想，这或许就是真正意义上的不能承受之重吧！生命之重和小说之轻，在王威廉那里恰好形成一种奇怪的对应关系。这既是内容和形式间的错位，也是现代之于后现代的错位：世界通过王威廉的小说显示出它本身的错位。情境的极致，虽必然灌注作者本人的思考于其中，但却并不必然是表象化。王威廉往往是把思想情节化，而不是相反。这既显示了他的力度，同样也流露出他的用力过猛。

在这方面，刘震云最近几年创作的《一句顶一万句》和《我不是潘金莲》，应该是很好的参照。在这两部小说中，刘震云一改其以往后现代式反讽和戏谑的风格，而变为冷静后的冷峻的微笑。但这种平实中却透出他的大思考和大悲哀。刘震云的小说告诉我们，有些时候，为了表达一个简单的道理，往往需要千言万语，甚至日复一日。最孤独的人，并不是一言不发，而是那些最聒噪的人；最简单的道理，不是不着一字尽得风流，而是费尽千言万语仍不得要领；同样，要想证明人生之荒诞/荒谬的困境，不是反复的诉说和不断的提醒，而是不经意间的触碰与流盼，以及随之而来的大彻大悟。

四、结语："扳手"的限度与伟力

王威廉的小说中，还有比较朴实而不太讲究技巧的一类，这一类包括《大姨》《来我童年旅行的舅舅》《秀琴》《全世界受苦的人》《梦中的央金》等。这一类小说虽然不刻意追求思想的深刻，却也写得娓娓动人，颇具感染力。这一类小说，在人生经验——大都以第一人称叙述者"我"出现的——的表现和人性的开掘上有其诸多可取之处，但若放在他的其他小说，乃至同类其他作家的小说中，并不显得突出和个性鲜明。这与他的那些刻意追求技巧和形而上主题的小说，恰成映衬之势。王威廉的小说总给人一种真实的幻觉——这是现实主义小说所意欲达到的效果，但问题是，作为"80后"作家的他，在自己的经验尚不足以支撑他的小说深度探索时，一味追求真实/现实的效果，却往往只能适得其反，多少有点力不从心了。

王威廉的小说，显然不乏好的故事和构思，其对思想的深刻的追求，也处处让人感动，但每每掩卷之后，总有"气短情长"的感觉：思想所致，远非叙述和故事的末梢所能触及。这与他对写实的关注不够多少有关。写实虽看似轻巧简单，其实十分不易。写实不是简单地起承转合，前因后果；写实也不是对生活的如实"转译"或"破译"；写实包含有对生活背后推动力的深刻理解。这一推动力，犹如"扳手"，它能撬动情节和人物，也能使思想变得丰满厚重；它不是使思想形象化的手段，不是让主人公活跃生动的种子，它也不是逻辑预设中的结构原型；它不是原动力，但比原动力更能抓住并直指人心。王威廉以他的作品（如《非法入住》《无法无天》和《暗中发光的身体》等）显示了这一可能及其限度。他的小说的理论性大于经验性，实验性强于现实性。这样一种形式实验的姿态，在先锋文学的形式实验早已耗尽后的今天，看起来是那么的"醒目"和"不合时宜"，而这其实也提出了如下问题，即在呈现自己鲜明风格的同时，如何“贴地行走”吸纳地气面向现实发言的问题。这一问题的重要性对于涉世不深的“80后”作家而言，尤其如此。一个“倒立生活”的人，失去的不仅是重力的牵引，还有生活的厚度和地基。王威廉想必没有料到，在他的小说《倒立生活》中，他其实早已以隐喻的方式告诉了我们这点。只不过，置身其中的他很难看到这点罢了。

第四节　梦游与还乡：关于文珍

在可被称之为“80后”的作家中，文珍的小说并不多，只有不过十数个中短篇作品问世。但就她的创作路数而论，却颇为多变。她每每喜欢探索新的题材、人物类型和表现角度，因而若仅从创作年代的先后顺序来对她的作品进行归类，似乎也令人踌躇。她的作品，集合了女性特有的温柔和绵密，叙述上的冷静和弥漫于文本中的迷茫，身处大都市的热闹和孤独，以及随时准备逃离与回归的执着和天真等，这些构成了文珍小说的大致图谱和面貌，一个充满矛盾而又质地纯净的作品形象。

一、梦游与怀乡

在她的小说中，首先需要提及的是中篇《第八日》(2009)。作者凭此而取得文学硕士学位，其用心之深亦可得见。这篇小说讲述的是一个城市白领失眠七天后终于睡着的故事。小说是从第八日的清晨起笔，采用电影叙述中闪回式的方式，让前半生的经历在主人公清醒的回忆中一一呈现。回忆，在这里，其实就带有精神分析中的回忆疗法之功用，回忆临近完成，主人公紧张的心灵也在一定程度上得到缓解，其最后能在飞速的过山车上睡着也就是情理之中的事了。从这个角度看，这篇小说已然具有了自我疗救的象征意义，而小说取名第八日，某种程度上也与宗教语境中重新创世纪的象征意味颇为吻合。

但这只是从象征意义上对这篇小说的理解。事实上，这篇小说给人震撼之处并不仅止于此。小说写出了现代文明对人造成的挤压感和由此引发的深深的孤独。现代文明表面上使人们之间的距离靠近，但其实是把人推向了更远。这样一种悖论，被作者匠心独运地同失眠叙述结合在一起，因而别具感染力。失眠似病非病，既平常，又让人无法理解。叙述者通过主人公展开的回忆试图暗示我们，失眠的根由似乎与童年时的创伤经历有关。可一旦往事被一一还原后，我们发现，从大学时集体宿舍开始，一直持续到毕业后与人合租，到独自租住，一步一步，最后竟演变为七夜八日的失眠，这一切似乎又同城市生活工作的快节奏和高度紧张密不可分。小说中重复六次出现的“早上7点55分”这一标明时间的表述，也在不断提醒并指向着残酷的现实存在，并一再把读者和主人公从记忆的深处拉回现实中。正是在这种回溯和前推的双重交替中，小说向我们展现出现代生活带给人们的深深的绝望感和窒息感。城市既让人孤独，童年又无法回去，文珍写出了现代性语境中无法抵达的怀乡病。

虽然说，主人公顾采采常常失眠而异常清醒，但同时她又是一个都市的梦游者。迷离的眼神和久久的发呆，使她与外界始终保持一种若即若离的关系：既不离开，也不靠近。这一梦游和清醒，虽看似两极，却在顾采采身上极端地扭结在一起。文珍写出了这样一批都市的女性梦游者形象，顾采采、苏小枚（《衣柜里来的人》）、小音（《地下》）、杜乐（《画图记》）、“她”（《北京爱情故事》），等等。她们非常清楚并痛苦于城市带给人内心的荒芜和贫乏，但又迷恋着这种生活，因而她们只是在城市的内部“梦游”。这一“梦游者”的形象，显然不同于城市的“游荡者”，虽然他们都表现出对城市的怀疑和距离。游荡者悠闲，无所事事，时刻保持着同城市的对抗姿态。相反，梦游者们却只能是进入城市秩序中的同谋者。他们一方面清醒地认识到自己与城市的格格不入，会把自己比作“衣柜里来的人”，或者就是整天发呆；但另一方面，他们又必须为在城市生存而努力工作，夜以继日。这就形成了梦游者的矛盾特征，即内心上的抗拒和身体上的靠近。他们的形象和城市联系在一起，已然成为城市中不可或缺的风景线。

这样来看她的小说，往往就形成一种来而复去和去而复来相交错的情节模式。小说主人公们也无不打上了这种矛盾犹疑的精神气质。文珍并非不知道，现代大城市让人逼仄难耐，可一旦离开又是那样的不舍。《衣柜里来的人》中，女主人公苏小枚把城市生活比之于秩序井然而缺乏生气的“衣柜”，为想逃离这种刻板的生活，一时兴起决意要远走拉萨。但当她来到拉萨，迷恋已久的老七向她展现出“拉漂”生活的愿景并极力挽留她时，她又那样毫不犹豫地拒绝。虽然，苏小枚如顾采采一样地有着都市梦游者的气质，但这并不妨碍她们留恋大都市里的生活。拉萨的短暂旅行，终只是现代大都市呆板生活的调剂，一如那永远只能在回忆中安慰顾采采的故乡的凤凰树般：缥缈之美，正在于距离，一旦距离阙如，其与大都市中呆板的生活相比也就没有差别了。在这里，拉萨之于北京，正与故乡之于顾采采等同。这一等同，某种程度上，恰好道出了全球化时代空间的悖论。全球化都市——北京城之外的拉萨，只如乡愁一般立于全球性空间的一侧。

事实上，拉萨在如今早已不再是“原初”意义上的精神家园，而实在是全球化时代中同样富有全球气质的现代都市了，从这个意义上说，所谓的“拉漂”也并不能真正逃出那令人窒息的“衣柜”——现代大都市。文珍的小说恰呈现出现代人的这样一种悖论：他们以为离开北京，就远离了束缚，但其实走向了另一重新的束缚。因为显然，在全球化时代的今天，任何向更远处的撤退，都并不能真正逃离全球化的影响和触须。这样来看《北京爱情故事》中男女主人公的妄想逃离北京而未得，就格外具有象征意义。逃离，于她的主人公而言，似乎只是一个姿态，一个美丽的传说。实际上，逃与不逃，于他们的幸福和心灵上的相通并无大碍。但因为有了这一姿态和想象的空间，生活才不至于原地踏步，才能更好也更能持久地在这既令人窒息又让人不舍的都市中继续下去。

二、北京城与人：“气味之都”，抑或离散之所？

曹文轩在谈到文珍的小说时指出，“文珍只写城市。她的城市是年轻人的城市。……这些年轻人似乎是这些城市的边缘人，他们大多没有在城市扎根，处于一种悬浮状态。但在他们身上又最能体现城市的气息。他们比起那些城市土著，似乎更能担当城市的符号。他们在现代潮流中推来搡去、无法泊岸，但他们对城市的敏感和理解有时是超出那些所谓真正的市民的。"（《城市边缘的解读者：文珍》）在这里，"年轻人的城市""城市的边缘人"和"悬浮状态"等这些描述，恰好道出了文珍的小说所具有的全球化"症候"。这些城市的边缘人，他们既不同于都市中的传统小市民，也不仅仅只是外来者，他们作为现代大都市特别是全球性空间而存在，但又时刻处于一种边缘状态。如若按照全球化理论家们的分析，他们整体上应处于"世界性社会结构"的"三个等级"中的第二个层次，即那些处于顶端的"融入全球经济的人们"（"包括从全球经济的管理者到服务于全球生产和金融的、基本上有稳定工作的相对有特权的工人"），和处于"最低层"的"那些被排除在全球经济之外的人"之间的那一部分①。这种中间状态，某种程度上造成了他们的"悬浮状态"，在他们身上，处境、心态诸方面无不打上这方面的烙印。这一都市边缘人，可以是外来中下层个体户，也可以是都市小白领，甚至可以是外企高管；他们虽身份各异，经历不同，但在现代都市中感受到深刻的孤独这一点上，却是出奇的一致。这种表现出的同大都市之间的若即若离状态，某种程度上不妨理解为一种全球化时代的精神状态：既融入又有距离；既批判又留恋；既想逃离，又最终回归的复杂心态。他们既有自我的意识，又在不知不觉中被全球化的潮流所裹挟而身不由己。他们明知大都市中的生存艰难，而又不愿意真正离开，如斯种种，都一再表明全球化趋势所具有的不可思议、毫无理性而又不可逆转的伟力。文珍的小说充分表征了这点。

她的小说，很多以北京的地标表明自己的基底，中关村、电脑城、安翔路、美术馆，等等。她甚至有一篇小说名为《北京爱情故事》。但事实上，正如《北京爱情故事》所表明的那样，北京作为背景，在小说中

---

① 罗伯特·考克斯：《从不同的角度透视全球化》，《全球化话语》，上海三联书店2002年版，第23页。

并不构成推动情节或塑造人物性格的功能，相反，它只在表明这是一种现代大都市的表征。换言之，北京在这里，其实只是一个符号，其既可以是上海，也可以是广州。在这里，北京只是作为全球化时代的全球空间意义上的符号。全球化空间中那种高度紧张、快速而冷漠窒息的生存环境，使得这一城里的青年男女们无不内心荒芜，即使爱情的欢娱也并不能填补一二。《画图记》中的男主人公宋伟侨频繁更换性伙伴的结果，是随之而来更大的空虚，这或许是一个循环：正因为极度空虚，才需要性爱来填补，而一旦满足后又是更大的空虚。这种恶性循环，某种程度上也正是文珍小说中的大都市里白领的生存状况。在他们那里，空虚、纵欲、紧张、娴静、传统、现代、前卫、保守、颓废、进取、无所事事、无有空闲等都可以并行不悖地表现在一个人的身上；因而就有了顾采采（《第八日》），一方面是不断的失眠及其带来的清醒，另一方面又是时刻处于一种恍惚的梦游之中；苏小枚（《衣柜里来的人》），千方百计想逃离大都市（北京），一旦抵达拉萨又会突然非常怀念北京；宋伟侨（《画图记》），在性爱上十分开放，但在对爱的态度上又极端保守等，不一而足。

但从另一方面，文珍的故事又似乎为北京城所特有。她想写出北京的味觉与嗅觉。《第八日》里表现出的对味道的情有独钟抑或挥之不去的噩梦，已初见端倪。其中那芒果独特的“烂熟、甜蜜、馥郁”之味流转于现实和回忆之两端，既让人温暖窒息，也让人绝望。或许正是因为她的主人公大抵皆寂寞与内向，故而嗅觉和味觉也格外灵敏。或者不妨说，味觉上的繁复，掩盖的是内心的单调和寂寞。他们口拙舌笨，不善言辞，于气息却似乎有天生的特异功能，故而常常把内心隐秘的情感于焉投射并放大。《气味之城》中的“他”出差回到家中后，爱妻早已悄然出走，绝望之中，终只能靠气味的辨别和回味/回忆来组织起对不能承受之爱恨的怀念。这不由让人感叹，既然对爱妻身上味道的细微变化敏感至此，又何以不能理解对方时时波动的内心？同样，《色拉酱》中的“我们”之迷恋“色拉酱”的“香甜滑腻”，也更多因为，一个是“寂寞恐惧”，一个是“长久自闭”。在《北京爱情故事》中，男女主人公彼此心灵相印也因那“幽幽隐隐”的兰花，但这一情感故事的幕起幕落，只能注定了在心底或幽蔽处展开。因而，这与其说是一出北京上演的爱情故事，不如说是一出只能在逃离北京时才成为可能的爱情故事。临近结尾，男女主人公去而未成，也正预示着他们幽隐的爱情故事将终结于北京城。看来，他们只能在北京怀想北京之外的彼岸，才能获得内心的温暖和幸福。北京虽然充斥着各种气味，但却让人窒息，反不若童年或早年经历中的回忆(《色拉酱》和《第八日》)。文珍力求写出北京城的味与色，却只能在逃离或缺席中才能显示出其应有的意义，反讽之义很浓。

虽然说，文珍在味觉的描摹上细致入微，深入肌理，但其实仍可以从象征的意义上去理解。因为毕竟一旦某种具体而微的味道与一座城市的生活密切相关时，难免带有先入为主和理念化的倾向，总让人感到意犹未尽。倒是《安翔路情事》这一类小说，其虽在情节的设置上略显陈旧，但那种叙述节奏上的纡徐婉转，充分显示出作者控制叙述的功力。《安翔路情事》写的是分别来自安徽和东北的男女青年发生在北京安翔路上的情感纠葛的故事。这篇小说也写到味觉，男女主人公小胡和小玉之间，从最初的相互吸引，到彼此疏远乃至分开，都与气味——食物麻辣烫和灌饼——有关。但真正决定他们爱情去留的，却是外来个体户在北京的生存困境。虽然小玉十分迷恋小胡，但当小胡提出要她同他一起离开北京回家过日子的时候，她却断然拒绝。在这里，待在北京城于她——一个文化程度不高的东北少女——虽然是那样的艰难和不易，但它实际上已是她单调贫乏的往昔岁月的截然对照，她宁愿生活在浪漫传奇的未来，而不愿回到当下。北京于小玉而言，代表了未来，是梦而不是日常现实。她拒绝了小胡，其实是拒绝了现实。虽然，这篇小说也可以从“北漂”的象征意义上去理解，但其对“北京”的想象又是那样的与众不同，甚至也完全迥异于作者的其他小说(如《第八日》)。在这里，北京其实是以一种高度“审美化”的形象呈现出来：一方面是极端的具体化，生存于其中的压力就像那味道一样的实在而可触及；另一方面，又被高度抽象化和拉向更远处，那是一种隔着灯光或阳光以及喧嚣声之外的一种有距离的嗅觉和味觉。“真的就像那个梦一样，小玉想，小胡在梦里面远远地看着她，既不说话，也不过来，看不清楚表情。就像最初一样，就好像从来没有看见过对方一样：他们看见对方了。隔着街道，他们安静地，天长地久地，望着彼此。”这是小说的结尾。小说的最后，虽然一个(小玉)离开了北京，一个(小胡)暂时留了下来，但在精神上内心里正好相反。身体留下来的，却只不过是匆匆的过客；身体离开了的，精神却永远寄寓于北京的上空。同为逃离北京(《安翔路情事》和《北京爱情故事》)，小玉以一种精神上超越的想象方式实现了对北京的“浴火重生”。

三、“地下”的暴力与温柔

文珍的小说中，《地下》是一篇较为独特的小说，颇有“公路电影”的味道。小说写的是去国十年后回到北京的青年女子小音被前男友张铭禁锢“地下室”的故事。相爱多年的小音和张铭，因为法国外教的出现，感情趋于破裂，分手之后是女主人公远走国外，和十年之后短暂回国。而令女主人公万难想到的是，张铭非但没有怀恨在心，反而是更加的刻骨铭心。这种几近“变态”的迷恋的结果，最终以禁锢这般极端和暴力的方式呈现出来，让她不能回避。这一禁锢“黑暗之城”虽有被抛出现实秩序——地上世界——之外的意味，但发生于其中的故事却以一种坚硬的真实性深深穿透了女主人公——男主人公的情感表白方式虽似嫌粗暴偏执，但其实是那样的“温柔”。于她而言，漂泊异域他乡，虽性侣频仍，但却几无内心情感上的沟通和交流。“各式各样的缠绵，清晨起来却换来各式各样的茫然和疲惫”；“然而张铭的温柔，那是另外一种单纯干净孩子气的东西。十年之后他告诉我：那是爱。爱。”

小说以这种方式，试图告诉我们，在如今这样一个欲望膨胀的年代，身体的解放带来的其实是心灵的更加荒芜。因而，小音和张铭之间，从最初的相爱，到分手，乃至最后小音重又爱上张铭；这一过程，正好对应着发生在小音身上的身体与心灵之间的辩证运动：从最开始的合为一体，到彼此分离，到最终的复归。这种循环虽能予人以安慰，但其实是更大的无奈：心灵似乎只有在身体经过了周游世界——如法国——之后，才能重新找到自己的居所。这种从身体到心灵的返回，某种程度上也正表明了全球化所带给人们的心灵上的艰难跋涉。这样来看，小说中的“地下”极富象征意味。小说以一种近乎施虐、受虐的爱情表达方式，表明“地下”毋宁说是人之“心灵”或“内心”的隐喻。“地下”之于“地上”，恰同于身体/心灵之间的区分：身体“可以随意处置”，心灵却能永存在“地下”的某个“温柔”处。可一旦反过来理解，又不禁让人不寒而栗：在如今，似乎只有把它禁锢在“地下”，“内心”才有可能保持其应有的纯洁。

这样一个时代，不由得不让我们常去思考常与变的关系。文珍的另一部小说《中关村》使我们想起了张爱玲的《封锁》中的邂逅。这部小说写出了波德莱尔眼中短暂和永恒相交织的现代性带给现代都市中人的困惑和无奈。她以这部小说重新诠释了波德莱尔的《致一位交臂而过的妇女》：“大街在我的周围震耳欲聋地喧嚣。/走过一位身穿重孝、显出严峻的哀愁/瘦长苗条的妇女，用一只美丽的手/摇摇地撩起那饰着花边的裙裳；//……电光一闪……随后是黑夜！用你的一瞥/突然使我如获重生的，消失的丽人，/难道除了在来世，就不能再见到你？”这部小说讲述的也是发生在现代大都市(北京中关村)中青年男女邂逅的故事。多次的邂逅在双方眼里都以为是“传奇”，没想到原来只是错位和误会：“许是过了午后，街道上的阳光比刚才进来时暗淡了不少。高跟鞋蹬蹬蹬走过去，也不再能明显感觉到周围行人的注目礼。……这就是她的套子，她的皮囊，她就是逃不出去的套中人——怎么会这样，她又没有做什么，不过就是喝了一杯饮料，怎么转瞬之间，就老了十岁。”虽然，这样的时代，有转瞬即逝的震惊，也有意想不到的邂逅，但即使邂逅也只不过是千万次机缘中的一次，而要想从这转瞬即逝中抓住永恒，终只如水中月镜中花一般缥缈难及。

四、结　　语

从以上对文珍小说的巡礼式的分析可以看出，她的创作时间虽然较短，起点却是很高，而且能自如变换各种手法，一再给读者以耳目一新之感。但也带来一个颇为严峻的问题，那就是，风格上的多变使得她的小说往往不能得到很好的沉淀。风格上的趋新，虽显示出作者想象模拟生活和组织再造现实的能力，但也暴露出作者写作上的不稳定。而如果一个作者不能形成自己较为稳定且擅长的风格特征的话，他的创作便会只如散乱的珍珠，虽各个看似珠玑迷人眼目，眩晕之后并不能留下持久的记忆之痕。风格上的多变，从另一个角度看，也正意味着风格上的缺乏。文珍的小说创作有很大的拓展空间，但也潜藏着危机，她以她的小说诠释了这点。这一不稳定还表现为中短篇小说写作上的失衡。作者非常擅长叙述节奏的变化和对叙述距离的控制，这使得她的小说大都有精妙的结构，从这点来看，中长篇小说是最为适合其的文体，而事实上，从作者的小说创作来看，中篇小说的成就普遍要高于短篇小说。

她的小说能很好地突破已有经验的局限，并能随意出入各个人物角色内心的幽微处，在这方面，显示了作者“再造经验”的巨大潜能，而这对其并不意先锋的小说创作而言，是十分可贵而关键的。但随之而来的是，仅靠经验的不断再造，并不必然带来艺术作品内在深度的递增；相反，如果过于执迷于此，反会造成作品内在深度的重复乃至下降。她写出了身处大都市中各色青年男女身心两皆疲惫的高度紧张状态，但也只仅止于此。既然北京广州那样的全球大都市的生活如此艰难，她的主人公又那样怀想童年时家乡的凤凰树，为何执意不愿离开？对于这样一种时代的悖论，作者显然没有更行深入地去反思和探索。作者写出了全球化所具有的不可逆转的裹挟一切的伟力，她身陷其中，却并不自知；她的小说一再显示出“再造经验”的诸种可能，却不能向前推进，这不能不说是一种遗憾。

第五节　古城墙与星巴克：关于杨则纬

一

来自西安的1986年出生的杨则纬，在“80后”青春文学写作中极具代表性。说其有代表性并不是指她的小说代表了“80后”青春写作的成就，而是说她的小说写作集中彰显了“80后”写作的表达方式及其困境所在。我们从她最早发表的长篇日记体式小说《春发生》(2006)中可以看到，这是一个从小生活在闲适环境下的独生子女的情感告白：生活幸福、甜蜜而时有感伤，内心单纯、坦率而丰富易变。这样一种成长经历和性格特点，某种程度上决定了她的小说情绪化的风格特点。情感真挚而略显夸张，以情使文，缺少节制，思路跳跃等，都成为她的小说的典型特征。就情感的表现而论，与同为“80后”的女作家孙频相比，她们呈现的是两种极致，一个是情感表达的内敛，一个是感情文字的外露；一个擅长对细腻感情的默察、把握和描摹，一个试图在毫无节制的宣泄中达到一种本真的效果。

《春发生》(2006)是一部可以称之为长篇小说的作品。说它可以称之为长篇，是因为其并非人们通常理解中的长篇小说。它在篇幅上虽有20万字，但其实是带有散文性质的一部作品，其中不脱学生作文和日记体的痕迹。这部小说记录的是高考结束后的小女孩丫丫——其实亦即杨则纬，两者通常不能两分——出门旅行中的所见所思所想所感所忆，其中不时穿插点缀作者/主人公曾经的作品，因而不妨看成是杨则纬此前作品的一个结集。

虽然严格意义上说这并不是一部小说，但因其较为真实真切地记录了高考压力下的高中生复杂而微妙的情感生活，这部作品仍有一定的意义，其在杨则纬的创作历程中也有典型的症候性。在这部作品中，杨则纬显示出了她的描摹情绪的文字功夫，但另一方面也暴露了作者叙事上的不足。情感真挚动人是她的长处，但如果不能很好地把情绪形塑于一定之规，这样的情绪文字终究不是艺术。比较而言，倒是其中穿插的其他作品显得有趣些。其中如《是谁杀死了谁》，显示了杨则纬想象力的丰盛，和情节设置的巧思，这一特点在作者的另一部长篇小说《末路荼蘼》(2008)中有集中显现。特别是后者(《末路荼蘼》)，虽然读来清新流畅，情感饱满，但终因是向壁虚构，没有生活经验做底子，总觉缥缈。一方面是想象力的痴迷，一方面是情绪描摹的恣肆张扬，杨则纬在这两者之间徘徊不定，进退失据，往往顾此失彼，很多作品都显示出风格上的不稳与过渡色彩来。

《我只有北方和你》(文汇出版社 2013 年版)是作者的另一部重要长篇小说。虽然说，在这部小说中，作者及其主人公的情感内涵更具社会内容而显得苍凉沉郁，但终究缺少剪裁和必要的戏剧化，而其叙事上的不足并没有得到很好的改进。这是一部公路电影兼情节剧式的小说。但又是反公路电影的写法。小说故事情节的主要背景是在旅途中的一站丽江，旅途结束，主人公回到工作单位，却发现一切都回不到从前。虽然很难判断作者是否深受电影等当前流行文化的影响，但其在这部小说中确实是预设了一个秩序与秩序之外的空间隐喻。旅途是主人公自我疗伤、寻找的一部分，而这伤害显然来自秩序本身。这是一种以秩序之外的浪漫旅途来疗救秩序所造成的伤害的情节模式，但事与愿违，秩序之外的空间仍是现实秩序的延伸，其结果只能是伤害更深，失望更大，主人公不得不重回现实秩序之中，与现实秩序妥协。现实仍再一次抛弃了她。

撇开主人公的精神创伤不论，主人公的精神悲剧在于，这是一个从各方面说都不彻底的人物。其既不向现实的规则/潜规则低头，又不愿回到朴素单纯的贫穷日子。她纵情声色，交友无度，但又洁身自好，从不愿为了赤裸裸的目的出卖自己的身体；她渴望金钱和成功，但又想显得与众不同和精神上的独立；她渴望爱情，甚至愿意放弃奢华的生活跟爱人一起回归简朴，但真正让她回到生活上的朴素，又会觉得不堪忍受，最后落荒而逃。犹豫、彷徨、不彻底，无所适从，是她的人生困境的重要原因。她不知道自己所渴求和所能得到的之间的矛盾，却在抱怨人生的不公和自怨自艾甚至自残自虐。或许，不彻底也正是她的代表性的地方。她既有物质上的享乐的欲望，又有向往美好的精神生活的内在需求，而事实上，精神生活和物质享乐之间并不总能耦合。故而矛盾接踵而至纷至沓来，最后落得个两手空空。从这个角度看，《我只有北方和你》是当前青年一代普遍存在的精神困境的象征式表达。

《躲在星巴克的猫》（天津人民出版社 2013 年版）是杨则纬的一部作品集，《躲在星巴克的猫》是其中的一部小长篇。这是一部可以称之为童话的小说，小说叙述的是一只误入星巴克咖啡馆的母猫在吃了奶油蛋糕后变成半人半猫的故事。白天是一个漂亮的女孩，晚上是猫，这样的故事框架本可以极大地发挥作家的想象，但不无遗憾的是，小说并不怎么成功。首先，这是一部想象较为平庸的作品，因为半人半猫，故而爱情注定只能以失败而告终。虽然说半猫半人的爱情注定不能持续，但作者似乎是从人的两难的角度表现这样一种爱情悖论，如果撇开半人半猫的背反，这样的爱情叙事并不新鲜，甚至可以说十分常见。不难看出，这仍是一种拟人化的写法，缺少陌生化的力量。其次，对于这样一部幻想叙事，最大的问题似乎还在陌生化上的不足。如果仅仅停留上拟人化的层面，而不能把想象或幻想陌生化，这样的作品读来终究落入俗套。而事实上，这种陌生化的手法完全可以很好地体现在猫在白天变成人晚上变回成原形的身份的转换上。身份的转换，在小说中以一种平缓过渡的形式展开，缺少其应有的审美效果和力量。再次，不论是猫的故事，还是其变成人后的爱情故事，在这部小说中都很平淡简单，从中不难看出作者生活阅历的不足。看来，对于年轻而生活在闲适生活中的作者而言，经验和想象的贫乏，仍是困扰并束缚其创造的主要原因。

相比《躲在星巴克的猫》，其中的某些中短篇小说要写得成功得多。《纸片人》和《纹身》是其中写得较好的两篇。杨则纬小说的特点是任情使气，她的小说中，故事情节是辅，情绪的表达是主，这样一种文本秩序，决定了她的小说常常显得散漫随意，缺少必要的节制和逻辑，跳跃性很强，而这跳跃性又是与她的情感的变化息息相关。或许正应了一句话，即她的小说是她那小女人的微妙细腻的情感变迁的表象，理性的欠缺似乎是她的小说的最大的不足。从这个意义上看，《纸片人》讲的就是理性最后战胜情感的小女孩的成长故事。这一成长的仪式即表现在婚姻的选择过程中的情感和理性的矛盾。

《纹身》讲述的是一个女孩与两兄弟间的情感纠葛的故事。多年前的一次邂逅，女主人公与一个陌生中年男子有过一次一夜情，多年以后当她想找一个又帅又有钱的男子武蓝结婚，在去见对方家长和亲友时发现，原来这之前的中年男子竟是未婚夫武蓝的大哥。杨则纬的小说，总会在很多关节处留下空白和断裂，有些时候，如果处理很好的话，会造成悬念与余韵，但更多的时候，则让人不知所终，不能很好地连贯情节。在这篇小说中，对于为什么会和中年男子发生一夜情，而后离开，以及为什么又要欲擒故纵地同武蓝认识并套住他，作者/叙述者并没有交代，让人觉得不能理解。但如果细细品味又会发现，这些似乎又在情理之中。女主人公幼年的经历，父母离异，决定了这是一个情感淡薄而又渴望亲情的女孩，她之所以与中年男子发生关系，与“他很像我的一个亲人”的感觉相关，而后女主人公想结婚了，也与她晃荡累了想找一个坚实的依靠(有钱)有关。这些都是通过第一人称视角“我”的叙述及回忆完成的，情绪流是杨则纬小说的典型特征。

二

杨则纬的中短篇小说中，《傻瓜美丽》(2010)是写得十分内敛的一部。这篇小说讲述的是一个外表并不美甚至可以说有些丑的叫齐美丽的高中女生的故事。外表不美但心灵单纯善良的她，最终赢得了他人的喜爱，自己也变越来越漂亮。这是丑小鸭变白天鹅的童话故事的现代重写，但又似乎不尽如此。“80后”作家们热衷于表现单亲家庭下的问题少年的生活，《傻瓜美丽》中的两个女孩也都是父母离异，且又受到同学的排挤。但这篇小说不是写孤独女生的自暴自弃，而毋宁说是写她们的自我救赎的努力。这样来看，小说写得相当内敛。齐美丽并非天生不美。原因何在？原来这与父母离异后自己的暴饮暴食有关。这是一个内心孤独渴望关爱的少年，暴饮暴食某种程度上造成了她的肥胖和身体的变形。但小说似乎并不着意于问题少年的角度，而是从她那单纯善良到近似于“傻”的表象入手，她的没心没肺原来只是她内心寂寞苍凉的表象。她渴望真诚的友谊，人与人之间的坦诚，没有伤害和欺骗，这些曾经拥有的东西，一旦得而复失，降临到她与同桌密友林微的身上，令她困惑、难受和煎熬，不能自已。在小说中，齐美丽和林微之间，其实构成镜像关系，她们境遇相同，都是父母离异，而内心孤独。林微是齐美丽的镜子，她从林微身上看到自己的过去和未来。她曾经的美丽因父母的离异而不再。此时，如果再让伤害、欺骗绑架自己，无意于作茧自缚，只能使自己更加丑陋，而如果充满宽容和理解，则会让自己内心开阔，变得成熟起来。小说最后，以齐美丽的顿悟并复归美丽结束，充满余韵。中学生活是杨则纬的擅长领域，这不仅仅是一篇可以从成长的角度加以解读的小说，也不仅仅是在探讨美与不美的问题，这里面涉及对世界人生的理解和自我救赎的渴望，它们很好地耦合在一起，富有张力。这是杨则纬写得很成熟的一部作品，相比她在《春发生》和《我只有北方和你》中那种任情使性的风格是一很好的突破。

《最北》（作家出版社2013年版）是杨则纬最近出版的一部长篇小说，也是她的长篇小说中写得比较好的一部。李浩从小生活在一个幸福的家庭，而后家庭出现变故，父母离异。一个幸福家庭的中断，就像成长过程被延宕一样，青少年主人公的人生出现偏差，内心充满伤痛。对于这伤痛，青少年主人公一度以自强自立鼓励自己，因而获得机会到瑞士交流两年。在这期间，经历的一场爱情，曾经作为拯救的力量使得主人公的内心平静、充满希望和力量，但因女主人公患有先天性心脏病，不能生育，故而在李浩交流期临近尾声即将回国时，设计了一场欺骗——女主人公和他人接吻的镜头——以促使李浩断然离去，最终有情人未成眷属。无疑，这是一个老套的故事，男女深爱着对方，但因一方患有绝症或先天疾患不能生育，有情人未能缔结良缘，或者就是病房里的婚礼与葬礼。对于一个跨国恋的故事而言，跨国间的种种障碍，疾病叙事不失为一种有效尝试。而事实上，杨则纬一直在思考想象跨国恋的能与不能，《我只有北方和你》中女主人公发生在异国的刻骨铭心的初恋，也因为国籍和国界的阻隔而告终，等等。

无疑，这是一部讲述爱情的小说，但在这部小说中，爱情被放在青少年的成长的历程中表现，爱情与成长、成熟具有了某种同构的关系。对于很多“80后”作家的写作来说，爱情几可等同于救赎，这在张悦然的很多小说如《水仙已乘鲤鱼去》《誓鸟》、马小淘的《毛坯夫妻》等中都有极为明显的表征。在这些小说中，爱的拯救力量足可以使得即使再大的创伤也能获得精神上的平复，爱的单向度和象征性纤毫毕现。杨则纬似乎有所不同。她的小说描摹爱情，并试图表现爱情所具有的救赎的一面，但到最后，救赎变为伤害，主人公常常只能独自饮恨自悼自救：爱到最后常常成为主人公反省自身并得以逐渐成长的前提。从这点来看，杨则纬的小说代表了“80后”文学写作中的爱的书写的另一种模式。

这一倾向，某种程度上贯穿于杨则纬的小说创作历程中。其最早出版的长篇小说《春发生》(2006)中作为精神支柱曾一度支撑女中学生丫丫的爱情，却原来是一场单相思的想象。《我只有北方和你》中女主人公始终追求美好纯粹的爱情，却发现都不过是一场空，等等。而即使是带有童话色彩的《躲在星巴克的猫》中，爱情也并不能超越人畜之间的界限。在这些小说中，杨则纬写出了爱情的不同面向来。爱情不是救赎，救赎的力量只能来源于自身。

而说这部小说写得好，是因为在这部小说中，杨则纬表现出了对叙事的把握的能力。在这之前，杨则纬的小说擅长以情运文，叙事显得是她的弱项。《最北》中采用了《我只有北方和你》的结构模式，即在回忆的框架中，依次展开故事的模式。这是一种闭合式的结构。所不同的是，在《我只有北方和你》中，故事是呈双线展开，而在《最北》中则以时间的进展作为经线。对杨则纬而言，情况似乎是，在没有熟练地使用以单线的方式展开故事的叙事的时候贸然采用双线的结构，极可能造成叙事的错综混乱，而事实上，在《我只有北方和你》中也确实有这种情况出现。

对于杨则纬而言，这一闭合式的结构，其好处是这是一种最为恰当的表现青少年成长主题的结构方式。在这两部小说中，作者尝试了两种讲述青少年成长的视角，一种是叙述者回忆讲述自己的情感经历（《我只有北方和你》）；另一种是他人回忆并以第三人称的视角讲述主人公的成长（《最北》）。现在看来，第二种方式似乎更适合杨则纬。因为以第一人称自己回忆并讲述自己的故事，对于一个还不成熟的作家而言，会造成情感的过度宣泄和叙事的跳跃，情感的表现往往会掩盖甚至遮蔽叙述。而他人回忆并以第三人称的视角，则显得客观、冷静、从容而有余裕，显然更适合杨纬。在这部小说中，在写到李浩与薇拉感情最为深厚的时候，突然中断，而直接写到他回国后的故事。这样一种单线展开，而后断裂并接续的做法，既能有效制造悬念，也是对成长主题的思考。作者并没有简单地把青少年的成长视为单线顺畅的展开方式，青少年成长的波折和往复，是与生活的原生形态相符合的。

三

在杨则纬的小说特别是《躲在星巴克的猫》这部小说集中，其场景大部分都是在星巴克咖啡厅或酒吧。这是一种典型的全球化本土现代性经验的表达。也许作者自己并没有意识到，她的小说的那种忧伤、不定与茫然，都与这一场所空间有关。这是一个流动的空间，不安的场所，这里认识的每一个人虽然很多都是多次认识后的熟悉面孔，但终究彼此并无关联，难知根底，因而在这样一个空间发生、上演的爱情或友情，其先天注定了难以终了，或者说前景难测。

《躲在星巴克的猫》这部小长篇，讲述由猫变成的女孩同大学男生间的人猫情感悖论，某种程度上正是这样一种现代性经验的表征。传统童话中神秘而充满想象力的乡村、城堡和森林，在这里一变而为星巴克这样一个反浪漫的全球化多重时空，童话式的传统结构，最后演变为反童话的现代寓言，自是不难理解。《我只有北方和你》中女主人公寄希望于旅途空间（丽江的一个酒吧）中的浪漫邂逅来疗救个人心里的情感创伤，这本身也有点缘木求鱼，其实是把自己的未来置于更不稳定的变数之中，结果也可想而知。而至于《春发生》中的丫丫同超人的网恋，其更是介于虚拟和想象之间。全球化时代，给人们的邂逅并相知带来了极大的便利，但也给人们之间的感情的发展带来隐患和不明，杨则纬的小说多以星巴克或酒吧这样一个空间展开她的主人公的故事，因而也别具象征。《花儿》（收录于作品集《躲在星巴克的猫》中）中有这样一个细节值得玩味，即小说女主人公“我”寄希望于星巴克咖啡厅里找到青梅竹马的小童。这当然是渺不可及的事情，但女主人公和花儿却玩起了这样一个指认的游戏，即走进星巴克的第十个单身男人，不论年龄和长相，她们都要上前搭讪，并说其就是小童。这样一种把陌生的人指认为某个朝思暮想的人的游戏，是一种典型的全球化本土现代性经验的表达。星巴克，某种程度上即全球化的象征。这是一种把不熟悉的变为熟悉的过程，同时反过来也意味着熟悉的其实也是不熟悉。熟悉与陌生，在这样的空间里相互转化，鲜明而象征地传达了全球化时代的现代性经验。

杨则纬的小说之特具象征性，还在于她的小说背景——西安——的隐喻色彩。西安（包括陕西）在中国文化史上的象征意义人所共知，其当代文学创作更是以底蕴厚重、基调沉郁闻名，柳青、路遥、贾平凹、陈忠实等都是其典范。文化而兼历史与现实，在杨则纬的小说中以古城墙和咖啡厅的对立方式显示出来，因而别具张力。杨则纬的小说虽然有古城墙作为故事发生的空间背景，但其实只是映衬了星巴克的繁华、易变和虚幻。如果说贾平凹发表于 20 世纪 90 年代的《废都》显示的是西安古城的现代裂变的象征的话，那么这一裂变在杨则纬的小说中则呈现为一种飘零无根的无家可归状。坚硬厚重如古城墙都只如幻影，更遑论是越来越遥不可及的历史与那不可捉摸的文化？杨则纬的小说，只有全球化的面影而无传统文化的基底，其小说创作与郭敬明那以全球化的空间上海为背景的《小时代》在本质上已无区别。她的小说虽竭力凸显强调西安的故事背景与前景，但显示出来的却是距离西安越来越远。对此，不知作者是否已有充分的认知？

第三章　青春“80后”作家

第一节　“赋形”青春的文体与结构：关于七堇年

在“80后”作家中，或许没有谁比七堇年（1986—　）更热衷于书写成长的诸种疼痛与记忆的了。她的小说到目前为止，始终都在围绕成长的主题展开。这是七堇年的小说最明显的精神标记，也是她有别于其他“80后”作家的地方。虽然说，很多“80后”作家都在写作成长之痛，但成长于七堇年而言，仍有不同一般的意义。在七堇年的笔下，成长并不仅仅是噩梦，还是自我的审慎和救赎。在“80后”作家中，七堇年是为数不多的写出了成长过程中的疼痛与反思的作家。七堇年的成长叙事充满了辩证的理性之光。

一

《大地之灯》（2006）是七堇年写的第一部长篇，连同2008年出版的《澜本嫁衣》，截至目前，她的长篇只有这两部。但仅这两部就已奠定了七堇年在“80后”作家中的地位。《大地之灯》是七堇年19岁前后写就的作品，相比同时代的“80后”作家们脱时代和历史的倾向，这部小说的突出之处在于，它把个人的成长放在时代、宗教和文化的背景中展开，因而别有深度和厚度。这一写作成长的模式在她的其他小说如《澜本嫁衣》和《尘曲》等中都有延续。《大地之灯》围绕主人公简生展开了对一家三代人各自不同的成长过程的叙述。虽然说三代人的经历各异，但在对孤独和创痛的感受方面，彼此相似；所不同的是，因为各自身处不同的背景，其具体形态和表现不太一样。简生的母亲素清，青少年时代恰逢“知识青年上山下乡”运动，她的青少年在失落、欺骗、理想的破灭和感情的受挫中度过，这样的创伤记忆决定了她日后的冷漠和扭曲的性格，她同儿子简生之间的矛盾也莫不与此有关。简生是她在返城时遗落在乡村的骨肉，后来被她接回城里带大，他们之间，因各自性格上的差异与互不理解而互相伤害仇隙渐长。简生母子间的战争，很容易让我们想起张爱玲《金锁记》中的曹七巧和她的子女们。同样是单亲家庭，同样是得不到真爱的母亲，一个(曹七巧)是被金钱禁锢，一个(素清)则为时代和年轻时的理想所埋葬。不同的是，曹七巧的子女们，虽也对母亲充满了怨恨，但更多的是依赖和服从，而对于简生来说，则是沉默乃至绝望地反抗。在《大地之灯》中，作者在简生和母亲之间设置了一个第三者淮的形象。这是一个在年龄上几乎可以做简生的母亲的女子，但她和简生之间是一种亦师亦友而又暧昧的关系。在小说中，这是一个功能人物，她充当的是简生母亲形象的替代和补充，以帮助简生顺利地成长。故而在她身上集合了所有美好女性的完美品质，慈母和情人应有的品格都在她身上呈现出来，她美丽、大方、温柔、体贴和善良；她既浪漫，又现实；既有母性，又善解人意。她默默奉献，不计回报。虽然说，这是一个想象中虚构的人物形象，但因为考虑到其在成长之痛的叙述中充当的独特角色，很值得分析。

成长之痛，是“80后”作家中普遍存在的“情感结构”，这在蒋峰、笛安、春树和李晁等作家身上都有呈现。对于他们来说，这里面既有个人的原因，也有社会的和家庭的因素。他们不为父母辈所理解，两代人之间的隔膜非常深；同样，学校和老师，也并不总能对他们投之以宽容和信任。这就造成了青少年同父母和学校(老师)间的紧张关系。这是“80后”小说创作中成长之痛的重要方面。他们大多生在独生子女家庭，缺少必要的交流和沟通，而相对安定的和平年代，又造成他们心理承受上的脆弱，面对未知的外部世界，他们尚感到恐惧。他们内心孤独敏感，但又不被理解，乃至互生怨毒，忌恨日深，难以释怀。小说中塑造的淮这一人物形象，恰好就具有调节青少年同家庭和学校之间紧张关系的功能。可以说，在这一人物形象身上，她的多重身份——亦师亦母，既是姐姐又是情人——的集于一身，汇聚了“80后”作家所能寄予的最美好的想象，和对各种矛盾的解决方式。她兼具了不同身份的优点，而又能有效避免各自的不足，正是有了她的存在，简生才能面对来自各方面的压力，得以顺利成长，并安然度过青春期。淮的存在，成为他人生的一面镜子，让他在镜子中照见了自己，反躬自省，以至于在后来的岁月中收养蒙古小姑娘阿桑时，能处处做到设身处地，以身作则，有效维护了阿桑和她的成长。可以说，淮即是这“情感结构”的“大地之灯”，正是她的照耀，才有了青少年健康的成长。

但她也知道，这样的想象，其实只是一厢情愿。在他稍后的《澜本嫁衣》中，她放弃了这样一种想象，转而开始直面成长过程中残酷，甚至残忍的一面。相比《大地之灯》的纯净与希望，《澜本嫁衣》则弥漫着血腥和绝望。风格上的截然不同，很难想象这是出自同一作者之手。但细细读来，仍能看出两书之间内在的精神上的关联。应该说，在《大地之灯》中，虽然作者也看到了成长中的艰难和触痛，但她更愿意相信因了这“大地之灯”的照耀，成长便不再是噩梦和不堪回首。但作者十分清楚，“就像心之大地，朵朵光亮都是只呈现给别人看的华丽。那些间隙中的一块块黑暗，只能等待自己去消融。”（《大地之灯·后记》）“黑暗”不会因为“灯”的存在而“消融”，从这个意义上说，《大地之灯》正是这“呈现给别人看的华丽”，而《澜本嫁衣》则是留给自己咀嚼和“消融”的“黑暗”。

就像很难想象《大地之灯》是出自一个19岁的少女之手，《澜本嫁衣》(2008)的沉重和沉痛同样难以让人与一个22岁涉世未深的年轻作者联系起来。小说塑造了一个名叫叶知秋的年轻女孩短暂而波折的一生。幼年的创痛记忆(被继父强奸)，铸成了成长之路上的阴影和坎坷，她日趋向下不断被引向地狱的生活，而又因为心中始终不泯有向善向上的希望的提领，她在这中间摇摆，故而一生也特多磨难。这是一个在天堂和地狱间徘徊、纯良和邪恶间踯躅不已的矛盾人生。虽然说，在这部小说中，并没有出现引导青少年主人公成长的淮式的人物形象，但在主人公叶知秋旁边仍然设置了一个冷静、热烈而宽容的旁观者兼叙述者“我”的形象。小说以第一人称“我”的视角，从旁展现了叶知秋的一生。这既是一种叙述的角度，也是一个分析的角度。小说伊始，叶知秋的突然自杀，令“我”震惊之余，也让“我”开始反思追溯她一生的悲剧及其起因。而作为旁观的“我”，在反思分析叶知秋的简短的一生的同时，亦能对自己的前半生有清醒的认识和体察，小说正是在这两个人的人生经历的叙述中展开并结构始终的。

相比《大地之灯》于想象中解决成长之痛的各种矛盾，在《澜本嫁衣》中，作者创造了一个成长过程的审慎旁观者的形象。应该说，这一旁观者的形象，仍是一个功能人物。它的意义在于，它既能感同身受地充分展现成长之痛的种种，而又能对这一人生的必经阶段有一个冷静客观的审慎和分析，以期对自己有更清醒的认识和把握。可以说，两部小说中，正是这两个功能人物的设置，集中展现了七堇年力求走出成长之痛这一“情感结构”的方式方法。

在七堇年的成长创痛写作中，另有两个中篇小说《少年残像》(2008)和《尘曲》(2010)值得注意。在内容上，《尘曲》类似于《大地之灯》，小说讲述了父子两代三人的成长及情感之间的纠葛。这部小说在结构上很有意思。三个人的故事都是以回忆的方式平行展开——小说后三节分别讲述三个人的故事——但在结构上却并不随意而是相互连接为一个整体。小说伊始，父亲去机场接大学毕业回家的女儿时的大雨之夜，恰逢儿子余年的“出柜”，以及前妻的住院，各种麻烦接踵而至。一家人各怀心事，这一刻，成为父子两代三人各自回忆的起点。虽然他们各自故事的起点不同，但在这里，回忆的起点和故事的终点重合在一起，使得三个故事有效地胶合成一个整体。《少年残像》讲述的是名叫绍城和凯的两个少年的成长故事。这是两个孤独的少年，因了孤独和身世相近，他们彼此靠近，两人之间逐渐形成一种说不清道不明的暧昧友谊/情感，后来少女叶子作为第三者出现，引来种种波折，以至凯失手杀人最终走上了犯罪的道路。就表现的主题而言，这两部小说均没有超出

《大地之灯》和《澜本嫁衣》的范围。有趣的是，这两部小说都写到了同性之间的情谊。在这里，作者对同性之爱的表现是放在青少年的成长主题及过程中展开，这使我们对同性之爱的产生、表现及特定的语境别有另一种不同的认识。

二

在七堇年的成长写作中，少年的成长之痛总是与残缺的家庭息息相关的。换言之，在七堇年这里，本来顺利的成长之旅因为每每遭遇家庭的变故与变动，而显得格外艰难。《大地之灯》中的简生、《澜本嫁衣》中的叶知秋和叙述者“我”，以及《少年残像》中的绍城等，都是单亲家庭的孩子。或者就像《尘曲》中的余年和《少年残像》中的凯，生活在重组后的新家庭。抑或像《大地之灯》中的卡桑，父母双亡后被人收养等。这样的家庭背景无疑会给成长中的青少年有形或无形的影响，从这个角度看，七堇年其实是提出了残缺的家庭中孩子的成长这一社会性的命题。

另一方面，我们也看到，虽然说七堇年是到目前为止最为专注于成长之痛的“80后”作家，但她思考的并不仅仅是成长之痛的呈现，而毋宁说是成长的出路问题。《大地之灯》中的淮这一形象的设置，即反映了作者寄予成长之痛以美好出路的浪漫想象。但她也知道现实并不如想象的那么简单。而事实上，成长之路上总有各种可能，即使境遇相似，性格相仿，也终会走向各自不同的人生岔路。《少年残像》中两个孤独少年各自不同的成长，以及《澜本嫁衣》中“我”和叶知秋两人不同的命运，都显示了这点。少年的成长之路，可以不断地向上或向善，也暗藏甚至隐藏着种种向下的冲动与诱惑，而有时候，这两者之间并不总能截然分开，相反，甚至是缠绕一起的；从这个角度看，《大地之灯》中的简生和卡桑，《少年残像》中两个孤独少年绍城和凯的形象，以及《澜本嫁衣》中“我”和叶知秋之间，其实可以看成是互为镜像的同一个人的两面。

他们既各自构成对方的“他者”的形象，他们亦能从对方身上看到自己的影子，故而他们的迷恋对方，其实就是对自己的孤芳自赏和顾影自怜，而他们的互相审视乃至敌视，又可视之为对自己的扬弃——成长就是在这样一种双重的矛盾和运作中展开并最终得以完成的。从这个意义上看，小说中这种成对人物关系的设置，体现的毋宁说是作者的矛盾和犹豫，而《少年残像》和《尘曲》中对同性之爱的表现和渲染，也就包含有对成长的恐惧和期冀的双重因素在内了。

三

在七堇年的作品中，写于16岁前后的《被窝是青春的坟墓》(2007)虽多少显得幼稚而虚张声势，但就其创作历程上看却不可不提。这是作者早年作品的合集，其中包括《远镇》《蓝颜》等经常被提到的作品，共计有17篇。就表现的内容而言，这是成长期的少女关于成长的心路历程的写照，“记录这旅途的大部分文字，从高一到高三毕业，用了整个成长的时间来完成它”(《被窝是青春的坟墓·自序》)，里面充满了成长期中的少年所独有的困惑、苦闷和思考。对于充分认识青少年的成长历程，这是一部不可多得的作品。

这种认识价值表现在，其用看似充满“种种矫情”的文字，表达的却是“真实而切肤”的“体会”。在七堇年这里，她一方面对青春期的种种苦闷、“痛苦”和“残酷”赋以“倾诉”的语调，感情虽略显夸饰，但十分诚挚，一方面又对这种成长中的青春诸种命题保持以自省和自审的姿态，这种既非沉迷亦非仅仅审视的矛盾姿态，使得成长和青春在七堇年的笔下已然成为一个审美的对象。成长和青春在她这里，不仅仅是表现的主题，还是审美的对象。而事实上，成长之痛在七堇年这里还具有本体论的意义。在她看来，成长之痛既不可避免，但又多有矫情和想象虚构的一面：其虽非虚妄，但往往被青少年无意间夸大，因而成长，也就意味着对疼痛的自恋和最终扬弃的过程。可以说，七堇年是“80

后”作家中难得的赋予成长的主题以美感的人。这样一种姿态，在她的一篇散文中有极为精彩而形象的表述：

> 我们的年少单薄，使得我们常常因为不知道“痛苦”这个词语的真相而轻易亲近这个概念，将自己的脆弱装裱为痛苦，并隆重展览，希望博取他人一点驻足和关注。（《生如夏花》）

而也正因为此，使得收在这部作品集里的作品，在文体上既非散文亦非小说。就单篇来看，其中大多当归属于散文的范畴，因为其以“七堇年”的叙述者口吻叙述，真实感很强，并非什么虚构文体（其中有些，比如《远镇》至多只能算是自传体小说）。但就整体而论，又非小说莫属。因为，这整个一部作品集，都在塑造一个叫作“青春”和“成长”的主人公形象。其一篇篇虽看似无序而琐碎，但其实是“赋形”“青春”以不同的侧面和投影，合起来就是一个立体、丰满的形象。可以说，在《被窝是青春的坟墓》中七堇年创造了一种打破了散文和小说的边界而介于它们之间的新的文体形式。或可称之为“散文体小说”，这是七堇年的独有贡献。遗憾的是，她以她的无意识的行为和真情的投入完成了这一创造，一旦她明确意识到这一点时，却已意味着昨是而今非。

虽然说在《被窝是青春的坟墓》（2007）中几乎看不到任何区分文体的说明（除了版权页上含糊其词的“中篇小说”字样），但作者并非没有意识到这一点，《尘曲》的出版，从其编排上明显可以看出文体上的分野——明确分为游记、散文和小说三部分。这种变化表明，随着作者创作的深入，她开始有意区分虚构文体（小说）和纪实文体（游记和散文）。就像郭珊在这本集子的序言所说，“《尘曲》是一本孤独者的告白”（《尘曲·代序》），这样一种告白最鲜明的表征无疑就是她的散文写作了。七堇年是把散文当成“孤独者”自己对自己的真情“告白”，这在她的《给世界上另一个我》一文中有极具象征的表达。这是七堇年写给自己的文字。两个自己的对话，看似热热闹闹，其实是自造的喧嚣：背后是萧索和寂寞。这也是对自己的审视，“这擦肩的一瞬间，我便猜测完她的一生”，她从每一个擦肩而过的人身上，看到了自己一生的投影，于是她下定决心，“你自懂事之年，便暗自坚定着，不要沦落于这样的人生。”“我一直都明白，你为着不至于湮没在人潮之中，庸碌一生，而努力做着活得丰盛的人。”这仍是一种审美青春的态度，由此可见，她收集在《尘曲》的散文，甚至包括她的游记文章，仍不妨看成是《被窝是青春的坟墓》的续篇。因为事实上，她的游记文章像《西天》等仍在不厌其烦地诉说成长的诸种命题，只不过，这时是借了空间的位移来承担这一叙述上的功能。

这或许正是七堇年的瓶颈和局限。她无意中创造了一种适合青春和成长之痛的表达的新的文体，却在后来的界限分明的散文和游记写作一仍其旧，这不能不说是一种错位。而如果说《被窝是青春的坟墓》的价值正在于它以青春的进行时态书写青春的形态的话，一旦成长以后还在不厌其烦地诉说着青春成长的主题，这样的写作无论如何都只是七堇年所说的“种种矫情”和做作了。《尘曲》中的散文甚至游记篇什即属于这种。

事实上，在七堇年的文字中，写得非常好的，除了前面提到的之外，还有她的关于电影的文字。七堇年不仅是一个好的文字作者，还是一个感觉非常敏锐的影评家。她的影评文字，虽不一定十分深刻，但精妙而妥帖。她往往用寥寥数语即能有效概括电影，并引向自己的内心：“在英伦街角怔怔地目送着巴士离去的时刻，士兵掖着心上人给自己的明信片，独自低声说，我爱你。他的神情与声音有十二分的郑重与隐忍，一下子叫人痛心起来。”（《再见敦刻尔克，再见》，见《尘曲》），这里说的是叫 Atonement 的电影。这是七堇年的特点，她能把俯视能拾的凡此种种都能引领到她所关心的成长话题中来，用到好时，这是一种点铁成金的力量，但也往往过犹不及，容易产生自我的重复甚或复制。

四

在七堇年的写作中，经常出现的一句话是“要有最朴素的生活，与最遥远的梦想”。这既是她的座右铭，也可以看成是她文学风格的最好形容。她的生活面很窄，但这并不影响她的文学开拓；而事实上，这两者之间恰能构成很好的协调。她的文学写作包括散文在内，一个长久的主题是成长，但因为她总能把这一主题融进她对生活的观察、阅读，以及思考当中去，故而她的文字别有一种哲理和智性的成分。她的文字中有很多精彩的警句，可说是俯拾皆是。但这一智性又并不影响她的文字上的表达，相反，她以她向内的审视和臆想以及对文字的敏感，造就了一种特别质感和美感的文字风格。“朴素的生活”与并不朴素的文字，构成了七堇年的最大特色。但也正是这种生活上的朴素，以及向内的顾影自怜与自省，极大地限制了七堇年的进一步发展。她的作品，特别是散文，看不出多少变化。或许，随着七堇年的日益长大，以及随之而来的生活面和视野的扩大，她的表现主题和题材会有大的改变。我们相信，这一天的到来，也将是七堇年的真正成熟和大气象的显现。我们有理由充满期待。

第二节　个人生命中不能承受的想象之“重”：关于张悦然

“80后”作家中，有“玉女”之称的张悦然非常有代表性且十分独特。说其有代表性，是因为张悦然的小说创作代表了“80后”写作中耽于想象、成长与爱的主题的重要倾向，说其独特，则是指她的写作是为数不多的刻意回避自己人生经验的青春写作的代表。张悦然的写作虽有所谓“生冷怪酷”的评价，其中弥漫着杀戮、幽灵与病态，但也是这些作品，同时显示出极为浓郁的抒情格调与浪漫气质。张悦然的小说虽然称不上气象恢宏，但也充沛淋漓，其文字简洁流畅、叙述纡徐舒缓，即使常有稚气流露，亦并不掩盖她在文学写作方面的“潜能”和巨大潜力。张悦然的小说充分表明了“80后”写作所能有的深度和限度，优势所在，往往也是困境所在。张悦然虽有反省和自觉，但也常常进退失据，顾此失彼。

一

在张悦然的小说创作历程中，长篇《水仙已乘鲤鱼去》《誓鸟》和《樱桃之远》占有重要位置。虽然说她的写作常因经验的缺失而受到诸多方面的限制，但她能在飞扬的奇想中自我突破，努力向各个方向发展，这三部作品某种程度上代表了张悦然写作的三种倾向。

（一）爱与恐惧的辩证故事

《樱桃之远》在张悦然的创作中有其象征意义。这是一部表达对人生孤独处境的大恐惧和大渴望的小说。小说中的主人公杜宛宛从小就感觉到耳边有不断的神秘的声音存在，使她不得安生，她困惑、恐惧，以为是魔鬼附体寄居，后来偶然发现，这些原来都是因为一个名叫段小沐的陌生小女孩，是她的声音她的心跳她的一切一直纠缠着她。小说讲述的就是杜宛宛如何挣脱段小沐而最终两人合二为一的故事。她仇视段小沐，潜意识里还因为她能窥视到她的内心，使她的弱点无处隐藏无所遁形。表面看来，杜宛宛是一个很自我孤傲的女孩，但她其实非常孤独，她把自己封闭起来，用孤傲做武器，虽看似很强大，但其实十分脆弱。这部小说虽然讲述的是三个女孩和三个男孩间多角恋爱的纠葛，但其实表达的关切点仍在个人的孤独与爱这一主题上。这是“80后”写作的一大特点，表面看来塑造表现了一大堆人物，其实关注的只是自己的内心感受。所谓繁华背后的苍凉即此。小说中的三个女孩，杜宛宛、段小沐以及唐晓，其实是一个人的不同侧面，一个孤傲、残忍而偏执，一个热烈、单纯而执着，一个宽恕、坚忍而圣洁，她们互为镜像，彼此看到曾经的自己。同样，三个男孩，纪言、管道工和小杰子，也是一个人的不同侧面，与三个女孩的性格恰相对照。杜宛宛因爱（段小沐）而牺牲自己，管道工的无私的爱的奉献精神，段小沐的以爱而对恨的化解等，都一再表明爱的宽恕与救赎仍旧是这部小说所欲表达的情感诉求。

用作者自己的话说，这是一部关于人生对称性和“双生”的故事。在这部小说的附录《我的回顾》中，作者表达了对“双生”的渴求和困惑，“生命应当是对称的……它绝不可能是孤立存在的。也只有如此，才能使我们相信生命是安全的，在另一处，有另外一个人与你一起奋力支撑坍塌的天空”，“它（指生命的对称性——引注）诞生于生命最初的时刻，是一种隐形的深层对称”。虽然很难说张悦然就此表达了什么深刻的哲学思想，但仍能从中看出先验唯心主义的倾向。这是一种以想象的方式完成的先验唯心主义哲学命题。人生而孤独，因为她是残缺的，故而总在寻找另一半，她有另一半，她的一生的经历，就在于寻求这另一半，寻到了，她就圆满了，幸福了，未寻到，她就是不幸。张悦然以她的小说主人公段小沐和杜宛宛间的从对抗，到最终合二为一，从“隐形”的潜在的“对称”，回归显在的对称，张悦然以她的小说形象地诠释了柏拉图的理念说和黑格尔的精神现象学说。最初的自我是统一的，后来分裂了，在经过了人生的历练之后复归统一，这就是所谓的人生的辩证法。人的一生的意义也就在于找回另一半，回归自我。如有些批评家所言，这确乎是一种“意念和情绪”下的产物(邵燕君：《张悦然：生冷怪酷的“玉女作家”》，《“美女文学”现象研究》)，但从另一方面看其实也比较符合作为独生子女的一代人的经验：另一方面是生活在爱的包围中，另一方面是内心的荒芜、寂寞和恐惧，两者常常奇怪地统一于他们身上，我们可以说他们是矫情做作，但对他们而言却是实实在在，他们生活在这种自我想象的分裂中，渴求回归与统一。《樱桃之远》中的女主人公宛宛的形象的意义正在于写出了这一悖论和隐秘。

(二)成长叙事中的写作、爱与救赎三位一体的故事

成长固然是“80后”作家们念兹在兹的话题，但把成长与写作、爱和救赎放在一起的，却要首推张悦然了。对于大多数“80后”作家(典型如七堇年、颜歌和张怡微)而言，成长往往同时意味创伤、疼痛和遗忘，张悦然亦然，但对她来说，疼痛往往并非仅仅“他为”，疼痛常常源于自身，这是自我施予的疼痛。正是这种自虐式的疼痛，写作与爱就成为他们走向自我救赎的必经之路，从这个角度看，张悦然的《水仙已乘鲤鱼去》的意义就在于道出了“写作”(书写或叙述)之于“80后”的重大意义。这是一篇以倒叙的方式讲述的一个名叫陆一璟的青年女作家的成长故事。成长与写作，是很多“80后”作家们共同的小说主题，但对于张悦然的主人公陆一璟(《水仙已乘鲤鱼去》)而言，却似有另一层含义。在笛安、春树、颜歌、七堇年和李晁们的主人公们那里，写作是处于成长阶段的主人公面对孤独时的自我疗伤的武器和自我想象的圆满的方法，但对璟来说，写作则包含有双重意义，这既是职业的一种，是自我确证的方法，更是自我救赎的方式。璟的形象，很容易让人想起颜歌《声音乐团》中的小说家刘蓉蓉，这都是孤独的青少年主人公形象，童年失爱使她们的青少年期笼罩在残缺之中。虽然说，她们都是通过写作来传达内心隐秘的感情以此获得心理上的平静，但不同的是，写作让刘蓉蓉深陷其中，却让璟从中最终获得一种人生的提升与救赎。写作让璟大获成功，声名大震，却最终使得刘蓉蓉作茧自缚，香消玉殒。

《水仙已乘鲤鱼去》之独特的地方在于，它塑造了一个有暴食症倾向的抑郁症青少年形象。作者写出了成长中的青少年主人公如何同自己的抑郁倾向作斗争的故事，一方面是孤独少爱，另一方面又是对爱的渴望。爱、回忆和写作构成了主人公自我救赎的三部曲，而这当中，爱才是真正具有救赎力量的东西。张悦然小说中的青少年主人公很少有叛逆的表现，但却普遍具有自闭或幽闭的倾向。她的主人公孤独少爱，沉静自持，但另一方面又富于幻想，想象力发达。写作就成为他们自我救赎和自我确证的重要方式。这也是张悦然之不同于大多数“80后”作者的地方。虽然说孤独与疼痛是“80后”作者们普遍的写作主题，爱的缺失也一度成为他们的中心议题，但真正写出爱的救赎面向的，却非张悦然莫属。少爱的一面是孤独自闭，但另一方面也是也是对缺失的填充的渴望。虽然这多少令张悦然显得浅薄，张悦然的作品很少有存在主义式的深刻内涵，但她写出了爱的向上向善的一面。这对“80后”作家们之刻意渲染孤独和疼痛的倾向，无疑是一种补充。

(三) 基于经验不足之上的进入历史写作的浪漫奇想

在“80后”作家中，经验不足是普遍存在的现象，青春和成长似乎就成为他们永恒的话题，张悦然当然也不能免俗，但她能突破经验的限制，进入历史叙事的想象世界，《誓鸟》是一个很好的尝试。这是一部构思巧奇的小说，在小说中，作者构筑了一个发生在南洋的古代故事，南洋而古代，可见作者的想象力之丰富。对于“80后”而言，塑造个性鲜明的主人公形象或许并非他们的所长所愿，而事实上，很多“80后”作者们也无意于此(春树是个例外)。小说之于他们，更多是一种想象世界构筑梦幻的方式方法，历史书写往往提供这种便利，它能有效摆脱经验的束缚，进入历史，也就进入了想象驰骋的空间，恣肆纵横。

颜歌也有过想象历史的尝试，但其《关河》更多一种寓言式的演绎，历史被高度象征化，相较而言，张悦然则能在对历史的想象中凸显青春文学的精神特质，《关河》的思想的象征中则看不出多少“80后”的影子。这也是张悦然不同于颜歌的地方。虽然说，她们的历史写作都非写实，但一个在想象的开掘上，一个是象征的表征上展开，其面相终究不同。《誓鸟》采用的是故事套故事的结构，先后讲述了春迟、淙淙和宵行的故事，情感的纠葛、成长的主题，仍是这部小说所欲表达的主题。而所谓青春文学精神特质，尤其体现在小说中的文字的稚美、想象的葱郁、主人公们的执拗和爱的救赎渴望上。这不是一部写实之作，当然不能要求主人公们按照现实主义的逻辑行事，这使得她的主人公们大都显示出偏执的性格一面来——春迟为找回记忆而弄瞎自己的眼睛，宵行对春迟的没有理由的依恋，淙淙的对春迟由爱而恨，钟师傅的几十年如一日的坚贞，等等。但这都是关于爱的坚守，她们因爱而生因爱而亡。历史小说的写作有很多种，有刘震云式的解构历史，姚雪垠式的史诗追求，苏童式的个人视角，但像张悦然这种进入历史而只写爱和爱的救赎，确乎是青春文学精神特质的表征。

二

或许正如张悦然所说，我们的文学需要“一个从集体到个人、从宏大叙事到个人化表达的转变”（《我们能够带着理想走多远》），在她这里，借助于想象而非个人经历就成为这样一种“个人化表达”的方式方法。她的小说沉浸在想象的空间，我们从她的作品中很少可以看到个人经验的影子，这与其他很多“80后”作家不太一样。对于很多“80后”作家，他们的文学创作大都立足自己的有限的人生经历，反复书写与渲染，虽然很多也极富想象的才情，但总给人一种自我的反复与重复之嫌。相比之下，张悦然之有意回避个人经验的反复书写，确能带来某种飞翔，而事实上，张悦然的突出之处正在于，她能突破已有经验的束缚，通过想象而不断再造经验。她的小说在在体现了幻想写作的典型特征。说其是幻想写作，是因为张悦然的写作建立在想象而非经验的基础上，这使得她的小说创作充满一种浪漫性的基调。个人经验之外，张悦然偏向于从构思奇巧和想象上下功夫，她的小说也常常显得摇曳多姿，“色”彩斑斓（如《红鞋》）。

但另一方面，张悦然其实又并不能脱离时尚大众文化的限制。她一方面努力突破已有经验的限制，沉浸于想象和幻想的空间，但终究还是落入了类型文学的窠臼之中。她的小说尽是一些鬼魂、自杀（或杀戮）、虐恋、阴谋、伤害与多角恋爱等大众文化的陈旧话题。这一倾向，集中体现在她的《十爱》和《葵花走失在1890》这两部中短篇小说集中。《十爱》讲述的是十个有关爱的主题的故事。在这部小说集中，张悦然写出了爱的救赎，同时也写出了爱的毁灭性的一面，爱是禁锢具有排他性。其中如《昼如夜房间》，两姐妹之间的爱与被爱的纠缠和战争令人心颤。或许，正因为爱是一场战争，死亡才让爱得以飞翔，从这个意义上说，《葵花走失在1890》（小说集）讲述的正是爱的毁灭与死亡的故事。《纵身》中的“我”，被欺骗和谎言包裹，在决定“纵身”之前，仍在精心计算着“纵身”的速率和落地之前获救的可能。《葵花走失在1890》和《红鞋》中，爱则成为灾难、毁灭与一厢情愿。

一方面是“个人化表达”的诉求，另一方面却又是个人经验的有意回避，这是否意味着张悦然的自相矛盾抑或自欺欺人？这似乎正是张悦然的独特之处。张悦然深知，个人经验的反复书写虽然带有个人色彩，但这样的经验其实并不必然“个人化”，因为显然，作为一代人的个体之一，个人的很多经验往往是一代人所共有的，而像张悦然那样并不具备更多独特经历的“80后”而言，要想写出“个人化”的经验，似乎唯有想象的再造一途，别无他法。为此，张悦然努力追求一种“魔幻和童话色彩浓重”的“情感纯粹而极致”的表达，其虽“尚未得到经验的补给，仅仅是靠情感驱动，运用蓬勃的想象力，它们纯粹、强烈，而且趋向极致”（《“80后”的文学对话——霍艳访谈张悦然》）。这样一种写作的好处是，它无需经验也不必倚靠经验就能飞翔，而那些现实题材的作品，“则会因为经验的匮乏导致叙述过于简单，或者故事过于虚假”（《“80后”的文学对话——霍艳访谈张悦然》）。其结果，她的主人公大都带有一种执着（或偏执）的性格特征，像暴食、自虐（自杀）、幽闭、内倾和固执等皆为偏执的明显表征。“极致”而偏执，张悦然借助于想象所建构的，并非脱离现实的自足而完美的化外之界；她通过对想象世界的“极致”化的表达，呈现出来的毋宁说是对现实世界的独有理解和感悟。这仍是一种面对现实的发言。可见，张悦然以一种远离经验的“极致”化想象的方式，完成的其实是对经验世界的重铸和再造。

这些偏执性格虽说有病态之嫌，但却非变态。病态而不变态，典型地体现在《红鞋》中的杀手身上。杀手虽然冷酷无情，杀人无数，但却最终栽在一个小女孩身上。他从小女孩身上看到自身的影子，他渴望用爱和关心唤醒自己，最终却发现原来一切都只是枉然。相比世界每天发生的背叛与杀戮，爱的力量微乎其微。张悦然在这篇小说中写出了爱的拯救的微茫之于世界的荒谬间的困惑。病态常能让人产生怜悯并给人以美感，变态则只能带来恐惧和不安，张悦然很好地把握了这中间的尺度。病态而不变态，这也是张悦然的小说虽然充满诡异、“生冷怪酷”但仍十分浪漫的原因。对她的主人公而言，偏执是一种内心状态，它只针对自身，他们宁愿自残自虐，而无意于报复社会伤害他人；偏执使得她的主人公们内心普遍匮乏而焦灼，无时无刻不处于一种力求回归和渴望圆满的等待中。这样一种充满张力的平衡，从中不难看出张悦然的内心弥漫着对这个世界的怕和爱来。她和她的主人公们沉浸在个人的小叙事里，看不到宏大叙事，但不意味着对世界的漠然和无视。而事实上，世界的令人不安的一面，如杀戮、背叛和变态等，每天每时每刻都在发生，世界冷漠而无助，她们不能理解，也理解不了，但他们又渴望理解，这样一种拒绝（宏大叙事）而渴望（认识世界）的矛盾心理，某种程度上正是张悦然的小说沉浸于想象世界的原因。这一通过想象再造的经验，表达的正是她对现实世界的隐秘的理解、恐惧和希望。可见，在张悦然以及她的主人公这里，想象并非仅仅逃避并远离现实世界的工具，毋宁说更是重新介入世界的方式方法(方法论)。这就有点像康德意义上的先验世界，先验虽在经验世界之外，但其实是以另一种方式引导并介入经验世界。张悦然在现实世界之外构筑一想象的世界，想象之于她和她的主人公们，其意义并不在于天马行空无拘无束，而在于回归和接续，它以一种表面上的挣脱完成的其实是面对现实世界的发言和重新介入。

三

可以说，张悦然是“80后”作家中比较清醒地有代际意识且具有反省精神的作家，她曾把她们一代人的文学称之为“形容词文学”：“我们这一代的文学更多的是形容词文学，我们对于繁华世界的描写，其实就仅仅体现在比上一代人多了这么几百上千个形容词上。但是，我们的动词萎缩得很厉害，我们的小说缺少了行动，更多的是一种特别空虚的描述。”(《我们能够带着理想走多远》)“形容词文学”即所谓夸饰性文学、不及物文学。它是一种注重修饰和表达的文学，而对于表达什么，抑或现实生活中真正发生的事情却很少关注。或者可以说，“形容词文学”是一种抒情性文学，与之相对的，则是一种叙事(故事)性文学。这确乎是“80后”写作中比较普遍的现象，这一倾向在七堇年、颜歌和春树等作家那里十分明显，而事实上张悦然自己也不能免俗。但这样一种意识对她也并非没有影响。张悦然的文字纯净、简练而富有抒情色彩(“抒情性”)，这与七堇年繁复华美的语言风格截然不同，也与春树直接少修饰的语式迥异。

即使如此，张悦然仍然认为这是一种必然和过渡，“我们的文学必须先完成从集体到个人的演变，才能考虑故事的复兴”(《我们能够带着理想走多远》)。夸饰性写作——幻想写作是其中一种——无疑是她们拒绝宏大叙事的策略所在，但问题是，一旦文学经由个人小叙事而回到“故事的复兴”，这样的“故事”其实已难称其为“故事”，而毋宁说是生活的碎片化的个人呈现，纵使聚拢也不再显现其总体化的面向，更不用说给人以慰藉和想象的可能。“80 后”作家们并非不知道这点，“个人化表达”往往只是她们抗拒宏大叙事的方式，而不是目标，她们迷茫并却不断然。从这个角度看，张悦然的《湖》(2011)正是这一悖论的隐喻。这是一部张悦然意义上的“故事的复兴”的现实题材小说，小说写得细致深沉曲径通幽，足见作者的笔力。主人公程琤远赴重洋来到纽约，正可以看成同原有象征人生的拒绝与断裂。迷茫、沉重、执着而又绝决的内心，使得她进退失据如履薄冰，冬日结冰不厚的“湖”的意象恰是这一人生困境的表达。

这一迷茫与决绝的人生困境其实某种程度上也正是“80 后”文学写作的困境所在。耽于成长主题的想象和“个人化表达”，是他们的所长和他们之所以为“青春写作”的标志，其一旦回到坚硬现实人生层面的叙事，虽显示出成熟和老练的一面，但也可能失去自我的风格特征而不复是他们自己了。莫言曾在《葵花走失在 1890》一书序言的结尾写道："伟大的文学，从不单纯停留在梦幻的层面上，它要涵盖历史，涵盖广阔的现实与责任，涵盖琐碎、艰难而具体的现实人生。"(《飞扬的想象与透明的忧伤》)这当然是对张悦然的忠告。张悦然自己其实也很清楚，她之所以很少写作现实题材，并非不能而是不愿。中篇小说《湖》的出现，确乎让人看到一个成熟大气且有潜力的作家的形象，但这样的作品，却很难与张悦然的惯常风格联系在一起。

成熟也即意味着迷失，对于“80 后”作家们，这似乎是一种考验。

第三节　想象在爱情的乌托邦放逐：关于马小淘

在“80后”作家中，马小淘虽算不上声名卓著，但却也是风格鲜明。她像一个小女人，温婉而略显调皮，一直在诉说着对两性间感情的理解和“不算新鲜”的感受。她的作品，不多，亦不少；已有三部长篇（《飞走的是树，留下的是鸟》《再见，新一》和《慢慢爱》）和若干中短篇。但她却以她的稳健与淡然，以及另有的执着，在在告诉读者她的存在：这就是她，一个来自东北的马小淘，虽“不够精彩”，但不可或缺。

一、“宅女”的文学想象

马小淘的近作《毛坯夫妻》(2011)，是她的小说中风格最为不同的一篇。其虽然出自近期，却可以用来概括和反观她的整个文学世界。《毛坯夫妻》讲述了一对现代职场患难夫妻的故事。就业、工作、生活诸方面的压力，使女主人公温小暖宁愿退居于家庭的一隅，终日在家“宅”着，而不愿出去面对世界。“五四”前后的妇女们跟随娜拉的脚步勇敢“走出家庭”，一个世纪后重又“返回”，这一走出/折回所显现出的“历史的讽刺”，何其尖锐!

而说《毛坯夫妻》显得独特，是因为她不仅写出了年轻一代——某种程度上也是“80后”一代——“宅男宅女”的文学形象，还在这种想象中使之显得合情合理。她们并非没有才华和学识，也不乏创造生活的勇气和热情，但她们宁愿“宅”在家里。你可以说她是在逃避或自我封闭，但从她们自己的角度看，毋宁说也是自我敞开。她们在虚拟的网络空间敞开自己。她们可以一整天挂在网上，冲浪、购物或者聊天。她们为之封闭的只是陌生的外部世界，这一世界是那么的不可捉摸、拥挤不堪乃至让人紧张，相反，她们向之敞开的世界，则是那么毫无限制。在这一世界上，人与人之间虽然彼此陌生，但却可以互相信任，了无障碍。这虽是一虚拟的空间，却让人心情放松。从这个角度看，温小暖的拒绝“走出家庭”，既是一种社会现实的缩影，同时也是另一种自我流放。她以自我放逐的方式表达出面对未知世界的排斥，退守家庭的狭小空间就是拥有自己世界的完满，即使这一空间只是一处粗陋不堪的“毛坯”房。

到目前为止，马小淘小说中的很大一部分，都是以第一人称或第三人称女性的视角来叙述的。这种女性视角的好处在于，它以女性的视角来观察世界，也就完全有权力只从爱情的层面对其加以呈现。作为“80后”作家，马小淘的小说也曾表现出对秩序的不满和抗拒，但这一抗拒往往只表现在内心和语言风格上，实际上，马小淘以她女性的特有的细腻、温顺和调皮，化解了这一紧张。她们这一代人虽往往显得无畏与无为，但这只是一种表象，一旦遭遇爱情，又会表现出相当的执着乃至偏执。她们可以不断地更换男友，但她们对爱情的忠贞却是始终如一的。她们容不得爱情上的哪怕任何一点尘埃。应该说，沉溺在爱情的想象中，这既是一种自我认同，也是社会认同的变相呈现。她们接受并默认传统所要求于女性的小女人形象，以及社会秩序加诸于她们的文学/文化想象，因而，相对于大男人，她们也就更有权力做着爱情的美梦，并且乐此不疲。女性视角恰好能带来这种便利。

《毛坯夫妻》中，则一改马小淘小说中惯用的女性视角为男性的有距离的审视。温小暖之吸引男主人公不外乎她的小女人形象，大凡“小”的修辞，都可以加诸其上，小鸟依人、小家碧玉、娇小玲珑等。这一小女人形象，以丈夫作为自己的半径，勤劳、持家，但也慵懒，体贴而又无所欲求，单纯也很世故。而也就是这个“小”，一旦面对世界的残酷和现实，也就表现出柔弱无力的一面，她不得不退居家庭。这一退居的结果，是丈夫的压力越来越大，女主人公在他眼里也越加显得模糊起来：

他竟有些不认识这眼前的妻子。这样来看《毛坯夫妻》中男性审视的视角，其中不难发现女性叙述者/作者的矛盾和困惑。叙述者把女主人公塑造成自安于家庭内的形象，某种程度上表现了她面对外部世界时的矛盾心态。她同情并认同女性主人公，同时也知道这种自我封闭和放逐终究不能见容于社会，故而有时又站在男性主人公的立场，乃至社会秩序的角度，在一定距离外审视女主人公。在小说中，男主人公从开始对女主人公的欣赏，经由抱怨，到最后的肯定，正反映了这种矛盾，以及尝试化解这种矛盾的努力。而小说中的男主人公雷烈大概自己也没有意识到，他之所以喜欢温小暖，那么溺爱着她，任她在家里“宅”着，昏天黑地的，并不仅仅出之于他的怜香惜玉和疼爱之心。他每天早出晚归，上班下班，疲于奔命于家里和公司之间，他的内心，其实是很想要有喘息的余裕在。是妻子的睡眼惺忪，使他看到了自己内心隐秘的愿望。他之纵容，以及最后原谅了妻子的自我封闭，毋宁说正是他不能实现的愿望的满足。

二、想象在爱情的乌托邦放逐

其实，马小淘也很清楚，温小暖的一角空间，其实相当脆弱。《慢慢爱》(2010)中的冷然，她后来之所以“慢慢”接受了钱源，某种程度上也与她“宅”在他家中数天的美好记忆有关。但终究，这种“宅居”生活只能如插曲一般点缀枯燥的人生，一旦假期结束，她也终究要回到工作中去。但奇怪的是，作者并未写出温小暖的失败。虽然说，《毛坯夫妻》在语言及叙述诸方面已日趋成熟冷静，但想象和构思上却渐入佳境/绝境。在如今这种物欲膨胀但内心空虚的世界上，这一“毛坯房”毋宁说建构起了心灵的乌托邦福地：虽表面粗陋无比，但其实华美之至。她的文学世界一改以前的荒凉底色，直达人心最为柔软温暖处(其主人公取名温小暖是否意在于此？)。在这里，“毛坯房”中，爱情第一次同婚姻携手，呈现出“乌托邦”的愿景，而在之前她的小说中，它们之间却常是互相排斥彼此分离的。

虽说马小淘的文学世界更像是一个圆圈，爱情即是这中心点，她的经历识见作为半径，她一直这个世界里窝着，做着关于爱情的文学梦，不愿醒来。但这一爱情的世界却总是那样让人情难自已。其虽专属于青年男女或少男少女，但这一爱情又并非通常理解中的青涩或纯美，而往往是兼具青少年和中年特有的好奇、懵懂与苦涩、无奈。她在爱情世界的想象中进退失据，摇摆于浪漫化与现实化之间，矛盾游移，踌躇不定。爱情于她的主人公们，既憧憬向往，而又充满恐惧；既兴奋，又故作冷静；最懂得，又最不知道如何表达；最懂得珍惜，也往往任情挥霍。这一情感世界既形而上，又触手可及；比之当下充斥的身体或欲望写作，何其纯粹而又那么的“触目惊心”！

她近几年来的小说中，有很多主人公仍然袭用早期小说集《火星女孩的地球经历》（2005）中的人名，如她特别钟爱的柯辰、林翩翩和冷朗；有些故事情节，也取自这部小说集，但结局明显不同。这在《飞走的是树，留下的是鸟》（2005）中就已有表征。“我”和柯辰之间，从 18 岁开始到 22 岁的恋爱，却因为“非典”期间三个月的隔离和寂寞，难得善终。初恋虽被认为美好纯粹，但也容易破碎。这种对初恋男女间情感的怀疑和犹豫，在她后来的小说如《春夕》（2009）和《慢慢爱》（即《朱颜改》）中，则发展为对初恋的改写。初恋在这两部小说中，全没有美好的一面，相反，倒更是多了不堪和反讽。初恋似乎只是不懂爱情的少男少女间上演的情感演习或互相默契的演戏。在这两部小说中，初恋就像“水痘”，必得经历，如若没有，人生就似乎残缺不全，但经历过后，又对爱情产生了免疫力：初恋的挫败终使爱情变得颇为困难。这使马小淘比一般的“80 后”作家在描写两性情感时更多了一份深沉和内敛。那种略显夸张的语言风格和不事张扬的冷静叙述，恰成对比；其间的距离感，在《慢慢爱》中有很好的控制。小说中的女主人公冷然（这一名字即显出反讽的距离）未及 30 岁（27 岁）即表现出对感情的失望乃至冷淡，这倒不是因为名如其人，而实在是对待爱情有过热、过于理想的态度，遇人不淑后每每受挫的结果。冷然表面虽冷硬但内心实为脆弱而多情，表面的冷漠掩盖的其实是对情感的大希冀。综观她的创作历程，其文字虽一仍其旧地故作轻佻，但对女性内心情感的表现却愈见老辣成熟；很难想象这是出自一个不到30岁的女性之手笔。

这不由使人想起大半个世纪以前的张爱玲，虽然世易时移，沧海桑田，但她们对女性间感情世界幽微处的把握和执着，却是有精神上的共通处。她们的小说都有苍凉/荒凉的底色在，虽然这种底色其渊源是那么的不同。在张爱玲那里，女性间幸福的获取，并不在于爱情的有无，而在于男女两性间甚至同性间心智的较量和外力的影响，这显然是一种自己既无力把握，又没有爱情基底的苍凉。在马小淘那里，苍凉则是源于她的女主人公们太过于相信爱情，反而一一被爱情的幻象弄得身心憔悴疲惫不堪。在张爱玲那里，是"神化爱情"时代的爱情缺失带来的苍凉，在马小淘这里，则源于"不谈爱情"的"后现代"仍执迷于"爱情神话"的错位。在这样的"后爱情时代"，只有像陈睿（《飞走的是树，留下的是鸟》）和沙雪婷（《毛坯夫妻》）的那样的功利型女性才能如鱼得水一身轻松。爱情使人沉重，没有却万万不能，这或许就是马小淘的小说给人的苍凉感。

但马小淘也深知，爱情虽然难有，但婚姻却是每个成年男女尤其是女性所必须面对的。因为爱情可以是一个人或两个人的事情，婚姻却并不如此。即使爱情不再，随着年龄的渐长，每个人也得走进婚姻；否则便会被视为异类，连自己都要怀疑自己了。这份无奈，在《你让我难过》和《慢慢爱》等小说中充分地释放。《你让我难过》(2008)中，戴安娜虽屡知男友的不忠，自杀也不能使其收敛，却仍一再地难以放手。林翩翩则一直以为自己能以超然的态度，同一个有妇之夫保持若即若离的情人关系，但当她看到情人同他的妻子恩爱无间时，又不由得难以自持。虽是同为对爱情和婚姻的无奈，戴安娜是"咬定青山不放松"的悲壮，林翩翩却只能是刹那间的动摇和更深的绝望。《慢慢爱》中，虽痛感爱的无望，在父母和社会的压力下，冷然也不得不放下伪装的矜持，在欲拒还迎中说服自己接受小学时的同学："还是不要想得那么清楚了吧。语焉不详也是好的"。这样来看马小淘的小说，婚姻就显得既是身心疲惫后的避风港，也是爱情不再后的妥协，一再见证了人类内心的荒凉。"她（林翩翩——引注）甚至想，人大概都是这样自我的，因为一个人太冷才需要找个伴取暖，或许跟了谁都填不满内心的一片荒凉吧"（《不是我说你》，2008）。

应该说，爱情既是马小淘小说的中心，也是她感受世界和人生的方式。爱情世界，虽看似美好，实则充满变数，即使是初恋，即使是相恋多年，也很难始终；更何况那外面未知的世界？她的小说，其实是在现实世界之外构筑了一个想象爱情的封闭空间。她用她的文字经营着这样的空间，并逐渐扩展至家庭和校园，她愿意固守驻扎在这样的空间，直到终老。这样来看她的爱情想象，毋宁说是对外部世界充满恐惧和忧虑的曲折表达，故而她就更宁愿守在这爱情的世界，放逐自己；而到头来却又是更深的伤害！马小淘的主人公们为自己编织了一个个爱情的大网，终只能"作茧自缚"更行向内延伸了。此时再去反观《毛坯夫妻》，显然是其来有自，可以理解了。

三、语调与基调

虽然说，马小淘的小说大都带有"荒凉"的底色，但呈现于表面的风格上，却是极具轻松诙谐的语调，《春夕》最具代表性。随意摘取一段对话如下：

> "还用得着调查吗？长那样，跟少年闰土似的，还装娇羞，以为自己是洛丽塔呢！明显是道路跑偏啊！我就烦她，怎么着吧？"
>
> "您烦，我严重同意！"
>
> "你同意，你吃屁！"
>
> "打我认识你，你就没文明过。"

“那也不耽误我是宇宙超级美少女。”

这一语调，借用马小淘自己的话形容，就是“装腔作势”（《那些装腔作势的日子》），这一“伪装”既可以从“先锋”“另类”“棱角”等形象，也可以从语“腔”和“势”上去理解。其表面上显得虚张声势，热热闹闹，里子却是“荒凉”。她之以“腔”和“势”所“标”与“立”的，其实正是她既想表达又欲回避的内心隐秘。就像前引对话里的主人公江小诺，外表看来风风火火，大大咧咧，语言上的泼辣调皮，包裹着的其实是虚妄和脆弱。想象中的情敌“春夕”就让她几近崩溃，设若真有其人其事，结果也就可想而知。可见，夸张的语言表达下，呈现的是“表里不一”的矛盾性格。冷然（《慢慢爱》）之冷与热，萧宵（《再见，新一》）的坚强执着与脆弱动摇等尽皆如此。在《不是我说你》中，节目内外的林翩翩，是那样截然相反的两种形象，“节目里尖锐，私下里沉默，天天实践着判若两人的转换”，她在节目中谴责他人情感上的不忠不轨，生活中的自己却甘愿做见不得阳光的黑暗情人。这是反讽，也是无奈。既然生活永远都是残缺，残缺中的相安无事得过且过又有何不妥？

这样来看她的小说，就显得颇有“情节剧”的味道。往往在故事结尾的时候，矛盾仍未解决。忙活了一圈，重又回到了起点。《毛坯夫妻》中，叙述者预设了一个“他者”式的存在，然后又在主体的审视下把这一“他者”合法化。这种闭合式结构，最为典型的是《再见，新一》。从小说名可以看出，女主人公萧宵要离开男友，可直到终了，还是没有实现。虽然，青年男女之间数年的爱情纯粹而美好，但这一爱情横亘在大洋的两岸和国门之间，其实是很辛苦的。对于这一令人身心两皆疲惫的爱情，萧宵不敢直面却又不得不奋力支撑，数度动摇又毅然回头，到最后，即使是以死殉情，难题也未能得到很好的解决。爱人回到病床，但问题仍在。飞蛾扑火的执着却只换回来起点的重复。《春夕》中，“春夕”作为谜一样的符号，以潜在或想象中情敌的形象出现，若隐若现于男友钟泽生活的始终，这令女友江小诺耿耿于怀寝食难安，她想尽办法要弄个水落石出，但到最后，费尽心机，其仍旧如谜一般，反更让人迷惑不解了。在这里，“春夕”，与其说是人名的表象，不如说是人生中不可捉摸之觊觎式“他者”的符号和象征，它既不存在又无处不在，时刻威胁着女主人公的幸福，让人避犹不及。

这一回到起点的重复，与其说是对问题的无限延宕，倒不如说是叙述者内心矛盾的呈现和试图调和的努力。问题虽然没有得到解决，但经过一圈的磨炼与周折后，终将让人感悟：与其纠缠于未解无解的矛盾，不如珍惜彼时或当下的短暂幸福。江小诺因为那想象中的“春夕”而几近错乱，一觉醒来，却突然意识到这其实是自我折磨的无谓与无益：“何况把春夕查个水落石出对自己又有什么好处？打一开始她也只是想掌握，并不是想揭穿什么。知道不知道对她和钟泽的关系大方向上不会有什么影响。江小诺觉得自己太专注地拽着春夕不放，忽略了眼前弥漫的万事俱备的讯号，恋爱九十九步，该跨上那级更加风雨同舟的台阶了。”故事发展至此陡转急下。这时，即使听到男友求婚时一句暗含“春夕”的表白，也只是换来“死命打探换来无可奉告，求婚时却好似暗藏玄机。可是又能怎么样呢?”的感叹(《春夕》)。这种终点与起点之间的回环，用马小淘的话说就是“打连连”，是同类项的合并与重组：“兜兜转转就停歇在这里吗？那些望眼欲穿都是浪费吗？心头掠过一丝混杂着惊恐的哀戚，二十六岁的秋天，还是没有走进传说或者童话中……以为世界很大很大，却原来无非还是跟那几个熟人打连连。”《慢慢爱》的最后，冷然虽然还是独自一人，但因为小学同学钱源的日趋走进，显然已非往昔。虽然说，这种回环式的结构营造的是一个封闭的空间，但其某种程度上也是一个自足的世界。借用本雅明的话说，这实际是以共有的经验构筑而成，这是一个能把握的世界。事实也是如此。马小淘只写自己熟悉的人与物，这一世界之内，通过故事的讲述和经验的交流，即可达到相互间的理解和认同。从这个角度看，她之营造这样一个封闭而自足的世界，既表现出无可奈何之情，同时也是矛盾的一厢情愿式的想象解决方式。

四、结语：表象与表现

这样来看马小淘的洒脱、不羁和“桀骜不驯”，其实就只是一种表象。这一表象下呈现的是其反面：自恋、自信的背后实际是自卑和自虐。她以夸张的语言风格呈现的是拘谨，叛逆下显示的是顺从，张扬的是脆弱，而无所畏惧表露出的正是无所适从。她不意反讽的尖锐，她想写出人生的热热闹闹来，却呈现出冷冷清清的一面。她想写出人生的经验来，却在在证明了经验的不再；她想抓住爱情，却原来只是揪住了爱情的幻象，正所谓“飞走的是树，留下的是鸟”。本以为永恒的，其实是短暂；本以为是短暂的，却是亘古不变。概言之，她之想，与实际呈现的正相反。她以她的小说显示出“书写”表意的复杂性来。

马小淘以她的视角观察社会、理解社会，并把这种理解写出来。没有故作姿态，也没有故弄玄虚，有的只是年轻人略显夸张的喜怒哀乐。本色和不做作，是她的特色。这使得她的文学世界既略显不同——有自己的个性和风格，又是那么的亲切熟悉。她的小说虽然不断地书写关于传媒大学(她自己就毕业于传媒大学)的人和事，《飞走的是树，留下的是鸟》《火星女孩的地球经历》《慢慢爱》《你让我难过》《春夕》《毛坯夫妻》《不是我说你》《再见，新一》等都是。但这些小说却很少有情节重复的地方，即使人名有重叠，结局却并不相同，这对人生经历及阅历尚浅的年轻作者而言，实属难得。特别是她成熟后的小说创作，虽主题相似(都涉及爱情)，题材、人物不变(都与传媒大学有关)，但在情节及经验的表现上却每每有新的突破。这方面，充分显示了马小淘在有限经验限度内的拓展能力，但问题也随之而生。思想深度不够，但有非常好的感觉和对生活的理解来平衡，可一旦她的经验世界被开拓殆尽之时，仍执着于同一主题或题材的表现，是否会有自我反复的出现？这时，如何突破已有经验的局限，似乎就显得迫在眉睫了。 而且，虽然说小叙事并非与家国情怀无涉，可一味封闭于一己的爱情想象中左顾右盼，时代的变迁、社会的巨变于她只不过是可有可无的背景乃至点缀，这样的叙事还能持续多久，似乎也并非没有问题。

第四节　自有水汽的充沛淋漓：关于李晁

在“80后”作家中，李晁是年龄较小的一个。1986年出生的他，至今不过32岁。其自2007年发表作品以来，累计已有20余部中短篇和1部长篇小说问世。虽然说，他出道较晚，创作时间不长，但很坚实，且有自己的特色。他一步一个脚印走来，虽略显稚嫩且气象略窄，但已充分显示出自己所具有的各种潜力。对于他，我们理应充满期冀。

一

要想进入李晁的小说世界，铁葫芦街和青少年成长恰好构成其小说两个重要的时空坐标：一个是故事发生的空间背景；一个是情节展开的时间绵延。对于前者，李晁有充分的自觉。他在一篇小说中借人物之口明确表明独特的地域坐标对于作家的重要性，这使他不厌其烦且不吝于描绘发生在铁葫芦街的故事。他目前创作的大部分小说都属于此类。而至于青少年成长题材，则似乎源于作者自身亲历的经验和浓厚的兴趣了。

李晁目前的小说创作中，很大一部分都是着力于青少年时期成长经历的叙述。在他的青少年成长书写中，酗酒、吸烟、早恋和打架是其中核心元素，这些似乎都与青少年所必经的叛逆阶段联系在一起，大可不必奇怪，就像出水痘，经过以后，就具有了免疫力。《小城·不离》(2012)中朝阳的成长就表现为对混街道的扬弃之中，在经历了混街道之后，他懂了人生的所欲所求，而后能以平常心对待身边事态的起伏变迁了。《朝南朝北》(2007)写的两兄弟朝南朝北的故事。他们虽一个看似街头混混，一个木讷，但其实是成长期众人皆有的两面性和丰富性的表征；而所谓外表上的混世，抑或拘谨，并不能掩盖内心的软弱和成长期的躁动不安。

在他那些表现成长主题的小说中，《完美男人》（2010）比较独特。小说讲述的是一个青少年余季犯罪后悔过自新的故事；就故事情节而言，小说似显陈旧，但因为是出自另一个青少年的视角观察讲述，读来也别有兴味。小说中，讲述者同主人公余季之间那种若即若离的距离把握得很好：讲述者“我”开始是慢慢走近，但因为对方滑向犯罪的道路而越来越与之保持距离，直至某天忘记了对方的存在。在这个过程中，“我”的态度上的转变，主要源于大人世界看法的影响，但又似乎并不真正相信余季的邪恶本质，及至重逢和最后他那一句“犯过错的男人才是完美的男人……完美不是不犯错误，而是知错能改”顷刻让“我”顿悟，“我”也完成了对青少年成长命题的新的认识。

就青少年成长主题的表现而论，长篇《傻时光》（2009）应该是其中最有代表性的一篇。这部小说以他小说经常描绘的铁葫芦街作为故事的背景或前景，写的是一个少年的成长经历。就情节论，此作同他的部分中短篇小说偶有重合处，但这并不妨看成是他的一部总结之作。小说分前后两部分。前半部中，写的是被别人称作“傻子”的智利小学期间所历经的种种“傻”事。小说以第一人称口吻叙述，“我”所认定为有意义的，却被他人确认为“傻”，这种主人公内心的纯净执着同他人看法之间的距离构成一种略带反讽的张力：人物内心世界的丰富曲折同他人外界的简单粗暴之间的错位，使得李晁的小说别具韵味。后半部分写的是进入初中阶段的故事。进入初中阶段，“傻子”表现出常人的一面，逐渐融入群体而不再被视为“傻子”，小说风格至此为之一变。对这一阶段的描写，可以看出李晁惯用的情节编织特点，即对早恋、打架、拉帮结派等情节一贯的想象。主人公智利经历了暗恋等诸如此类一系列的常规行为之后，最终还是回到了认真读书的轨道上来，小说也适时戛然而止。从总体上看，前半部比后半部要好，而从前部到后半部的转变中，也不难看出作者试图突破自己但又不时挣扎于已有套路中的努力，这一努力使得小说带有某种明显的过渡色彩。

就李晁如此执迷于青少年“往事”或“故事”的讲述而论，虽表现出作者文学写作的诚实和坚实，以及对这一命题的持续思索；但从另一个角度看，也正折射出作者面对“现时成人世界”时的矛盾心理。这一方面是刚刚成年的作者对少年往事的追忆，像《少年往事》《少年故事》和《纪念麦黄》等小说名所显示的那样；但“故”事或往事的呈现，又往往是出之少年或小孩的视角，他的小说因而别具反讽与张力：“少年往事”背后呈现的是青年作者面对现实的无助和迷茫。相比成人世界带给人的不安、恐慌及其复杂性，青少年世界则要纯粹自然和简单得多，作者/叙述者也更似乎愿意沉溺于这样的世界，做着不醒的梦。

二

事实上，正是这种返回(童年)的倾向，以及针对童年经验的反复书写，恰恰表征了李晁小说中精神幽闭气质的存在。李晁的小说，特别是那些以青年男女为主人公的作品，很多确实可以从精神分析的角度加以解读。这一幽闭气质，常常表现为小说中主人公沉浸于其中的自我镜像。这似乎是一个循环：“我”沉浸于自我完满自足的想象中不愿走出，故而拒绝现实世界；或者不妨说，“我”不愿走进世界，故而营造了一个自我圆满的镜像。《一个人的世界》(2012)在这类小说中很有代表性。小说叙述了主人公“我”突然之间发觉整个世界只有“我”一个人的存在，因而产生惊惧恐慌，以及渐渐适应，乃至世界渐渐生机复苏的过程。这部小说的故事情节表面看来荒诞离奇不可理解，但这种带有现代派意味的小说情节却并非作者有意于现代派的试验或实验，而实在是因为小说的叙述主人公“我”的“精神失常”或者说“异常清醒”。这其实是一个幽闭症者的白日梦式的循环想象。世界还是那个世界，区别只在于所观之人眼里的“有我”或“无我”。当观者沉浸于“我”的世界并放大“我”的存在时，这个世界便是“我”“一个人的世界”，看不到他人；而只有观者慢慢从“我”的个人世界走出，世界才慢慢恢复其原有的样子，有了人，会动，变得嘈杂起来。至此，小说其实是以一个精神分裂患者式的呓语，提出了一个十分严肃的命题，即个人在面对安宁的内心和喧嚣的外界间的两难选择问题。《米乐的1986》(2010)其实也可以这样理解。1986年本是男女主人公出生的年份，在米乐的眼里，却非要显示出不同寻常的意义不可，因而就有了米乐的不断思考和写作。1986年，世界上发生了诸多大事，但这并不能因此而与自己的生活联系在一起，故而米乐的小说《一九八六年》就只能永远处于一种不断的延宕中，永不能终结。因为毕竟，这世界的大事与一己之身并不总能“耦合”起来。小说显示出某种分裂的主题来。这一分裂是自我圆满镜像与存在之间的分裂。

《来日无痕》(2011)是一篇精神病患者的回忆之作。所谓“来日无痕”，既包括“来日”了无痕迹，也有努力回想或构想过去的意思。有些作家(如同为“80后”的蒋峰和文珍)，通过对过去的重构和复述，是为了达成与现在的和解，小说的写作本身带有精神疗救的作用。对于李晁，则似乎相反。这篇小说虽逻辑清晰脉络分明，但因出于一个看似复原的精神病患者的视角，很多事情于讲述者是理所当然，于他人却不易理解。至少讲述者为什么会发病为什么患有幽闭症，在读者看来是不能理解的。即以缺席的第二人称“你”为例，这一没有的出现“你”既可以是实际存在的充当听众的角色，也可以看成是精神病患者想象中的听众，实际并不存在。就此而言，讲述于李晁的主人公而言，似乎只是精神病患者的自我镜像，并不为他人或现实秩序所理解。其结果，讲述本身反而更行树立了一道隔开“来日”和“现实”之间的屏障，讲述注定成为精神病患者自我存在的必有方式。

《本命年》(2011)中的李梦在本命年来临时，总是笼罩在某种不祥预感的想象中走不出来，而也正是在这种常有的惴惴不安中，“厄运”接连不断：先是女友不期然的怀孕，工作的丢失，继而被迫从女友家搬出，以及受伤；如此种种，也正似乎印证了“本命年”的魔咒。这是一种带有循环论证式的小说结构，显然可以从精神分析的角度加以考察。精神分析学告诉我们，成年时期的某些异常行为或思维，总与幼年时的某些创伤经历有关，小说的主人公在本命年中的这样一种状态，正好是幼年创伤经历的投影，以至于笼罩在某种轻微强迫症式的思维中走不出来。本命年既是宿命，也是前缘。小说如果再向前推进一步，就有了形而上和存在的意义：小说本可以写得更为深邃和恢宏，但由于作者太执着于个人经验或具体琐事的叙述，终不能上升到存在的层面或更为抽象本质的阶段，这不能不说是一个遗憾。

三

就讲故事和情节编织的能力而言，李晁显然并不擅长；相反倒常常看出模仿的痕迹，故事也常显老套和陈旧，难有新招。李晁的用力显然不在于此，其用心表现在对人物内心世界的捕捉和把玩上。事实上，正是因为面对外部世界的恐惧和无助，促成了作者朝向个人内在世界的挖掘和探索。作者/叙述者越对外界表现出不安，越是表现出对内在世界的坚守和执着，也就更加难以走出自我内心的羁绊。

《迷女》(2012)讲述的是一个略带乱伦的情感故事。罗菁菁、四叔和左雪之间构成一个微妙的情感三角。早熟的左雪喜欢上成熟的四叔，而四叔却把对嫂子的痴情寄情转移于侄女罗菁菁身上，罗菁菁呢，则处于那种发育期少女常有的惆怅敏感中，潜意识里的渴望同表面上的冷淡使她常常若有所失。这一切都在明暗表里之间，小说情节就在这种错位和矛盾中展开，及至最后，虽然叔叔表现出对侄女的侵犯和猥亵，但也似乎是“势”所必然；而女孩罗菁菁也在由此带来的羞辱和颤栗中告别无忧无虑的时代成长起来。应该说，就讲述的故事而言，小说并无多少新意，终究不过“恋父”—“弑父”原型故事的某种翻版——父亲的形象因为长期缺席由叔叔填充和替代——其中不难看出张爱玲小说《心经》

的影响，小说主人公罗菁菁在看完《心经》后就曾梦见同四叔间暧昧的一幕；但从作者对人物间关系的把握和内心情感的捕捉而言，小说却有诸多可圈可点之处。尤其是对罗菁菁这样一个发育期的少女复杂矛盾表里不一的心理的刻画，真可谓是体贴入微如见其人。作者的功力也从这里显现出来。

李晁的小说善于捕捉和把握个人的隐秘的内心，而这内心又往往与实际表现出的行止不尽一致。《一家人》中的陈卫虽然表现出大大咧咧自负甚高的样子，但其实内心十分自卑和敏感。现实中的他是一个失败者。且不论家境贫寒，智力能力两皆平庸；大学毕业，既找不到工作，也找不到女朋友，故而常常只能躲在己家二楼的窗后偷窥对面理发店里的女老板，聊以想象中的自慰和手淫。他是一个现实中的失败者，却要装扮成潇洒坦荡和不以为然；事实上，正是他那种表面上的不可一世，掩盖着内里的怯弱。李晁这种对人物内心的捕捉，使得他的小说主人公皆内秀而寡言。他们是一个个沉默寡言的人，但他们的内心世界却是相当之丰富；他们虽然在现实世界中屡屡受挫，但却能与周遭的动物彼此心意相通，彼此明白对方的无声或有声的"物语"，《旱季物语》(2011)中的李杭就是这样一个内心丰富的主人公。这是一种真正的"物语"，而"旱季"其实是可以从象征的角度加以理解：人与人之间关系或交流的枯槁荒凉(干旱之意)反不若动物之间的潺潺"物语"。这样一个世界是一种什么样的存在?《朝南朝北》对性格各异的两兄弟的内心的把握也很到位。性格迥异的两兄弟，在内心的软弱和幽深上却有共同之处。即使是带有精神分裂式的虚构讲述之作《来日无痕》和《一个人的世界》，也从反面强化了作者对个人内心世界的痴迷。主人公们沉浸在个人内心的镜像世界中，以至于分不清现实和想象的区别，在他人看来，自然就显得有点难以理解了。

《孤独鸽》(2011)这篇小说充分显示了李晁控制叙述风格的能力和对叙述距离的把握。主人公目睹自己母亲偷情出轨的全过程，却只能深深埋在心里，即使东窗事发后为维护自己母亲的声誉，也不得不同母亲一起撒谎。对于这种痛苦，叙述者似乎只能面对鸽子倾诉。小说表面写的是鸽的飞跃千山无以家还的孤独（孤独鸽），其实是在写人，写青少年叙述者自己面对大人世界时的孤独感。这种一表一里的结构，使得小说别有反讽的张力，和无以名之的沉重。鸽的孤独投射的是观鸽人的孤独，不被理解而又渴望理解的那种。小说采用的是第一人称“我”的视角作为故事主人公而展开叙述的，但为了避免那种情感的宣泄或自怨自艾式的叙述语调，故而把自己内心的孤独投射到对鸽的观察、命名和表述中去：小说在叙述距离的把握上很见功夫。

四

从李晁的小说创作来看，作者擅长于从自己已有经验出发讲述故事，在这方面积累了不少经验；而对于那些不能把握或靠想象虚构的故事，则大都写得不大成功。《小城·爱》（2012）讲述了两个平行的小城爱情故事，男女主人公卞俊和白雪各自爱上了有夫之妇和有妇之夫，以至于最后都不欢而散。但问题是，两个爱情故事被平行并置于一起，它们之间却没有任何逻辑联系，就这点而言，小说暴露出作者在叙述技巧上的经验不足；而既然是现实主义小说，一旦两个爱情故事并置一处，总有其起承转合与因果转折的脉络，这点在小说中也没有很好地体现，从这点来看，小说明显带有习作的特点。

这也决定了李晁小说创作视角上的选择和成败得失。他的小说大都以青少年的视角展开叙述，有些虽然不是以第一人称讲述，但因熔铸了作者的情感经历，带有很强的抒情性。而像《山中客》（2012）那样以中年山民第三人称冷静客观的限制视角展现青少年主人公言行举止的尝试，则似乎显得较隔。从这方面可以看出李晁小说创作中的两种倾向，一种是情感经历的流贯其间；另一种是不带情感色彩的冷静旁观。他往往不能很好地节制自己的情感倾向，又对自己之外的陌生世界缺少更为深入的体察和认识，两端之间，常常显得左支右绌进退失据。从这个角度来看，《孤独鸽》和《杪与重生》（2011）应该是李晁的小说中写得比较节制而内敛的两篇。对于后者（《杪与重生》），叙述主人公对父亲深厚的感情，文字叙述上却表现得相当节制，故而作品表面和内里形成一种张力结构。李晁的小说看似简朴，语言纯净，情节单调，但其实需要细细品味后才能感到其所具有的分量，这使得他的这部小说秀内隽永、含蓄婉转。

对于李晁，其优势和劣势都很明显。他擅长于捕捉和观察，而不太注意讲述和故事的编织，小说技巧的把握上也稍显不足；他长于经验的重组，不擅想象的再造，故而在情节和题材上总不能有所很好地突破；他的语言明净简直，虽有余韵，但也柔弱无骨，有南方（出生于湖南）的水汽淋漓，却少西北（长于贵州）的冷硬爽直等，这些都一再表明，李晁的小说创作之路还很长，尚有很大的拓展空间。

第五节　独语与魔术：关于笛安

笛安（1983—　）是近几年来备受瞩目的“80后”作家，自2004年写作发表长篇《告别天堂》以来，已有六部长篇小说问世，而且据说她的长篇小说销量一直很好，极受读者欢迎。作为“80后”作家，笛安的小说与大多数同辈一样，不离成长、青春与爱情等主题，这些往往又与孤独、叛逆以及成长之痛纠缠在一起。但又似有不同。她的小说中有青年作家们所难有的包容、理解和余裕，以及对超越束缚的执着和困惑。如此种种，都使得笛安在“80后”作家中尤其显得不同凡响。

一

虽然说“80后”的小说创作大都涉及成长主题和青春书写，但成长于笛安而言却似有其与众不同的意义和深切的体验：成长总是联系着早恋、孤独、自闭和残酷，以及童年的创伤记忆。这一主题一直延续到她的近作——被称为“龙城三部曲”的《西决》《冬裳》和《南音》——中。“龙城三部曲”虽然写的是发生在青年男女兄妹西决、冬裳和南音身上的情感故事，但因为成年的情感纠葛总与青少年时期的成长经历及记忆联系在一起，小说仍不妨看成是成长主题的呈现。《宇宙》（2009）是一篇非常独特的表现成长中的孤独的小说。说其特别，是因为小说提出了一个不可回避而又往往被忽视的现实问题，即独生子女的成长困境问题。小说讲述了女主人公臻臻想象流产夭折的哥哥经常光顾处所，于是在家中常备了男人所需的物品，终至引起未婚夫误会而分手的故事。小说以第一人称“我”的口吻煞有其事地娓娓道来，亦真亦幻，很难想象这是出自一个有着幻想症的女孩的讲述。及至读完，掩卷沉思，才深切感到主人公的孤独是多么的让人心悸而痛彻心扉。而这，常常也是独生子女在成长过程中所不可避免的困境。《姐姐的丛林》(2003)是笛安写得较早的一部中篇。小说写了一个叫安琪的小女孩成长的故事，在这篇小说中，安琪的成长是放在成年人的誓言与背叛、算计与生计、追求与功利等交织的网络中展开的。在目睹了一场场人生的战争与离乱之后，她以她对现实的想象再造和编织涂抹成多彩的绘画，正是靠了这种执拗，她一步步成长起来。吊诡的是，这被刻意表现为一种并不适合大多数“普通人”的成长，就像安琪的母亲对她姐姐北琪所说的：“北琪，你是个好孩子。妈妈还真担心过你不会清醒呢。她(指的是安琪——引注)是艺术家，她可以离经叛道，但你不行。”这部小说以反讽的形式残酷地表明，“离经叛道”虽不可接受，终能滋养艺术，现实中的少年却只能按部就班，否则便只有痛和疼了。

正是在这个意义上，笛安的成长主题才显得与众不同。她一方面不厌其烦地表现青少年成长过程中的烦恼、冲动和疼痛，一方面又不自觉地把这种疼痛放在现实处境之外的艺术想象的国度里，这使得她常常在两极之间摇摆。《怀念小龙女》(2007)中也是讲了一个艺术家小姑娘的成长主题。小说中的“我”(海凝)并非天生就是艺术家(作家)，是成长中的残酷、创伤和孤独滋养了“我”。成长之痛就像“恶之花”，邪恶而美丽地绽放在“我”自我封闭的想象和写作中，自渡自救。这样一种成长，在《请你保佑我》(2007)中镜像式的表征。《请你保佑我》是笛安的小说中非常独特而极富象征性的一篇。这部小说根植于作者自己的经历，但又不为所限，充分显示了笛安的创造性。小说塑造了处于镜像关系中的“我”和宁夏两个女孩，以此来探讨成长中面临的困境和解决之道。小说中的“我”从小就被一种“虚假的、由文字创造出来的世界”(《请你保佑我》)笼罩，并被塑造，“我”生活在想象的世界，终日被某种称为“奇迹”的东西所迷惑。但问题是，“我”总要长大，总要面对现实世界，一旦面对，此前“我”的想象便会破灭；故而小说塑造了另一个现实中的“我”——与“我”有镜像关系的宁夏，“我”与她如影随形，情同姐妹，她直面世界，伤痕累累，“我”却能作壁上观，安全且始终保持某种距离：“我”的成长正是在这种距离中完成。但也正是这种距离感，表明了作者/叙述者面对现实世界的恐惧和不安，其通过塑造一个与“我”具有镜像关系的“他者”宁夏，恰恰表达了这种恐惧和对恐惧的投射与规避。

二

笛安的小说中，长篇小说和中短篇小说之间的差异十分明显。她的长篇小说，到目前为止大都采取第三人称限制视角叙述，分章节展开，这就造成笛安的小说中故事讲述和结构上的独特之处。在叙述上，笛安的一个特点是，从不同视角进入一个事情的叙述，她的小说故事情节往往很简单，但因打散而通过不同叙述者或视角的呈现，却也显得摇曳多姿引人入胜。在结构上则是先告诉你故事的结果，不是那种依时间的顺序组织故事情节，而是通过不同视角的反映，这是一种开放式的结构，各个视角所形成的视域之间彼此有许多空白，待到结尾各个视域互相融合，视域之间的空白便也得到填补。这是一种以果推因的写作方式，其实也是向读者提出了要求，要不断的往下阅读才能知道：故事的支离破碎，需要读者通读了小说才能对其前因后果有一个逻辑上的把握，否则便很难把故事组织起来。

这种结构特点，在《告别天堂》中有完整的呈现。小说开头，我们从主人公之口得知天杨和江东的分手，这是一个结果。而至于为什么会出现这一结果，视角人物却没有告诉读者。这就形成了笛安小说结构上的特点，即从各个角度完成对这一结果的叙述。小说中采用的限制视角叙述的好处就体现在这里。这种结构特点在《芙蓉如面柳如眉》（2011）中也是如此。这篇小说表面看来像是侦探小说，但其实是借了侦探小说的框架，进行叙述形式上的探索。小说伊始，先有了结果，主人公陆羽平死了，小洛也死了，种种迹象和证据表明这是一起谋杀案，嫌疑犯是陆的女友夏芳然，小洛因为是目击证人，所以她也不能幸免。小说就是在这样的氛围下展开剧情（或故事情节）的。应该说，侦探小说追求的离奇的情节和震惊的效果，这些似乎都在小说中有呈现，但待到终了我们发现，离奇的情节背后其实是人生的困厄和不堪，以及成长过程的创伤记忆。读到最后，不难明白，成长过程中的创伤才是最终的罪魁祸首。笛安写来写去，终绕不过青春成长的记忆。这在“80后”写作中比较普遍。

这样一种从后面往前溯的叙述方式，决定了笛安的小说并不注重情节和故事的离奇，而重讲述过程和讲述过程中人物的内心展现。通过视角人物的叙述，恰好有这个便利。视角人物的好处是不受时空的限制，叙述的进程随情绪的变化而变化。这既是一种叙述视角，也是一种叙述方式，其一边通过视角人物的观察视角展开叙述的同时，也能随时进入回忆的叙述；叙述风格上则是那种随意散漫的特点，既像是自我倾诉，情感的流动是贯穿始终的脉络，又像是不同的个人传记。另一方面看，笛安小说在结构和叙述上的这种特点，正与其作者/叙述者面对现实世界的恐惧和不安息息相关。“80后”写作大都有一个相近的趋向，即面对高速发展和日益陌生的外部世界时的无力与无助，她们更愿生活在内心或想象的世界。文珍的小说《衣柜里来的人》和笛安的《怀念小龙女》中有一个相近的细节，即躲在衣柜里的意象，一旦感到外界的压力，或不愿见人，主人公苏小枚（《衣柜里来的人》）和海凝（《怀念小龙女》）就会躲在衣柜里不愿也不敢出来。对她们而言，黑暗的密闭空间，比阳光灿烂的外部世界更充满想象更安全也更让人放心。他人虽非地狱，但总是不可理解，笛安的小说采用视角人物的叙述正说明了这点。通过视角人物而展开的叙述，一方面能极大放大个人的内心感受和情绪变化，个人沉浸其中，总能获得想象中的自我圆满和自足，可一旦向外延伸，对这一视角之外的视域却知之甚少。笛安小说中的人与人之间的隔膜、疏离和互不理解正在这种不同视域之间的错位中得以呈现。以此观之，视角人物的选择在她这里，某种程度上正具有本体论和形而上的意义。

三

“龙城三部曲”在笛安的小说中占有重要位置。就像高密东北乡是莫言的标签，商州是贾平凹的名片，龙城也是笛安小说中故事的发生背景和舞台，她的中短篇小说如《请你保佑我》《圆寂》(2008)、《光辉岁月》(2010)、《洗尘》(2012)等很多都是讲述龙城的故事。龙城亦即山西省会太原市，这是一个风沙漫天的北方城市，除此之外就是血液病盛行，这是我们从笛安的小说中所了解到的。在她的一系列小说，特别是“龙城三部曲”中，笛安想写出龙城的精神与地貌，及其文化上的性格，但事实上，龙城只是笛安故事的发生地或舞台布景，就像汶川地震、金融风暴也只是这一系列小说的远景一样，时空的独特性对笛安的小说而言，并不具备太多的附加意义。

在笛安的大多数小说中，时代背景模糊不清且语焉不详，这使得她的小说中青少年主人公的成长只关乎个人间的喜怒哀乐，并不具备超越的意义。而也似乎是意识到这点，自《冬裳》(2010)以至《南音》始，作者有意一改《西决》(2009)中脱历史/时代的倾向，而把青年男女主人公之间的情感纠葛置于如汶川地震、2008年奥运会以及随之而来的金融风暴等“宏大事件”的背景下展开。从这里，不难看出作者向“大历史”靠拢的意图。但从故事讲述及叙述的实际情况来看，这种尝试并不成功。因为显然，这些所谓的“大事件”只是某种如背景、前景甚至布景式的点缀，虽然偶尔同主人公们的生活相交错，但却并不构成真正的影响也并无真正的交融。可见，对于“80后”作家而言，他们并非没有认识到经验上的局限和“微小叙事”的不足，他们也有意同“宏大叙述”靠拢。但问题似乎在于，他们生活在宏大叙事解体后的小叙事的时代(或后现代)，生活的总体性的解体使得他们的小说创作往往成了“空中楼阁”，他们既非不愿，亦非不能。

虽然说，在这一系列小说中，时空并不具备独特的含义，但其在结构及叙述上的有意探索，仍具有重要的意义。三部小说之所以依次分为“西决”“冬裳”和“南音”，是因为三部小说分别以“西决”“冬裳”和“南音”三人的视角展开叙述。与笛安其他几部长篇小说不同的是，在这一系列小说中，三个叙述视角的采用，不仅为了能从不同视角进入同一个故事情节的叙述，同时也能很好地推动情节的发展。换言之，三部曲之间，既有视角上的分立，又有情节上的前后连贯和起承转合，分而为三部，而则是一个整体。这是笛安的首创，也是她的专长。但问题是，如果故事只在这三个视角人物间展开，或能在这三个视角人物的观察下即能得到完整呈现的话，这种一贯到底的单一视角或能发挥其最大功效。可一旦出现这三个视角所不能及，而故事又不能有效展开的情况，这种单一视角即会显示出其局限来，随着情节的展开，这一局限会愈发明显。三部曲的最后一部——《南音》——中不时插入陈宇呈医生的视角，又失时机地引入第三人称全知视角叙述，其虽可弥补单一视角的局限，但无疑造成了小说视角和叙述上的混乱和不协调，一定程度上影响了叙述的统一性。

相比她的长篇在结构和视角上的单一，笛安的中短篇实际上更为突出也更让人动容，虽然她更用心于长篇小说的写作，虽然她的长篇小说更受读者们欢迎。她的中短篇小说，像《请你保佑我》《光辉岁月》和《舞美师的航班》等，不论在构思的精巧、语言的细腻抑或叙述的纡徐婉转上，都是十分难得的佳作。诚然，中短篇小说在表现的广度、深度和力度上不及长篇小说，但因为有限篇幅内的持续用力，总也能做到荡气回肠气韵悠长。在笛安这里，充分见证了一个事实，那就是，篇幅的长度与欢迎程度并不必然意味着作品艺术和趣味的高度。

四

事实上，不论长篇小说，还是中短篇小说，笛安的小说都倾向于一种倾诉的语调，这同他的限制视角相匹配。而如果说长篇恰好可以看成是中短篇的集合的话，笛安的中短篇小说不妨视之为一个个单一视角人物的自我倾诉。她很少用全知视角，用詹姆斯的话这是一种对“现实主义的幻觉”效果的追求。“最像生活进程的过程，是那种通过一个可信的人的内心，而不是通过一个不属于人的神的内心来观察事件。”①这种对全知视角的摈弃，说明了什么？是叙述者对人物内心的情有独钟，抑或想追求一种所谓的“幻觉”？就笛安而言，则似乎与她的主人公们的孤独、敏感而内秀有关。《怀念小龙女》的幽闭中的海凝沉浸在同蔬菜、水果、家禽们的对话的想象中，《宇宙》中的迷恋想象中的哥哥的臻臻，《冬裳》中的小姑娘雪碧把布娃娃、可乐视为亲人的执着，《南音》中的西决为了学生昭昭而不惜铤而走险等，这些“常人”不以为然的事情，在他(她)们看来却是那样的自然。他(她)们生活在自己建构的幻觉的世界中，自欺欺人并自得意满。

这种主观现实主义的幻觉造就了笛安小说的独语体风格。这是倾诉的语调，而实际上却并不期望读者参与进来，读者只需倾听。或者说她的小说创造的是那种“理想的读者”，是另一个作者自我的存在。就像她的母亲蒋韵所说“我的女儿，她从来就不仅仅是一个樱桃小丸子，她还是一个与生俱来的悲观主义者”，“不管别人给她贴上什么样的标签，不知为何，在我眼里，她都更像是一个独行的游吟者。”②这一方面是因了对他人内心的无知和恐惧，所以倾向于限制视角叙述，另一方面也因为她的青少年主人公们都是一个个敏感而内秀的人，这种以他们作为反映或表现世界的视角能给人一种更强烈的真实感和温暖感。但这也造成另一种不足，即人物性格上的雷同和不够鲜明。人物某种程度上成了作者/叙述者的叙述代言人。

当然，指责笛安的小说在人物性格上的雷同和不够鲜明，是有失公平的。因为塑造人物形象并不是笛安小说写作的初衷，她的小说的主人

① 布斯：《小说修辞学》，北京大学出版社 1986 年版，第 49 页。
② 《女儿的十年》，《妩媚航班》，长江文艺出版社 2012 年版，第 13 页。

公永远(到目前为止)都只有一个，那就是她自己。相反，小说中的主人公们，就像《请你保佑我》中的宁夏一般，某种程度上只是幻化出来的自我的分身或“他者”。她们存在，作者则可以隐蔽起来，这似乎是两极，作者遥遥地看着她们，虽不能无动于衷，却也动情动容。《请你保佑我》中有这样一段视角人物“我”的内心独白：

> 曾经，我一直在追求的那种，被我命名为“奇迹”的东西，其实只是我自己幻觉中的艳丽。我知道，文字的讲述创造出来的世界，跟我看见的世界之间的差距，其实全是我自己的想象。所以，我要的奇迹，不过是个“无”。我犯的最大的错误，就是想在生活里把“无”变成“有”。现在我开始写作了，我自己开始尝试着用文字来重现我一直想要的奇迹，也就是说，让属于上帝的归上帝，属于凯撒的归凯撒。既然奇迹是“无”，那我就让它归于“无”。

这一表述其实可以看成是笛安的创作宣言：虽然生活之中不可能祈求“奇迹”，但作为文字及其“创造出来的世界”，却可以拥有。而写作正是为了创造出这样的现实之外的一个世界来。这一段话正好应和了卢卡奇在《小说理论》中的观点，在生活的总体性的缺失后的小说写作其实是一项孤独的事业，它力求通过写作创造出一个想象中完满的世界，但其实最终只是为失去的总体性赋形；而事实上，这一赋形并不总能遂意。就像笛安，孤独中的她和她的主人公们，因为生在一个总体性坍塌和被解构的年代，这一努力虽看似《西西弗斯的神话》中推着石头上山的行为，其实连悲壮都没有了，剩下的只不过是自娱自乐和自欺欺人罢了。这并非笛安的过错，这是时代本身的悲哀。

这种自欺欺人虽在他人看来幼稚且可笑，但其实自有其温度和温馨处，《舞美师的航班》(2012)中有一段话意味深长，可以用来结束本文：

> 也许在少年时代，那男人曾经英气逼人。可是在我眼里，无非

是个衣冠整洁的普通人而已。但是我也知道，有种光辉，与我无关，与所有人无关，只有那个姐姐看到。这光辉足以支撑那些漫长荒芜的年月，奔跑在每一年的高速路上，走完六个小时无声的旅程。

那也是一种魔术。

《舞美师的航班》与写于2003年的《姐姐的丛林》之间，虽然相隔十年，两部小说在人物形象——两部小说的主人公都是一个叫林安琪的少女——和情节上却自有连贯和延续处。在小说《姐姐的丛林》中的结尾，林安琪正一步步长大，她还有幻想，想到法国去，继续画画；而到了十年后的《舞美师的航班》中，从法国回国的林安琪，却没有了幻想，理想(画画)于她最终成为一种职业——舞美师，而随着这种转变的，是想象力和热情的缺乏，以至于对前引的机场中的一幕竟无动于衷。两个时期的“我”(林安琪)变化何其之大！反讽的是，十年前的“我”最终只能在另一个“他者”——那一个陌生的“姐姐”身上留有残影。看到她，“我”却只能以一种旁观的视角默默审视了。但反过来，也是在这种对过去的自己——另一个自我——的审视中，才更多了一份温暖、温馨和理解。或许，文学也是一种魔术，对于笛安和她的主人公们，尤其如此。这看似回归，其实不然。十年后的笛安，果然令人刮目相看！

第六节　斗转星移，旧梦曾醒：关于张怡微

在“80 后”作家中，张怡微（1987—　）要算是年轻的一个，但她也是学历最高的之一。复旦大学文学写作硕士毕业的她，如今正在台湾攻读博士学位。少年写作是“80 后”作家中较为普遍的现象，在她 19 岁那年即已出版小说集《青春禁忌游戏》（东方出版中心 2006 年版），但真正标志张怡微小说成熟的却是她的硕士毕业时提交的小长篇《你所不知道的夜晚》（上海文艺出版社 2012 年版）。正是这部小说，让我们看到了新的海派风格的诞生。

一、又见海派：《你所不知道的夜晚》

这部小说讲述的是上海姑娘茉莉的成长故事。但因背景是放在“遥远”的“文革”前后，很容易让人想起王安忆的《69 届初中生》（1984）。而事实上，这两部小说在很多方面都很相似：不仅在反映的时代及背景上，表现的主题也相似，都是写身处大时代的变革中的上海小姑娘的成长故事。大时代只是如背景或前景式的存在，其凸显或衬托的都是微不足道而又不可化约的个人和自我。

但《你所不知道的夜晚》也有不同于《69 届初中生》的地方。王安忆创作《69 届初中生》的时代，是一个普遍放大个人而皆有代言意识和济世情怀的时代，而张怡微写作《你所不知道的夜晚》（2012）时，却已然是一个渺小而孤独的“小时代”了。时代背景的差异，对于她们而言并不是可有可无的。虽然说《69 届初中生》在当时甚至今天都是王安忆的写作生涯中具有里程碑式的作品，但因其于小说中刻意表现出的同时

代的若隐若现的距离，仍能从其中看出作者的人为痕迹，其小说中“大时代”与个人之间的关系也并不总能让人信服。在张怡微这里，则相反。当“80后”作家普遍表现出远离“大时代”的倾向——典型的例子即郭敬明创作的《小时代》（小说）——时，张怡微却有意把历史拉回自己的文学表现世界。“文革”在王安忆那里是蓦然回首的记忆和经历，而在张怡微这里，则更多是口传的故事和遥不可及的历史，常常只能靠无边的想象去填补了。这样一种想象历史的倾向，既非要写出史诗性的作品，也非仅仅把个人的成长放在历史的背景中展开，在这当中，作者投射于其中的个人倾向仍是不可忽视的因素。

或许，历史也并不仅仅是背景抑或前景，历史在这里是被包裹在有关上海的表现中。这既是有关父母外祖父母辈的故事，更是有关上海的故事（《你所不知道的夜晚·序》）。历史是徐徐展开的大幕，其中上演的毋宁说是有关上海的夙梦。如此看来，小说的开头就显得别有味道。

> 说起来，茉莉一家生活在“田林”这块方寸之地，已有将近二十年了。

这是小说的开头，接下来便是对“田林”地理风貌的描述及其与上海市区之间的关系。整部小说不过32开，182面，而关于“田林”的描述就占了将近8面。这一并非风俗小说而专注于地方风貌的写法，表明了作者的趣味所在：作者并非要从时间（历史），而是想从空间（地理）的铺排进入对主人公的成长故事的讲述中来。显然，在这里，时间只是增加空间地理之历史纵深而厚重的背景，而不是其他。这点，对理解这部小说十分重要。

田林地处上海城郊，在行政划分上隶属于上海，但在上海城市人眼里，却并非真正的上海，“‘田林’的存在，就仿佛是上海的背面，也好像是光鲜舞台的后台，作为一个配补的要素游刃于主流精神之外……照样是充实的分分秒秒、有声有色的一生一世，却多少令人心有不甘。毕竟，舞台上的人生是别人的，是做给外人看的，真实的生活隐在其后，就好像不存在一样，各种酸楚是无人问津的。”茉莉作为其中的一员，心中始终的梦想就是要从田林走到真正的上海，但造化弄人，未及长成成年，轰轰烈烈的上山下乡运动即已波及全国各地，茉莉也被下放到上海远郊。所幸的是，正因为田林并非上海市区，她们在选择下乡落户的地域时便多了一种从容，她们不必像上海市区的知青那样被远远发配。

这样来看茉莉的成长史，实际上就成了“到上海去”和离开上海之间的来回摇摆的形象表达，而她的一生也就成了上海地理变迁的象征。在这背后，支撑这一切的都只是要成为一个真正的上海人和上海在这一文化地理景观中的优越心态。可一旦真正“离开了城郊，走出城心。这样的感觉竟然一点欣喜都没有，是那么沉痛、哀伤，第一次，也是唯一一次。”因为此时蓦然发现，当一个人一心朝着目标进发的时候，会忽视这沿途的一切，而实际上这其中的过程才是最重要的风景。茉莉嫁到了上海市区，却也失去了太多太多。虽然说这部小说非常类似于《69届初中生》，但后者却非王安忆海派文学的代表作品，张怡微以她这部小说向她的老师王安忆致敬，不经意间竟也完成了她的文学风格上的裂变和质变。在这部小说中，她既写出了地处郊区的上海人的复杂的文化心态，也呈现出时代变动对上海文化性格的深刻影响，这与她此前纠缠于成长之痛和人心冷暖的写作倾向明显不同。

自近现代以来，海派文学/文化已蔚然成风独成一格，表现出明显不同于中国其他地域的文学/文化风貌。但其所刻画出的上海形象，倒更像是一些抽象/“漫画”式的文化符号和象征（所谓“摩登上海”即是其中之一），很少看出其内在的杂音或混声。这种倾向，即使是在宗师如张爱玲或王安忆的作品中，也常不能免。这一状况，自近几年来已有较大改观，其中尤以夏商的长篇《东岸纪事》（2013）和张怡微的《你所不知道的夜晚》（2012）为有代表。这两部小说都是以上海郊区（浦东和田林）而非上海文化象征的视角，进入对上海的讲述，呈现出上海内部的“自我他者化”的复杂品格。这对向来偏于本质化的海派文学/文化风貌，无疑是一种拓展和丰富。就此而言，张怡微可谓功不可没。

二、家事、人事与现世

即使如此，从《你所不知道的夜晚》这部小说中，也仍旧可以看出张怡微早期小说创作的一以贯之的主题，那就是对人与人之间隔膜和冷漠的倾注及执着。这种冷漠，即使是在有血缘关系的至亲之间也概莫能外，因而也格外让人窒息和无奈。小说中姐姐茉莉同妹妹玫瑰之间就是这样一种关系，妹妹的冷漠和无情让茉莉委屈，但这种委屈却要以妹妹小让着点为由延续到 18 岁成年。可偏偏造化弄人，上山下乡运动一起，被迫下乡的还是姐姐，玫瑰仍可以留在上海。可即使如此，也没有换来妹妹的亲近和愧疚。人与人之间的隔膜可想而知！张怡微的小说虽然也是在表现青春男女的成长之痛和不堪，但这一疼痛却并非许多“80 后”作家所惯常表现出的回到自身内心的那种被放大的“虚幻”之痛，这是世态炎凉与人情的冷暖所致，是亲人间的不睦和社会的凉薄给主人公的青春成长投下了阴影与暗影。这样来看，张怡微也就多了“80 后”作家们所普遍没有的那种世故、“苍凉”和“苍老”。

在“80 后”作家中，张怡微是最现世最不慕浪漫也最不务虚的一个，她的小说大都落笔家事与人事，尤其是对其中的人际关系学情有独钟。张怡微的小说特注重琐碎小事和细节的刻画与描摹，什么诸如一块钱的索要（《江南西夏》）、压岁钱的多少（《我真的不想来》）、十块钱的车钱（《最慢的是追忆》）、父亲给儿子结婚钱时的欠条（《婚事》）以及母亲转瞬即逝的眼泪（《独立寒秋》）、外婆特意留的酸奶（《家》），等等。这些琐事很多与钱有关，而也正是从这些关于钱的细节及其相关态度里，更可见出人的无义与无情，让主人公敏感的内心更加体会到人与人之间的隔阂，即使是父女、父子及母子或母女之间，也不能免。而事实上，她的小说中，即使父女母子等亲人之间，往往最后也常沦落到只剩下金钱的施予和接受关系，并没有多少温情可言。可见，张怡微的这一苍凉，不是张爱玲那种划过天际的华美的苍凉，也并非王安忆般的世事洞明式的无奈，而实实在在是停留于物质较量中的沉沦与沉重。

平心而论，就文学表现的深度和力度而言，张怡微对人情冷暖的观察并不见得有多新颖和独特，在这方面，前人早已积累了相当多的经验。但作为一个“80后”作家，其与众不同的风格/风貌仍让人侧目。这些小说，其价值或许并不在于对生活及现实的挖掘之深浅，抑或对人情冷暖之洞察的幽微，而在于叙述者乃至作者的鲜明的形象。而如果说写实文学的典型形象，其不仅意指小说所刻画的主人公，作者/叙述者的形象也是一个重要指标的话，那么张怡微的小说可说是这方面的代表。她展现出了一个敏感而内秀、脆弱且执着、孤独但又并不绝望的叙述者形象。她多愁善感，但又并非无病呻吟，虽境界不高，但却很贴地，虽略显琐碎，但也不无浪漫遐想的追求。这一形象明显不同于那些《小时代》(包括电影在内)或《北京娃娃》所塑造出来的叛逆而时尚的青年一代的典型特征，也与那些沉迷于自己内心深处自怨自艾、自我封闭的青少年形象(如七堇年和笛安等的小说所表现出的)略有不同，它的出现，有力地改写了人们对“80后”一代的想象和理解。

在这一类小说中，有几篇写得不动声色而惊心动魄。《见鬼》(短篇)写的是一个叫阿丽的妇女冷藏自己已残废的老公于冰柜多年而继续领取补贴的故事。小说通过隔壁邻居男孩哲平的视角展开，一个是被母亲改嫁后遗弃的孤寂少年(哲平)，一个是挣扎于生存困境中的下层妇女(阿丽)，在这当中，究竟是阿丽的变态抑或母亲的无义更让人绝望和心怵，并不总能分辨得清。另一篇《东风恶》(短篇，2011年)，在极为精巧/凑巧的故事中，展现的是命运的残酷与人心的险恶。袁鹰的小额诈骗，竟阴差阳错导致包括自己在内的两个家庭的家破人亡：父亲开车撞死了被自己诈骗的女孩。一个生前未尽过责任的父亲，竟为女儿车祸身亡换来的40万元的赔偿金，同那可怜的母亲——亦即他的前妻——打起了官司。小说中，这两个故事之间，环环相扣，互为因果，让人迷惑而窒息。或许，作者本人也意识到《东风恶》这篇小说太过机巧且让人绝望，故而在其后出版的小说集《旧时迷宫》（文汇出版社 2013 年版）中，对小说作了几乎全部的修改，不仅故事情节有了很大的改动，情感倾向也向暖色调靠拢。在这篇更名为《熊笨还是猪笨》的小说中，情感渐趋冷灭的袁鹰，以自己的被抓为代价，却只为成全或不辜负女孩青衿（在《东风恶》中叫单小纯）的单纯和固执。在这当中，骗与被骗，最后竟演变为救赎与自我救赎的奇怪逻辑，由此不难看出作者“情感结构”的变化轨迹。这篇小说作为《旧时迷宫》中的压轴之作，虽看似无意，仍可视为作者面向过去的告别和象征。而其所作的大幅度改写，又何尝不是对这意念的昭示？

在张怡微的小说中，长篇小说《下一站，西单》（2010 年）是一部很特别的作品。这部小说虽然由同名短篇小说扩展而成，但在内容上，其实距离前本已经很远。这部小说仍旧讲述的是青春和成长的故事。表面上，这是在写一个叫林玮质的女孩的故事，是通过不同层级叙述者（林玮质、赵塬、蓝妮、罗安、王乔）逐渐呈现出来的不同侧面的形象。但到了小说第六章，却出现以“玄殳”的笔名（作者实际上是林玮质）讲述“我”（而“我”实际上是王乔）和一个叫 moli 的女孩之间带有同性之爱的色彩的故事。小说第六章，正好是同名短篇的内容。这样一种故事中套故事，以及叙述者林玮质把他人的故事想象成“我”的经历的做法，表明这两个女孩——林玮质和王乔——其实是一种互为镜像的关系。这是一种把自我幻化分裂为“我者”和“他者”的相对并加以表现的写作，体现了作者对象征意义上的个人处境的进一步思考。她们一起成长，从童年到少年，两个人的“记忆就仿佛是复刻一般，水平也差不离”。她们从对方的身上能看到彼此的影子和留下的记忆，但就是如此难分彼此的两个人之间，她们后来的人生之路竟是如此的截然不同，她们虽然彼此相濡以沫，但却咫尺天涯。在这两个人物身上，仍旧可以看出作者对人情与人心之隔膜的执着和固执。人不能理解他人，不论是以亲情或爱情的名义。爱与不爱，都是寂寞。有时甚至是爱之深，关系日近，也孤独愈甚。人与人之间，不论外表显现的如何繁华灿烂，抑或命途殊异，到头来，在孤独和寂寞上却是一致的。以此观之，林玮质和王乔之间的镜像关系，某种程度上已成为普遍意义上的人类个人孤绝处境的象征。这是张怡微迄今为止的创作生涯中一以贯之的主题，也是在《下一站，西单》中集中并深入加以探讨的主题。

三、“旧时迷宫”中的写作

虽然说，人情的凉薄与隔膜让人沮丧，但相对瞬息变化且日益陌生的外部世界，那些感伤的旧时岁月仍让人留恋不已。张怡微的小说中，往往还弥漫着一种物是人非的苍茫与唏嘘，“有时候我走在光秃秃的新路上，看到那些戴着红领巾的小学生会很激动的。但是我知道，他们什么也不知道。他们知道的，以后的人，也不再会知道。”（《旧时迷宫（代序》）这样一种矛盾心态，形成了张怡微小说中特有的情感张力和文本结构。

这是一种既带有怀旧，又有不可回首的矛盾心理（《嗜痂记》），一种不甘于沉湎记忆，又不敢面对瞬息万变的世界的微妙情绪（《时光，请等一等》），一种既繁华如梦，又寂寞似水的通彻与纠缠（《后海之后，江南之南》），一种既想回到过去，但过去已如云烟般的无着（《1987 再不是2007》），一种在异乡涌现出的“乡情”，而故乡早已变得陌生难辨的恍惚（《妮妮》），等等。这样一种情绪，用作者自己的话，就是所谓的“无家可归之感”，“身为八十年代后的我们，……可以世界各地走遍……可以因为梦想或伤痛的记忆背井离乡……但仿佛是，花了更大的气力，却不曾得到更明晰的解脱。”（《时光，请等一等·后记》）这种困惑与缠绕，使得作者常只能求助于“文字”和写作。于作者而言，写作乃是一种“力量”，既是对这种困惑的记录，也是某种“解脱”和自我安慰（与“互相取暖”），既是同不堪过去的和解，也是面向未来的“姿势”。换言之，在张怡微这里，写作是一种通过重建过去重筑关于未来的想象的方式。

故而，表现在张怡微的小说中，时间的意义往往要大于空间的变换或转换。她的小说虽然大都与上海有关，但很多都是“旧闻”，重点仍在“时间”的流转上。这是些关于“时间”的故事，即如《时光，请等一等》《最慢的是追忆》《1987 再不是 2007》《独立寒秋》《夏日》《丰年记》《岁除》，等等。空间在这里，变与不变，都只是在时间的坐标上显示其意义。《江南西夏》中，主人公在被称为“江南西”的城市中迷茫昏沉地栖居，并非因为“江南西”城市本身的吸引，而毋宁说源于大学时的旧梦，是对旧梦的虚妄的践行——这是旧时恋人倾慕的城市，但慕主却早已远走异国，只留下主人公无望的生活其中。《后海之后，江南之南》则借助于北京和香港的空间落差，表征爱情命题中永恒与变化的悖论。在这些小说中，集中表现出对时空辩证关系的思考的，是《下一站，西单》。小说中，“下一站”这一空间上的推延，表明的其实是永难回到的过去和无尽的未来之间的纠缠及其绵长的悔恨。而即使是《你所不知道的夜晚》这样一部围绕田林这一特定空间演绎的“上海梦”的故事，愿望实现之时——一旦进入城中心——却发现，真正难以释怀的还是那无数个“夜晚”交织起来的不可挣脱的时间沙漏之痕。

时间，诚然能让回忆和追溯充满厚度和深度，但它同样可能是迟缓和苍白的反复。张怡微的小说沉浸于时间的旧梦中，虽斗转星移沧海桑田，仍让人觉得苍白而柔弱，或许，只有来自强光的颤动和腾挪，才能使它自晨暮中生气蓬勃生动淋漓。她以她的近作（《你所不知道的夜晚》），显示了这一可能及其多重向度。

第四章　另类“80后”作家

第一节 先锋、创痛与疗救：关于蒋峰

在被称为“80后”的作家中，来自东北的蒋峰应占有比较重要而独特的位置。他甫一登场就显得十分成熟而老到，他既有鲜明的文体意识，也一再地在再造经验方面显示出巨大的潜力。他的小说，既熔铸了年轻一代成长的轨迹，又有对这一代人所不能承受之轻(重)的细致把握；既让人愉悦轻松，又令人沉痛沉重，甚而如堕五里雾中，不知了了。他来回穿梭于侦探、青春等各种时尚文体之间，深知如何调动并牵引读者的兴趣，但他又对纯之又纯的文学理想持之以恒，并能以此寂寞始终。这就是蒋峰，一个难以定位，充满反讽而具多面形象特征的“80后”作家。

一、“遗腹子”

真正标志蒋峰的小说创作走向成熟的，是被称为“遗腹子”系列的，这是作者迄今为止写得最好和最有分量的小说。这是一部依次由《遗腹子》《花园酒店》《六十号信箱》以及《守法公民》等系列中篇组成的长篇小说《白色流淌一片》，其中尤以《六十号信箱》和《守法公民》最为感人至深，如果可以借用傅雷的话说，这两篇应该是近几年中文小说中“最美的收获”之一了。小说虽尚未完成，但从已创作的部分来看，已然充分显示出蒋峰小说创作的巨大潜力。

这一系列小说写的是遗腹子许佳明前世今生的故事。未及出生，许佳明的命运就已笼罩在悲剧结局的宿命中。父亲因车祸变成了植物人，母亲又患有精神病，只留下年事已高的外祖父和幼小的许佳明。难堪的

家庭处境，自小形塑着许佳明的性格，早熟而聪明，柔弱而坚强。整个系列小说（虽还在继续），其实试图回答的就是这样一个问题，即造成许佳明后来悲剧命运的原因到底是什么？而即使是许佳明的死亡，悲剧式的结局并没有终结，他的命运暗示了他的后代的生命指向，这一延续其实也是在重复他的悲剧。小说以一种奇怪的方式书写着这样一种不可挣脱的宿命。

这一系列小说，虽然以许佳明短暂的一生贯穿始终，但各个篇什之间侧重多有不同。《遗腹子》提纲挈领，《花园酒店》写许佳明的外祖父老许，《六十号信箱》写少年许佳明的成长，《守法公民》写许佳明的继父哑巴于勒。《遗腹子》作为长篇小说的开篇，讲述了两个女人有关生育的故事。都是未婚夫的意外死亡，并都怀孕在身，一个竭力要生下来，一个却去做了人工流产。表面看来，这两个故事是以一种交叉平行的方式得以呈现，但其实是分处不同的时代，指涉主人公许佳明的前世和今生。这一"生前死后"的两条人生线索，虽然彼此了无关系，但正如作者所坦言的那样"藏了不少事"：正是那不可解释的宿命，把这样两条互不关联的人生线索连缀在一起。《花园酒店》讲的是将近70岁的老许，在得知自己癌症晚期后，想尽各种办法给患有精神病的女儿以及外孙许佳明安排后事的辛酸故事。相比《遗腹子》中两条明线的交织，这篇小说则采取的是一明一暗两条线索的叙述结构，明线是老许得知患有癌症后所做的种种绝望的努力，这同作为暗线的"共青团花园"的命运有着某种神秘的联系。反讽的是，作为历史遗迹的"共青团花园"即将迎来新生（被拆后建成高耸入云的"花园酒店"），而老许则渐渐走向人生的幽暗尽头。《六十号信箱》延续前面的情节，呈现的是少年许佳明渴望早日长大的成长故事。这一成长既联系着教育、环境和时代社会的发展，也与性的苦闷、幻想，孤独、自强，绝望、希望纠缠在一起，因而显得格外沉重，让人嘘唏不已。虽然说，这一成长并不太具多少象征意义，但其直指人心的力量可谓罕有其匹。

在结构上，《守法公民》与《遗腹子》相似，都是采用复线的结构。

两条线都是采取从故事的中间开始叙述。这是一篇表现怨恨的小说，女友谭欣离叙述者“我”（许佳明）而去，继父也于杀人后被投进监狱，“我”的生命中重要的两个人都“弃我而去”，更加重了叙述者“我”的心理负担，“我怕我挺不过这一年”，叙述者多次这样说道。但随着情节的推进，最后发现，原来一切并不像表面上显现的那样：女友所委身的画家，其实已身患绝症，她是想与之一起走完人生的旅途；继父的锒铛入狱实在是被冤，而即使身陷囹圄，他也还在时刻想着乞求“我”的原谅。这样来看这篇小说，其实是想表达一种原谅和自我救赎的愿望。

就人物性格的塑造而论，“80后”作家大都无意于此，以此来看蒋峰的这一系列小说，堪称其中的佼佼者。虽然，这于蒋峰本人而言，形塑人物并不一定是他的初衷。因为他一向注重小说文体的实验，而很少关注人物性格的刻画。但其意义也正在于此。这一系列小说在蒋峰的小说中的意义在于，他不再仅仅执着于技巧上的实验，而是开始专注于对人物内心隐秘的探索和把握。而事实上，在这一系列小说中，蒋峰充分展现出他对叙述语调和节奏的成功把握，正是那种冷静而深入人物内心的观察，出之以简洁干净的语言，和不动声色的叙述，使得这一系列小说别具感染力。这一系列小说的成功，显示了蒋峰在写实方面的巨大潜力。

除此之外，蒋峰还开创了一种长篇小说的新的模式，即构成长篇的各个部分之间，同整体上的若即若离的关系。在蒋峰这里，合则是一个整体，拆开来又都是独立完成的小说。其各个部分可以独立成篇，有头有尾，自成一体，不需要特别的交代；而且，各个部分，叙述的侧重点不同，呈现的面也不同。这就像古人所说的“横看成岭侧成峰，远近高低各不同”。叙述的目标很明确也很简单，但因为进入的角度，呈现的面貌也各不相同、相映成趣。

二、先锋、创痛与疗救

虽然时至今日，蒋峰仍不过30岁出头，但自其开始写作的时候，就很注意文体和叙述上的先锋姿态，特别是《维以不永伤》（春风文艺出版社 2004 年版）等中表现出地对多重叙述可能的追求，让人想起 20 世纪八九十年代的先锋实验。

《维以不永伤》围绕少女毛毛被杀这一刑事案件的发生展开叙述，试图揭开背后的原因及其凶手所在。这看似一部侦探小说。而蒋峰也似乎热衷于侦探小说的手法，首先是告诉读者案件的发生，然后从多个角度试图靠近，但当经过各个角度不同叙述视角的叙述后，却发现原来离案件越来越远了。这部小说分为四部分，第一、第二和第四部分分别从杜宇琪的表弟周贺、警察队长雷奇和毛毛的父亲张文再的视角展开叙述，其中第一、第二部分是采用限制视角叙述，第四部分则采用冷静旁观的全知视角以第三人称的形式。小说中最为奇特的是第三部分。

> 在第三部每一小节都会出现一个由数字组成的标题。其中前边的数字表示叙述此节的人物，中间的数字表示此节讲述的是谁，后边的数字表示从时间顺序上看此节在第三部的位置所在。这样的做法使得小说除了按着页码阅读之外，还会有三种不同的阅读方式：以三位数字的顺序依次阅读。在这里，作者向你保证，每一种重新组合的文本都会令你有新的发现。（《维以不永伤》）

无论如何，这种叙述手法都有点类似于先锋写作。马原是这方面的大师，他的《虚构》和《叠纸鹞的三种方法》等都一再表明，故事其实只是“虚构”的结果，故事是被建构的，至于是否实有其事或事情的真实性，是可以不管不顾的，也无关紧要的。这样来看蒋峰，又似有不同。蒋峰的小说中，事情特别是案件是确确实实的，但对于这一案件的由来及其原因，却又不可追寻。蒋峰想还原案件发生的始末，却最终发现原来只是徒劳。这在他的另一部小说《去年冬天我们都在干什么》（上海译文出版社 2005 年版）中也有同样的呈现。而事实上，作者也似乎无意于此。他并不是在写侦探小说，因此凶手或嫌疑人是谁并不重要，重要的是叙述过程，是过程中的各色人等和他们鲜活的性格。

正如作者在小说的自序中声明或辩解的那样：“两个月以前喜欢我小说的朋友读过对我有些失望。我们说没想到你在写供人消遣的侦探小说。我解释说我想通过二至六章展现每个人不同的性格，甚至是表现八零后出生的一代人的生活状态。”（《去年冬天我们都在干什么·自序》）侦探之于蒋峰，虽只是形式，但其为作者所钟爱，却似乎不仅于此。侦探小说的好处在于，其既具有可读性的外表，同时又能通过案件的进展充分调动读者的想象力和逻辑思维，也能围绕案件便于安排人物的上场离场。案件就像一个谜或能指，而为了达到对谜底或所指的揭示，就有必要从各个方面多个侧面努力接近，这恰好为文体和叙述的探索提供了条件。蒋峰热衷于侦探小说的形式想必应有这方面的考虑。

但实际上，先锋往往只是蒋峰的表象，就像“维以不永伤”这一小说名所显示的那样，内里的悲怆才是骨髓。这样来看他的叙述实验，其实就是通向伤痛的各种通道的探索。他是在尝试进入人生之“创”的各种途径和种种可能。这就与20世纪八九十年代的先锋写作颇不相同。明乎此，就明白，蒋峰的小说中，像凶杀、情爱和暴力等元素并不能仅从通俗小说的层面上去理解。即使是像《恋爱宝典》那样的小说，似乎是在传授恋爱的秘诀和向人炫耀，其实也是借恋爱写人的孤独和寂寞。可见，先锋或实验，在蒋峰那里，某种程度上也具有本体论的意义。人生的目标和意义虽然十分明确，通往的路途却艰难多变。先锋实验，以及多变的叙述手法，在蒋峰那里，就带有通往人生意义的多重象征之意。人生之未知并不表现在意义的模糊上，而是在过程的多变和不可测上。

蒋峰的小说弥漫着一种深深的创痛和挫败感。这一情感基调贯穿他目前小说创作的始终。不论是《维以不永伤》(2004)，《一，二，滑向铁轨的时光》（花城出版社2005年版），《去年冬天我们都在干什么》(2005)，还是《淡蓝时光》（中信出版社2006年版）。而即使是在最近发表的《六十号信箱》（中篇小说）中，这种情绪仍是弥漫不去的阴影。这一创痛和挫败感，在小说《一，二，滑向铁轨的时光》中有集中而淋漓尽致的表征。这篇小说中的母亲形象，让人想起张爱玲小说《金锁记》中的曹七巧。世易时移，沧海桑田，时代和历史在两个人身上虽然投射有过多的侧影，但在性格上的扭曲、刻薄、变态，以及虐待子女这一点上，却表现出出奇的相像来。如果曹七巧是因为缠绕于金钱和青春附加在她身上的枷锁而变得不能自拔的话，这部小说中的母亲则是由于既不愿走出家庭又不能忍受平庸的生活造成的。她每每沉湎于历史的荣光中，怀念作为纺织大王女儿的往昔岁月中不愿醒来，而现实又是那样的实在而残酷。结果造成家破人亡，丈夫的“意外”，女儿的自杀，儿子(杜宇琪)的离家，以及养女的一生不幸。历史的枷锁加在她身上，她走不出历史，因而也就走不进现实，现实最终也遗弃了她。事实上，这篇小说可以从精神分析的角度加以解读。小说以叙述者“我”（即杜宇琪)接到母亲病故的噩耗后回家料理后事开始，整篇小说的叙述和故事情节的发展其实都处于一种回忆和现实的交织中展开。现实中“我”的感情出现了危机，而这些其实又是同“我”的记忆中有关家庭的创痛经历息息相关。回忆临近尾声，叙述者“我”的创痛几近愈合；现实中“我”同恋人之间的关系，同时也得到弥合。这样来看，这部小说的写作其实带有精神疗救的意味。

这一倾向在蒋峰的小说创作中比较独特。《守法公民》即如此。小说中的叙述者“我”许佳明虽然已是清华大学的高才生，但其实仍生活在阴影和创痛的记忆中。母亲为精神病，父亲是植物人，外公已故，继父聋哑，继母是妓女：这样一个特殊的家庭组合，使“我”不堪回首。特别是继父于勒又因为杀人而被投进监狱，更令“我”沉浸在一种不能自拔的矛盾和挫败之中：继父于“我”有养育之恩，但继父的“杀人”又是那样地让人难以接受。同样，现实中“我”的感情也出现了危机：女友离我而去。小说的开头弥漫在一种怨恨和忏悔交织的情感之中，随着故事情节的展开，以及真相的浮出水面，原来继父是因蒙冤而被投进监狱，其后的越狱以及残杀多人，虽于法律上不可原谅，但都与对“我”的深沉的爱有关。小说最后，随着“我”同继父的和好，继父也坦然主动自首伏法认罪，小说在一种温馨温暖的气氛中结束。

蒋峰的小说中，或许只有《淡蓝时光》(2006)才是最让人轻松而有阅读愉悦感。这是一部典型的青春小说。青春主人公、青春的淡淡而无以名状的忧伤，和略显轻佻而调皮的语言等，这些都表明了蒋峰作为一个“80后”作家的特征。这部小说在蒋峰的创作历程中颇为独特，正因为其有别于《维以不永伤》(2004)、《一，二，滑向铁轨的时光》(2005年)和《去年冬天我们都在干什么》(2005)，故而封面中说这是一部“‘80后’转折之作”。实际上，这反倒可以说是蒋峰向“80后”作家的靠拢和回归，而不应是“80后”的“转折”。《去年冬天我们都在干什么》这部小说虽涉及青春的叛逆、迷乱以及彷徨，但作者的落脚点似乎不在于此，而是别有怀抱，只有到了《淡蓝时光》，从各方面看，才尽显青春的浪漫、幻想以及颓废。

这说明，蒋峰是一个创作路子很广的作家，其既可以创作十分先锋的形式主义小说，也可以转向写实而去探讨人物的内心，他既热衷于表现青春期的叛逆，也心仪于青春的浪漫、爱情和颓唐。他既可以在作品中写尽人世的沧桑和沉重，又不时流露出青年特有的幼稚和轻灵。他既擅长于悬疑侦探式的流行文体，也喜欢在侦探中糅合作者深邃的哲学思考。他的作品有些时候读起来像出自老年人的娓娓回忆，有时又极富跳跃，逻辑上的扑闪让人想起涉世未深的少年。

三、野心、潜心和耐心

但是，反过来，也造成蒋峰小说风格的驳杂状态。阅读他的小说，常处于多种感觉之中，一种轻松的文体、轻松的主题、轻松的故事情节和轻快的语言；另一类则与之相反，不论是从文体、主题还是语言诸方面都人为地造成一种阻塞。特别是像《恋爱宝典》，题目上的炫目时尚遮盖下的是内容的无法卒读和形式上的花样翻新。如此种种，都一再表明，蒋峰还在他的探索之中，他的风格还不固定和稳定。而蒋峰在文学上的敏锐和才华，又似乎决定了他的不安分心态。他的流浪式写作——在城市间的位移状态下从事写作——也注定了他的风格处于一种变化之中。从实际情况看，于蒋峰而言，如果不再纠缠于先锋的文体实验，而是把文体实验糅合进他的写实风格的写作中的话，他的创作之路其实十分宽广，甚至蕴含无限可能。

蒋峰曾立志要写出最好的华语小说，从小说《维以不永伤》中借叙述人的口吻对《维以不永伤》这部小说大加赞赏推崇备至这点，即可以看出作者的信心和野心。但另一方面他也意识到他的小说不一定就能很快获得世人的认可，他的价值要等到将来才能被发掘。这种矛盾和痛苦的心态，一度贯穿于他的小说创作的始终。他把自己理解成活在“未来”的当代人，因而无人能懂也就势所必然。他一方面在这种错位中倍感孤独和寂寥，一方面又把它视为“爱与文学”的永恒而沾沾自喜，这在他的《恋爱宝典》中有淋漓尽致的表现。这部小说的写作仍不改他玩弄技巧的“伎俩”，但很多事情往往是物极必反。这是一部无法评价之作，是蒋峰的小说中最难读也最让人左右为难的小说。它以一种倾诉的笔调，讲述我的恋爱经历和文学写作过程。逻辑上的混乱和内容上的繁复，让人目不暇给；而事实上，恋爱同写作其实早已经融为一体，难分轩轾。这就有点类似于“庄周梦蝶”：在小说的虚构和想象中恋爱，乃至于最后叙述者“我”深陷其中，分不清现实和虚构，只好在想象中渴望美好的结局。整部小说就是在这样一种缠绕中展开和结尾的。作者并非没有意识到这种缠绕，而若从小说的副标题——“爱与文学永在”——来看，作者其实是想表明，文学创作即如想象中的恋爱一样，互相缠绕，不需要分清，也不可能分清何为现实何为虚构的，“即使文学就是个骗局又如何？重要的是改变，可能一成不变比悲伤痛苦还令人沮丧”。小说中的叙述者这样说，小说也可以这样来读。文学的力量在于能让人分不清现实和虚构的差别，而又能一往无前。这就是文学的力量，也是爱的伟力。蒋峰以他的《恋爱宝典》试图告我们这一点。

从蒋峰目前的小说创作来看，他的长篇小说很多都可以从互文的角度加以理解。这并不是指广义上的互文，而是就小说内容和人物之间的具体勾连而言的。他把这视之为“冰山叙事”，文本之间，彼此藏着某些事，单独看来，有些细节似乎并不重要，只有合起来才能明白其中的深层含义。最典型的莫过于《六十号信箱》中偶尔露面的人物李小天，在《淡蓝时光》中则成为小说的主人公。即以《去年冬天我们都在干什么》而论，如果不联系《维以不永伤》，便不会明白这部小说的叙述者“杜宇琪”的行止态度。同样，只有结合《维以不永伤》，我们才能更好地理解《一，二，滑向铁轨的时光》。

他的小说，往往采取故事中套故事的做法，一部小说中指涉另一部小说中的情节，这使得他的小说创作，在整体上形成了一个较为严密的系统。而这，也正表明了蒋峰的雄心所在。蒋峰一直热衷于长篇小说的创作，少有短篇小说问世，即使偶有发表的中短篇小说，也常常是他的长篇小说中截取的片段。他很清楚，要想成为有影响力的作家，没有有分量的长篇小说是不可想象的。这很容易使我们想起巴尔扎克，他的“人间喜剧”系列就是一个庞大而严密的结构。虽然说，在这里把蒋峰同巴尔扎克比较有点不伦不类，但在创建一个想象和叙述的王国这一点上，他们却是共通的。但问题也会随之而来。心力的不济自是其中的一个原因。而随着生活经历和经验的增长，和创作思考的深入，初始时的构想并不一定能完全囊括于其中。此外，往往为了照顾整体的需要，也会造成细节的割舍，而对于文学而言，细节往往比整体的构想更来得重要。因此，如何处理整体同细节之间的矛盾，以及怎样才能突破以往的构想而又能有所进益，某种程度上就成为制约作者的创作能走多远的关键所在。

应该说，对于蒋峰而言，重要的并不是野心；相反，应该是潜心和耐心，而后者似乎更为重要。

第二节　另类青春的精神自传与表达：关于春树

春树是目前为止仅有的登上美国《时代周刊》杂志封面的中国作家，有关她的各种争议一直没有停止过，她的作品也并没有得到相应的充分肯定。或许，对于外国读者而言，春树只是一个符号，一个认识中国年轻/更年轻一代精神轨迹的符号，其意义正在于代表性和“社会精神档案的价值”（邵燕君：《春树：由“朋克”而“小资”》），但她似乎并不以为然。她既无意于充当什么代表，也无意于某种价值的追求。她就是她，一个可以在不同时刻不同场合称其为春树、林嘉芙、春无力、遇断和好孩子楠楠的“80后”另类青年。

对于春树本人而言，进入她的世界的最好而便捷的途径莫过于她的诗歌创作，诗歌是情感最为直白而酣畅淋漓的表达，但对于她的作品价值的认定和文学史定位，却不能不从小说创作开始。她的小说在文学传统的影响下开创了“80后”一代表达自身的新的可能，同时也彰显出某种症候和不无遗憾之处，一再显示出“80后”所可能有的不同的面向。

一

尽管《北京娃娃》是春树的成名作和代表作，在文坛上亦引起了不小的风波，但其给读者带来的冲击程度相比作者的其他作品而言，并不太过。较之《2条命——世界上狂野的少年们》式的呓语、混乱和极端，这部作品无论是从主人公形象的塑造、主题的表达，以及文字风格和结构特点等方面来看，都不算太突出。但也正是这种风格，有其可圈可点之处。

今天看来，这部作品虽然在摇滚和朋克的题材表现上有一定的开创之功，但题材开掘的深度和力度明显不够。因为显然，春树并不擅长写实。她的小说常常表现出一种快节奏的叙述特点，大凡涉及具体细节，大都蜻蜓点水，点到为止，叙述节奏快，故而常常只有结果而无过程的呈现。就像有评论家指出的那样，她的小说充满做爱的表现，但并不是做爱过程的描写。春树虽然塑造了一批朋克青年形象，但我们对何为朋克，朋克文化有什么特点并无所知。她的小说擅长情绪的渲染和夸饰，而不擅细节的展现。题材往往只是点缀或背景，既不构成主人公人生历程的肌理，也不推动故事情节的展开。对于这部作品而言，其最大的意义似乎还在于一种青年表达自身的“在场感”，以及矛盾型人格的塑造。反抗和叛逆当然是这部作品的重要主题，但其早已成为青年或子辈反抗父权父法的文化标签，已然失去了独特意义。

对于“80后”一代的青春书写，常常给人一种孤独、疼痛和叛逆的整体印象，但真正写出他们独特性的面向的作品却并不多见。他们或沉浸于一己的“微小叙事”中而夸大自己的创痛（如笛安、七堇年、马小淘等），或迷恋于消费的幻景与快感而做着“小时代”的迷梦（如郭敬明），他们虽身处中国崛起的大时代的洪流之中，相忘于江湖，作品也终究显得气象和格局两皆不足。虽然说，春树的作品也或多或少存在这方面的问题，但她通过题材上的独特创新，写出了青年一代不甘寂寞不愿被淹没的精神自传，功不可没。题材上的拓展没有造就春树的写实风格，其成就的是对一代人精神世界的探微烛幽。摇滚和朋克作为亚文化的重要代表，表征的是青年一代与主流文化的疏离与距离，这一疏离在某种程度上使得青年一代表达自身成为可能。但问题是，疏离的同时，也在某种程度上造成“失语”现象的产生，既要反抗，又要创造属于自己的表达语言，青年一代如何表达自身便成为一个难题。从这个角度看，春树及其《北京娃娃》的意义正在于，其通过题材的开拓而找到属于自己的语言表达方式。

就像女性主义为表达自身的经验而有意破坏语法规则和文本秩序一样，春树为表达自己一代的独有经验也有意在语式上特立独行。她一方面创造一种简洁及物的文字风格，不事修辞、质朴直接，注重“及物性”，直抵意义；另一方面又在情感的表达上刻意营造一种夸张渲染的铺排句式。试看如下段落：

> 大约凌晨两点多钟时，大家都有点累了。就说睡吧。李占武和白建秋睡在沙发上。我、贾佳、魏瑞仙和金智恒睡在大床上。灯灭了。我所盼望的结果。睡觉时乐队的主音吉他，实际上最老实的一个魏瑞仙说了好多黄色笑话，我们就笑，我握住贾佳的手，希望能感觉到温暖可靠的东西，他只是顺从地任我摆布(当然我也不敢怎样摆布)，没有一点感情。我太痛苦了！！！难道作为生死之交不能互相信任给一点鼓励吗？难道人微言轻反叛世俗追求真实的Punk也不能“超脱”吗？唯一能解释的就是他(他们)对我毫无感情。天呐！我太傻×了！为什么我总是自以为是、自作多情？为什么难过的总是我？……(《北京娃娃》)

简洁和夸张在这里形成一种强烈的对比，其效果似在于弱化细节而凸显情绪情感的表达。这样一来，使得春树的小说中，情节和情绪间形成一种对照，情节的推进虽不能直接推导出情绪的表达，但有助于主人公特立独行叛逆形象的塑造，这中间的距离给春树表达自身创造了随意伸缩的空间。而这在某种程度上也使得她笔下的主人公在性格特点和情绪倾向上常常显得不相协调，矛盾重重，难以定位。

雷蒙德·威廉斯曾用新兴文化、残余文化与主流文化的错综纠缠来形容转折时代的文化形貌，其意似在表明任何新兴文化的诞生及存在都既不是一蹴而就，也不可能纯而又纯。同样，春树笔下的主人公虽看似充满了亚文化的叛逆和反叛精神，但其与主流(文化)话语之间并非泾渭分明，而是始终纠缠在一起，就主人公林嘉芙的性格而论，像“退学”/

“上北大”、“无力”/“有力”、“战死街头”/“去国贸买衣服”等对立构成了其矛盾性格中的主要方面。“它们似乎构成了一个错乱的迷局，春树左奔右突，上浮下沉，越奋不顾身越显得盲目”（邵燕君：《春树：由“朋克”而“小资”》）。这些矛盾的集于一身，恰恰表明了春树笔下的主人公们既决绝愤怒而又困惑迷茫的精神处境。在一首《反抗谁》(2001)的诗中，春树这样写道：

反抗谁
反抗我们
反抗旧的事物
却不反抗旧的衣服
反抗快乐的心情
我们喜欢没落
反抗一成不变
反抗太早下定义
埋藏，把我们一起埋起来

“反抗旧的事物/却不反抗旧的衣服”这段充满张力的诗句形象地表明了春树笔下的主人公们的矛盾心理。她们在身体上随意挥霍(乱交)，在精神上却极吝啬(只爱自己)；她们反抗现行的教育体制，但对理想的学校又充满向往；她们向往朋克精神，但对何为朋克却并不真正了解；她们鄙视金钱所代表的一切，但又追求名牌和物质上的享受，等等。她们并真正不知道要反抗何物，故而摇滚、朋克以及吸毒、乱交就成为一种姿态和表明自己独特存在的方式，“只有年轻的时候，才会觉得姿态比身体健康更重要”（春树《不靠谱的青春期》）。反抗表明了一种态度，一种介入社会表达自身的话语方式。她们以反抗书写自身，虽然扑朔迷离矛盾重重，但恰恰是这含混最为典型而有症候性地表达了青年一代的精神世界。

二

在当代文坛那种向来顾左右而言他的修饰性写作模式中，春树确乎开创了一种大胆直白、鲜明无所顾忌的文学风格，其情感诉求更是常常被冠之以“残酷青春”而为人瞩目。但若放在文学史的视野上看，那种“私小说”式的写作策略，直面人物内心的隐秘欲望的坦荡，以及对传统道德信念之蔑视的执着，从中不难看出春树和郁达夫之间的精神关联。春树虽为“80后”作家，她的小说并无“80后”所普遍表现出的感伤忧郁，相反，她以反抗凸显疼痛与孤独。她的小说虽有青春期“为赋新词强说愁”的躁动夸张，但其实可以放在成长写作的脉络中加以考察。

春树常常被视为“另类”，这一另类的表述正表明了春树成长写作的另一面，即“反成长”的面向。所谓“反成长”主要针对“成长写作”而言，最典型的成长写作是那种时代社会民族国家的进步重叠“耦合”于个人的成长历程之上，个人的成长与时代/国家的进步息息相关。在中国当代文学史上，成长写作渊源有自，不绝于缕，而涉及“反成长”的主题只是在20世纪80年代中期以后才有可能出现。“反成长”不仅表现在表面行为上的乖张，更是一种精神上的指向。“反成长”以其对预设的成长主题及其价值观的拒斥而呈现自己。所谓预设的成长主题及其价值观，往往并不具体，但却在每一件事情上施加它的影响，影响主人公的行止；这是一种秩序和规约，它告诉你应该做什么和不应该做什么。它也是一种内化了的精神，并不感觉到它的存在。所谓“反成长”，简言之，就是一种从总体性挣脱出来拒绝重新被总体性的诉求及其写作策略。春树的辍学，她的亚文化风格，她的主人公性格上的多变、多疑、独立和极端等，都是这样一种“反成长”的表征。

春树的小说总涉及青春主题，就像《红孩子》的封面上所说“青春是一种成长，也是一种毁灭”，所谓“毁灭”就是对“成长”预设的抗拒。而事实上，春树的小说并不回避这样一种成长预设，这在她的代表作《北京娃娃》中尤其表现明显。这部小说讲述的是成长中的主人公在按自己的意愿行事与社会规约的束缚——父母之命、学校的要求和主流社会的价值观等——之间的矛盾，及其最终从中挣脱出来的故事。所谓预设，也常表现为一种引导——来自家庭的、来自学校的和来自社会的，她的另一部小说《红孩子》，写的正是这样一种引导下的最初的偏离；其在叙事时间上当属于《北京娃娃》的序曲，讲述的是高中以前的主人公林嘉芙的童年成长历程。相比《北京娃娃》中情绪的激烈及其冲突程度，贯穿《红孩子》中主人公的情绪变化则要显得温和得多。主人公既不明确自己反对什么，也不明白自己真正想要的是什么，她只是按照自己的意愿，一年年长大。而这事实上也比较符合童年时期的主人公的实际情况。在这部小说中，主人公表姐刘颖的功能值得回味。她是一名在校大学生，常常写信勉励主人公好好学习，其中充满诸如“你们也开学了吧？在校可要好好学习，以后要考大学”，“还有一年就要考学了，千万别落后，姐姐可不希望你做个落后生啊”等鼓励的话，其作用当然是以符合社会要求的成功者的角色引导青少年主人公的健康成长。但事与愿违，主人公的长大表现为一种“反成长”。从这个角度看，《红孩子》的意义正在于写出了引导下的青少年主人公们的不知不觉地偏移。

三

这样一种“反成长”，表现在时间意识上，就是一种“没有过去，没有未来”的当下感和颓废倾向。大凡成长主题，总预设了某种从过去走向未来的时间进步的连续性历程，当下在这当中是没有太多意义的，只是过渡阶段，常可以省略与忽略。同样，当下的痛苦也并不成其为痛苦，因为有未来的幸福作为许诺，相反，当下的幸福则常常需要否定，因为美好的未来需要当下的牺牲来换取。春树的小说写作则不同。她的小说赋予了瞬间与当下（或者说此在）以一种存在感。这也是作者/主人公在不同场合多次赞赏存在主义的原因，其在《长达半天的快乐》和《2条命》中尤其表现明显。仅从“长达半天的快乐”这一表述就可以看出，这是一种并不寄希望于未来的生活态度；对未来的绝望，使得叙述者/主人公格外看重当下。快乐是短暂而易逝的，半天已经太多，故而需要格外珍惜。酗酒、吸毒和不断的做爱，就成为她们保有并放大这种瞬间感和当下感的手段。爱和做爱，虽然是春树的主人公们追求的目标，但她们彼此都很明白，可以需要爱，但爱并非什么拯救力量，其既不能拯救他人，也不能自救。爱是麻药，麻醉自己的同时，也起到了自我损耗的副作用。

这样一种当下感，用阿甘本的话，就是“解放的时间经验”，“每个人都有直接可取的经验，并以此为基础确立新的时间概念”，“这种经验就是快乐”，“快乐与行动不同，它不发生在时间的空间中，但‘在每个现在之中又是完整的’”，“在快乐的时代回忆历史就如同回忆原始家园的人，将会用这个记忆来衡量一切事物，将从每个瞬间索取这个希望”（阿甘本：《时间与历史：瞬间与连续性的批判》）。这是一种“瞬间”与“回忆”的交缠。虽然春树说她追求快乐而讨厌回忆，但她深知“写作和生活永远都是两回事，在写着这些的时候，我生活着那些，那些又要等到生活到这些的时候才去写，永远不在一个时间、空间段内。表达的永远都是过去的。现在的等待着未来去表达。”（《长达半天的快乐·前言》）她深知写作要比生活慢半拍，故而总是迫不及待地想把刚刚逝去的记录下来。《北京娃娃》（2002）的出版即带有为刚刚逝去的青少年岁月留念的味道——书的出版时作者19岁，而小说讲述的是北京女孩林嘉芙从14岁到18岁间的故事。这样一种迫不及待，用春树的主人公春无力的话说就是“速食”“想写就写，想怎么写就怎么写，绝对不会考虑‘慢慢写’的叮嘱与劝告……用但影的话总结，就是——‘当下，我们玩诗’。”（《长达半天的快乐》）这虽用来形容诗歌写作的，同样可以用来分析春树的小说创作。对春树而言，写作也像酗酒和吸毒一样，能使瞬间凝固并获得永恒。

这也同样可以理解春树的反叛。“社会规则”“主流审美观”（春树《不靠谱的青春期》）是春树经常提到的范畴，而这些总体上构成了春树所竭力反抗的对象。相反，例如“纯粹的爱”等，则构成春树所维护的。她的主人公虽然不断追问何为爱情，但在性爱伴侣的选择上却十分随意。在这里，所谓“纯粹的爱”只是一种抽象的范畴，其与具体上的乱交并不冲突。这是一种抽象的不懈追求和瞬间的满足的结合。而至于她所反对的“社会规则”、“主流审美观”也只是在阻碍瞬间快感的追求的意义上显示它们的否定意义。

当下感的出现，当然与宏大叙事的解体和主流意识形态的失效息息相关，作者/叙述者或主人公只看到自己，不论痛苦、愤怒或快乐都会被放大。这种人生经验虽然并非不真实可触，但终究是一种局限在主人公的视角及表现范围之内的局部瞬间经验的表达，并不真正具有典型性。

四

在春树的小说创作中，《北京娃娃》是一个标志，这部作品基本上奠定了春树小说的主要风格特点，这种风格发展到极致，就是语句上的不连贯，段落的穿插，情节的片段化，随意跳跃，逻辑混乱，文字简朴、少修饰到语无伦次等。显然，春树不属于含蓄内敛的一脉，她的文字并不追求节奏、韵律或意蕴之类，她所要求的是一种随心所欲、一种表达的畅快。这在《2条命——世界上狂野的少年们》中有淋漓尽致的表现。《红孩子》则属于那种叙述较为连贯，故事相对集中，语言比较流畅的一类；而像《长达半天的快乐》《光年之美国梦》等，都是介于这两者之间。

相对风格上的碎片化，春树小说创作的另一个明显的特征是人物形象塑造上的始终“未完成性”。她的小说很少有贯穿始终的故事情节，有的只是连缀其间起到穿针引线作用的主人公。而即使有主人公，她的主人公形象也并不具有形塑性。这种无中心、无矛盾冲突、无主要情节、无固定结构的小说写作，或许正是所谓“原初”生活的实录。它以青春生活的原生态的实录，既拒绝一种被总体化的生活表象，也拒绝一种被塑造完成定型的人物形象。

虽然说春树通过她的小说塑造了一个个性鲜明的主人公的形象，但这一形象其实难以完整概括，其永远处于发展变化中，她是一个“未完成”的形象。如果说她的小说都是一种自叙传的话，那也只能说是她的情绪而非人生经历的自叙传。凌乱的故事情节和混乱的叙述背后呈现的是一个桀骜不驯、敢于反叛和表达、自我且多变的主人公形象。如她所说，她无法做“‘80后’的代言人”，她也无法集中完整地塑造自己/主人公的形象，她的小说创作了一个个叫作林嘉芙（《北京娃娃》《红孩子》）、春无力（《长达半天的快乐》）、遇断（《光年之美国梦》《2条命》）和好孩子楠楠（《2条命》）的主人公，虽然每一个“都是真实的（作者的）我，只是不同时期的我”（春树）（《最残酷的青春——春树访谈录》，《80后心灵史》，长江文艺出版社2006年版），但却难以准确定位。她们都很真实，但又相互冲突对立。《2条命》是其代表。小说中的两个女主人公遇断和好孩子楠楠，其实是一个人的不同侧面，这是一个互为镜像的主人公形象，彼此相似而又不同，她们共同构成了叙述者的精神人格的两面。

文如其人。春树的难能可贵的地方正在于她的坦率和不虚饰。文学上的传统向来以语句、语义和语势上的逻辑连贯为标志，春树反其道而行之，她以不连贯和逻辑上的混乱挑战既定的文本秩序和文学传统，率性而为，不端架子，不做作。就像当年的马原以他所擅长的元小说式的“叙述圈套”完成对既定文学传统的颠覆，形式上的实验只不过是手段，其既非目标，也不是终点。春树以她的形式上的无所顾忌和题材上的大胆创新，重新定义了小说及其叙事成规，她的几部小说虽读后给人以强烈冲击，但却很难让人有深刻持久的印象。这样一种总体感官印象上的冲击与细部表象上的无力的对比，是春树小说的最大的特点。对于一部成功的小说创作，或者在生活刻画的深度、力度和广度方面，或者在思考的深邃、深广与警醒上，或者在表现的视角、视点的独特上，必要有大的突破，仅仅靠题材上的新奇，抑或形式上的实验并不总能制胜。春树的小说创作既在总体上呈现出自我反复、风格单一的倾向(她的前后几部小说在题材取向、语言风格、人物形象和结构特点等方面并没有大的变化)，也在细部表现和形式上显露出粗疏粗放的风格特点。她的小说虽然可以说是当前文学创作中“青年亚文化”的最具代表性文本，但其显然还有可以提升的空间。当然，对于“80后”的她，我们似乎应多一分宽容、理解和期待。

第三节　最亲密的敌人与最残酷的自己：关于苏瓷瓷

在“80 后”作家中，湖北十堰的苏瓷瓷是产量少而风格又很独特的一个，她以为数不多的作品（包括诗歌和小说）建构起自己的风格，令人读后印象至深。她的小说在刻骨的清醒、冷静的观察以及不动声色的叙述下，直指人们内心深处最幽暗的角落，和不可回避的“暗疾”，给读者以刺痛之余，也不得不深思。她的小说虽大都关乎“疾病的隐喻”，但她能有效突破既有的精神病叙述的传统，进而使得惯常意义上的健康与疾患、正常与异常间的界限变得模糊而模棱两可，她的小说对认识并直视“人”之内心世界的坚硬与复杂有不容否认的参考价值。

一

《杀死柏拉图》（2005）是苏瓷瓷的小说中发表较早而很有象征性的一篇。这篇小说讲述的是一个精神病医生和患者的故事。医生沈郁常常在晚上十一点半接到一个名叫图图的抑郁症患者的电话，先是打到办公室，而后是家里，两人一聊就是几个小时甚至整夜，由此建立了一种奇怪的联系。表面看来，医生和患者间是一种医与救的关系，医生救治病人，但通过小说的叙述我们看到，每个人的内心其实都潜藏暗疾，医生也不例外，任何人如要想获得拯救的话，必须靠自己，自己才是自己的拯救者，否则便只能走向毁灭。图图当然是需要救治，她因失恋而反复自杀、失眠，对一切失去信心，把自己关在房间内，怕与陌生人交往，等等。她知道自己的问题，故而打电话给精神病医生沈郁，天天不辍。但她没有想到的是，沈郁虽是精神病医生，但她自己并非没有心理问题，她也同样需要拯救。她30多岁，硕士毕业，家庭优越，但却一直单身，好不容易经人介绍与一个工人建立了恋爱关系，但因为自己的古板、缺少情趣，最后被工人男友抛弃，她也处于一种精神上的亚健康之中，情绪极不稳定。这样一来，她和图图的关系势必发生变化。如果说她被抛弃前还是一个医生的话，她被抛弃后就变成了一个患者，她之于图图毋宁说是同病相怜者，自此，她们之间的电话聊天就不再是医生与患者间的倾诉疗法，而变成了同病相怜者的互相倾诉。

在沈郁与图图的关系中，当她从一个倾听者而变为倾诉者的时候，两人的关系发生逆转，图图变得精神不振，反没有了倾诉的欲望，乃至于最终自杀。现在的问题是，为什么在这之前，图图多次自杀而未遂，这次却成功了呢？显然，她之前求助于沈郁，是把对方视之为自己的拯救者，但当她发现对方也和自己一样焦虑郁闷、问题重重时，她的精神上的支撑瞬间坍塌，她之自杀并非因为她的抑郁症，而是发现自己命运的无望与绝望：这是一个没有人能拯救自己的世界，自己既不能自救，就只能是自毁。

之所以说这篇小说有象征性，是因为小说告诉我们，每个人(包括精神病医生在内)都是自己的地狱，而当每个人都有自己的心理问题时，再去求助他人即使是专业上的医生也无异于缘木求鱼，徒增烦恼。这时，精神上的自救就显得尤有必要而必须。图图为什么最终自杀成功，正在于她认识不到这点，她把希望寄托于他人身上，一旦发现也是虚妄的时候，她的毁灭或死期也就将至。沈郁则相反，她是医生，虽然她也并没有意识到自救的重要性，但她不可能把希望寄托于他人，故而她最终从心理困境中走出也就有了可能。

在苏瓷瓷的小说中，与《杀死柏拉图》相似的还有《第九夜》《李丽妮，快跑》和《左右》等。这些都是发生在精神病医院，或与精神病院有关的故事。《第九夜》(2005)和《左右》(2006)讲述的都是爱情、抑郁症和死亡的人生宿命。两篇小说的构思、结构都很精巧。前者讲述的是相爱的青年男女被分开而后殉情的故事。小说采用的是包袱慢慢抖落的结构，故事开始于女主人公丁小非到精神病院上班，恰好不久前医院里收治了一个叫吴风林的抑郁症兼精神分裂症患者。他经常在玻璃上写着“丁小非”三个字，可当丁小非出现在他面前时，他似乎毫无反应。于是，女主人公每天悄悄地塞给男主人公吴风林一个用鲜血染红的布娃娃，一直到第九个(夜)，男主人公才清醒并恢复记忆，原来站在他面前的，正是他在梦里萦绕着的丁小非。至此，我们才豁然明白，他们此前因爱被分开，彼此深受打击，男方精神失常被送进精神病院，而女方也常常失眠兼有自残倾向。一个是在梦里清醒，醒来却什么都记不起(男方)，一个是始终不能忘记，而彻夜难眠(女方)，他们各自在自己的封闭的世界里备受着折磨，自杀或自残，时空错位，南辕北辙；这是一种怎样的悲伤和悖论！而也正是因为这一悖论，他们在彼此清醒的瞬间才毫不犹豫地选择在肉体欲望的狂欢中一起沉沦死去。与《第九夜》类似，《左右》采用的虚实相生的结构模式。一个男子爱上了一个家族患有抑郁症的女子，在女子20岁生日的时候，自己没能及时赶到，导致女子在医院中自杀。这是虚。实线是女主人公肖苒以家政服务的身份来到一个青年男子于克的家，与男子发生感情，最后却不得不分开。女主人公(包括读者)这时才发现，幻觉中经常出现在自己面前自残并跳楼自杀的女孩，就是自己服务的主家于克的前女友，也是自己曾经工作过的医院中的女病人。这就是宿命，男女主人公都处在自杀女孩的阴影下，因愧疚、悔恨——肖苒作为护士深觉自己失职，于克悔恨自己没能及时赶到——而患上抑郁症，后互生好感彼此感到安慰，却终究不能在一起。

《李丽妮，快跑》是苏瓷瓷的小说中被经常提到的一个短篇小说。就故事情节而论，《李丽妮，快跑》显然不及《第九夜》曲折精巧，但这篇小说体现了作者深刻的思考和现实批判意识，这是苏瓷瓷的小说中为数不多的具有现实深度及意旨的篇什。小说讲述的是精神病院中的混乱、渎职和草菅人命的乱象。医护们把精神分裂症患者的药错发给酒依赖的病人，为使病人安静下来，又给病人注射安定。他们不断犯错，又不断用新的错误掩盖旧的错误，正是在这种情况下，出现了一起重大医疗事故：为了让躁动不安的精神病人不到处乱跑而给其绑约束带，以致被约束性肢体缺血性坏死。就在这时，上级检查组要来检查，医院为了不承担责任，不顾病人的死活，决定把其送走。在这关键时刻，李丽妮“挺身”而出，她抱着病人一起狂跑，逃离了医院。小说因此而得名“李丽妮，快跑”。当然，若以为李丽妮是英雄和勇士，则显然又是对主人公的“过度阐释”。李丽妮本是精神病院护士，她也是医院混乱现象的制造者，她之所以突然“良心发现”，是因为她在病人身上看到了自己的命运的倒影。她的理想原是长跑冠军，只是父母之命，才被迫入了这一行业。而病人王某，也是一个跑步狂热之人，也常做着跑步冠军的美梦，设想这样一个人如果没了右腿结果会是怎样？主人公正是在这样的假设中突然醒悟，才有了上面的结局。

二

苏瓷瓷的小说，若以人物形象系列而论，其实简单，无非精神病医生、护士、精神病人或潜在的精神病人几类。她的小说大都是关于“疾病的隐喻”之作。前面提到的几部即是明显例证，都是讲述与精神病院有关的显在的精神病人的故事。而事实上，在我们的生活中，却普遍存在着潜在的精神病患者或精神异常之人。苏瓷瓷的小说提供的正是这些内心黑暗的主人公们的故事。他们的世界普遍呈现出分裂的状态。他们呈现于人前的是他们平静的正常的一面，内心却异常黑暗，偏执内向而孤独，他们把自己封闭起来，活在自己的想象中，拒绝世界的进入。苏瓷瓷的小说之让人震撼而有残忍之感，正在于她向人们敞开了这样一种人生普遍存在的困境和分裂。这都是些压抑和反抗压抑，分裂和试图弥合，怨恨与复仇的故事。苏瓷瓷的小说中弥漫了一种怨毒之气。

苏瓷瓷的小说中，很多都有父亲的缺席这一倾向。《亲爱的弟弟》《囚》《杀死柏拉图》即如此。这既可能是作者对父爱的焦虑的表征，也是其对世界残缺的认识。父亲的缺席，某种程度上也就意味着正常的两性关系的遮蔽，及其家庭结构的残缺，其既造成母亲的性的压抑，也形成对男性世界的怀疑和拒斥，这样一种倾向，尤其适合衍生出压抑、反抗和爆发的故事。苏瓷瓷的小说很多以此作为结构模式，应该与之不无关系。

《囚》是这种压抑和爆发的辩证关系的最好象征。一个在暗室中被囚禁了18年的女性身体，和她那在父亲出走后一直单身的母亲，她们生活在封闭的世界中，却因一个意外闯入的贼给破坏，男性缺席的世界，最后被男性的身体填满，以至导致女孩掐死母亲。如果说囚禁与自我囚禁是为了自我防范来自男人世界的伤害的话，她们最终也没能遏制性的渴望的爆发。被囚禁的欲望是最残酷的破坏力，它使女孩不自觉地把自己饱满的身体向男贼主动献祭，它也使母亲沉溺于与贼的欢愉中而不惜抛弃智残的女儿，其结果是18年的有意防范竟变成毁灭。

在苏瓷瓷的小说中，《亲爱的弟弟》（中篇）应该是写得最不动声色也最让人震撼的一篇。这是篇关于母女间的怨恨，性的压抑与疯狂，姐弟乱伦和"私生子"复仇的故事。小说从母亲决定收养父亲的遗骨——同父异母的弟弟——开始，母女之间长期积累的怨恨和矛盾的平衡由此打破，新的矛盾因而衍生、发酵最终爆发。小说中的三个主人公母亲姜爱民、女儿叶绿以及弟弟之间是一种奇怪的关系，他们都是内心黑暗（用苏瓷瓷本人的话说，就是"暗疾"）的人，他们各自充满怨恨，互相仇恨，而又互相利用，最后，弟弟借助于姐姐之手合谋毒死了异母，自己却抽身而去。这篇小说让我们看到了人心即地狱的一面内涵。主人公们虽然并非所谓的精神病人，但他们的内心并不健康，他们内心阴暗而坚硬，倒比我们通常所谓的正常人更让人骇怕和震惊。在中国近现代以来的文学写作中，表现母女之间的怨恨的小说并不少见，比如张爱玲的《金锁记》和张悦然的《水仙已乘鲤鱼去》，但写出她们之间的不可化解的仇恨的，却很少，苏瓷瓷的这篇小说是其中的代表，有其不容否定的认识价值。

如果说《亲爱的弟弟》中的弟弟的无辜的外表让我们看到了内心力

量的强大的话，这一平静下的固执，在《你到底想怎样》（2005）中同样有淋漓尽致的呈现。这篇小说讲述的是变态的复仇故事。说其是“变态”的复仇，是因为这里的复仇并没有明确的诉求，小说的女主人公苏寒被公司的上司童阳诱奸后，既没有控告，也没有要求男方负责（即娶她），而是采取了随时随刻、无所不在的跟踪。在这里，苏寒的复仇并非疾风劲雨式的，而毋宁说是不动声色且无处不在的，像影子一样，而也正是这种无处不在，才更让人困惑、疑虑重重而不知所措，男主人公最后精神崩溃自是必然。小说中，苏寒的平静的外表下，隐藏着的是她对男人的深深的渴望以及对花心男人的偏执的仇恨，故而在她的分裂的复仇行为背后，就既包含有情欲的迷恋和对花心男的怀疑的双重成分。某种程度上，这是女性面对男性世界的比较普遍的矛盾态度，苏寒的执拗之下，其实包含了对男女两性世界的隐喻。

三

在苏瓷瓷的作品中，长篇自传体散文《一个人的医院》可以和她的小说甚至诗歌对照着阅读。读后会发现，她的小说大都以她在精神病院工作的经历和人生经验为底，因而某种程度上讲，她是一个靠经验写作的人。她的想象力大都立足于她的经验，这与张悦然等靠想象力的写作明显不同。但她又说“我在诗歌和小说中隐匿多年，痴迷于虚构的人生当中”（《一个人的医院·后记》）。这并不矛盾，她的小说虽然有意隐匿自己，但却并不或者说不可能隐匿自己的真实情感及其性格特点。她的小说沉闷压抑，甚至可以说让人窒息等，这些都是她的人生经验与经历的情感折射与反射，她在她的主人公的命运及“宿命”中表达了自己对世界、人生的独特看法，她的作品分开来看确实看不出作者自己的影子，但她以她的小说整体和诗歌创造了一个独属于她的有着自己鲜明印记的作者形象，她的作品不多，但风格鲜明，独树一帜，有其不可替代的价值。

不仅如此，《一个人的医院》也是认识“80后”的叛逆和回归的心路历程的重要文献。苏瓷瓷向来倾向于惜墨如金、曲意隐匿，但在这部作品中却有点急不择言、毫无隐晦、敞开心扉。在这部自传散文的后记中，作者这样写道：“为什么最终还是把自己置于光天化日之下呢？为了纪念，纪念一个让我爱恨交加，即将离去的父亲？为了忏悔，忏悔我数次叛离和反抗，而把亲人们置于死地？为了清算，清算我曾经犯过的错误和对家人造成的伤害？为了治愈，治愈我淤积在内心的戾气？”（《一个人的医院·后记》）此前是犹抱琵琶半遮面，如今是知无不言，言无不尽，这种转变如何产生？这或许与作者的年龄的渐长及其长期以来的压抑郁结有关。“在现实中，我长年的心灰意冷无法与人倾诉，它似乎毫无来由，却坚不可摧地潜伏在我体内”（《一个人的医院·后记》），这使她的小说乃至诗歌有一种不可化解之“气”，用她自己的话就是长期淤积的“戾气”。虽然与马小淘、春树、李晁、甫跃辉、杨则纬等作家一样，他们都同为经验写作，但苏瓷瓷的小说中的经验却似乎是浸透了作者的这种郁结的“气”。这一“戾气”虽可以通过虚构主人公的人生得到纾解但却不能消弭，她的小说始终处于一种隐（或引）而未发的状态。这是苏瓷瓷不同于大多数“80后”作家的地方。如果说很多“80后”如笛安、张悦然等，写作是他们的想象人生、寄寓幻想的生活方式的话，其之于苏瓷瓷则是表达人生淤积的手段，其既欲表达又欲隐藏的内心，使得她的小说始终处于一种张力状态。如此这样一种平衡的打破，是她父亲的病危住院。这可以说是她的人生和创作的一个节点，其既令她长期以来郁结的情绪有了一个合理而正当的突破口，也使得她能较为理性而冷静地审视自己的创作及其走过的人生道路。

这些当然都是诱发作者写作这部自传散文的初衷，但写着写着，情况可能就变了。作者越发感觉到人生的宿命般的难以挣脱的困境：“赐予我们生命的人，未必是最理解我们的人，最理解我们的人未必是我们最爱的人，在人与人之间最具切肤之痛的关系中始终存在着悖论。”这不仅仅是亲人之间的悖论，也是人类普遍存在的悖论，即所谓表述和理解间的偏差及其造成的永恒的错位，所以接着前面几个自我设问的“为什么”之后，作者紧接着又说“这些可能是我这本书的初衷，也可能全都不是，我始终对寻求答案没有兴趣”。在这里，与其说是不想“寻找答案”，毋宁说是答案的缺失而不可寻。

刘震云在他的《一句顶一万句》《我叫刘跃进》和《一腔废话》等小说曾极为深刻地表达了这种人生的寂寞与困境：人生的最大的寂寞和孤独，不是独处和无人关注，而是千言万语却言不及义，是费尽口舌终不过是“一腔废话”。苏瓷瓷与之可谓殊途同归。她的作品虽然常常惜墨如金，但这一沉默背后是人与人之间的不能理解和无法倾诉的痛苦。这在最亲密的人的关系中，也是如此。正唯其如此，“我们谁也无法拯救谁，个人的暗疾只能靠自己治愈，唯一能做的事情是，与我们最亲密的敌人一起耐心地活下去，总有一天，你会不再厌恶自己，我们都将得到永恒的宁静。”（《一个人的医院·后记》）苏瓷瓷在她的小说中表现出来的隐匿与表达、以及爱与不爱（或恨）之间的困惑，却在她的敞开中发现，人生既是作茧自缚，也是化蛹为蝶，真正的敌人或症结皆存在于自身，认识不到这点，任是怎样的挣扎也不过是徒劳无功，而即使认识到了，也并不意味着得救，“耐心地活下去”直到“永恒”，才是根本。某种程度上，苏瓷瓷的小说，具有了存在主义的意蕴和向度。

四

虽然说苏瓷瓷的小说大都讲述的是有关精神“疾病的隐喻”，但她的小说与诸多表现精神病人的作品并不相同。表现青春成长中的创伤甚至精神上的疾患，在很多同为“80后”的作家中都写过，如张悦然的《水仙已乘鲤鱼去》、笛安的《怀念小龙女》、杨则纬的《我只有北方和你》，李晁的《来日无痕》和《一个人的世界》，等等。但在这些作品中，无论作者抑或读者都是把其主人公及其言行当成精神异常的表象，在他们的作品中，正常与异常、常态与变态之间，往往大相径庭、泾渭分明，其间的界限十分明显。而苏瓷瓷小说中主人公们的精神状况却是内隐的不易察觉的，很难区分出谁正常或者谁不正常。这就是苏瓷瓷的与众不同之处。她的小说从主人公内心的幽微深邃入手探讨人性的深度，内心的黑暗、顽固与孤独，使她的主人公们早已跳出传统意义上的正常与异常、常态与变态之间的区分，内心即地狱，她以她的小说告诉我们：每个人都是自己最亲密的敌人，所谓正常与否似乎也仅在于同自己的和解程度。

或许正因为专注于“疾病的隐喻”式写作，苏瓷瓷的小说也显示出现实深度的缺失这一不足之处。她的作品中的主人公们的精神状态大都指向爱与不爱的矛盾，其虽构思奇巧，但终究是余韵不足。作者本人可能并没有意识到，内心的疾患其实并不仅仅是精神（病）本身的问题，也不仅仅关乎爱或欲望的满足，它更是社会问题——政治上的、经济上的、文化上的或历史形成的，等等。失去了这一层面的思考，这样的疾病叙事终究只能是寓言写作。苏瓷瓷的小说写作如要有进一步的拓展和提升的话，这应该是一个重要方面。

第四节　“鬼魅”颜歌：关于颜歌

在“80 后”作家中，来自四川的颜歌绝对是一个特例，她的创作路子很广，文字老辣，风格多变，在在显示出青年作家可能有的广度和深度。她辗转于多个题材领域，随意出入历史、现实和幻想之间，腾挪多变，幻化出无限多个形象的同时，也彰显出作者自己始终如一的面影。她的作品确实费解，既令人无比惊叹，又让人困惑不已；既充满浪漫想象的遐思，又弥漫着鬼影重重；既青春灿烂，又暮气沉沉；既轻松又沉重；既热情澎湃又极其冷静；既老成持重又幼稚俏皮。这就是“鬼魅”颜歌——集才气、鬼气和灵气于一身的“百变女王”。

一、《我们家》

《我们家》（2012，又名《段逸兴的一家》）是颜歌的一部长篇近作，也是作者迄今为止最为厚重的作品。这部作品既延续了作者一贯的风格，又有所突破，一再表现出颜歌的生力与潜力。说其延续，是因为这部作品同《五月女王》一样，都是以一个“不在的在场者”/叙述者的身份讲述故事，演绎人情世故。这一“不在的在场者”虽说看似全能上帝式的叙述者，隐在故事的讲述过程中，但又有明显不同。叙述者俯视整个故事的进程，但又作为故事的其中一个主人公出现，这其中的“矛盾”在一个幽灵或亡灵式的叙述者身上得到完满的解决，而这，也一再显示出颜歌的鬼魅与鬼气来。

虽然说颜歌也同大多数“80 后”作家一样，也在不断书写青春的孤独与疼痛，但她能在叙述上另辟蹊径，真正表明她独有的创造性。幻想写作是颜歌明显区别于其他“80后”作家的地方。说其幻想，不是谴责她向壁虚构沉浸于不着边际的幻想中而不能自拔，虽然说颜歌的作品也常常显示出这样那样的经验不足之处。幻想写作是指在颜歌的作品中，幻想是作为沟通经验世界与小说想象世界的中介，幻想是颜歌作品的气质，是沟通生死有限与无限的桥梁。幽灵式的叙述者即是这一幻想写作的典型特征。幽灵(或亡灵)叙事在文学写作传统中渊源有自，在当代中国也并不陌生，苏童的《菩萨蛮》、夏商的《裸露的亡灵》和余华的《第七天》都是这方面的代表。这些作品中，亡灵是作为主人公出现小说中，颜歌的作品则似有不同。她的小说中，亡灵或幽灵(作为叙述者)一方面隐藏于小说故事情节的背后，但又作为主人公的身份出现其中，整部作品只有在读到最后才能发现这一其中的玄妙。换言之，幽灵只是潜藏于幕后，作为主人公出现在叙述中的却是实有其人——幽灵的寄主。《五月女王》如此，《我们家》也是如此。尤其是后者，即使读到最后也分不清所叙的真实与否。因为毕竟这是出自精神病患者的口吻。

这是一部表现并取材于父祖辈的故事。小说以不在场的叙述者“我”的口吻讲述爸爸、妈妈、姑姑、大伯和奶奶爷爷的“我们家”的故事。小说围绕给奶奶80岁过生展开叙述，叙述有条不紊，矛盾依次展开，充分展现了颜歌组织叙述塑造人物的能力。但另一方面，这一切又都显得模棱两可、亦真亦幻、真假难辨，因为毕竟这是通过精神病患者/治愈者的口吻展开的叙述。这是一种事后叙事，但又不是亲历者的讲述，而是通过不在场的“我”的口吻道来，这一“不可靠的叙述者”的存在，恰相应验了作者在《声音乐团》的后记所说，要“反方向阅读”。叙述依次展开，编织成一个完整严密的故事，但这只是通过叙述者的单一视角得以完成，而一旦叙述视角出现问题(比如说视角不可靠)，故事中诸情节的排列顺序和逻辑便会霎时坍塌，处于一种等待重组的状态。从这个角度看，这是一个“可写的文本”，而非“可读的文本”，小说的叙述和阅读呈多种可能敞开。这就需要我们从结尾开始，“反方向阅读”，重新组织情节和再编码。表面看来，这是一部关于享乐和索取的故事，“我”的爸爸薛胜强，事业成功志得意满，故而纵情声色醉生梦死，以至常处于一种亚健康乃至透支的状态，其最终倒下皆因于此。但若从“反方向”来看，这些似乎又都是表象。纵情声色掩盖下的其实是隐忍、宽容、迎合与重情重义，醉生梦死背后呈现的实际是忍辱负重和责任心强。这之间，往往并没有很明显的界限，小说因而也别有一种反讽之美。

《我们家》不仅是颜歌个人创作的成熟之作，也是川味小说的重要代表。川味小说在当代文学史上其来有自，沙丁和李劼人是其中的重要代表，周克芹的《许茂和他的女儿们》等也常被提及。比较而言，《我们家》不仅取材于四川民风，其表现在语言上也别有川味的麻辣劲儿。而也正是这一川味风格，某种程度上使得颜歌得以成功摆脱青春成长主题的束缚。虽然说，颜歌的创作常能突破已有经验的局限而有新的拓展，但作为“80后”作家的标签式的青春成长的相关主题，仍是贯穿她的作品的一根主线，在《良辰》《五月女王》和《声音乐团》等作品中有较为清晰的呈现。她的作品虽一直以其四川故乡为原型表现诸如“桃乐镇”“平乐镇”和“永安城”的故事，但真正做到川味淋漓，还是《我们家》这部小说。口语方言的运用，人物性格的塑造和麻辣风格的流贯，都是这部作品川味的重要元素。“80后”作家中，虽然也有笛安的“龙城三部曲”、李晁的“铁葫芦街”系列小说力求呈现鲜明的地域空间意识，但真正做到独特的地方风格的并不多。更多的，如郭敬明、甫跃辉、文珍、王威廉和马小淘等，则表现出典型的全球化语境的特征。相比之下，颜歌的《我们家》和张怡微的《你所不知道的夜晚》则别有风味，分别代表了川味和海派的新的可能。

二、文体家与幻想家

在“80后”中，颜歌是文体意识很强的作家，她与蒋峰一起堪称为“80后”作家中的文体家双璧。在《我们家》《声音乐团》《异兽志》和

《五月女王》等小说中，她自创了一种可以称之为“反方向阅读”的“元小说”文体形式。这是一种有点类似“叙述圈套”的“倒果为因”的写作方式。表面看来，她在文本中设置了很多障碍，或者说隐藏了很多东西，只有在读到结尾，这些隐藏的东西才会陆续浮出水面。但事实上，其迷惑人的地方，并不在于把事件之间的逻辑链暗中抽去，而在于倒果为因，并从结果处开始叙述。以《异兽志·舍身兽》为例。小说开头是这样的：

> 舍身兽性忧郁，喜高寒，远古时在山巅可见。
>
> 其雄兽不通人语，好斗。而雌兽温和，善人语，一般通晓多国语言，嗓音动听，歌声宛若天籁。一头雌兽有两到三头雄兽为配偶，雄兽互斗为雌兽取乐。
>
> 舍身兽……喜自残，一而再，再而三，终至于亡。故名舍身。
>
> 雄兽好斗而多亡，雌兽次之。

再看结尾：

> 舍身兽是神兽。上古时，雄兽统领天下，雌兽繁衍后代。舍身兽造人，人勾结雌兽，屠杀雄兽，割其舌使其不语，赶他们至山巅。

很显然，结尾才是原因，而开头只是结果。但作者却沿着结果开始叙述（隐去原因），从而给人（读者）一种错觉：似乎雄兽天生不通人语，而雌兽天生温和。而事实却恰恰相反。这样一种叙述，就像柄谷行人常说的“风景”发现后的对起源的忘却，从而错以为风景之为风景乃是天然如此。但到结尾，作者又自报法门，告诉读者“事件”背后的原因。这样一种层层设置障碍，至结尾处才掀开“井盖”的做法，是一种典型的“自我指涉”的“元叙事信号”（参见普林斯《叙事学》）。而这，不仅需要读者回过头去重新组织情节，同时也让我们明白，真相往往并不像看上去的那样一目了然，事件表象呈现出来的，往往是其相反。

在颜歌的小说中，文体意识最强的是其长篇《声音乐团》。读这部小说，就像钻进了迷宫，一环套一环，“我在里面藏了太多的秘密，但和捉迷藏的游戏不同，这些秘密被我藏起来的唯一目的就是把它们隐藏起来”（《〈声音乐团〉后记》）。《声音乐团》既是整部小说的书名，也是小说中的小说名。整部小说由三部分构成。第一部分是主人公小说家作者“我”的老年生活现状写照，最后一部是主人公年轻时出版的《声音乐团》的小说正文。第二部分是主人公“我”年轻时写的但早已被遗忘的一部小说书稿，因偶尔翻出来才得以重见天日。之所以说这部小说如迷宫，是因为三部分间既各自独立，又互为“互文”关系。小说告诉我们，小说中的小说《声音乐团》是小说主人公年轻时早已公开出版的小说，但主人公（老年小说家）又告给我们这是一个署名“刘蓉蓉”的年轻小说家所著——主人公“我”和“刘蓉蓉”显然不是同一个人。而刘蓉蓉又是小说第二部分中的一个主人公。看来，小说第二部分是理解的关键。小说第二部分单独来看，是一部完整的小说。刘蓉蓉在这里是作为一个小说家出现，她写了一部名叫《声音乐团》的小说在报纸上连载，但因突然死亡，小说的后半部分无以为继。作为小说家刘蓉蓉表姐的记者“我”，因此被派去设法找到未及连载的小说后半部分。这一部分讲述的就是，记者“我”试图从表妹写作的小说与她的人生经历的“互文”——互相印证和表象——关系入手，探究她的死因。刘蓉蓉写的《声音乐团》在第二部分中若隐若现，并不完整，其以完整的面目出现，是在整部小说的第三部分。在整部小说的开头，作者颜歌曾有一个“入场须知”：

1. 所有的故事都是同一个故事
2. 每个故事的叙事者都是同一个人
3. 故事中的某些行为将反复发生
4. 所有的声音汇集在一起成了同一个声音

表面看来，这三部分之间的主人公都不一样，第一部分是老年女小说家；第二部分是记者和刘蓉蓉；第三部分是酒吧女老板。但从小说中的小说《声音乐团》这一署名上的矛盾——既是刘蓉蓉所写，又是署名小说家年轻时出版的作品——可以看出，这三部分的主人公毋宁说是同一个人的分身或化身，就像颜歌在《良辰》的后记中所说，“我写的顾良城，一共是十个，或者更多，但他们都是一个人，无论是号丧者、剧作家、养蜂人”，这都是作者颜歌幻化出来的小说主人公的“镜像”，所以就会有第二、第三部分中出现的不同的人——如记者“我”和刘蓉蓉——之间错认和被错认的现象发生。

希利斯·米勒在《小说与重复》中在分析两种形式的重复时，指出，“哈代和弗洛伊德两人，借助柏拉图的思想，一个在小说中、一个在科学论文中思索着这样一个问题：每个男人或女人在跋涉他们的生命旅程时，都重复着再次回到仿佛失去了的原始整体中去这一失败的尝试。然而，依照这两位作者提出的相反的可能性，那个整体或许只是作为每个人想象中与他匹配者最初分离所衍生的一个幽灵而存在。”（希利斯·米勒：《小说与重复》，天津人民出版社 2008 年版）米勒的意思是想表明，不论是从残缺（即不同人生经历的差异）回到“失去了的原始整体”，还是从“最初分离所衍生的”整体（“幽灵”）走向残缺（分离），这两种看似相反的“生命旅程”都只是命运在“回返”与“分离”间摇摆与轮回的不同表现形式，其本质上是相通的：人生其实就是不断且枉然的重复与反复，小说只是其表征。颜歌以她的繁复与反复的形式表明一个简单但深刻的思考：虽然我们努力探知事件背后的真相和秘密，但其实都只是自己在和自己对话。我们生活在自己的世界中，越是竭尽努力探知真相，越是把简单化为繁复，或是表现出不断的自我反复与重复，而这当中，我们必须且应面对的，其实是我们自己的内心的深渊。从这个意义上讲，颜歌以她的小说的文体上的各种实验，表明的毋宁说是内心世界的无比强大、丰富复杂与神秘莫测。

三、幻想、孤独与先锋

关于颜歌的作品，整体上可以用幻想、孤独和先锋等关键词来形容。孤独是她的作品的一以贯之的主色调。但这一孤独却是往往包裹在先锋的形式实验中。她以形式上的实验告诉我们人与人之间的不理解，以及孤独的本体论意义。我们永远不可能知道真相，同样，我们也永远不理解他人的孤独。我们活在自己的世界里，渴望理解，换来的却是更大的孤独和背叛。在这一点上，她与刘震云有相似之处。刘震云以语言上的千言万语证明的是人与人之间沟通的不可能（《一句顶一万》和《我不是潘金莲》），颜歌则意在通过主人公们的不懈的挣扎和努力被迫承认这点。这一人生的致命的不断重复的孤独感，在其《关河》和《五月女王》中有极为鲜明的表征。而也正是如此，幻想就成为一种媒介和中间物，是达致和体认孤独的方式。叙述者或主人公虽可以随意穿越生死和历史的迷雾，但却终不能改变人与人之间孤独的宿命（《桃乐镇的春天》《良辰》）。

虽然说孤独、沉闷、爱与死亡是其贯穿始终的主题，但我们很难说这是理念先行或者矫揉造作。颜歌的魅力正在于，当你知道作者是在向壁虚构、故作深沉时你并不觉得做作。这就是幻想的力量。想象往往可以弥补经验的不足，但幻想却可以再造经验。在一篇创作谈中，颜歌曾把“只用虚构的方式来言说”视为自己作为“小说家的立场”，“小说的内容，当然地，离现实生活越远越好”（《成为一个小说家》，2013 年 7 月 1 日《文艺报》），这一“虚构的方式”在她所营造的“永安城”这一意象中有集中体现。

很多作家都有自己的“自留地”。不论是莫言的东北高密乡、贾平凹的商州和王安忆的上海，还是鬼子的瓦城、东西的谷里村；这些文学地理，虽然大都糅合了作者的想象和虚构，但往往有其具体的“所指”，通过作者的叙述或描述总能勾勒出其大概。而颜歌的“永安城”却更多是一个“能指”，具有极大的想象空间。这是作者自造的“心象”，其作为一个符号，虽然带有四川的元素在，但毋宁说这是一幻想之城，其中很多意象都可以从象征的角度加以解读，而也正因其幻想气质，才可供作者驰骋想象。小说《异兽志》(2012)集中体现了这点。永安是一个人兽杂居的城市，这里生活着九种兽(悲伤兽、喜乐兽、舍身兽等)，他们和人生活在一起，往往很难区分。这些兽有人的身体形貌和性格特征，他们的各个种类甚至分别代表了人性的各种不同方面。但最终他们却纷纷走向消亡，永安城中以前常“能够听到巨兽发出凄凉的鸣叫，两长一短，循环往复”，现在已不复存在。

人兽同形而杂居，显然并非事实。而事实上，作者也有意引导我们从象征的角度加以理解，“永安刚刚开始建设工业城市的时候，就把动物都赶到很远的地方去了”(《重建动物园》)，永安城里如今没有了动物，而为了重建动物园的需要，遂而把人重新变成动物关进了笼子。可见，这里所谓的人兽杂居，互相残杀，其实是人类自身本性的弱点的象征，是人类内部自我幻化建构出的异己的“他者”的意象。人类不断从自身内部区分出“他者”的冲动呈现出来的，毋宁说人类的恶的本能，以及自我怀疑和孤独的宿命。自身即地狱，人类是自身的毁灭者。这样来看，所谓“异兽志”不过是人性的不同面目的别称，而“永安城”其虽被叙述者视为故乡但也终只能是令人伤心的孤独之城，一旦“巨兽发出凄凉的鸣叫”消失，连孤独和显示自己的存在都显得不再可能，世界看似大同，其实意味着同质化的残酷本质。

文体上的繁复及其幻想气质，使得颜歌的小说呈现出总体上的互为镜像的结构特点：

> 我无数次听到这样的声音，或者曾经以为它们是亡灵的低语，是它们在我耳边的低语，那样忧伤低沉地，告诉我它们的故事。……这些就是你所看到的故事，当然，还有你未看到的。它们都是亡灵告诉我的，居住在天空之城的亡灵，坐在宽大而光滑的台阶上。……

而我，戴着我的银镯子坐在这样的台阶上向下凝望。我看到了你，我看到了你抬头张望的眼睛。你明白吗，我就是那个亡灵，生活在遥远的天空上的城市，一直守护着你，并且永远和你在一起。（《天空之城》）

“天空之城”，这个词语用得多好，某种程度上正可以用来概括象征颜歌小说的幻想气质。它使我们想起同为四川人的郭沫若的“天上的街市”一诗。“天空之城”既是颜歌的幻想的自造物，也是寄寓她的遐思和幻想的乌托邦。作者则把自己视为“云的见证者”：“我幻想着总有一天自己能见到眉目如画的云彩，那些死去的、离开的、了无踪迹的都将往上方去。天空上居住着所有的亡灵，它们低头向我们张望。”（《云的见证者·自序》）而事实上，这一“天空之城”是相对于“大地之城”——现实秩序——的对应式存在。它们之间往往构成一种互为镜像的关系。“天空之城”的缥缈正折射着“大地之城”的凝重。年轻的“80后”作者，因了生活经验的不足，故而往往倾向于“诗意的栖居”在“天空之城”。她生活其中，最后连自己都不能分辨虚构和真实，正所谓“庄周晓梦迷蝴蝶”，竟误以为“天空之城”为己身了（参见《异兽志·后记》）。

卡尔维诺曾在《新千年文学备忘录》中谈到文学“轻”与“重”的辩证法，“升空的愿望与实际遭受的匮乏之间的联系，是人类学中挥之不去的特色。正是人类学这个发明使文学繁衍不绝”（译林出版社2009年版）。现实意义上的各种“匮乏”应该是颜歌营造“天空之城”的潜动力。从这个意义上讲，文学写作当然是对现实“匮乏”的补充和升华。颜歌以她的幻想写作真正完成了文学意义上的飞翔，但卡尔维诺也告诫我们，逃避引力的冲动并不表示引力的不在，“对我来说，轻是与精确和坚定为伍，而不是与含糊和随意为伍”（《新千年文学备忘录》）。这里其实是表达了“轻”之后的“重”的辩证，这是一种“无重量的引力”（卡尔维诺），是“缺席的在场”（杰姆逊），一种不在之在。颜歌的早期小说创作刻意营造一种想象的飞翔与“轻”灵，但也往往用力过猛，反而显得过于“轻飘”，不能落地。从这个意义上讲，接地气就成为作者亟须思考也不可回避的问题之所在。或许正应验了作者自己的话，“在写了十几年之后，我似乎找不到其他任何方式来和这个世界相处了”（《成为一个作家》）。想象力的飞扬，是作者的长处，但也恰好表明了年轻作者长期沉湎其中，因而不能很好地面对世界以及介入现实。

对于颜歌而言，她并不缺少技巧，其语言的华美与力道也在在令人惊叹，想象力的随心所欲更是让人望尘莫及，但其更重要的，却似乎仍是经验的不断积累和思考上的渐进沉淀。这后两者，正似于那无所不在的地球引力，其虽看似“无重量”，一旦超出它的范围，任何东西都会失落失重于无形。事实上，作者也并非没有意识到这点。其在《声音乐团》和《五月女王》中，采用不同年龄段的叙述者的口吻穿插讲述故事，即意似在于营造一种历史的层次和纵深感，以及岁月的苍老和成熟意。诚然，技巧上的精致虽可以部分弥补经验上的不足或思想上的无力，但终不能取代之。对于颜歌，如何走出自造的幻城镜像，似乎才是最重要也最为亟需的。

第五章　微观细读

第一节　城市的边缘人与游荡者：关于孙频的三部中篇小说

相对于通过“新概念”作文大赛出来的“80后”作家们，孙频的小说自有其与众不同的质感。这一差异，既是不同人生阅历的表征，也是城乡文化冲突的呈现。从年龄上看，孙频当属于“80后”，但其创作早已超越了“80后”青春写作这一特定类型的规约，她的小说，质朴而深蕴，坚硬而沉着，显示出少有的成熟和老辣，即使置身于“70后”，甚至“60后”作家们的作品中，也毫不逊色。

一

《同体》《假面》和《无相》是孙频的三部中篇小说，其讲述了三个不同的故事，但就隐喻的意义上来看，这都是关于毁灭和新生的寓言或象征。成长中的青春之痛，是“80后”写作中的普遍倾向，孙频似乎也不例外。但疼痛之于孙频，自有一种力度、厚度和深度。仅就这三部小说而论，这一发生于个人身上的疼痛，显然与其背后渊源有自的沉重的城乡差异有关。孙频小说中吕梁山贫穷落后的景观，让人想起郑义的《远村》和《老井》，以及李锐的《厚土》。数十年的时间流转，似乎在这里止步，并没有留下踪迹。而事实上，极目之外的世界，正发生着沧海桑田的巨变。这样一种时空错位，在她的小说中那些走出吕梁山的青年主人公身上，往往以一种矛盾的极端方式显现。其主人公的毁灭（精神和肉体上），自是逻辑演绎上的必然。但毁灭之于作者/叙述者孙频，却有另一种意义。相比很多“80后”作家书写疼痛时的渲染和夸饰，孙频则表现得相当节制。她把这一疼痛置于城乡间文化冲突的框架中展开，很少作正面表现，即使是在不得不展现主人公的创痛时，如冯一灯（《同体》）的被抢和轮奸，叙述者也显得格外冷静与理性，甚至可以说残酷。这当然不能说是冷漠，恰恰相反，冷静的背后是悲悯、无奈和深切的同情，但作者/叙述者也深知，仅仅同情或悲天悯人是无济于事也于事无补的，创痛之于创痛者本身，要么预示着毁灭，要么是毁灭后的涅槃重生，除此之外，似无他法。这些都是“被侮辱和被损害的”社会底层和弱者，《假面》中的李正仪和王姝、《同体》中的冯一灯和温有亮、《无相》中的于国琴、《隐形的女人》中的郑小茉以及《相生》中的阎小健等，尽皆如此。从这个意义上看，《同体》《假面》和《无相》讲述或思考的正是，“被侮辱和被损害的”在面对创痛屈辱时的毁灭与自我救赎的故事。

《假面》(2014)中的李正仪是一个挫败者的典型，恋爱中的屡屡挫败、求职的无望、贫穷的家庭、记忆中的毫无尊严的过去，如此等等织就成他扭曲变态的畸形心理。小说讲述的是，这样一个具有精神创伤的李正仪同被包养过的包子西施王姝间的情爱纠葛的悲剧。李正仪从第一次看到王姝时，就知道她的被包养的历史，但他被她的美貌及自己的怪异的欲望所惑，一步步走进她的世界，直到与之发生关系并结婚。但他们之间又是一种非正常的关系，在李正仪眼里，王姝无疑是一个不洁之人，但他又渴望她的身体，甚至她那通过包养而得的金钱。现实中的挫败，与精神上的优越，表现在他同王姝的情爱关系中，就显示出一种畸变来。他一方面通过征服王姝的身体而获得一种平衡，但另一方面又是更深的匮乏：王姝的“残缺”的身体昭示着某种屈辱和挫败——他占有的只不过是富人遗弃的身体，他永远都是失败者。在这里，匮乏、欲望和征服交织在一起，形成一个怪圈，他深陷其中，不能自拔。但终究，他和王姝构成的只是一个相对圆满的镜像世界，他所获得的也仅仅是短暂的平衡，一旦现实介入——被他的室友王建闯入并被识破——便首先意味着自我的毁灭。

李正仪的例子告诉我们，弱者面对创痛时，其所需要的并非施舍、救助或同情，他们需要的毋宁说是关爱、平等和尊严，即使这尊严如水中月镜中花一般缥缈。他宁愿以毁灭他人和自我毁灭的方式，维护哪怕是自我想象中的可怜的尊严。如此看来，李正仪终究还是一个被损害者。这是一种弱者所有的绝望的反抗，小说最后，李正仪举起水晶烟灰缸砸向室友的手，指向的其实是他自己。但更多的时候，孙频意识到，弱者的反抗只能返诸自身：外界现实的残酷与强大，使得他们只能把伤害内心化，从这个意义上说，毁灭之于他们，也是一种新生——一种向死而生的涅槃。当冯一灯（《同体》，2014）被轮奸后赤身裸体地躺在树下的时候，她其实是以“赤裸的生命”的形式等待重生和被重新赋予意义。这是一具不可能再被更深的伤害的身体，她以她的绝望的不可化约的身体向世界宣示她的存在。这当然并非冯一灯的本意，她的本意只不过是以弱者和屈辱者的身份生存下去；但事实上，在大多数时候，作为弱者的他们，是不可能显示自身的主体性的，他们只是作为附庸、补充和“他者”的形式存在。在通过长时间的读书和思考后，同样是弱者的男主人公温有亮渐渐醒悟，对于弱者而言，只有以一种超越传统道德和伦理价值的形式才能获得自我精神上的自救，身体的毁灭正是这一获得精神自救的前提。故而他精心设计了这样一场发生在冯一灯身上的“毁灭”事件，以引导她走向重生。

虽然说，冯一灯的身体在经过了“毁灭的仪式”后获得重生，但这注定是无法解决的现实悖论：她以她的身体做诱饵，从事非法诈骗，与现行的法律条文终究不符，小说最后只能以冯一灯和温有亮的“阴谋”被粉碎留下进一步思考的空间。从这个角度看，《无相》（2013）显然是一种推进。而说是一种推进，是因为，在这部小说中，作者/叙述者沿着《同体》的方向，继续思考探讨精神与肉体的辩证关系。虽然精神的提升和超越往往需要肉体的铺垫与牺牲，但这种牺牲其实可以是一种象征，就像于国琴在老教授廖秋良的要求下脱光自己的衣服一样。同样是赤裸的身体，相比冯一灯，这更多是一种象征。而事实上，当廖秋良的衰老丑陋的裸体同她那健康美丽的身体并置一起时，身体本身早已超越了道德上伦理上的规范，而具有了审美的和形而上的意义。正如老教授自己所言：“大约是因为我真的老了，我渐渐开始明白，宇宙间最本质、最圆满的生命，其实是无相可言的，眼中看不到色相，才是真正的光明。……所有的妓女和妖女其实都是佛的化身。”小说之让人悲伤的地方就在于，于国琴当时，甚至第二次在老教授面前主动脱下自己的衣服的时候也并没有意识到这点。当她明白时，老教授却早已谢世。换言之，是老教授的死亡唤醒并让她突然彻悟。原来，她之常常沉溺于自己的贫穷和卑微的家庭身世，皆因她太过执着于苦难本身，而事实上，这苦难和卑微的境遇，正如肉体一样，只有真正超越了它们所依附的“色相”，才能达到“无相”的本真境界。从这个角度看，小说最后，深夜窗前于国琴身体的自我裸露就是一种对自身的超越真正的完成。

二

虽然说《同体》《假面》和《无相》是孙频发表于不同时期的作品，但它们置于一起更像一个整体，在作者的创作中极有代表性和象征性。孙频的小说一直以来总在思考卑微的生命如何面对世界的问题，这在《月煞》《相生》和《隐形的女人》等其他小说中都有体现。而说这三部小说有代表性，是因为，在这三部小说中，孙频还提出了一个具有普遍性的问题，即物质上的贫瘠背后的文化上的不平等问题。这是长期以来的城乡差异及其文化冲突所造成的。从表面看，李正仪当然是一个施暴者，但他其实更是一个受害者。虽然说“五四”以来在针对城乡之间的文化想象上也曾有过文明的城市与愚昧的乡村的对立景观，但这样一种对立多是建立在中西、传统与现代之间的多重对立的框架之内，就像废名、沈从文的“原乡”并非真的乡土一样，愚昧的农村景观也并非真的农村。农村或乡土所承载的更多是民族寓言式的象征。而自中华人民共和国成立以来，随着城乡户籍制度的建立以及因此而形成的政治、经济和文化的区隔，彼此间的隔阂日趋明显。长期以来形成的城乡间发展的不均衡，表现于文化上即城乡间文化差异格局中的等级秩序。孙频的小说，特别是这三部小说，反映了物质上的落后带来的文化上的自卑给主人公的巨大影响，其小说之所以具有直指人心的力量，正在于她写出了弱者在面对经济、文化上的强势的时候的那种敏感脆弱而又异常坚强执拗的内心。这样一种矛盾在她的主人公身上常常以一种奇怪的悖论的形式呈现出来："侮辱越是深重，越是伴随着疼痛，这种快感便越是强烈。"（李正仪）主人公的创痛或侮辱，其所折射的就是这样一种城乡间的文化冲突。《隐形的女人》中的郑小茉，其最后走向"堕落"和毁灭，显然与华明对农民的刻骨的偏见有关：

> "你们这些农村出来的女孩子都是这样，想着靠一个男人改变你们的后半生，有的投怀送抱，有的故作矜持，目的还不是都一样？……不是我说，你们农村的孩子还搞什么艺术？你们的成长环境就决定了你们根本不可能真正做这个。"（《隐形的女人》）

面对屈辱和挫败，弱者并非不需要同情，冯一灯被轮奸后醒过来像抓住救命稻草一般的依附温有亮即是一例。屈辱对他们而言，并不仅仅是伤口，而毋宁说也是暴露是宣言，是对他们弱者地位的铭刻和对他们作为低人一等——他者——的确认。他们宁愿把屈辱深植于内心，而呈之于表面上的强大和高傲，他们宁愿毁灭（他人）或自我毁灭，而不愿也不想以软弱示人。郑小茉那高傲的转身——从大学退学而走向皮肉生意，即是明证。

从另一方面看，不管是冯一灯、郑小茉、李正仪还是于国琴，他们的悲剧性命运与他们身处于城乡文化冲突的关节点而无力改变息息相关。他们并非他们的父母辈，他们的父母辈虽然也有走出大山走向城市的，但城乡之间的文化冲突在他们身上并不会像他们的子辈一样尖锐。对于他们而言，这种尖锐正源自文化上的清醒、自觉与无望。这都是一些有文化的"子的一代"，有的甚至受过高等教育，而也正是这种现代教育在他们回过头去看待自身及父母辈的处境时，更感到一种难堪和尴尬。就以拉边套叙事为例。拉边套的故事，在中国新时期以来的文学史并不鲜见。郑义的《远村》，曹乃谦的《到黑夜想你没办法》等，尽皆如此。但在这些小说中，叙述者往往采取一种高高在上的或悲悯或同情或超然的态度，这是一种旁观者和审视者的双重身份，与孙频式的讲述自己母亲的故事的亲历者（《无相》）身份明显不同。在他们“子的一代”这里，知识（受教育）似乎成为某种启蒙自身的方式方法，但启蒙的结果却是带来深深的自卑、羞耻和无望。他们既无力改变自己父辈的贫穷命运，也无法从根本上改变他们自身在思想上和文化上的弱者的地位，即使通过读书走出大山而成为城里人的一部分。孙频的震撼人心的地方，正在于写出了“到城里去”的青年一代的城市边缘人的人生处境：因为受过教育（如冯一灯，即使不过是一个打工者），他们义无反顾地离开乡土，但思想上和文化上的偏见，又使得他们无法真正融入城市生活中去，他们实际上是一群新的时代中城市边缘人的角色。

此处的悖论还在于，这样一种偏见，不仅是外在的，更是深植于农村青年们自身内心中的。李正仪同王姝（《假面》），本皆弱者与被侮辱和损害的，他们在本质命运相同，但他却又很鄙视对方，并以此获得身体上的快感和道德上的优越感，殊不知，这种快感和优越感的获得正是以自己的被内化的偏见作为养料，王姝毋宁说是他的镜子，其所照见的正是自己的缺陷、盲视、残忍和自卑。可见，对于李正仪们，困扰他们的最大的问题并不在于贫困的生活本身，而在贫困的内心。孙频似乎已注意到这点，这在她的另两部小说《无相》和《同体》（甚至包括《隐形的女人》）中有所表现。这两部小说写出了主人公们——于国琴（《无相》）和冯一灯（《同体》）身上的怨气和戾气，以及在历经身心的磨难和内心的反省后的消解乃至提升的过程。她们带着怨恨离开生养她们的乡土，最后在一种祥和的带有佛教精神的和解的气氛中完成精神上的返乡。孙频的小说虽然一直都在讲述离乡离土的故事，但她所欲所想的仍是如何返乡这一宏大的命题。《同体》《假面》和《无相》这三部小说是一个很好的诠释。

第二节　限制视角与文体家：关于李晁的《迷宫中的少女》及其他

虽然说李晁往往可以划在“新概念”作家之列，但他的小说几无他们所常常具有的媒体制造的特点或情感表达上夸饰渲染的通病，他的小说，不论是在叙事还是情感表达上，都相当节制而内敛，显示出“80后”小说家叙事上可能有的绵密和深度。尤其是其长篇小说《迷宫中的少女》(2014年，2012年曾以中篇《迷女》的形式发表部分章节)，更是“80后”小说中的佳作，毫不逊色于中国当代文学史上的很多优秀之作。这部作品，同蒋峰的《白色流淌一片》、颜歌的《我们家》和张怡微的《你所不知道的夜晚》等一起，构成了“80后”文学写作中最优秀的长篇系列。

一

在“80后”作家中，李晁属于精巧绵密的一脉，与孙频、文珍等有相似之处。他们都以人物心理的描摹刻画见长。但李晁又与他们不同。他不像孙频，喜欢在一种推向极致或极端的戏剧性情境与冲突中展现人物内心隐秘的意识乃至无意识；也不像甫跃辉或文珍，善于把人物置于外在世界挤压下的紧张内心状态，以表现作者/叙述者对世界与个人之间辩证关系的思考。在李晁这里，人物的内心和外在世界之间是一种略显紧张的平衡关系，这种紧张关系构成了青少年主人公生活、生长的环境，及其内在的推动力，促使他们(其实某种程度上也是作者)思考个人内心完整自足的有无可能及其能动性问题。他的小说，既无意于故事情节的精巧设计，也不以揭示人物内心的变态或隐秘为诉求，《迷宫中的少女》亦是如此。就故事情节而言，这是一篇情节略显老套、无甚新意的小说，它讲述的是一个父母“缺席”的情境下的少女成长的故事。成长是李晁的小说中，至今为止仍在津津乐道、乐此不疲的话题，这是他总也不免被视为“新概念”一族的部分原因。但这似乎不是问题，因为就成长主题的挖掘而言，也能写出传世不朽之作，比如说像歌德的《少年维特之烦恼》，巴金的《家》等。正如前面所说，李晁的小说其意并不在于情节上的设计，小说中，侄女和叔叔之间带有“乱伦”意味的情节，虽然一方面可以看成“恋父情结”的翻版，但因为父母的缺席，叔叔其实充当的是成长引导者的角色。小说中叔叔和侄女之间略带“乱伦”的故事也必须放在这一框架内理解。

换言之，这里的着重点还是在成长这一主题上：李晁是把少女的成长放在“恋父情结”的框架内展现的。这使《迷宫中的少女》具有了不同于一般意义上的成长小说的意义。他不是要表现少年时期的创伤记忆之于个人成长的负面影响（像七堇年的《大地之灯》《澜本嫁衣》《少年残像》和张悦然的《樱桃之远》等很多“80后”小说那样），也无意去凸显“乱伦”的悖于常情常理之处及人性的异化和扭曲（像张爱玲的《金锁记》那样），他的立足点某种程度上是在两者的交汇处。小说中，少女罗菁菁对叔叔（四叔）所表现出的复杂情感，不论是“恋父情结”的翻版，还是称作“恋叔情结”，其中蕴含的，不仅有弗洛伊德意义上的对异性之性爱的朦胧驱动，更有处于成长过程中的、在相对陌生而孤独的语境下的少女对爱和关怀的深深渴望。只不过，作为一个内心封闭而腼腆的青少年，她往往并不能分清两者的区别，因而常常不免陷于苦恼和“迷宫中”，不能自拔。

如果说成长小说中的宏大叙事写作体现在主人公的成长被置于国家或民族的历史转折关头加以展现的话，那么李晁的《迷宫中的少女》则代表或创造了成长小说的另一脉络和模式，即成长小说的个人化模式。这不是余华或路内意义上的逆向成长的“反成长写作”，也不是新写实小说或韩东意义上的凭借欲望或本能的张扬去刻意颠覆宏大叙事的日常生活写作；另外，他也与大多数“80后”作家(包括作者李晁的其他作品在内)的成长写作中的微小叙事不同。对于“80后”作家中的大多数“新概念”一族，他们小说中的青少年成长过程，更多连接着标签化、模式化的创痛、叛逆和不羁，李晁显然无意于此。在这部小说中，李晁把女主人公的成长置于性别意识的产生及其渐渐明晰的背景上展现，但又并不表现出远离时代和历史的“去宏大叙事”倾向，相反，他是把性别意识的产生过程放在时代、历史的背景下加以表现，因而某种程度上，这部小说创造了宏大叙事背景下的个人成长写作模式。我们从小说中可以明显察觉到主人公的成长具有的20世纪末21世纪初的时代背景。小说中女主人公置身其中的“铁葫芦街”就是这样一个具有象征性的复杂环境，它是一个被大的发展环境所包围下的相对自足完整的狭小空间，既相对落后、封闭、保守，但又时刻处于变动之中，这从它周边的被污染的河流，和不断开发的土地即可看出。此外，就女主人公罗菁菁而言，她虽是独生女，但因为父母的频繁的工作调动的缘故，被先后寄养在外婆和奶奶那里，她生活在父母身边的时间实际上很少。我们从罗菁菁身上，既能感觉到中国八九十年代以来计划体制下的残余(因工作关系导致的夫妻子女间的多地分居)，又能看到今天常见的那种父母打工在外的“留守儿童”的早期影子。

二

孤僻、怪异、封闭等都是这些儿童常有的性格特点，作为独生子女的罗菁菁也不例外。他们也的确表现出远离时代的倾向，既不关心国家大事，也没有宏大理想之类的目标，他们所关心的只是自己的内心需要或实际需求。那么对于这样一类青少年，他们的成长又该如何完成，这是李晁的这篇小说所思考或表现的。既然他们的成长只关乎个人，那么作为成长过程中的性别意识的萌动对于成长的重要性就不言而喻了。这样来看，小说中，另一个少女形象左雪作为主人公罗菁菁的陪衬和对照，就显得意味深长了。她的成长也是在性别意识的躁动蓬勃中彰显，但她是赤裸裸的毫无遮掩的那种，因此在她那里，性别意识表现为一种对欲望的直接的满足、占有及破坏，其走向歧途就是自然而然的了。罗菁菁则不同。她的成长虽与性别意识的觉醒有关，但更多是一种精神上的需求。性别意识的觉醒，使得她始而羞涩、敏感、内向，继而烦闷、暴躁而多疑，最后是幡然醒悟，并开始反省自身，进而走向升华。她同她四叔的关系，正是在这种微妙复杂的情感历程中反反复复，慢慢发酵，对这一过程的细微、细致而极富张力的表现是这部小说特别有韵味的地方。

虽然说，"80后"作家大都写到早恋之类的情节，但他们大都把这一情节放在成长过程中的叛逆和必经过程的框架中加以表现，很少涉及或把早恋上升到性别意识的高度思考。对他们来说，早恋就是早恋，往往只是一种需要，似乎大家都如此，也就理所当然。李晁却不是这样。在他那里，开始有意识地把早恋放在性别意识的角度表现。当早恋不仅仅早恋，更多指向一种意识的自觉的时候，早恋其实也就具有了某种本体论和主体性的意义。换言之，性别意识的觉醒，意味着告别无忧无虑的童年，而开始走向成熟了。因此，在他那里，性别意识的觉醒，总是与青少年主人公的苦闷、彷徨和无措联系在一起的。事实上，在《迷宫中的少女》之外，李晁一直都在思考这个问题。这在他的其他小说如《城南城北》中都有呈现，只不过，在那些小说中，这一思考并不系统完备。李晁意识到，对于一个少年，如果一味沉溺于性别意识的萌动及满足，最终只会导致毁灭。在《姐姐》中，少年沉溺于与表姐的性爱关系，以至于导致表姐的死亡即是表征。从这个角度看，《迷宫中的少女》所要思考的，其实是如何把性别意识的朦胧及其觉醒加以正确引导的问题。而这，其实是提出了微小叙事时代中的个人成长的普遍性和特殊性的命题。就这部小说而论，不难看出，其所表现的主题，仍旧是弗洛伊德意义上的力比多的表征及其转移的命题。在这过程中，艺术对罗菁菁的成长起到了至关重要的转移升华作用。她之所以不同于或没有步左雪的后尘，恰恰就在于艺术的熏陶及其潜移默化的作用；她之所以能从焦躁走向宁静，都与她一直以来的文学阅读有关。文学上的阅读令她躁动的内心始终能保持在一个相对平静的范围内，这是一种互为因果的循环关系，她烦躁无聊和孤独难耐时往往寄托于阅读，而随着阅读的深入或投入，烦躁的内心又能恢复到宁静的状态。某种程度上，她的成长就是在这样一种回环往复中推进，渐趋完成。而事实上，她的四叔正是充当这样一个循环的营造者角色。且不说对罗菁菁无微不至的关怀，他指导她读书，如何选择阅读书目，展开讨论，又向她开放他的书房，正是这看似无意的一系列举动，把罗菁菁引导到一个返回内心的逻辑中去，因此，当她后来拿到他四叔书房中的女性的裸体画册时，才会那么的心平气和，那么的平静而客观，而不是害羞或感到耻辱，她从这些裸体画册中看到了自己作为女性的纯粹意义上的美，也就是说，她从那些裸体女性中看到了作为主体意义上的女性，而不仅仅是男性欲望的对象，也正是从这一时刻起，罗菁菁她才真正走向成熟。这一成熟是从性别意识的朦胧开始，到拿到裸体画册完成。从这个角度看，她面对、凝视裸体画册某种程度上就成为一个仪式，也即意味着精神成长的完成。

但《迷宫中的少女》又不仅仅是成长小说，它表现的毋宁说是一个带有普遍性的命题，即大时代的爱与孤独的命题。虽然说主人公罗菁菁长期生活在一个相对封闭的环境，但事实上，她生活的周边其实已经发生翻天覆地的变化：所谓高楼起了，河流污染了，人心也变得越来越浮躁了。对于这巨变，她采取的是一种退守和回避的策略，在回避外面的喧嚣的同时，回到内心，过一种精神生活。为抵抗这种世界的喧嚣，就必须保持、忍受或沉浸在内心的孤独中，精神生活恰是这内心孤独的前提，提供给她自我陶醉的养分。从这个角度看，小说其实具有某种隐喻色彩。

这是一种以精神生活抵抗世俗生活的隐喻。她的四叔的存在，某种程度上正是充当了这一引导功能。他自己就是一个画家，对美、爱和艺术的追求，是他的一生的事业，并不太关注世俗生活。他带给罗菁菁小说看，这都是些文艺作品。有张爱玲的作品等。还给她看画册。就罗菁菁与外在世界的关系，艺术的作用正在于在现实和罗菁菁之间构筑了一堵精神之墙，既能避免现实的入侵，又能给罗菁菁以精神的自足自适。相反，她的周边的女同学们，则因缺少这样的引导者和艺术的熏陶而在世俗世界中沉沦。左雪和卞南即是两个典型。一个(左雪)早熟，泼辣、强悍而富有攻击性，活在本能的生活中，因而与外界十分融洽，一个(卞南)懦弱隐忍，但其实又很实际，最后终因不堪继父的凌辱而沦落红尘。可以说，这两个人代表了面向喧嚣世界的两种典型，但其结局却是奇怪的一致。从这两种人物关系及其结局的设置，不难看出作者对喧嚣世界的矛盾心理和批判态度及其回避现实的倾向。这既是成人的世界，也是异己的、充满着诱惑和恐惧的。如果说青少年的成长即意味着进入这样的成人世界的话，那么李晁所能想出的路径则是进入内心，过一种精神生活。可以说，正是出于这样一种潜意识或意图，李晁才会选择在这样一个相对封闭的环境下，展现一个少女的成长历程。而这，也正说明爱与孤独既是人类的内心的需要，其实也是一种抵抗现实的方式。

三

李晁向来喜欢从青少年(或孩童)的视角展开叙述，这一“嗜好”虽然很多时候(比如在《山中客》中)限制了作者在题材上的有效拓展，和对自己所不熟悉的经验的再造，但在这部小说中却格外成功。这是一篇通过叙事视角的使用来营造小说风格的典范。就李晁的其他小说而论，青少年视角的使用，并不总是很成功。对于中老年作家来说，青少年视角的使用，可能带来不一样的效果：“从孩子的观点看世界，可以表现出世界相当令人陌生的一面”①。儿童视角的独特所带来的陌生化，与叙

① 伊格顿：《如何阅读文学》，商周出版社2014年版，第145页。

述的老到成熟之间，常常构成一种略显紧张的平衡关系，会使小说别具张力。但对于青年作者而言，则可能是另一回事了。毕竟，青年作者，而兼青少年视角，多少会限制叙事的很好展开和情感的客观表达：要么夸张声势毫无节制，要么顾此失彼捉襟见肘，就像伊格(尔)顿所说“孩童叙事者的有限观点，意味着他们无法将自己的经验拼凑成前后连贯的故事”①。但在这部小说中，李晁很好地把握了青少年视角，做到了扬长避短，可以说，正是这部小说奠定了李晁作为一个文体家的地位。他充分利用了青少年第三人称视角的好处，而又能力避其限制过多的不足。第三人称视角的好处是，它是一个限制视角，因而决定了其呈现的故事往往只是一个侧面。李晁在这里采用的是第三人称心理视角，也就是说，外在的世界都是经过了主人公罗菁菁的心理的过滤之后呈现出来的。其一方面存在大量空白，造成悬疑效果，而正是空白和对真相的好奇又促使主人公去揣测，推动主人公的心性的演变。小说叙事正是在这样一种相对封闭的逻辑中向前推进。心理视角在小说中某种程度上充当了叙事推动力的功能。可见，在这里，第三人称主观视角，既是叙述视角，也是叙事的推动力。但因为是心理视角，这一空白，又演化为“心像”，使得小说格外含蓄内敛而意蕴悠长。

对于很多中老年作家，孩童视角的选择往往只是为了表现成人世界，李晁却不是这样。他采用青少年视角不是为了表现成人世界，他的落脚点仍在青少年的成长上。也就是说，他采用的是青少年叙事视角来表现青少年主人公自身的成长。他是把青少年的成长放在成人世界的对照中展开的。青少年视角的使用，也就必然带来对成年世界的隔膜，可以说，正是这一隔膜的存在，使得青少年主人公始终同成人世界(抑或外面世界)间保持一种若即若离的距离，他想努力进入或理解成人世界，但因为自身经验的局限及同成人间的复杂关系，而始终不得进入。这样一种复杂心态及其进退失据，是这部小说格外显得耐人寻味的地方。

---

① 伊格顿：《如何阅读文学》，商周出版社 2014 年版，第 145 页。

如果说，小说家选择青少年视角其意在于通过青少年视角进入对世界的观察和思考，而非仅仅只是表现世界的角度的话，那么，视角的选择对于一个作家并非无关紧要，事实上，其某种程度上代表了作者/叙述者看世界的方式方法。李晁迷恋青少年视角，不能不说是作者视野相对狭窄的某种体现：他仍旧是一个依靠经验写作的作家。局限于自己的经验世界及其有限视角看待世界，仍旧是制约李晁的主要问题。虽然说，这部小说代表了李晁的小说写作的高度，但也充分暴露了李晁的短板所在。他擅长青少年内心世界的体察和表象，而对外在世界或者说成人世界，缺少必要的应有的重视。这在《迷宫中的少女》即可看出。小说中的成人世界始终是模糊的甚或是概念化的，缺少一种有力的质感或实感。这是青少年第三人称视角所制造的效果。但对于文学写作而言，成人世界却是文学想象世界的大部江山，任何回避或规避，都是不可能解决问题的。此外，青少年主观视角——不论是第一人称还是第三人称——的一以贯之的使用，往往也会造成叙述上的单线条展开和表现生活面的狭窄，极大地限制了小说叙事上的各种可能和对生活纵深开阔的表现。《迷宫中的少女》篇幅上较短（10 万字左右），或许也与此有关。是耶非耶？想必作者自己定会有更为深切的体会！

第三节　成长写作与“小说家”的诞生：关于双雪涛的《聋哑时代》

《聋哑时代》是“80后”作家双雪涛继《翅鬼》《融城记》之后的第三部长篇新作。在这里，所谓“第三部”“长篇”和“新作”等说法都不太确切。因为《融城记》尚未正式出版，虽然作者已经写就并以此获得过某个奖项，所以这只能算是“抽屉文学”，而所谓“长篇”也似有不妥，小说只有不到13万字，说其是小长篇似乎更为恰当。至于“新作”之说“可疑”，则是因为其中有两节已于2013年和2014年公开发表过①。但这些都不重要，重要的是，“80后”作家双雪涛又有作品问世，而且与其此前的小说相比，《聋哑时代》总给人一种似曾相识而又别开生面的感觉，令人耳目一新。

对于《聋哑时代》而言，其最明显的不同，既不在第一人称的使用，也不在成长主题的表现上，虽然这两个方面都是这部作品所着重表现的地方。这部小说最大的不同是它的结构。小说看似长篇，实则是中篇小说的集锦。《序曲》之后，每一节皆以人名作为标题，一共有八节。这一结构颇似同为“80后”的东北作家蒋峰的长篇小说《白色流淌一片》。后者也是以一系列单独成篇的中篇小说（如《遗腹子》《花园酒店》《六十号信箱》以及《守法公民》等）集锦而成。但双雪涛的《聋哑时代》又不太一样。小说的八个部分，分别讲述八个人（不包括主人公“我”）的故事，但因为每个人的故事里都有第一人称主人公“我”的参

---

① 《我的朋友安德烈》发表于《文学界》2013年第6期，是小说中的第七节《霍家麟》部分，如果把霍家麟改为安德烈的话；《安娜》发表于《创作与评论》2014年第17期，对应于小说的第六节。

与其中，因而被连缀成一个整体，它们彼此之间是一种互文性的关系，这颇有点类似于《史记》中的“互现法”。

这是一种似断实连的串珠式的小说结构，其贯穿始终的线索（珠线）并非一般意义上的时间和空间的转换，而是第一人称主人公“我”。这一结构特点，决定了小说虽然讲述的是与“我”有关的八个人的故事，但其实着重点在核心主人公“我”身上。换言之，这是以八个人的故事作为背景或铺垫来讲述“我”的故事。因此，对于“我”这一形象必须放在与“我”有关的八个人的故事中才能得到有效理解。

一

这仍是一部以第一人称“我”讲述的主人公们的成长的故事。第一人称而兼成长主题，是双雪涛小说所一直热衷的角度。说是其一贯的特色，是因为这一倾向，与大多数“80后”作家都不太一样。对于很多“80后”作家们（如笛安、七堇年等）而言，第一人称常常是作为一种叙述视角在使用，其既能增加叙述上的真实感，又能更方便于内心世界的挖掘与表达；笛安的“龙城三部曲”（《西决》《东霓》和《南音》）即是典型。三部小说分别以三个主人公——西决、东霓和南音——各自的视角展开叙述，因而显得内心世界格外的丰富与丰满。这是一种利于倾诉、表达和幻想的“主观视角”，其弊端常常是使得“80后”作家们的小说叙述显得散漫而无节制。但对双雪涛而言，第一人称不仅是一种观察和叙述的视角，似乎更是一种审慎和思考的角度，以此表现主人公“我”的精神上的成长，这也使他的小说相比大多数“80后”作家的小说要显得格外节制而内敛。

成长主题是“80后”作家们所普遍热衷的话题与主题。所谓成长之痛和成长过程中的创伤记忆，是年轻一代的作家们青春书写中最为显明的精神标志之一，这在七堇年、笛安、张悦然、颜歌、张怡微、苏瓷瓷等的小说写作都有明显表现。对于“80后”作家们，成长之痛的产生，有来自社会、学校、家庭等方面的原因，也有来自个人方面的原因。就个人方面的原因而言，他们大多或很多都是独生子女家庭出生，虽被包围在父母长辈的关爱之中，但因为从小没有兄弟姐妹，其实颇有些孤单，这方面最为典型的就是张悦然的《樱桃之远》。这部小说通过讲述异形“双生”的两个小女孩之间从排斥到不能分离的故事，以表现成长中的主人公的孤独和对孤独的想象性的解决。小说的象征色彩十分浓厚。而像七堇年的《大地之灯》《澜本嫁衣》，笛安的《西决》《东霓》，张怡微的诸多中短篇小说，颜歌的《声音乐团》《五月女王》和张悦然的《誓鸟》《水仙已乘鲤鱼去》等，她们小说中主人公的成长之痛，则主要来自家庭结构的变故(如父母离异或一方的亡故)以及因之带来的精神创伤。在这些青年作家的写作中，春树的小说如《北京娃娃》《红孩子》《长达半天的快乐》和《2 条命》等则往往把成长之痛置于社会和学校的背景下展开，学校教育的光怪陆离及社会(包括学校在内)对正常人性的压抑，是她的小说主人公们立意反抗或坚决不从的对象。因而对于她的小说的主人公而言，成长过程亦即意味着拒绝、纵欲、酗酒、吸毒和放浪形骸。他们以拒绝的姿态和自我放逐显示自己的立场和态度。这些与所谓的朋克文化和另类形象联系在一起，显示出的是成长过程中的“反成长”的一类倾向。

但他们又不像“60 后”“70 后”，或更早的一代作家们那样。就前辈作家的写作而言，他们往往会把笔下的青年主人公的创痛放在时代社会的背景下展开，因而青年主人公的成长往往同国家民族的命运联系在一起，其疼痛就不再仅仅是个人的，而是蕴含了大时代的色彩于其中。但“80 后”作家们却不这样。他们会有意撇开时代社会的因素，这样一来就会有意无意中放大个人的创伤：他们的成长写作显示了“宏大叙事”向“小叙事”的转变。可以说，正是这一指向个人的成长之痛，决定了“80 后”作家们成长写作的总体倾向：成长只能是自我救赎或自我毁灭，而不可能是解放或牺牲。他们小说中主人公们的成长过程，某种程度上就是逐渐克服成长之痛并走向自我治愈和自我救赎的过程(如《六十号信箱》中的许佳明、《水仙已乘鲤鱼去》中的陆一璟、《誓鸟》中的春迟、《樱桃之远》中的杜宛宛、《大地之灯》中的简生、《东霓》中的东霓、《最北》中的李浩)；要么就是带着不可化解的创伤记忆，走向自我的毁灭(如《假面》(2014)中的李正仪、《澜本嫁衣》中的叶知秋、《声音乐团》中的刘蓉蓉、《西决》中的西决等)。双雪涛《聋哑时代》中的成长叙述，与他们既同也不同。所谓“同”之处，是指这部小说也把主人公的成长放在传统教育制度(或体制)对“人”的异化作用的背景下展开，表现出对传统学校教育的反思和批评的倾向。小说中的主人公们大都是一些传统学校教育下的“另类”的形象，他们与传统教育所恪守的一套行为准则格格不入。双雪涛把这一人生阶段视之为“聋哑时代”，人的个性遭到压制，得不到伸张，相反，传统学校教育培养或喜欢的则是一个个合乎要求的没有个性和自已视听的个体。如果说“80后”作家们对现行教育“异化”一面的夸大是为了凸显个人的成长之痛的话，那么双雪涛走的则是与之相反的道路，他通过对现行教育的反思，导向的却是对意识形态之于个体成长间的关系的思考。而也正是从这里，显示出双雪涛与众多“80后”作家们的不同之处。对于张悦然、笛安、七堇年和杨则纬们而言，她们的用心处在于个人的“小叙事”，现行教育制度乃至时代社会只是作为背景或前景出现，实际上并不具备具体而微的所指与指涉。双雪涛则不同。他写的虽是一个个成长过程中的主人公们的故事，指向的却是针对社会现实的思考。对于他的小说的青少年主人公而言，他们的成长过程其实是从一个个“个体”被教育“询唤”成“主体”的过程。时代社会及其环境，并不仅仅是作为背景存在，更是个人置身其中的框架和笼罩物，虽不能清晰辨认，却无时不刻不在影响作用于他的主人公们。《聋哑时代》所欲表现或思考的正是这一个个个体同社会影响之间的复杂关系。这使得他的小说，在个人和社会之间总是存在若隐若现的对立，表现在小说的形式上即有一个总体上的反讽的结构存在。

二

在这里，我们应该看到，学校教育并不是孤立的存在，它与家庭、社会等一起构成一种坚硬的现实或秩序，同《聋哑时代》中的主人公之间形成某种对立与对应的关系。其结果，往往不外乎两种，一种是“好主体”的生产，一种是“坏主体”(阿尔都塞)的生产。对于“坏主体”而言，其表明的是意识形态“询唤”功能的失败。从这个角度看，小说中的九个主人公(包括核心主人公“我”)按照意识形态询唤的效果，大致可以分为三类，一类是以高杰为代表，代表的是意识形态询唤下的“好主体”的形象；一类是丹凤陈、安娜、刘一达、霍家麟，是所谓的“坏主体”；还有一类是核心主人公“我”、艾小男、许可和吴迪，则是介于前两类之间的。

小说中的一幕很有象征性。当刘一达从清华附中天才班退回来后，他的母亲带他来到原来的108学校：

> 刘一达的母亲来到学校，求学校再次收留他，让他完成学业，考取省里最好的高中：省实验中学。学校有点犹豫，刘一达的价值是他的偏执，而那个高中需要的是全才，他已经大半年没有复习，语文和英语早已荒废不说，学校更加担心的是他已经习惯于竞赛的思维，而常规的数理化需要的是稳健和平庸。据说母亲当着学校领导的面，扇了刘一达一个嘴巴，哭喊着让他在主的面前发誓，一定要为学校争光。然后用打了刘一达的手，飞快地在胸前划了无数个十字架，让主宽恕她的易怒和暴戾。

这一“嘴巴”恰是最好的象征，象征着家庭和学校的合力，刘一达正是在这一合力的约束或者说“询唤”下，最终被成功保送清华大学，实现了自己的梦想。这里需要仔细分析小说中的原话“他(指刘一达——引注)终于被保送进入了清华大学，那是他的理想，他曾经说要从那里启程去美国。初中三年他唯一的一次述说自己的梦想，我记得异常清楚，他没有提到他要成为一个怎样的人，取得如何的成就，他只说他要去美国”。显然，刘一达并不像“70后”的路内和“60后”的叶弥的小说中主人公那样表现出与时代逆向行驶的“反成长”倾向。清华大学作为他的理想，就有点像同为“80后”作家春树的《北京娃娃》的主人公林嘉芙把北京大学作为自己的理想一样，他们并不拒绝学校教育。

相比刘一达、霍家麟、丹凤陈和安娜，霍家麟虽看似天才，但其实颇为偏执，一旦认定了某件事就会不管不顾。典型的是，他与“我”一起踢足球，任何情况下，都会把球踢给“我”，而不管其他球友怎样的反应。因此，对他而言，好钻研、肯思考，如果方向不对，往往就会演变成好走极端。而像丹凤陈则充分显示出青少年儿童内心“异化”的一面。她很早就立志要考上108中学(城市里最好的初中)，因此刻苦学习并努力表现出一个“好学生”的样子(如喜欢向老师打小报告等)。她时刻以“好学生”的要求要求自己，其结果是内心十分紧张而脆弱。学习成绩下降自是不可避免，而一旦老师对她不满之时，她的内心的平衡便会打破，最后她在与老师的冲突中刺伤了老师，而作为受强制的对象，据说被关进了少管所之类的地方。至于安娜，她“是个彻头彻尾的坏学生”，打架、酗酒、早恋，甚至带有自杀倾向。但就是这样一个“坏学生”，小时候得过全国性的钢琴比赛和书法比赛的各种奖项。

> 初中的时候所有人都喜欢高杰，尽管高杰和我们每一个人都不同，他不像家麟，叛逆，孤僻，不顾后果的跟每一个站在讲台的人对抗；他也不像汪洋，马立业，已经厌倦了身为学生的生活，恨不得随时拿起一把剔骨尖刀到街上溜一溜，逢人就把耳边其实并不存在的发际用大拇指向后拢一拢，长得像山鸡，却要把自己扮成陈浩男；也不像隋飞飞，于和美，成绩固然不错，活动更是积极，但是会招所有人讨厌，因为她们喜欢跟所有人争，每个人嘴前的东西都要

上去啄一口，就算那是你刚吐的一口痰。……高杰和他们都不一样，他是个全才，对所有事情感兴趣，他喜欢每一门课程，珍惜每一堂课，他善写大字，会画素描的人像和水墨的葡萄。篮球打得极好，有仙道一般的潇洒和倨傲，可下了场他又是最谦虚的一个，不停的夸赞每一个防守他但又对他无计可施的人是他见过最难缠的对手。……虽然他不一定是成绩最好的，但是他一定是所有参加考试的学生里让老师们最放心的一个。

显然，他是一个彻头彻尾的“好学生”“好主体”，“让老师们最放心的一个”。他之所以愿意掩盖并压抑自己的个性，之所以心甘情愿地做一个好学生，是因为他看到了顺从和做好学生背后的巨大的好处，“他(指的是高杰——引注)常说，和老师较劲有什么用啊，我一小孩，他们再不对也是我领导，现在，咱们就得利用他们，和他们打架我觉得挺愚蠢的。”可见，对他来说，他考虑的问题的角度是如何使自己的利益最大化，而不是自己的真实的情感和态度的表达或表明。作为高杰的好朋友，主人公“我”目睹了这一“变化”与“没有变化”的过程：

听说高杰现在当了公务员，在市政府的办公厅，短短几年下来已经是市政府里面最年轻的副处长。见过他的人说他和小时候变化很大，不但是肚子鼓了起来，好像衣服里藏了几斤猪肉，神态也好像是在官场里混了几十年……

也许没有几个人知道，他到底什么地方已经变化，而什么地方从来没有变过。

叙述者“我”想告诉读者们的正是这一“变化”与“没有变化”的过程。对于高杰这一“人”的形象来说，很难说他是一个虚伪的人。他是一个真实的人，一个真实到自觉不自觉掩藏自己的真实情感而不觉得有任何不妥的人。只是在这一“真实的人”的生成的过程中，他变得不再是他自己了。他没有或者刻意隐藏自己的情感和思想，从他身上，我们看到的是“人”的个人性的丧失和规范的生成。

事实上，叙述者和“我”都极清楚，不论是丹凤陈、安娜、刘一达，还是霍家麟。对于他们而言，要想获得社会的承认或认可，就必须按照社会的要求和规则塑造自己，否则，便只能一败涂地。小说通过对“我”与他们的交往的叙述，表现的正是“我”在成长过程中遇到的种种矛盾、困惑，无奈，及其人生中的这种悖论。

三

就社会学的角度看，小说自有其思想史的认识价值，但就“文学性”而言，小说的耐人寻味之处却在于叙述者与其所叙内容间的反讽的距离、叙述者对这一距离的把握及其独特的叙述语调上。这与小说中第一人称“我”的塑造有关。“我”是以叙述者兼小说主人公的身份介入故事的讲述当中，因而某种程度上，对“我”的形象的塑造就决定了小说的整体叙述风格。虽然从小说中可以明显感觉出叙述者(甚至作者)对其主人公们的深深的忧虑、批判和反省之倾向，但作者却无意把“我”塑造成一个具有先知意识或弃绝于烟尘气之外的冷静的主体。作者深知，作为肉身动物，“我”有着普通人都有的缺点、爱好、欲望、个性；他努力过，并对自己没能按照父母的要求上进深感歉疚，对不起父母辛苦挣来的血汗钱，但他又并不想太过委屈自己，结果变成了一个“庸碌无为”、不好不坏、不苟且又不上进的“中间地带”的人。但又绝不是“多余的人”。他只是不知道自己该干什么，所以一直都处于一种迷茫或等待的状态。可以说，正是这样一个与社会若即若离的人，他以主人公的身份充当叙述者，就显得优游自如或者说游刃有余而别具韵味。这一韵味表现在他的态度、情感和理性上的模棱两可上。他对自己(作为第一人称主人公“我”)是既不愿又不甘，因而总是无聊着，而对他的同学们，则是既认同又质疑，既批判又羡慕；可以说，他对小说的主人公们的态度，就像对自己的态度一样，摇摆不定犹豫不决。这使得小说在整体上充满一种反讽的精神气质和不彻底的风格。其中既有对现行教育制度的反思，但随之而来的又是对自己无力考上好的大学的无奈的感叹；有对自己和他人的调侃戏谑，但这背后又有对某种东西的近于固执的认真；有对世事洞察或感同身受的会心一笑，但又无积极进取或钻营的热情。

这也使得《聋哑时代》别具张力。双雪涛的小说中普遍存在一种内在的张力结构，这既是日常与非日常的对立，也是现实与想象、桎梏与自由、有限与无限的对立。这样一种对立，使得他的小说大都有一个镜像式的结构，表现在叙述视角上，是第一人称“我”的视角的使用和“他者”的存在的并置。就《聋哑时代》的各个组成部分而言，各部分的核心主人公并非“我”，而是其他人。但就整体来看，这又是借“他者”的故事来讲述“我”的成长。这就形成各个部分同整体之间的对立、对应和对话关系。“我”介入故事的进程当中，但又作为审慎、审视或不动声色的角色出现。“他者”的存在，是“我”所能醒悟的前提，其既是“我”的镜像式的欲望的投射，也是“我”所以要避免成为的对象。质言之，“他者”构成的是“我”的欲望和恐惧的辩证物：“我”在“他者”身上看到另一个“我”，但又能有效规避。

但“他者”并非仅仅“他性”式存在。双雪涛并没有简化“他者”之于“我”的辩证意义。就像《大师》所显现的那样，主人公“我”虽然同情父亲(作为“他者”)的境遇而渴望回归现实日常，但同时又对平庸的现实有所批判，主人公的内心其实十分矛盾。同样，《长眠》中的“我”虽然并不想过老萧(作为“他者”)那种亦真亦幻式的精神生活，但又对自身的境况深感厌倦和无奈。可以说，正是这样一种无奈和情感与理性上的进退失据，构成了双雪涛小说的最为坚硬的内核，也最终把主人公“我”塑造成这样一个左右摇摆的复杂形象(《聋哑时代》)。他的小说中大量使用第一人称叙述，虽然很难说是作者“我”的意志(或意识)的表征，但其实表现出作者强烈的主体意识，这一主体意识既体现在叙述者“我”的思考和探索中，也体现在“他者”的反射式的指涉中。

四

事实上，对于双雪涛而言，这一主体意识其实就是一种似是而非、似非而是的反讽意识。可以说，正是这一非与是之间的优游与游移，恰是小说写作的最大自由。这使我们想起《聋哑时代》中的结尾。“小说的最后一行字，也就是那个光明的结尾也已经在我的脑海里。/我应该再也不会被打败了。”这显然不是指现实中的成败，当然也并非想象中的成败，而毋宁说是现实与想象的缠绕或互涉中的成败，就像《北极熊》中主人公受雇去刺杀小说家所显示的逻辑那样，对于小说家而言，他的自由不在于他可以肆意或恣意篡改、想象现实，而在于当他在想象世界翱翔时必须服从现实本身的逻辑，因而他的小说建构出来的现实才格外让人窒息，他既不能在现实世界中抽身，也无法从想象世界中远遁。就此而论，小说家的自由正在于他能以一种想象的方式彻底而坚实地生存着：他以清醒的姿态生活在想象的世界。就像他在另一部小说《长眠》中所表明的那样，诗歌作为现实世界之外的精神存在，其看似虚幻其实有着最为彻底的真实。对于双雪涛而言，写作就是这样一种在现实中生活而永“不会被打败”的自由。在一篇涉及《长眠》写作的创作谈中，双雪涛曾把《长眠》小说的写作视为“作家看世界的方法”的体现（《关于创作谈的创作谈》，《西湖》2014 年第 8 期），对双雪涛而言，这是一种在现实生活中想象现实的自由。写作并不是以想象的方式介入现实，而毋宁说是以现实的逻辑重构想象。这样也就能明白，小说家虽然很自由，但其实并不轻松。就像《聋哑时代》的写作或叙述看似幽默且时有调侃的味道，但其实饱含着无奈与无力。从这个角度看，小说家的自由毋宁说就是这种无奈与无力。他既然无力改变，就只好放弃判断。他的游移不定正是这无力与无奈的表征。

在双雪涛的小说（《长眠》《北极熊》等）中，多次提到小说家的事业。但成为小说家，对于双雪涛和他的主人公们，与对其他的小说家并不一样。成为小说家，是“80后”作家们喜欢涉及的命题。但对他们而言，写作似乎是自我救赎的“涉渡之舟”（如张悦然《水仙已乘鲤鱼去》中的陆一璟和颜歌《声音乐团》中的刘蓉蓉，都是小说家）或自身情绪的表达与宣泄的方式（如春树和七堇年的小说家主人公）。对双雪涛则似乎不尽如此。《聋哑时代》中小说核心主人公“我”的成长是以成为一个作家（或小说家）的方式结束。成为一个小说家对于双雪涛和他的小说《聋哑时代》而言，具有双重意义。第一重是，核心主人公“我”在经过了自己的人生的游荡之后，最终找到了自己的人生成长之路，这一人生之路是成为一个作家。第二重意义是，成为一个作家其实意味着对精神生活的放弃和似是而非的反讽态度的保持。如果说成长意味着主体意识的获得和人生的成熟的话，成为一个作家并非真正意义上的“成长”，因为它意味着主人公“我”（或者说作家双雪涛）还是生活在似是而非的现实逻辑和反讽的态度中，“我”并没有真正属于自己的主体性和判断。从这个角度看，成为作家其实就是以一种异常清醒的姿态放弃自我救赎。就此而言，《聋哑时代》显现的正是这一异常清醒和无奈无力间的两难。

第四节　于无事中生非：关于朱个的两篇小说

一

朱个的小说创作可以用“无事生非”来概括。说它“无事生非”，是想指出她的小说创作的整体风格和存在方式。她的小说喜欢把故事背景放在小城或小镇(《夜奔》《一切是怎么发生的》《不倒翁》)，这样一种相对宁静沉闷的时空，是她的主人公的心态的最好镜像和最好象征。时代的脚步放缓慢了，人的内心就会被放大，甚至充斥整个宇宙。她就是以这样一种感觉不到多少时代节奏的时空中来表现她的主人公们的内心的波澜与起伏的。这就涉及的她的小说的“无事生非”的第二点，也是非常重要的一点，即在一种无所事事，或者意义缺失、时代退隐的背景下，如何彰显人的内心的强大或空虚的存在状态。“无事生非”，正是对抗这无所事事的方式方法。说朱个“无事生非”，还是想指出，这恰恰也是文学的最纯粹的状态，文学是“反抗平庸之恶”的良药，是对抗日常生活的碎片式存在的方式方法，是回归自我的孤独的通道和享受孤独的最后归宿。如果非要提升的话，可以用卢卡奇的小说理论来理解，对于朱个而言，“无事生非”，和她的文学创作，都可以在历史的总体性坍塌后重建自身的总体性的孤独而卓绝的个人事业这一点上加以理解。她是以文学的孤独的方式，对抗生活的无聊与平庸。

因此，说她的小说“无事生非”，在这里其实是想表达相反的意思，她的小说创造了对我们的平庸而琐碎的日常生活的反观和自省的方式。它不像张悦然、七堇年或颜歌等时尚“80 后”作家那样，想要通过一种个人的被夸大的创伤或创痛来达到对现实的反叛，并以此凸显自己的巨大存在；她也无意于在一种全球化的语境中，如甫跃辉、王威廉、文珍和马小淘，表现个人的身不由己或不由自主。她也不像孙频或双雪涛，往往在一种时代的变迁的背景下，来凸显个人的渺小而微不足道。相比朱个，这些作家们的创作，创造了一种现实同个人间对立的模式，现实的坚硬与强大，是他们的主人公不得不面对而又具有压迫性的庞然大物。他们是以一种内心被挤压的方式来反向凸显个人的存在感。朱个与他们都不同。虽然都是表达个人的存在感，她采取的是一种正面强攻的方式(即“无事生非”)，但又是在一种后退的策略选择中完成：为了凸显内心的孤独或强大存在，她常常有意无意回避具体而坚硬的物质性现实存在，或者把她的主人公安置在相对宁静而缓慢的小城或小镇。内心与外界(环境或现实)的对照，是她的小说的整体结构。这样一种外界的存在是她的主人公的内心生活的背景，现实一旦被过滤掉其坚硬性后，便可能以一种庸常的形态存在。这也不同于新写实的日常，如果说新写实小说是通过对宏大叙事的反讽来凸显日常现实的重要的话，朱个恰恰相反，她是要在日常的平庸中返回自身的内心，反观自身。日常生活的平庸沉闷和消极懈怠，是沉溺其中的她的主人公所不愿面对和要反抗的，他们宁愿凭空生出或制造点什么，以打破这一潭死水。但问题是，这种反抗也只是象征性或自我欺骗的。就像《不倒翁》中的牟老师，儿子的意外死亡，是她不愿面对而又刻意回避的现实，为了与这一事实相抵抗，她会一如既往地保持某种生活习惯，并以一种略显夸张的方式(比如说对现实生活中的各种细节的挑剔和批评)显示自己的存在，但结果恰恰相反，越是如此掩饰与夸张声势，越是更加凸显内心的悲伤和孤独的不能自已。她的主人公们都是些胆小而怯懦的人，也就只是在心里想想，事到临头，终是退缩(《夜奔》)，或者回到自身内心，自嘲而已(《群》)；或者在一种尴尬而进退失据的状态中悬浮(《暗物质》)；再或者就是，当你把死寂的生活想象成不同寻常或别具意义时，其实只是你的一厢情愿和自作多情(《不倒翁》)；或者具有反讽意味的是，平静的生活在被内心的某个意念、好奇或突发奇想打破之后，很快又会以另一种替代的形式恢复(《一切是怎么发生的》)。

二

明白了这一点，就可以进入对朱个的这两部小说的细读了。《万有引力》讲述的其实是一个古老的命题，即所谓的恋父情结对一个少女的影响的问题。但有意味的是，在这里，朱个没有把父亲塑造或描述成一个可以让少女自豪或高大的完美男人，而是相反，父亲是一个猥琐的、冷漠的、自私的怀疑主义者。对这样一个父亲的不由自主的情感依恋，反过来又造成理智上的或精神上的弑父，这正是叙述者的内心的隐秘的愿望，“很多时候，我觉得父亲是已经死去了的”，这样一种内在而隐秘的矛盾冲突，构成了小说的主线和主人公的内心世界，因此，离开父亲来到一个小城，保持同父亲的距离就成为叙述者“我”的一种姿态。她憎恨自己对父亲的隐秘的欲望，经常用自慰来满足自己，但是又对具有父亲一样气息的男人抱有欲望，如公务员，小说讲述的正是这样一种错综复杂的情绪。这样一种复杂情绪下，她渴望让自己在那种处女膜破裂的疼痛与快感中达到对父亲的精神上和理智上的彻底决裂，从这个角度看，这篇小说讲述的其实仍旧是一个成长的故事，只不过这一成长过程是放在恋父情结与弑父冲突的张力中加以表现，走不出的父亲的阴影，也就不能完成真正意义上的成人。在这种情况下，就可以理解主人公的对自己作为处女的憎恨了。因为对她来说，只有在处女膜破裂的那一刻才真正象征着从少女到女人的完成。

小说中，多次出现那个童年时候的黄昏的景象，一个好像父亲的男子朝我俯下身来。显然，这一意象对于理解小说非常重要，但为什么多次出现，朱个却始终没有明说。这就是朱个的小说的特点。她的小说含蓄、内敛，细节与细节之间充满留白，就像国画中的白描，她会勾画出粗略的骨架，偶尔点出其中一点，而又隐去其余，让人迷茫而浮想联翩。就像这句，“那个黄昏过去很久了，我喜欢上自慰也已经很久了”，这是紧接着那个黄昏的意象而来的自我表白。这里的两个“很久”和“也”字，似乎告诉我们，那个黄昏与“我”的自慰之间有着某种什么因果关系，但那是什么样的因果关系呢？我们不得而知。我们只知道，“我”一直在想方设法逃离父亲，从出生的大城市（其实也就是杭州）来到小城市工作。为什么要逃离？这里似乎有隐秘的秘密存在。在“我”回家参加爷爷的葬礼途中，在快到达殡仪馆时，两旁的植物和道路唤醒了“我”对母亲的存在和死亡的记忆，“以至于那一刻，当风和植物迎面铺展而来，我感到难能可贵的和平。都会发生，终究过去，没有什么事情是要紧的”。看来，“我”的内心的矛盾和焦虑正在这“都会发生”和“终究过去”之间，亦即可能和必然之间，而这其实是告诉我们，恰恰是这可能和必然之外的第三种状态——已然——才是困扰主人公内心的事情。原来这讲述的是一个从小生活在母亲已逝的单亲家庭里的少女成长的故事。这是一个多少带有孤独和自闭倾向的少女精神上的成长故事，母亲的缺席，造成对父亲的畸形的变态的依恋，但这里的父亲又是那样的不堪和猥琐，无怪乎女主人公会那样的困扰、纠结而无助！

同样，《群》也是如此。这仍旧是在表达一种对无所事事的平淡生活的厌倦和“无事生非”的冲动。微信群恰好就是这样一个载体和象征，其虽缩短人与人之间的距离，但其实只是在另一种象征意义上增加了生活的无聊。在这种最为时尚而快捷的交友平台，里面发生的往往只是发发红包，推销东西，或者漫无边际和无中心主题的“众声喧哗”。或许正是因为此女主人公姜笑笑才萌生了退群之意，可到最后，她都没能付诸实践，只是以一种怪腔怪调、自己对自己轻佻地说：“姜笑笑，宣布退群！”就“好像真的已经退群了一样，低着头偷笑不止”。这既是自我嘲弄，也是自欺欺人。为什么会这样？原因是，姜笑笑其实是一个胆小、谨慎、瞻前顾后而又似乎稍显自私的人，她照样抢红包，照样看热闹，甚至对那种能让群里从不冷场的，绰号叫雷震子的雷老师，也觉得“这没什么不好的”。虽然，姜笑笑对那种无所事事而又喜欢造谣生事、无事生非的雷老师感到气愤，“憋着一股路见不平的英雄主义气概，却只敢在输入框里来回打字又删去”。这就是小说的女主人公，既有世俗的、琐碎而怯懦的一面，但又不甘或不愿堕入无聊而无趣。这样一种矛盾心态与心理，在到底是退群或不退的多次犹豫和权衡中淋漓尽致地表现出来。这就决定了女主人公姜笑笑的气愤和不满常常只是一种姿态，是对现实生活中的不太如意——诸如职称评定的失败——的一种自我调节与自我安慰。表面看来，小说通过姜笑笑立意退群以表达对无所事事与平淡无奇的生活的不满，但就连退与不退这样一件微不足道的事情都举棋不定和犹豫不决，这样的主人公又有什么条件或资格表示出其不满与不平？从这点来看，小说其实是以姜笑笑的行为来表现出对姜笑笑的讽刺。小说因此而具有一种内在的对话结构和反讽性：真是一个巨大的反讽，最“情同手足”的群(群名称)，其实隔膜最深；最想表明自己的不俗的，其实最俗不可耐。这或许正是日常生活的辩证法：当你以日常生活的反面表现出来的时候，其实是最具有日常生活的庸俗性质的。

从前面两篇小说可以看出朱个小说的内在矛盾和张力。越想逃离父亲，越是深陷父亲的影响的焦虑之中(《万有引力》)；越想表现出自己的与众不同或脱俗，越是使自己陷入俗与不俗的辩证关系，自以为是彰显的其实是自欺欺人(《群》)。某种程度上，朱个的小说显现出日常生活的悖论和二律背反来：“无事生非”的背后显示出的是生活的无所事事，自我放逐的背后表明的是不可挣脱。

三

虽然朱个的小说，如评论家所言格局偏小，但她并不故作姿态，虽然总不免“无事生非”，但也不是无病呻吟，她写出了人的小小的内心的幽深，写出了日常生活的庸俗琐碎的本质。用朱个自己的话说，这是一种“暗物质”式的存在，“它们几乎充满了整个宇宙，它们以无形的形态存在，它们不发出辐射也观测不到，但它们用看不见的引力线，把所有的星星嵌入了轨道，也许还将它们拉离既定的轨道”(《暗物质》)，这是人类最无奈而又似乎最本质的存在状态。她写出了其中的深藏着的巨大的绝望和对绝望的不由自主的抗拒的矛盾状态。她其实是想反抗，但她的反抗并不彻底，也常常只是停留在内心，甚至在行动上都只是象征，并不或很难付诸行动，就像《群》里的姜笑笑。或许，这才是朱个的限制所在。怯于行动的思想者，故而只能封闭在自己的内心，以一个失败的小人物的姿态，做着某种精神或肉体上的自慰。

保持同日常生活的距离，但又拒绝宏大叙事，是朱个的小说有张力的地方，但也是其症结所在。她的小说的主人公追求一种落落寡合或者说若即若离，但又不知如何。落魄或落拓不羁，或者说内心孤独，就成为她的主人公常有的精神状态。他们拒绝宏大的或正面的价值观，也拒绝平常的现实生活形态，诸如夫妻生活，家庭伦理等。但拒绝之后，对于如何显示他们的存在，却又不甚了了。以至于宾馆中接送客人的司机在工作之余的夜晚观看星象（《暗物质》），或者躲在屋顶三更半夜放鸽子的男人（《屋顶上的男人》），都成为她的主人公保持同生活的距离和显示自己独特存在的方式或手段。也是这种若即若离，她的主人公一方面在保持同生活的距离的同时，另一方面又试图融入其中，这种若即若离反过来也限制了她的主人公的这种融入，其结果她的主人公就都觉得自己的不如意、不成功和失败（《像奔跑那样的事》）。一旦认识到自己的失败和无能，也就表明了她的主人公的不彻底和不自觉。因而她的主人公的反抗也就只是游离的，可有可无的。山色有无中，这既是朱个的小说的魅力，也是她的小说的症候与症结：陷于空中，既不沉溺，也无法飞升，就这么耗着，重复着，虽然使得朱个的笔墨越来越细腻、醇厚而深入，但这样的努力既没有方向也没有终点。所谓成败萧何，都源于此。

她的小说，症结就在不彻底与不超脱之间。这既是主人公的不彻底，也是小说作者的不彻底。没有终极关怀，但又不甘于平庸人生，使她的主人公的精神上的孤独也只能是小孤独，而非终极意义上的“百年孤独”。她的小说终究还是深陷在日常生活的平庸中不能飞升，而这，恰恰也是作者的主人公们所不能忍受也无可奈何的。

第六章　青年文学与“70后”写作

第一节　全球化进程与一代人的精神自救：关于徐则臣的《耶路撒冷》及其他

一

尽管可以从“边缘人”的角度继续解读《耶路撒冷》（《当代》2013年第6期），徐则臣的这部长篇新作还是让我们想到了很多。作者一直念兹在兹地表示要“到世界去”，这一诉求在这部新作中不知不觉地被置换成“到耶路撒冷去”。虽然说，“世界”并不等于“耶路撒冷”，其间的精神脉络仍有迹可循。

“到世界去”是作者一本散文集的题名，也是《耶路撒冷》这一新作中主人公所写的一篇文章。在这里，“到世界去”可以从两个方面理解，一是到自己所处世界之外的另一世界，而事实上“世界”于不同人不同时代，有其不同的理解，“到……去”的主体又被虚化处理，因而“到世界去”所呈现的既可以看成是一个人的旅途，也可以理解为一代人或某一共同体的人生历程。另一方面，“到世界去”也可以理解为一种历史进程，就像小说中傻子“铜钱翻着白眼说：‘我想坐火车到世界去’”一样，“世界”并不是具体什么地方，而“到世界去”也只表明一种冲动，一种冥冥之中被推动的身不由己的历史进程：

> 最近的车站在百里以外，站多高都看不见，他从没去过。就这样歪歪斜斜生长的人，终年抱着一个隐秘的愿望，到世界去。他想到外面看看，看什么不知道，怎么看不知道，为什么要看同样不知道。他就是想看，仿佛怀揣一肚子的邪火。他的欲望无条件地指

向远处，远，再远，更远，无穷远；他把故乡之外看不见的地方统称为“世界”，他要“到世界去”。（《到世界去·自序》）

若以时空关系论，“到世界去”表明地显然是两个地理空间的位移，这是一种发生于空间中的时间旅行，空间的位移往往表明了某种时间上的上升或下降的进程。就徐则臣的小说而言，他的小说主人公大都在“花街”和北京之间摇摆游荡。他的《跑步穿过中关村》《西夏》和《啊，北京》等表现城市“边缘人”的小说，讲述的就是外乡人如何在北京打拼、漂泊并设法留下来的故事。《水边书》（长篇小说）则主要以“花街”为背景，而像《耶路撒冷》等则讲述的是“花街”与北京之间的空间流浪的故事。有趣的是，在《跑步穿过中关村》《西夏》和《啊，北京》等中，徐则臣写出了一代青年，宁愿以一种“边缘人”——造假证者、卖非法碟片者、北漂等——的姿态挤在北京，他们住地下室，居无定所，生活没有保障，但就是不愿离开；北京于他们而言，似乎是一种理想和信念，即使身处“边缘”，也要在价值上高于家乡的优裕生活。此一种动力，就是“到世界去”的最好的表征。

这样一种义无反顾，极易让人想起自20世纪80年代以来的孙少平（《平凡的世界》）和香雪（《哦，香雪》）们。想当初，一个“文具盒”就可以开启香雪们对外面世界的浪漫想象，她们也正是沿着那连接乡村与外面世界的车站和铁轨一步步“到世界去”的。而孙少平和高加林，这两位80年代的时代英雄，则是因了书本的阅读而奋不顾身地从大山走向城市，其虽以“揽工汉”（孙少平）或煤炭工的身份，亦无所顾忌。这样一种执着在刘庆邦的《到城里去》中有最为形象的表征，这部小说写出了主人公宋家银们走向城市的辛酸血泪史。这当然是发生在乡土农村和城市间的流动，但若置于历史的时空来看，这一乡土农村涌向城市的潮流，其实也是全球化时代的进程的表征①，孙少平当年的“揽工汉”的

① 参见罗岗、刘丽：《历史开裂处的个人叙述——城乡间的“女性”与当代文学中“个人意识”的悖论》，《文学评论》2008年第5期。

形象正是今天数以万计的打工者的原型。就全球化的进程而论，其通过对空间差异和等级秩序的制造，而使得从“地域性空间”向“全球性空间”——或者说从边缘到中心——的位移成为必然。从这个意义上讲，从花街到北京的位移，与农村到城市的位移，本质上并没有什么不同，它们共同构成了“到世界去”的历史进程，所不同的，只不过是形式上的差异罢了。

虽然一代一代的青年先后“到世界去”，甚至可谓站稳了脚跟，就像《耶路撒冷》中的初平阳和杨杰他们那样，但即使如此，他们在精神上仍属于“边缘人”的范畴。这里所说的“边缘人”，既像本雅明所谓的“游荡者”的角色，又不尽一致。本雅明的时代，与当下的全球化语境并不相同。“游荡者”表明的是一种若即若离的批判的姿态，这与全球化进程所显示出的向心力显然不同。全球化造就了无数的初平阳们，他们虽然纷纷来到全球化空间，但事实上却是，越是热闹喧嚣的时空背景，越是凸显出他们的内心的无家可归感；精神上的“边缘人”即是这样一群全球化时代的无家可归者。正是这种精神上的无家可归，往往使得他们身处全球化空间而内心空虚无着。这种无着感，让人想起文珍的著名中篇《第八日》中的顾采采的城市失眠症。文珍的很多小说都是以北京为背景，她的小说可以说是全球化时代文化症候的最好的表征：顾采采们虽然饱受失眠的煎熬，虽然不断想着故乡，但从来也没想过或真正逃离，她们的坚守注定是一种毫无理性的行为，其所显示的正是全球化的“伟力”。全球化一方面推动青年们义无反顾地“到世界去”，另一方面也在制造它的精神返乡的反作用力，这一正一反，某种程度上构成了全球化进程的辩证关系。从这个角度看，徐则臣和他的《耶路撒冷》所要思考的正是始终困惑顾采采们，而她们又不能解决的问题。这既是文珍和徐则臣的区别，也是两代人——文珍是“80后”、徐则臣是“70后”——的代际分野。与其说《耶路撒冷》是在讲述青年们的“到世界去”的进程，毋宁说其思考的是一代人在精神上如何返乡的问题。在这里，“到世界去”既是目标，更是起点。

二

虽然说，主人公初平阳从一开始就提出要到耶路撒冷去，但直到小说结尾，这一计划并没有完成。“耶路撒冷”只是作为远景(目标)出现，这一“缺席的在场”影响着置于前景的主人公的行止。主人公初平阳为准备去耶路撒冷读书而回到故乡花街着手出卖老宅，由此展开叙述。虽然说到耶路撒冷去是更为广泛的意义的去国远游，但就小说的开始而言，主人公们却是切切实实的返乡。“离乡—返乡”的结构仍是理解这部小说的关键。这一结构，自中国文学的现代性进程以来屡有变动；在这一结构中，不论是作为怀旧、逃避、启蒙抑或即将发生变革的时空，乡土早已不复是“原初”意义上的乡土，其作为外出的主人公们的“他者”式存在往往被赋予了宏大的意识形态色彩，在这一视域中，返乡之旅其实是为了再度的“离乡”做准备的。初平阳的“返乡”同样如此。但“返乡”于初平阳们又似有不同。

如果说，“到世界去”是被历史推动下的无意识的冲动的话，返乡则是一次有意识的集体行为。这一从无意识到有意识的转变，体现出来的其实是“70后”一代主人公们自我意识的觉醒与诞生。关于“70后”一代人的精神出路，一直是徐则臣试图探讨的问题，虽然他时有抱怨“70后”没有“故事”和“历史”，但恰恰是这种没有“历史”束缚纠缠的“现实”此在状态，最为顺利地完成了全球化进程在中国的接轨。他们以“到世界去”的抽象冲动，构筑了全球化在中国的进程的最重要一环。他们的困惑或精神出路并不仅仅是他们自己或同代人的问题，而与全球化息息相关。他们不像他们的前(几)代人一样执着于现实与历史间的不断纠缠(典型如余华的《一九八六》和韩少功2014年出版的《日夜书》)，他们也不像“80后”一代故作夸张地渲染青春成长的疼痛与孤独(如春树、笛安等)；就其前后不同时代的人而言，他们要么是过于沉重，要么过于沉溺于自己个人的世界，他们之于全球化，虽置身其间并充分享受其带来的种种好处，却往往较“隔”，并不能很好地把握其间的距离。“70后”一代则不同，他们虽没有“历史”和“故事”，但恰恰是这没有，使得他们在“悬置”了“历史”和“故事”之后更为倾向于关注现实或现状；他们立足现实及现实中的个人的困境问题，而这恰恰正是全球化的现实语境，徐则臣的《耶路撒冷》的意义就在于，其写出了全球化的语境下的一代人的觉醒乃至反思的过程。

不论何种原因，小说的主人公初平阳、杨杰、易长安、秦福小等“70后”一代纷纷走向外面的世界，他们四处漂泊，虽大多事业或学业有成，但作为精神的心灵却始终处于一种无家可归之感。在这部小说中，叙述者以“70后”一代人的思考者的姿态所表现的其实是全球化时代中作为个体的“人”的生存空间的问题。全球化虽然塑造了像北京这样的全球性的空间，但这并不意味这样的全球性空间就理所当然会成为人们的精神家园。事实上，全球性空间只是一个幻景，当人们完成了从“地域性空间”向“全球性空间”的位移之后，才会发现空间秩序及格局掩盖下的其实是真正的无家可归：随着解放和思辨的“宏大叙事”的解体与“总体性”的坍塌，全球化虽把人们汇聚到一个个中心空间，呈现出来的却是无中心的“播撒”。从这个角度看，《耶路撒冷》其实是写出了后现代语境下的全球化时代的精神上的无家可归和重建家园的悖论及努力。

在这部小说中，有两个细节别具象征意味。一个是杨杰母亲的北京情结，另一个是初平阳的前女友舒袖的最终逃离北京。杨杰的母亲作为北京籍知青，嫁给花街当地人之后便永远告别了北京，但这一告别同时也铸就了她的永远的北京情结。舒袖作为初平阳的女友，曾经为了初平阳的北大博士梦在北京苦苦陪读一年有余(一年零四个月)，终因看不到希望和前景而逃离北京。一个是永远的北京情结，一个是暗淡的逃离北京，北京在这里以错位的梦的象征并存。就像舒袖到北京去是为了他人(男友)，杨杰成为北京人，也与他的母亲有关。这样一种毫无理性的北京情结，虽有精神返乡的含义在，但与北京作为中心城市有着潜在的关联。北京于她(杨杰母亲),有一种潜在的返回中心的冲动。而事实上,当杨杰、初平阳、易长安和秦福小不约而同地走向北京的时候,即已表明了这样一种走向中心(全球性空间)的趋势。

舒袖懵懵懂懂不顾一切地追随男友进京,只为他人的梦,她的这一无意识某种程度上正可以看成是成千上万地受全球化的想象所推动的象征,而她最终的离开也一再表明,既然源于无意识,她的逃离其实早已孕育其中了。她的看不到希望,与其说是因为工作的无着和生活的窘迫,毋宁说是因为个人内心的无以安定,这一不安定与全球性的空间——北京的喧嚣息息相关,其如潮水般裹挟着人,推动着人,但却让人看不到方向,她的最终逃离并不表明要回到起点,而毋宁说是祈求内心的安定。而即使是为了寻梦而赴京的初平阳,当他考上北大的博士生如愿以偿之后,他也并非真正安置了他那不安的心灵,北京并非他的空间位移的终点,他不仅“要到世界去”,他更要到耶路撒冷去。初平阳和舒袖所显示出的,一个是逃离,一个是更大意义的出走——出走北京而赴耶路撒冷——其从正反两个方面表明了全球化时代的精神困境。在这里,从到世界去向到耶路撒冷去的转变,表明的正是从外向内的转变以及如何安置个人内心的问题。

“耶路撒冷”在小说中虽然自始至终都只是远景,但这一远景在这里并非可有可无,而是至关重要。在这部小说中,从“到世界去”到“到耶路撒冷去”,与从“到世界去”到精神上的“返乡”,看似是两条不同的人生进程,但其实具有异形同构的关系。精神上的返乡并非真正意义上的返乡,而毋宁说是一种仪式,其终究还是要再一次离乡到世界去,这就像一个循环。现代自鲁迅以来,无数作家深陷其中,其虽有意无意地被遮蔽,或被思考,但总不能有终极意义上的解决之道。徐则臣在这部小说中,通过虚构了一个“缺席”的“耶路撒冷”的形象,巧妙地弥合了这样一种悖论。某种程度上可以说,“到耶路撒冷去”以矛盾的形式包括了“到世界去”和精神上的“返乡”的双重过程。

三

事实上，在这部小说中，至于主人公初平阳最终是否真正成行——到耶路撒冷——其实早已无关紧要，重要的是，“到耶路撒冷去”表明了一种自我救赎的姿态与期望：“对我（指初平阳——引注）来说：她（指耶路撒冷——引注）更是一个抽象的、有着高度象征意义的精神寓所……有的只是信仰、精神的出路和人之初的心安。”在这部小说中，这种自我救赎是与具体上的内心的忏悔联系在一起的。秦福小的弟弟景天赐的死是横亘在主人公初平阳、杨杰、易长安、秦福小内心的永远的痛，其一方面使得小说的年轻主人公们不断地出走，走得越远、时间越长越好，另一方面又在精神上始终牵制着他们，使得他们永远都在内心纠缠，想着忏悔、回归和自救。这就有点类似于全球化所表现出来的离心与向心的辩证和悖论。全球化在这里，某种程度上与景天赐的死“耦合”在了一起：“耶路撒冷”就成为这样一个符号，既是全球化意义上的精神家园，又能为主人们精神上的自我救赎提供可能。小说中最后，初平阳、杨杰、易长安、秦福小们以景天赐的名义重新修缮维护即倒未倒的斜教堂就是这样一种象征仪式。而也是在这个仪式上，他们既救赎也安置了自我，他们复归了“原初”的统一，小说自此落下帷幕。

另一个角度看，这种自我救赎所折射或反射出来的，其实是对现实当下的复杂态度。在这里，“耶路撒冷”以将来的时态呈现，其承担的毋宁说是对现实当下的批判功能，而主人公们不断沉浸在过去的回忆中，也是为了更好地面对当下。由此可见，现实当下仍是作者写作这部小说的“问题域”。虽然共处同一个现实语境之中，这一“现实”当下显然非“80后”或前辈们（右派一代和知青一代）所能涵盖。对于“80后”而言，虽然他们大都停留在青春“当下写作”的层面，但这一“当下”是时间停滞后的被放大的“当下”（春树在中篇小说《蜕变》中，就以主人公的名义提倡一种“活在当下”的观点）。这是没有将来所承诺的

"当下"，其虽充满世纪末的狂欢色彩，但终因看不到时间的维度而多少显得变形失真。春树的小说如《2 条命》和《长达半天的欢乐》最为集中体现了这一特征。相对而言，前辈们的现实表象，则与沉重抑或滞重的历史息息相关，这是一种被历史反照下的现实，现实始终是作为历史的暗影或投影出现：现实表象下呈现的毋宁说是历史发展的逻辑或反逻辑。

"70 后"一代的"现实表象"则大不同。这既是总体性坍塌——因为没有历史的制约——后的亟待重建的混乱的现实，也是全球化的进程迅速推进的一体化的现实，两个过程都以明白无误的方式同时向两个方向展开，呈现出一种分裂的"现实景观"。这一"现实景观"的分裂，其实也是精神和物质的分裂，而如何重新使其得到弥合或复归同一就成为"70 后"一代作家特别是徐则臣们所竭力思考的问题。《耶路撒冷》所显现出的正是这一努力。在小说中，"耶路撒冷"被作为"现实"此在(或此岸)的彼岸表象，现实的"原罪"是通向彼岸的起点，而忏悔恰恰是此案和彼岸和解的"涉渡之舟"。可见，在徐则臣所构想的"70 后"一代的总体性的重建之路中，主人公们的"原罪"就成为关键所在。这是与历史无关的"原罪"(相对而言，他们的前辈的"原罪"感则或多或少指向历史)，其既指向个人，也与共同的童年经验息息相关，正是这"原罪"成为他们一生的自我救赎的动力和源泉，而也是因其与历史无涉，"70 后"一代的精神自救才不会堕入前辈作家们的宏大叙事的"圆圈"。这也是为什么小说名为《耶路撒冷》，但"耶路撒冷"只是作为远景出现的原因。因为他们的救赎之路只能从抽象的精神层面加以理解，而与具体目标无涉。"耶路撒冷"的存在，正表明这样一种立场，其高踞于现实之外，作为现实的"他者"时刻俯视着现实，而也正是因为有了这一远景式的存在，现实才会变得多元丰富，而不只是无限的夸大或被历史扭曲。

四

即使如此，我们仍充满疑惑。就在初平阳们置身全球化的都市而纷纷思考着精神上的返乡的时候，对于困守乡土的同代人的吕东们，却在想着相反的诸种可能。吕东犹如困兽犹斗，他走不出故乡，最后也落得郁郁寡欢精神失常的地步。吕东的困境及其最终的变疯表明，他始终不能作为一个自由人的身份和自我意识的拥有者——他在成年前被母亲管，结婚后被妻子管——决定自己的去留。而这恰恰是全球化所最为需要的。那关于傻子呢，他是因为是傻子才成天想着要到世界去，还是因为想着到世界去才变傻的呢？在这里，辨别全球化到底是作为原因或结果，显然是不可能的，而事实上，全球化就像幽灵一样盘旋在他们的头上，以一种毫无理性的悖论的形式和互为因果的方式制约着他们。

一个是傻子，一个是疯子，他们以全球化时代的“冗余物”的形式一再表明了全球化的吊诡之处，“人”的位置问题，并不像想象中的那样简单明了。他们被全球化所“启蒙”，但又不被纳入其中，故而只能以“冗余物”的形式呈现。而事实上，这“冗余物”也正是全球化所需要并制造出来的。他们以不被全球化所接纳的形式显示出他们的边缘困境，而这，也在时时提醒并昭示着那些“到世界去”的人们：“到世界去”，“再远，更远，无穷远”。

第二节　失重与失落中的“反成长写作”：关于路内的《天使坠落在哪里》及其他

继《云中人》(2011年)发表以来，路内以平均每年一部长篇小说的频率，连续推出《花街往事》(2012)和《天使坠落在哪里》(2013)，到目前为止，他已有五部长篇小说面世。相对其他作家，路内自创作始就偏向于长篇创作，而这，也正预示他甫一登场，即已相当成熟，他不需要太多的铺垫和准备。事实上，他也以他的小说风格上的成熟与多变雄辩有力地说明了这点。路内虽出道较晚，但他有足够丰富的人生经历，有对社会的独到的理解，以及对叙述的有效把握，他的作品一再见证了作者的潜力及种种可能。

一

《天使坠落在哪里》讲述的是路小路与他的两个好朋友(杨迟和小苏)的故事。路小路这一主人公的名字使我们想起作者的另两部早期作品《少年巴比伦》和《追随她的旅程》。三部作品之间，不仅在内容情节上互有关联，表现主题及情感基调方面也都有一定的延续性。所不同的是，在这部新作中，作者似乎已无意于成长主题的表现，而开始着意于成长定型后的青年主人公的生活世界和内心世界的表现。这样来看，《天使坠落在哪里》某种程度上也可以视为前两部的续篇。

表现成长及成长之痛是路内小说创作的一贯主题，但他的小说却很难被称为成长小说，而毋宁说是“反成长写作”。因为如若按照巴赫金的说法，所谓成长小说是指个人的成长与时代/国家的进步息息相关，时代和个人往往“耦合”一起，“这已不是他的私事。他与世界一同成长，他自身反映着世界本身的历史成长。他已不在一个时代的内部，而处在两个时代的交叉处，处在一个时代向另一个时代的转折点上。这一转折寓于他身上，是通过他完成的”①。换言之，主人公的成长并非仅仅是一个人的成长故事，它还是民族国家的命运的象征或缩影。虽然路内的小说也常有时代主题与宏大背景的表现，但他的主人公却并没有投入时代的洪流中去。相反，他们一个个表现出背道而驰的倾向。时代投影在他们个人的日常生活之中，却只是使他们更加远离民族国家或理想信念等宏大叙事的怀抱。在他们身上，时代和个人之间显然是分裂而难以弥合的：宏大叙事的无力无能使他们一个个走向堕落和深渊，小说中的青少年主人公们一个个沉浸在抽烟、打架、敲诈、打游戏和泡妞的状态中，正说明这点。路内的小说表现并见证了这一分裂的过程。这一宏大叙事背景下的个人的卑微的青春成长主题叙事，呈现的其实是一种“反成长写作”的倾向。所谓“反成长写作”，是指以成长的姿态呈现出来的，其实是成长的堕落，时代和成长主人公之间往往以一种反讽的结构形式并存。

路内的小说往往可以从宏大叙事或大历史的角度得到理解，他的作品多有对社会历史及时代重大事件的或直接或间接的表现。《花街往事》中，有对“文革”期间武斗的呈现，有对1989年春夏之交政治风波的折射与投影。这一八九十年代的转型在《追随她的旅程》中也有表征。《云中人》有对强拆的直接表现等。《天使坠落在哪里》同样表现出对时代历史事件的热情，下岗大潮，以及大学生就业难等都在小说中有直接或间接的倒影。显然，时代主题在路内的小说中并非可有可无，其在小说的呈现并不只是背景或前景式的存在，而毋宁说个人背后的大历史或推动力。历史事件/主题与个人之间，并非毫无关联，相反，个人常常受到时代历史的支配。路内的小说主人公们既不能无视大历史的存在，

① 巴赫金：《教育小说及其在现实主义历史中的意义》，《巴赫金全集》第三卷，河北教育出版社2009年版，第228页。

更不能避免它的直接的影响或支配。

路小路所在的化工技校，即是这样一个时空隐喻。主人公路小路因为“打架斗殴迟到早退旷课早恋”，而被班主任写进了评语，即是典型。

这种反成长写作在小说中表现为一种逆向性的线性叙事，“初中老师说我们是七八点钟的太阳，初中毕业就是八九点钟的，老了以后是夕阳。这种算法很光明，把人生视为白天，要是倒过来看，人生是黑夜，那么十八岁那年我正处于黄昏最美的时候，然后是漫长的黑夜，某一天死了，在天堂看到红日升起，这种计算的方式可能更接近神的逻辑。”“当时有一种很真实的感觉，以为生命起始于十八岁，在此之前，世界一片混沌，世界在我那个曝光过度的大脑中出现满版的白色，每一天都像夏季最明亮的夜晚，光线过剩，所有的声音都纠缠在一起。”（《追随她的旅程》）若此，成长只能是一种叙事效果，且是叙事中的一种，而事实上完全可以另起炉灶重新讲述，这样一来，成长，即满 18 岁，即已意味着人生的下降和堕落，历史在 18 岁这一节点上表现出一种分裂的景观：这之前的“成长”过程虽然也是一种递升的过程，但并非前进，而是接近零的起点。可见，反成长写作是以非“线性前进”的时间历程来表现成长的主题，成长并不表现为一种进步，而毋宁说是负增长，是朝向零点的推进。

这样来看路内的《天使坠落在哪里》，小说以成年后的人生经历为叙述起点，表现的其实是始于 18 岁的人生的黑夜；小说中的成长，显然是作为前史出现的。就时间观而论，这显然是一种递降向下的“颓废”叙事。

二

路内小说中的“戴城”这一空间，是一个可以从象征的角度加以理解的符号。结合《追随她的旅程》这部小说，可以断定，戴城地处江苏境内，是位于南京和上海之间的一座小城，有作者故乡苏州的影子在。

从《追随她的旅程》和《天使坠落在哪里》来看，作者表现的主要是20世纪90年代前后至于90年代中后期的戴城景观(《花街往事》中，时间则前溯到“文革”期间)。这里要注意一个背景，即这一时段的中国，市场经济正从起步阶段艰难地向前发展，此时的社会正处于一种过渡阶段，人们普遍处于一种进退失据的状态，这对敏感多思的青少年而言，尤其如此。沉闷、单调、混乱，是戴城给青春主人公的感受，他们一个个渴望离开，但又找不到适合自己的路，他们不愿努力，而对所谓的“上进”漠不关心，因而常常只能是混混，无所事事。这里还有一个背景，那就是港台影视的输入对内陆城市年轻人的影响。90年代前后的中国呈现出一种迷乱的景观，这一景观在《追随她的旅程》这一部小说尤其有明显的表现。这样来看，“戴城”就具有了象征隐喻意味。它是一个特定时空中的特定存在，某种程度上浓缩并折射了彼时中国内陆青少年一代的普遍的人生境遇与困境，及其心态或状态。

虽然说在《追随她的旅程》和《花街往事》中并没有对戴城外的世界有明晰具体的呈现，但其无疑是作为希望的有活力的空间加以表象的：他们存在于小说的青少年主人公们的渴望和梦中。但在《天使坠落在哪里》中，离开戴城后的主人公却在通过考取大学离乡后重又回到了戴城。这一“离乡”与“回乡”说明了什么？而我们也知道，自“五四”以来的文学叙事中，“离乡”后的“返乡”，这一熟悉的“外来者”的身份，往往有启蒙乡民或推动革命或带来变革的现代性意义，这在鲁迅的乡土小说(如《闰土》)、中华人民共和国成立后的不同时期的农村乡土题材小说(如浩然的《艳阳天》、叶辛的《在醒来的土地上》和关仁山的《九月还乡》等)中都有表征。如果说《花街往事》中的顾小妍1991年大学毕业被分回戴城是时代推动而非人力所为的话，那么《天使坠落在哪里》中杨迟和小苏大学毕业后的回乡，则是在大学生就业难和下岗潮的双重冲击下被迫做出的个人选择。他们是作为失败者的身份回乡的。他们并非为了理想的追寻远离故乡；离乡于他们而言只是一种姿态，而一旦离开，便会发现，故乡和他乡的区别其实只是自欺欺人的幌子。故乡不能给予他们追求理想和目标的热情，他乡也同样不能给予他们。他们虽离开了戴城，但并没有离开笼罩戴城的大的环境与语境。而事实上，随着国企改革以及大学扩招而来的，是更大的压力和生存困境，这在戴城以外的大都市，情况更其如此。他们不甘于回乡，但除此之外又找不到更好的选择。小说展现的正是这一大时代下的个人的卑微和无奈。他们失去了人生的理想和目标，无力、卑微而倔强地生活着。他们虽浑浑噩噩，但并非毫无操守。他们虽看似桀骜不驯，但其实懦弱不堪。他们其实是一些色厉内荏的人，既与时代格格不入，又找不到个人自己的位置，既玩世不恭，又不甘沉沦堕落，内心空虚但又渴望传奇，其结果往往表现为一种游荡和自我放逐。这样来看，“返乡”对杨迟和小苏而言，是颓败和对自我的放逐的表征。

而反过来也可以认为，小说虽然展现的是大时代下的个人的卑微和无奈，但从其对大时代（即 90 年代前后的时代巨变）的选择和持续的热情，仍可以看出作者/叙述者的“政治无意识”。路内的小说，很容易让人想起苏童的《刺青时代》（1993）和王朔的《动物凶猛》（1991 年，后改编成电影《阳光灿烂的日子》）等小说。这些小说都是表现无序的社会中青少年成长的故事。所不同的是，路内的小说背景是 90 年代前后，而苏童和王朔的小说背景是“文革”后期。虽然说两者都是对青少年成长处境的表现，时代背景的不同仍是理解小说的关键因素。路内选取这两个时段作为背景，集中探讨并表现了这样一个失重与失落的人生处境。而也正是因其置于理想和现实的夹缝中，路内小说的“反成长写作”倾向，也就更具有普遍性的意义。

失重与失落的人生处境，使得路内的小说总体上呈现出一种颓废与“寻找”的双重向度。颓废是其主人公的精神面貌，但他的主人公又似乎不安于或不甘于颓废，他们表现出一种执着而无望的“寻找”的激情。寻找为路内及其主人公所独钟，但寻找却无关理想或崇高，毋宁说事关“缺陷”，寻找只是个人的行为，最多也只是指向个人的自我救赎。路内的小说中几乎每一个主人公终其一生都在寻找。略有残疾的阿弟寻找属于自己的感情和职业，只为求取一种仅有的尊严的生活（《阿弟，你慢慢跑》，2010 年，短篇小说），方屠户、摄影师寻找属于自己的生活方式，歪头男孩寻找属于自己的存在方式（《花街往事》），主人公通过稀有血型的输血寻找自己特有的救赎方式（《女神陷阱》）等。《追随她的旅程》和《天使坠落在哪里》集中探讨了"寻找"和自我救赎的主题。两部小说不仅在内容上有前后连贯处，表现在"寻找"的主题上，也一仍其旧。不同的是，在前者中，主人公们的"寻找"多少带有形而下的盲目的一面，而在后者中，寻找则多少具有了形而上的意味，其以"守护神"的形式表达了这一对寻找与救赎的辩证理解：我们每个人都在寻找属于自己的守护神，但其实"神"在每个人的内心，只有返诸内心才能最终发现，原来一切指向皆带有某种宿命式的原罪或救赎。

虽说如此，小说还是提供给我们一幅 90 年代前后的中国地方小城的真切状况的表征：既混乱，又充满蓬勃生机。这在《天使坠落在哪里》尤其表现明显。小说中一方面表现了戴城的下岗潮，以及城市的破败和混乱；而这同时，又是大量高楼的破土动工拔地而起和工厂的扩张。这是一个混乱的年代，也是一个市场化、全球化时代即将到来的年代。而也因为戴城地处全球化都市上海不远，戴城的这一独特性尤其明显。《天使坠落在哪里》表现的是 90 年代中后期的戴城现实，但在这一表现时空之外，小说又不时以预叙的形式告诉我们 21 世纪以来的主人公的处境。杨迟和小苏再次离开戴城后，分别成了高级写字楼里的白领，而路小路留在了戴城，仍不知路在哪里。或加入全球化的浪潮，或继续游荡，这就是小说给我们的结局。如果联系杨迟和小苏的"离乡—回乡—再次离乡"这一三段论的人生轨迹，这样的结局似也更具某种象征反讽意味。

三

从前面的分析可以看出，"反成长写作"并不意味着青春主人公可以无限的堕落和继续下滑，他的主人公虽可以无视宏大叙事的伟大承诺，但同样需要精神上的自我救赎和慰藉——即寻找的激情。这样来看，《天使坠落在哪里》即是一部事关精神上的自我救赎之作。精神分析的运用，在路内的小说中其来有自，《云中人》中主人公夏小凡和小白之间的纠葛，咖啡女孩的经历即是典型的二例。少年或童年的创伤经历，每每折射或投影于成长后的言行举止上，冥冥之中影响着其后人生的走向。这是路内惯有的表现。虽然同为成长的创伤与创痛，相比“80后”作家深陷其中的直面与执着，路内更倾向于投影式的叙述，他很少正面表现创痛，但创痛却左右着主人公成长后的经历。这在《云中人》表现最为明显。小说专注于变态杀人的叙述，但又无意于制造恐慌，它只是告诉人们，这虽是一个暗藏变态与变态杀人狂的世界，且杀人动机暧昧不明，但总能找到某种隐秘的原因。童年的精神创伤，即是这之中主要的隐秘原因所在，其常变幻为梦的形式表现出来。小说即以梦的形式开头：

> 我们只是在梦中颤抖。
>
> 某一天，我梦到自己拎着一把锤子，徒步穿过学校操场……
>
> 我走向操场，穿过它，手里的锤子沾着黑色的血迹和一缕长发。
>
> 这只是梦。（《云中人》）

与这种以梦的形式表现出的精神分析相比，《天使坠落在哪里》中则是以一种回避与补偿的形式呈现精神创伤。小说开头，未婚青年杨迟提出领养孤儿的要求，其实源于童年时的孤独经历，以及一种对安全感缺失的精神补偿。在外人眼里，三个未婚青年男子认养一个幼女，未免太过滑稽与奇怪。但对于这三个青年而言，却是一场有关自我重生和自我救赎的大事。小说多处通过“预叙”的方式告诉我们，认养结束后主人公灿烂的前景，即是表明认养之于主人公精神补偿和救赎的意义。路内的小说中，救赎总可以从精神分析的角度得到理解。《女神陷阱》中以“禁忌”的形式表现了主人公“我”难以忘怀的人生创痛与噩梦，而后又以似梦非梦的诡异的魔幻手法表现艰难的自我救赎过程。

这样来看《云中人》和《天使坠落在哪里》便会发现其中的不同。如果说《云中人》意在表现童年精神创伤对成年人日后行径的影响的话，那么《天使坠落在哪里》则旨在表现如何才能消除童年的创伤从而走上人生的正轨。小说中认养孤儿这一行为即带有精神疗救的作用。这显然是一双重的疗救，既是对孤儿本身的，也是针对认养人杨迟等人的。而事实上，主人公们在孤儿身上看到的其实是童年的自己的影子，这是一种带有镜像式的关系。而也正是在这种互为“他者”的反思性或审美关系中，认养人才得以看清自己并能达到对自我的有效疗救。小说中多次出现“天启的神”这一说法即是这种反思关系的表征。临近结尾，杨迟被作为人质扔弃在大水围困中的屋顶后，遇到一个年轻的姑娘：

> 姑娘划着浴盆走了。杨迟心想，这姑娘真可爱，简直不是可爱能形容的，而是圣洁，有如天启的神。但这神居然是养鸭的，还是坐在浴盆里，什么意思？（《天使坠落在哪里》）

主人公们一直都在寻找这一每个人心中或决定每个人命运的“神”，但“神”又似乎并不理解体谅人类，甚至戏弄人，令人困惑不已。小说中，这一绝境式的大水很有意思。这一意象明显带有灾难降临后的世界末日的宗教意味。反讽的是，挪亚方舟变成了“浴盆”，“神”并没有拯救自己于即将到来的毁灭。“到了这个份儿上，他（指杨迟——引注）想，神真实不顾一切，要用这种方式令无数人心地清明，灾民，士兵，大堤上的小干部，还有他这个误入深处的农药贩子。然后他又想，也不一定，有些人不会心地清明，让他们再死一次，他们也还是原来的样子，改不好了。”看来，真正能救赎自己的，并非什么“天启的神”，而是自己本身。“神”既不庇佑好人，也不惩戒恶人。天使就在每个人的心中，在每个人对自己童年经历的精神上的审视与自我救赎之中。天使并没有坠落，天使深藏于人的内心。这样看来，这仍是一部关乎“寻找”，并以“反成长写作”的范式呈现出来的指涉自我救赎的成长主题的小说创作。

四

相比《少年巴比伦》和《追随她的旅程》这两部小说，《天使坠落在哪里》并没有在风格及题材上显示出其应有的突破，但这部小说的发表仍能给我们以某种启发。它既是对前此创作实践的告别，也是叙述者/主人公自我寻找的迷茫徘徊后的彻悟和提升。《天使坠落在哪里》虽然仍是以路小路作为小说的主人公，但其实重心已经转移到了杨迟和小苏等其他主人公的身上，成长也从此前《追随她的旅程》等小说中的表现重心而淡化为一种前史出现。而就同一作家的前后创作来看，这种人物重心和表现侧重的转移其实已蕴含了作者/叙述者的某种意识/潜意识。

虽然说《天使坠落在哪里》中已届而立之年的路小路仍没能完成他的离开戴城的心愿，但对于那些通过读书而离开戴城的杨迟和小苏而言，他们通过他们“离乡—回乡—再次离乡”的三段论式人生轨迹，达到的其实是内心的寻找和自我救赎的最终完成。小说虽然以“回乡”后的故事作为叙事的主部，但其指向的仍是“再次离乡”。路小路的经历也告诉我们，寻找并不等于游荡，反叛也并不总能终其一生，而迷茫也并非浑浑噩噩。如果说当年的路小路（《追随她的旅程》）们的反叛一方面是因为青春的躁动，另一方面与时代的贫乏有关的话，那么成年后的路小路则必须重新审视自己的人生，而不能继续放任自流了。走不出戴城的路小路并不意味着进入不了全球化的进程——此时的全球化触须已经浸入戴城，但如果不能真正认识自己反省自身，即使身处全球化进程中也仍是一个流浪者和浪荡者的形象。

第三节 “风蚀地带”的文学写作：关于田耳的《天体悬浮》及其他

一

当先锋写作早已耗尽了形式上的实验，而创新更多显现为内容题材或主题的不断翻新时，田耳选择了从风格——内容的形式表象——的角度入手。他的作品虽从各个方面——不论从题材，还是从（底层）人物形象塑造等——都给人以似曾相识之感，但他那独有的语调和超然而反讽的姿态足以让人每每印象深刻回味不已。《天体悬浮》（《收获》2013年第4、5期）是他的近作，也是他近年来奉献给文坛的长篇力作。这是他的第三部长篇小说，这部作品延续了他此前小说创作的风格，但又有新的拓展。

这仍是一部讲述警察的故事，仍是以佴城作为背景或前景的漫不经心之作。漫不经心是田耳小说最为鲜明的风格特征，也是他区别于当代其他作家的最鲜明的地方。这一漫不经心不仅是指作家/作品的精神面貌，这也是小说主人公或叙述者的表象，甚至叙述风格。

田耳的小说向来不去刻意经营，不去精雕细镂，其语调虽看似随意而散漫，“不动声色”①，读后却让人印象深刻，余韵悠长。他的小说擅长讲故事②，但这一故事的讲述也是漫不经心的。故事往往任随记忆的穿插或复沓而中断或接续。这是一种不讲究叙述逻辑性和连贯性的做

---

① 参见刘恪：《冷漠的微笑——论田耳的小说》，《理论与创作》2006年第3期。

② 参见李敬泽：《灵验的讲述：世界重获魅力——田耳论》，《小说评论》2008年第5期。

法，叙述呈现惯性流淌和展开。而惯性，也是推动他的小说主人公的精神之流。他的小说主人公大都没有明确的生活目标，浑浑噩噩，任意而为，而至于像世界观与人生观这类大词或“宏大叙事”，于他们也似乎是危言耸听或虚张声势，即使是作为警察，或公务员，或流氓，三教九流，尽皆如此。这些，都在他的近作《天体悬浮》中有所延续和持续。

这样一种作者隐退接近于生活“原生态”式呈现的文学写作，很容易让人想起20世纪八九十年代之交盛行的新写实小说，而就题材论，其取材于公安题材，又与反特、反腐小说等作品有一定的关联。公安题材在文学写作中并不少见，但其往往作为类型文学(侦探小说或公安小说)出现，而作为潮流的公安题材(如反特小说和反腐小说)又与特定的历史语境有关，真正从纯文学的角度从事公安题材写作的并不多，叶兆言的长篇《走进夜晚》正属于后一种。与大多数公安题材作品不同的是，田耳在这里既没有刻意美化公安警察，也无意去丑化或漫画化，他采取一种平视的角度，把警察视为普通百姓一员的角度加以表现，其笔下的警察往往只能从“人”或“人性”的层面才能得到理解。从这个角度看，其与叶兆言的《走进夜晚》有内在的联系。(公安)题材之于田耳，并不具有内容上的特别意义，其往往只是作为形式出现，有其“形式的意识形态”考量。

虽然说，田耳的小说主人公大都并不进取，但他们也并非无所为；他们虽大都身处社会的低层或底层，却也并非毫无操守；他们浪荡不羁，却别有一种特别执拗的精神支柱。这些都使得他们看似现实中的芸芸众生，实则浸透了作者/叙述者独有的思索与发现。

二

这部小说取名“天体悬浮”让人想起“风蚀地带”的说法。《风蚀地带》(2008)是田耳的另一部长篇小说。这些都是有关空间的隐喻，而事实上，田耳的小说也大都事关空间的变幻、扩张和想象。他的小说节奏舒缓凝滞，即使偶能感受时代/时间的脚步，像《夏天糖》（2011）中的主人公顾崖，从改革开放的前沿东莞（莞城）回到生养自己的偏僻小城（佴城），东莞城市变迁的表象，终不过加速了他日后怀旧的循环。如此这种自我疏离的姿态①，也使得田耳的小说大多呈现为一种时间之外的“悬浮”状，“风蚀地带”是之谓也。他的小说虽不尽以乡土为背景展开故事的迁延，但却是中国当代小说创作中最为坚实的乡土写作的代表。

我们向来以为乡土写作必须有乡土世界作为舞台，否则便不能称其为乡土。殊不知乡土背景之于乡土写作并非必不可少。乡土写作的规定性往往并不在于乡土景观的展现，而在于可以称之为“乡土性”的表征。“乡土性”是费孝通在其著作《乡土中国》（1947年）首篇《乡土本色》一文中提出的范畴：

> 从基层上看去，中国社会是乡土性的。我说中国社会的基层是乡土性的，那是因为我考虑到从这一基层上曾长出一层比较上和乡土基层不完全相同的社会，而且在近百年来更在东西方接触边缘上发生了一种很特殊的社会。②

这一范畴，是就其深处内涵而言的，并非表面看起来的那样。田耳向来私慕他的同乡沈从文，他的小说虽然并不总是关乎乡土的表现，但就其内在精神气质而言却是非“乡土性”所能涵盖。田耳小说的故事背景大都为处于被时间和时代放逐之外的地理空间，从中虽能感受到时代的变幻及更迭，但时间并不能真正影响或作用于主人公的内心。时间的流转与主人公们的行止之间虽偶有交错，但总体上呈一种双线平行的方向展开。这是一个颇为自足而自我迁延的静美的文学空间，遥立于现代性的逻辑之外，就此而言，田耳的写作与其同乡沈从文之间有某种内在

① 参见：田耳、张昭兵：《田耳：语言是人最难以掩饰的个性》，《青春》2009年第7期。
② 《乡土中国　生育制度·重刊序言》，北京大学出版社1998年版，第6页。

的一致性。

时空关系既是决定田耳小说“乡土性”的内在因素，也是理解其小说的关键所在。时间对于人类的意义，不仅在于刻度和标记，还在于对人的定位：历史上的个人都能在这线性发展的刻度中被定位和铭记，或逆时间历史之动，或推动社会的向前发展。在这时间的线性历程和理性光芒的烛照中，很少有幽暗地带的存在，更不用说什么“风蚀地带”或“悬浮”状了。田耳的小说于“感时忧国”的文学现代性视域之外另创了一可供想象驰骋的“灰暗地带”。相比时下浮躁凌厉的“炸裂”式语境，其显得尤为难能可贵。

很难想象，在这个全球化的触角已经延伸拓展到地球上任何一个边远或边缘地带的今天，仍能有这样一个时间之外的空间存在，田耳创造的“佴城”正是这样一个传说。“佴城”是田耳在他的小说中刻意营构的一个符号，他位于内陆省份，远离现代化的前沿，是一个小城。虽然远离中心地带，但“佴城”并不是一块飞地，作者也似乎无意去营造一个远离全球化和时代发展之外的“桃花源”。在这一点上，田耳既像他的同乡沈从文又并不太像。说其像，是因为田耳小说中的“佴城”颇有点类似沈从文笔下的湘西，都仿佛时间之外的存在；而说其不像，是因为“佴城”并非真正外在于时间和社会发展的洪流之中，发生在佴城之外的时代的气息大都能在佴城找到它的影子。这在田耳的另一部小说《夏天糖》中表现尤为明显。小说的主人公不断穿梭于佴城和莞城之间，即是这一时代发展的联接中转。但这一时代的讯息，虽然说在佴城的上空有其折射和反光，但并没有深入骨髓影响其肌体。佴城的人并没有因时代的发展而改变他们的习性，他们仍旧故我，踏着缓慢的步伐，喝茶、打牌或者钓鱼，甚至仰望星空以观浩瀚（《天体悬浮》），他们并没有因此而充满焦虑不安。用评论家贺绍俊的话说就是，“田耳学会了乡村舒缓的思维方式，他因此能够从容不迫地去处理急剧变幻的生活现象”①。

---

① 贺绍俊：《田耳小说创作断想》，《文艺争鸣》2008年第2期。

从这个意义上说，“佴城”既是他对自己故乡湘西凤凰，也是他对沈从文的“边城”的再造。因为毕竟，不论是现实中的凤凰，还是文学想象的边城，终不能挣扎于时代的脚步之外。正是这一背景下，我们才能更深切地体会田耳笔下的主人公们。

在他的《天体悬浮》中，田耳塑造了两个主人公形象，一个是第一人称主人公丁一腾，一个是符启明。前者丁一腾的形象，让我们想起田耳的另两部长篇《风蚀地带》和《夏天糖》中的主人公夏谦和顾崖。虽然说这几个人出身不同、性格各异，但在精神气质上却几可以称为兄弟，就这一点而言，《天体悬浮》相较其前此两部小说，并没有表现出太大的不同和新变。《天体悬浮》之让人耳目一新且犹豫不决的是另一个人物形象——符启明。

田耳的小说在形式上向来没有太多的特异或怪异处，他的小说仍旧可以被置于传统现实主义/写实主义的脉络，并能得到有效阐释。他的小说，仍旧在现实主义表象现实的深度和广度上下功夫。在这方面，田耳果然不负众望。他的小说在人物塑造和题材拓展上皆有令人耳目一新的地方，而尤其是人物塑造，更常引来注目。自其《一个人张灯结彩》获“鲁奖”以降，田耳曾因表现底层被视为底层写作的代表，对于这一标签，作者似有不同意见。他的小说虽多以社会中下层作为他的主人公，却并非旨在揭示底层的悲哀或艰辛，也无意去展现他们的生存或生活困境，更遑论批判或救赎了。在田耳看来，底层其实是个“讨巧的概念”，“我觉得中国社会的层面不是划分得那么开。因为因缘际会，有些人起来，有些人下去了。你可能觉得一个普遍认为是职业低下的人，其实他是很强大的。我们现在形成的分层，变数是很大的。我们其实处在一个未命名的状态。……所谓底层的命名，是很讨巧的一种说法和概念。”①“未命名”是理解田耳小说主人公的关键。这是一种打破区隔

① 转引自刘燕：《田耳：底层是个讨巧的概念》，2009 年 5 月 31 日《东莞日报》。

和跨越界限的说法，是一种混沌状态，孕育了种种可能。就像“妹子”这一称呼，这是田耳用来称呼女性的惯用语，显非命名，它可以用来指称任何女性，而不管这一女性职业如何、社会地位怎样。

卖淫女或三陪女是田耳小说中喜欢表现的一类“底层人物”，但作者在表现她们时既没有表现出救赎的热情，而且也似乎觉得毫无必要自作多情而已。铃兰(《夏天糖》)虽是卖淫女，但更是一个平常而平凡的漂亮女性，她虽好逸恶劳，但心地纯净、善良而多情，而正因为此，她不断惹得小说中的多个男性为之倾倒，纠缠不清。而像王宝琴(《天体悬浮》)，她曾在歌厅做过三陪女，自己不以为然，小说中的主人公丁一腾也似乎并不介意，仍旧毫不犹豫地把她娶回家中。可见，卖淫女或良家妇女之间的区别，其实无关紧要，她们都是活生生而有血有肉有自己的情感和欲求的人，在这点上，田耳颇类似于他的乡贤沈从文先生。就像《风蚀地带》中的江薇薇，她曾是大学生出身，后来又阴差阳错做了歌厅三陪女。对她而言，决定她一生的，并非职业或出身，而是某种可以称之为原欲的东西。而像《天体悬浮》中的春姐以及沈颂芬等，也是如此。同样，即使是流氓混混，虽时刻威胁着社会及百姓的安全，但他们同样也是一个个“人”的形象；比如说余天(《风蚀地带》)，虽说叱咤风云一方，但他在面对女友江薇薇的风流不羁时仍常感无力、无能与无助。

明白这点，我们再来看符启明的形象，我们就更多了一份理解。这也是一个难以命名的人物。这是一个既有流氓痞气，但又文质彬彬的人；他既感情专一，但又在男女关系方面混乱不堪；既唯利是图，又重情重义；他做过辅警，当过道士，富有经商头脑，又特具破案天赋。他事业成功，风光无限，但内心情感上却较为脆弱而易受伤。可以说，在符启明的身上集合了田耳小说中众多人物的气质于一身，他既与田耳的其他小说中的人物同属一个精神脉络，又有很大不同，可以说是一个“混世魔王”式的人物。在符启明的身上，众多极端矛盾的因素常能相安无事地相处，以至于连他身边的旁观者/叙述者“我”丁一腾也常感到费解。他能一边对着星空探索表现出极大的兴趣，常显得多愁善感，却又同时掌控着整个佴城的娼妓链。如此种种，对于这样一个既讲求实用又好务虚，亦正亦邪的“圆形人物”形象，我们传统用来评价人物形象的标准似难奏效。而至于说人性的丰富之类的说法，也似嫌苍白陈旧。

三

田耳的小说常取材于警察的故事和身份，就像作者坦言“警察的身份也可以相对合理地进入各种私密的空间”①，这既是题材取向上的倾向，也是作者进入文学表现世界的角度。警察的身份常能创造一个探幽析微的视角和便利，而罪犯或犯罪行为，则能提供对于人性之复杂和本真的一处观察的空间；田耳的小说常在这两端徘徊逡巡，《天体悬浮》《一个人张灯结彩》《风的琴》如此，《风蚀地带》亦是这种典型，后者中夏谦身兼警察和文学爱好者的双重身份，常令他不自觉地深陷于对他人隐秘的探寻中而不能自已。但这也带来另一个问题，对他人隐秘的探索，是否必然带来对自身的反思或自我意识的增强？对于这样一种两难，田耳似乎也在有意无意间寻找其中的答案。

田耳的小说，正因滤去了时间的蒸腾，常能给人以真实而猝不及防的感觉。这一“人”之真实的状态，显然非弗洛伊德式的“本我”与“真我”或“超我”之间的区别能有效地阐释，而事实上这可以说是一种去精英化的平民本位/本色所致。他的主人公如江标（《夏天糖》）、丁一腾（《天体悬浮》）、老黄（《一个人张灯结彩》）以及夏谦（《风蚀地带》）等，即使偶有看似“高尚”的举动，作者也无意去人为地拔高或精神提升。田耳写作小说，既不抱有救赎或批判的眼光，也非一个游客式的走马观花或漫画式的夸大一点，不计其余，他只是无意中闯入文学的百草园②，便潜心做起花农而非园艺师的手艺。这样一种平视的视角，尤其

①② 田耳、张昭兵：《田耳：语言是人最难以掩饰的个性》，《青春》2009 年第 7 期。

体现他的小说的结构设置上。

在《天体悬浮》中，作者在主人公符启明之外，另外设置了一个有距离的旁观者(“我”)的存在。这样一种人物设置的结构特点，在田耳的《夏天糖》甚至《风蚀地带》等其他小说中都有表现。这第一人称“我”，某种程度上正代表了作者/叙述者田耳的形象。“我”和符启明之间虽为朋友，但仍有距离，这是一种既有认同也有保留的旁观，而非审视的冷漠。这是一种互相理解的平视，也是一种自我反省的距离，更是一种镜像结构，“我”之外的主人公符启明某种程度上正是“我”的镜像，“我”在这一“他者”身上看到了“我”的“真实”存在和处境，但又能有效保持警惕。而这，某种程度上正表现为对生活“本真”的一种审美态度。由此可见，这是一部有关欲望和恐惧的互相投射的小说，“我”在“我”的镜像式“他者”身上得到欲望的满足，又能有效避免恐惧的威胁。这一欲望是人的毁灭之源，而正是在“我”的这一对“他者”的反思中，“我”又把这一恐惧转移到“他者”身上：“我”因此完成了一次对自身“本真”状态的审美。这一过程的结果，是“我”能最终完成对自我的救赎。

田耳的小说无意去批判或救赎，但并不代表作者不去进行事关自己的救赎。批判如果是指向他人的话，自我救赎则指向自己的内心。内心虽即地狱，但内心同样能获得自我的救赎。田耳在小说中通过设置一个对立的人物关系结构，表达了自我救赎的隐秘意愿和企图。

四

正因为田耳的小说无意于批判、救赎或浪漫化的热情，方向感的遗失和混沌暧昧就成为他的小说主人公们人生处境的表象，他的小说也往往成为现实真实处境下的现世的直面表现。他的主人公不是为了某种宏大的“意义”而活，他们也无需什么人生的目标。他们生活在现实生活的河流中，随波逐流，被生活的惯性所推动。他们的人生不需要太多的理由，因而逻辑和理性，对他们而言就似乎显得有些多余。一切任凭兴趣和情趣，甚至某种宿命的指引。故而在常人看来，田耳笔下的人物多少显得有点颓废不堪。但这种颓废也是某种抗拒和坚持，他们玩世不恭、不思进取，吃喝玩乐，但却又十分执拗而固执。这一执拗和固执就是一种典型的抗拒姿态。江标表现出对卖淫女铃兰的不可思议的执着（《夏天糖》），魏成功对表妹江薇薇掺杂肉欲的不伦之情（《风蚀地带》），丁一腾对吸毒女夏新漪的复杂情愫（《天体悬浮》）等，都表现出对“约定俗成的道德”的颠覆的一面。他们对大凡正义、进步和理性之类的大词尽皆表示出嘲讽。这种颓废和反现代性的现代性特征，尤其体现在小说的第一人称主人公“我”丁一腾身上。民警陈二自视代表正义与法律，故而他一直有意同“混世魔王”符启明针锋相对。当他提出要丁一腾充当他的内线探听符启明的虚实时，丁一腾的表现就是一种颇为典型的颓废倾向。

见我没吭声，他又问我想好了不。我不紧不慢地说：“卧底应该有份工资吧？”

“哪有这事？”

“都是这样，卧底又不是学雷锋，再说还要开支哩。”

“……维护治安，打击犯罪，这是每个人应尽的义务。”

“陈哥！”我真诚地说，“你还是找个女人结婚吧。结了婚，心态会变得平和一点。”

“谢谢关心……你什么意思？”

“不孝有三，没个女人内火很重嘛。”

颓废既是田耳小说主人公的精神特质，也是他的小说的风格面貌，与他的小说的漫不经心恰成呼应。

而也是这种颓废，某种程度上造成了田耳小说情节结构上的舒缓和矛盾弱化的倾向。颓废是那种既不合作也不抗争、不惹事的无作为状态，而生活中也并不是没有矛盾，但若以某个矛盾贯穿始终并一直主宰生活的整个或全部进程，则又显得不实。田耳曾坦言，“我小说里的情景，大都不是鲜明的强弱对抗，甚至也不是人与人之间的直接对抗，而是一帮个性鲜明、思维怪异、行事果决、血性十足的人在对抗死气沉沉铁板一块的日常生活。”①这段表述部分道出了田耳小说的实情。田耳的小说，大都结构松散、叙述缓慢、矛盾似有似无，情节之间也是一种若隐若现的关联。《天体悬浮》虽然是以符启明为核心，但却并没有贯穿始终的矛盾，也无意去展现他的人生轨迹。符启明虽同“我”和陈二等均有矛盾，但矛盾不是推动小说情节发展的动力，矛盾时隐时现若有若无。在小说后半部，虽然说陈二同符启明的矛盾渐趋明显，似有决定符启明一生命运的可能，但发展到最后真正葬送他的并不是陈二，而是符启明他自己。

虽然说田耳的小说处于现代性的时间性之外，但我们需要注意到：“一方面是现代性和进步的概念，另一方面是颓废的概念，两者只有在最粗浅的理解中才会相互排斥。一旦我们考虑到它们在自身不同历史阶段得到实际运用的方式，我们就会意识到它们之间关系的辩证复杂性。”②而事实上，就现实主义小说的创作而言，颓废也能带来某种解放。如果说“道德”“在它至为神圣的名义和价值准则之下暗藏着”“贫困的生活，终结的意志，高度的倦息。道德否定生活”的话③，田耳的小说即是那种对“道德否定生活”的反动，是对道德正义造成的“贫困的生活”的否定，是对把道德正义理性诸范畴悬置后的对生活的充分释放、解放和还原。换言之，这也是一种对“符码化”——“意味着对感性世界的分类”④——秩序的“解符码化”过程。虽然说，这并不一定是现实生

① 田耳、张昭兵：《田耳：语言是人最难以掩饰的个性》，《青春》2009年第7期。
② 卡林内斯库：《现代性的五副面孔》，商务印书馆2002年版，第166页。
③ 参见尼采：《〈悲剧的诞生〉和〈论瓦格纳〉》，转引自卡林内斯库：《现代性的五副面孔》商务印书馆2002年版，第192页。
④ 杰姆逊：《后现代主义与文化理论》，转引自《文学理论批评术语汇释》，高等教育出版社2006年版，第785页。

活的全貌，但至少能让人看到生活的某些原初的面貌，就这点而言，田耳功不可没。田耳的小说常被视为人性的深度写作和对人性的幽暗地带的表现，这种说法其实并不尽然。因为事实上，就像底层预设了阶层的固化一样，人性的深度其实也是一种预设，而田耳向来拒绝深度和预设。田耳的小说虽然解放并释放了日常生活的种种可能，但“解符码化”的同时，也暗含了“再符码化”的可能，而这，某种程度上正是田耳所竭力避免的。

如果说八九十年代之交的新写实小说在完成对此前“宏大叙事”作“解符码化”的过程的同时，无意中落入了市场化和全球化的历史进程的话，田耳的小说写作，特别是《天体悬浮》则试图在全球化的时间进程之外兀自建构一个自足的现实世界。这一现实景观虽颇有新写实小说中的“原生态”色彩，田耳也试图写出“人性”和现实的混沌不明，但因其被有意置于于全球化的历史/现实进程之外，其仍是一种人造物。这就像阿尔都塞所说的“意识形态的圆圈”，田耳虽然竭力避免、试图挣脱，终究还是不可避免地陷入其中。如此看来，田耳及其新作《天体悬浮》的意义，正在于这种徒劳无力的努力和悲谬。

第四节　所有坚固的一切都将永驻：关于朱山坡和他的《风暴预警期》

虽然朱山坡的小说屡屡多变，且看似风格迥异，但若仔细分析便会发现，他的小说始终都有一个小镇的时空背景贯穿始终，《懦夫传》如此，《爸爸，我们去哪里》也是如此，其近作《风暴预警期》(2016)还是如此。当然，这并不是说他的小说脱离了小镇时空便无法展开，而是想指出，他偏爱小镇，他总是把他的小说的主人公置于小镇的来处或去处，小镇既是他的小说的主人公的落脚地，也是他的小说的主人公一直念兹在兹想要逃离的地方。就像《风暴预警期》中的主人公“我”一直想要逃离蛋镇，但最终都没有实现。风暴虽不期而至，虽每年适时光顾，甚至造成巨大损失，但小镇上的居民，却似乎离开不了也不可能离得开。这就是朱山坡，他把他的主人公置于一种将至未至的矛盾地带，既充满种种可能，又似乎一无所能，似是而非。他把他的主人公置于看似充满矛盾的情境中，让他们选择，但其实并没有选择的余地。表面看这是不可克服和调和的矛盾，但其实并非如此。他的小说，很多时候，都是从一组二元对立切入，比如说懦弱与勇敢、坚固与柔软等。他想要在一种矛盾的处境中展开思考，但又并不是要他的主人公决绝毅然，也不是要他们非此即彼，而是让他们在一种人性的复杂性、丰富性甚或矛盾性中表现自身。

一

这一“风暴”意象，总让人想起加西亚·马尔克斯《百年孤独》中的席卷一切的“飓风”。两个意象所具有的隐喻象征色彩使作为“广西后三剑客”之一的朱山坡与哥伦比亚作家马尔克斯之间存在一种内在的精神上的关联。但终究不太一样。它们虽然都是不以人的意志为转移且不能避免，但“风暴”仍可预期，而不像那倏忽而至的“飓风”，没有道理可言。“飓风”卷走了一切，所有坚固的和不坚固的，而“风暴”却只能带走它所能带走的。换句话说，“风暴”所卷走的只是能够被卷走的，至于那些真正坚固的则可能永驻。

在中外文学史上，主人公之外的自然或非自然意外(外力)是作家们常常借助的叙事推动力，像王安忆《小鲍庄》和路遥《平凡的世界》中的洪水，贾平凹《老生》和迟子建《白雪乌鸦》中的瘟疫，余华《第七天》和周梅森《国家公诉》中的火灾(另外如夏洛蒂·勃朗特的《简·爱》)，王安忆的《匿名》《遍地枭雄》中的意外绑架，方方《琴断口》中的桥梁突然坍塌，朱个《夜奔》中的地震，杨方《风吹木扎尔特》(《当代》2016年第6期)中的大风，等等。但对这些作家而言，这些外力都是偶然因素，就像《百年孤独》中的飓风，只可一次而为，它们作为结果或开端，矗立在小说中，起到某种叙述的逆转或突变的推动作用。朱山坡的《风暴预警期》中的“风暴”，却不同。“风暴”既可预期(每年都会来)，又带有偶然性(具体什么时候会来，每年都会不同)，这样一种可预期但无法防范和抵制的“风暴”，构成了小说的整体上的神秘莫测的氛围，笼罩在蛋镇百姓的头上，就像达摩利斯剑时刻高悬一样。余华曾多次提到作家与现实签订的合约一说：“与现实签订什么样的合约，决定了一部作品完成之后是什么样的品格。因为一开始，作家就必须将作品的语感、叙述方式和故事的位置确立下来。也就是说，作家在一开始就应该让自己明白，正在叙述中的作品是一个传说，还是真实的故事？是荒诞的，还是现实的？或者两者都有？”①这里所谓的“签约说”，其实也就是作者和读者(作者某种程度上也是读者)在小说叙述的开始达成的某种约定或“期待”，透过这一“期待”，作者可以决定自己的叙述方向，读者也

① 余华：《长篇小说的写作》，《没有一条道路是重复的》，作家出版社2012年版，第116页。

可以或得以确定应该从哪个角度(现实主义、浪漫主义、现代主义或后现代主义等)对作品展开阅读。小说中的“风暴”，正在于这样一种“期待”的建构：使得这一小说既具有现实主义的期待，又有魔幻现实主义的可能，小说的叙事上的张力也正在这一“风暴”将至未至的整体情势中展开。

当然，在《风暴预警期》中朱山坡最终选择“风暴”这一外力，是经过了一个发展和探索的阶段。在这之前，他曾在战争(《懦夫传》)、饥荒、洪水(《等待一个将死的人》)、雷击(《霹雳雷》)、突遭杀害(《惊叫》)、意外死亡(《推销员》)等外力的推动下展开思考。这样一些外因，当然能构筑一种叙事的张力与便捷。但他也似乎明白一点，即仅仅把故事及其人物命运置于一种偶然的因素中决定其行止似乎有造作或有斧凿之痕，是作家无力无能或投机讨巧的表现。某种程度上，这一“风暴”的意象，可以比照《红楼梦》中的太虚幻境。太虚幻境与《红楼梦》中的主体构成一种映照关系，但又并不介入，这是一种若即若离的关系，《风暴预警期》中的“风暴”与蛋镇的关系也是如此。不直接介入，但又始终构成影响的力量。这样一种若即若离，凸显出来的是人力及其主体性。换言之，是人们自己的行为，才真正构成人物命运转折突变的决定因素，而不是外力，外力只是一种镜像、一种氛围、一种预期、一种背景或者说一种进入的方式。“风暴”只是把人们的行为放大、凸显乃至变形。换言之，“风暴”既是偶然又是必然，是偶然和必然的统一。

偶然因素的好处在于可以把故事向一种可以预期的方向或某种预设的逻辑框架下推进，就像《霹雳雷》中刚满70岁的厥邦银被雷电劈掉了一条胳膊，这一意外事件使他陷入对自己一生行止的回忆的苦苦追索中，以确定自己是否有过真正罪孽之事才遭此报应。善恶报应说是笼罩在小说中米庄中老百姓身上的思维逻辑，作者借此以展开他对人性的思考。但这部小说并不很成功，他既让厥邦银被雷击这一意外因素开头，又以他意外踩中铁钉结尾，故事实际上成了意外事故的叠加，与作者对人性的思考彼此颉颃。这也说明，偶然的因素虽能让故事的主人公在一种奇妙的逻辑下展开命运错动，但因为其被预设的轨道，这样的小说总像是被精心规划构思的产物，匠气很足。这就造成像《懦夫传》中那样仓促结尾的困境。因为小说一开始就被置于一种奇怪的逻辑中，最终只能以奇怪的逻辑终结故事。偶然或意外，一旦预设了开头，最终只能在一种偶然的因素下结尾。《霹雳雷》如此，《懦夫传》也是如此。

但也要看到，如果偶然的因素被置于小说的中间，情况就不太一样了。比如说《惊叫》，一声千里之外的神秘的惊叫，唤醒了姐弟之间的血肉联系，原来这一惊叫是姐姐突遭杀害时的惨叫和呼救。但这仅仅是一种神秘的感应，并不能改变故事的进展，也并不能因此而解救濒死的姐姐。偶然在这里是以一种神秘的感应的方式显现，以至于最后看到江面向自己并肩飞行的鸟时“情不自禁地发出一声惊叫”。同时惊叫，一次是呼救，一次是感叹，两者构成首尾呼应之势，小说也因之显得摇曳多姿。另外如《跟范宏大告别》中让范宏大在战争中变成聋子也是神来之笔，因为范宏大并不是真的被炮声震成了聋子，而是因为后悔、自责和不甘，他的变聋变哑是一种精神上的自我惩罚、自我欺骗和投射性的想象。小说最后范宏大突然变得耳聪能言实际上构成了对叙述者老人的叙述的颠覆，整部小说因此而笼罩在一种内在结构的反讽之中，极具张力。

但在《风暴预警期》中“风暴”这一意象既不是偶然因素，也不仅仅是作为结果或开端。它既是一种叙事的推动力，同时又是一种氛围、隐喻和象征。在这之前，比如说《送我去樟树镇》中，作者也曾尝试赋予夜晚的狂风暴雨天气一种氛围和隐喻的功能。狂风暴雨天气，赶回老家给父亲送终，高速公路上的深夜独自狂奔，路的两边的荒山野岭和巨大的黑暗等，这一切都使得小说笼罩在一种似真似幻的“诡异”的整体氛围中。在这种情况下，高速路边出现一个神秘而俊俏的女人，搭载主人公的座驾后又神秘的失踪，最终把故事推向了高潮。小说最后通过一则报道，主人公终于明白，原来这个神秘女子是一个精神病人。她的语无伦次和怪异的举止，使她看似女鬼，皆因小说的整体氛围的反衬和渲染所致。这部小说的魅力正在于这种似是而非的气氛的营造和渲染，以及最后的反转中。应该看到，朱山坡在《送我去樟树镇》中通过夜晚的狂风暴雨塑造的似是而非的反讽结构，在《风暴预警期》中有进一步的表现。小说中，“风暴”赋予小说一种敞开和多种可能。“风暴”摧毁一切，也暴露了一切，“风暴”同时也是一种凤凰涅槃和浴火重生。小说最后，荣耀的养子(女)们在风暴降临蛋镇之际摒弃前嫌，合力为荣耀举办一个体面而宏大的葬礼就是这样一种风暴后的凤凰涅槃。是“风暴”以及“风暴”的到来恢复、彰显且重新发掘了人们内里的人性的力量，可见，“风暴”具有重塑和解放的力量，“风暴”具有多重性。

二

米庄(《跟范宏大告别》《等待一个将死的人》《霹雳雷》)和高州是朱山坡的小说中常常出现的一个固定意象。他的小说主人公大多数(曾经)生活在农村(如米庄)，只是偶尔到城里(如高州，有时候是县城)去。在这两个时空意象之间，是小镇的存在，小镇常常构成这两个时空之间的中间过渡地带。虽然说在朱山坡此前的小说中小镇是他的主人公们的生活背景，他们买(卖)东西、看电影或看病要到镇里去(《丢失国旗的孩子》《一个冒雪锯木的早晨》《天色已晚》《喂饱两匹马》等)，但小镇只是一个背景和参照，并不构成他们的日常生活的主体。《风暴预警期》中如此集中地展现小镇生活，在朱山坡那里还是第一次。

小镇叙事在中国当代其来有自。就像迟子建、贾平凹、余华或艾伟等作家，小镇上的人口较少，大多熟悉或者似曾相识，这样一个相对封闭而熟悉的空间，有利于作者对人性的丰富复杂性的表现，以及作者的思考的定向性发展。它可以在作者的预期或预计的方向上展开，而不至于偏移。这是小镇叙事的优势所在。但朱山坡的小说中的小镇(如《风暴预警期》中的蛋镇)又与前面提到的作家们不太一样。虽然这样一种似曾相识可以用来表现作者对现代性社会中变与不变的辩证关系的思考，但作者采取的是迂回战术。他通过一系列的具体的对立范畴，以此表达他对现代社会中的变与不变的思考。而不像某些作家如余华，集中于生与死的并存；或者像迟子建、贾平凹聚焦于传统和现代的对立。这些所谓的宏大命题都不是朱山坡思考的核心。他思考的是另一些具体而微的但也更加可感可触的对立范畴，诸如懦弱与勇敢、坚固与柔软、正常与失常、聪明与愚蠢，以及偶然和必然等。

在这之前，朱山坡是把这一系列矛盾置于诸如战争、洪水等意外因素中加以展现，但就像洪水卷走了田晓霞（路遥《平凡的世界》），小说中的矛盾并没有解决，它只是以一种无限延宕的方式继续存在。偶然因素的介入只是为了回避矛盾或矛盾的正面回答，矛盾仍然存在。战争虽然成就并锻炼出了马旦的胆量，但一旦战争结束，环境变了，马旦重又变得懦弱（《懦夫传》）。偶然性的外力，往往只是把矛盾凸显、放大并以一种戏剧性的方式解决，一俟偶然变回平常，矛盾又会以另一种方式存在。从这个角度看，偶然性因素的介入只是改变了矛盾的发展方向，而并没有从根本上解决矛盾。或许正是因为意识到这一点，朱山坡才在《风暴预警期》中尝试直面生活中的各种矛盾。不回避，不绕道展开，相反，他把它们放置在一种具有各种可能的多重敞开空间中展现、发酵乃至解决，“风暴”和小镇正好提供了这样一种时空语境上下文。

其实，朱山坡也明白，一旦把他的主人公置于高州或县城，他就不太能或不容易左右他的主人公的命运。他们有自己的人生轨迹，自己的命运的运行逻辑，对于朱山坡而言，这些都是无法左右的。比如说《风暴预警期》中外出的人大都带着伤痕回到小镇，荣春天贩运回来的服装在镇外被抢，郭梅被神秘“强奸”，等等。而从外面来的人，如从合浦县来的唱戏的教师，也是一个可疑的人，他们勾引蛋镇的人，使得印裁缝的老婆姜文华魂不守舍。再比如说高州来的商贩以及所谓的“气功大师”，也都被朱山坡描述成骗子或奸商。总而言之，对于朱山坡而言，乡村和小镇之外的高州，甚或深圳、广州，都是陌生的、可疑的、充满变数而险恶的所在。战争年代如此，和平年代亦是。《喂饱两匹马》是这样的典型。查旦和查旺两兄弟同娶一个老婆，在村里生活得原本平和和安详，但因为从小镇到县城之后，查旦迷失了自己，最终流落街头乞讨为生。小说中乡村的纯净与县城的芜杂构成对比，使得小说呈现出一种“反现代性”的现代性内涵。而这，其实也正是朱山坡的小说的一个核心命题。他对现代性的芜杂多变有充分的思考和认知，这样一种思考体现在一系列的二元对立范畴(就像他的小说名所显示的那样，“把世界分成两半”)和对时空关系的辩证思考上。他一方面对县城以外的时空充满畏惧，一方面也深知县城之外的世界对乡村世界的诱惑之大。这样一种诱惑，使得重任在身的少年忘记了自己的使命(《丢失国旗的孩子》)而差点酿成大祸。这样一种诱惑使得厥越在离开乡村后到了县城后始终都不愿回家，即使家里有苦苦等待他的老婆孩子(《等待一家将死的人》)。某种程度上，朱山坡对县城(乃至城市)的态度的微妙而复杂的态度，表现出的是作者对于现代性的矛盾态度。或许也正因为此，朱山坡在《风暴预警期》中选择了蛋镇这样一个介于城市(高州和县城)和乡村之间的过渡地带。它既含混驳杂，但也充满多种可能。既不免受到外界的喧嚣的影响，但也能自成一体，有自己的运行轨道，及其内在的自足性；因而也能为思考一系列的对立范畴提供了便利。可以说，朱山坡的小镇，构成了现代性叙事的另一脉络。他不是直接思考表现变与不变的辩证关系，而是通过一系列的对立范畴，以一种迂回而直抵坚硬的内核的方式，多层面多角度加以探讨，虽看似驳杂，但也往往更具症候和力度。

三

在这之前，朱山坡是把这一系列二元对立置于一种非黑即白的逻辑下展开思考。《懦夫传》即为典型。但作者逐渐发现，所谓非此即彼的二元对立，虽看似分明，其实经不住推敲，而所谓的事实，却往往要比此复杂得多。比如说一个女人嫁给两个男人(《喂饱两匹马》)，这并不符合现代性的逻辑，也常常被视为愚昧、落后乃至陋习，但事实并非如此简单。两个兄弟一个女人的模式，让这个家庭秩序井然、纯粹而和谐，他们排了表格，分配了时间，兄弟间也彼此相让；相反，脱离这一秩序后的查旦，来到小镇和县城后反而堕落和沉沦下去。同样，抄袭固然可耻，但检举者也并不一定就很高尚，两者之间并非泾渭分明（《论人类不平等的起源》）。还有情敌之间（《驴打滚》）、杀人与被杀之间（《惊叫》）、虐待者和被虐之间（《败坏母亲声誉的人》）、贪官（《旗手的最后一战》）、恶棍等。朱山坡对这些人物形象或者说二元对立范畴，都有他自己的理解。他让我们看到了事物并非总是非黑即白，并非总是善恶分明，其中蕴含的多种可能多重面向，需要细细辨析。

这样一种现代性的二元性和复杂性，在《风暴预警期》中有集中而进一步的思考。如果说现代性就是线性逻辑，就是二元对立的话，风暴下的小镇恰恰是反面。风暴既能彰显人们的恶的潜能，同时也会让所有这些在风暴中涤荡、毁灭，让他们在风暴过后重生。这一毁灭和重生的轮回反复（风暴年复一年的光顾），体现的就是对现代性线性逻辑的内在颠覆。现代性使得一切看似浮躁，就像这蛋镇，但其实都是表象，或者说只是事物的一面。风暴使得一切都在一个平面上呈现、裸露出来。在这一平面上，不存在善恶黑白之分，自然也就无所谓高下之别。同样，这一平面下，所谓失常与正常、聪明与愚蠢、善良与邪恶等之间的分野也变得模糊不清。

小说中这样一种现代性的模糊性，是通过一个少女“我”的第一人称叙述口吻呈现出来的。这是一个时刻准备逃离蛋镇的主人公：她是一个孤儿，被荣耀收养，时刻想着要去寻找自己的母亲。她也是孤独的人，生活在自己的世界里，和流浪猫结交朋友，不被尊重和理解，甚至还被诱奸而怀孕。这样一个生活在自己的内心世界里的人，她看到或观察到（因而也就是叙述中的世界）的也就带有浓厚的主观色彩。“我”作为第一人称视角是一个主观视角，而且是一个多多少少有一点反常的观察视角，这使得“我”的叙述带有某种反讽和张力色彩。但也恰恰是这种主观视角，使得整个叙述看起来亦真亦假、亦实亦幻。这是一个不能完全相信的世界，需要读者自己去分析、推理和判断。叙事者“我”、台风和小镇，在这里构成一种彼此对应和呼应的关系，对叙事者“我”的理解，也必须放在同其他两者之间的关系中加以把握。

表面上，小说描写中的蛋镇是一个荒诞而略显狂热的所在，这里的人大多显得神秘兮兮，或歇斯底里甚至有些精神失常，就像郭梅，一个沉浸在自己的世界中的少女，神秘地怀孕后，却说是西伯利亚一个名叫“苏联”的人所为；或像荣春天，不切实际地沉浸在自制汽水的狂热之中；或像荣冬天，热衷于剥杀青蛙；或像荣秋天，不断地给中央军委写信汇报自己的思想和对国际局势的看法；即使是荣耀这样的好人，也常常会气急败坏、胡言乱语。他们的行为也大多夸张声势，他们会因为有人听电影而想到收取听电影费（卢大耳），会天天早上在凤凰树下拉手风琴（李旦），会在台风中赤身裸体的来回疯跑（段诗人）。这里还会有人形青蛙和诡异的白轮船，还有泛滥成灾的青蛙，等等。这一切因为风暴而成为可能，台风塑造了蛋镇人的神经质的性格特征，也给蛋镇制造出神秘或诡异的瑰丽色彩。

但这都是表面现象。他们的虚张声势背后是孤独和寂寞，是人与人之间的冷漠和不被理解。所以他们才会以一种夸张的方式表现出来：他们是以张扬掩盖孤寂，以暴力掩盖柔弱，以偏执掩盖优柔，就像刘震云的《一句顶一万》那样，千言万语的背后是言不及义，外向倾诉的背后是内心的孤独与不被理解。可见，表象表现的恰恰是其反面。这就是现代性的双重性及其内在的矛盾内核，现代性像风暴一样看似强大而摧枯拉朽，但这只是表象，它是以反面表现正面的形式呈现其矛盾内核。正如波德莱尔所说：“现代性就是过渡、短暂、偶然，就是艺术的一半，另一半是永恒和不变。”①这一切，在年复一年的风暴中有淋漓尽致的表现。风暴的轮回，造就了种种现象以矛盾或悖论的方式不断呈现。这样一种轮回和悖论，只有死亡，而且是荣耀的死亡，才能打破，使其得

① 波德莱尔：《现代生活的画家》，《1846年的沙龙——波德莱尔美学论文选》，广西师范大学出版社2002年版，第424页。

以以一种本真的形式存在。

可以说，荣耀是蛋镇唯一一个真正意义上的好人（而非完人），也是作者所刻意表现的人物。他虽然只是一个地位卑微的清洁工，但他却是小说的灵魂人物。作者选择这样一个人物作为其小说的核心主人公，显然有其独特的用意。他穷困潦倒终身未娶却收养了五个子女，他为他们的生存（吃饱）想尽各种办法、吃尽各种苦头，甚至不惜屈辱去乞讨乃至偷窃。但即使这样，荣耀和他的五个养子女之间的关系却十分紧张。他们却视荣耀若仇人，彼此隔膜、仇视对方且互相折磨。荣耀的养子女们并非生来冷漠，而是因为他们被抛弃的身世，决定了他们对世界的怀疑、冷漠、隔阂以及抗拒。他们地位卑微，就像偷听电影的小莫，不被尊重；他们表面看似冷漠，但其实是色厉内荏。他们的强悍的外表下，其实是软弱；冷漠的背后，是柔软和温情。或许只有如期而至的台风，和荣耀的意外死亡的冲击，才能最终撕毁他们的虚伪的外表，还原他们的真实面目。风暴摧毁了他们的房屋和一切，同时也使得他们的赤忱和“初心”（如果有的话）得以真正袒露。他们要在台风来临之前（或之际）为他们的养父办一场轰轰烈烈的葬礼。台风的肆虐之下，他们从来不曾如此团结一致和同仇敌忾，他们从来没有如此的亲密无间和同心同德。是台风给他们创造了机会，台风的张扬跋扈背后是轰轰烈烈，同时也是凤凰涅槃。可以想见，风暴过后一切恢复平静，这一平静也必将是浴火重生，是新的蛋镇的诞生，而非仅仅历史的循环往复。可见，虽然每年一度的风暴会适时光顾蛋镇且看似气势汹汹似要席卷一切，但真正坚固的东西都将永驻。只有那些不太牢固或本就柔软的东西，才会在风暴中坍塌、折毁、破碎乃至销声匿迹。

但另一方面，风暴也是一种宿命或象征，任何人都逃不出这一小镇，那些想走或回归的，他们的命运与这小镇联系在一起，与这台风的永恒轮回联系在一起。从这个角度看，这一小说其实又带有人类普遍命运的象征和隐喻意味在内。这是另一种意义上的“百年孤独”：现代性的百年孤独，将至未至，不可挣脱，不可逃脱，因而也就更加令人绝望。

第五节　“路上”的姿态：关于石一枫

一

2011年是石一枫创作生涯中重要的一年。这一年，相继有长篇小说《节节最爱声光电》（2011年1月）、《恋恋北京》（2011年9月）和《我在路上的时候最爱你》（2011年11月）出版，相比此前频率，这样一年三部问世的产量，很值得关注。从时间上看，《我在路上的时候最爱你》问世最晚，但不妨看成理解石一枫小说的一把钥匙。小说的主人公“我”仍重复那种石一枫式游手好闲无甚进取的一贯姿态，但作者的意图显然不在于此。

这部小说可以有多种读法。可以解读成关于诈骗的故事。林渺分别“装扮”成三个男人的女儿进行诈骗，先后被识破，乃至最后被抓捕归案，意外死于狱中。但这只是叙述者陈骏“我”眼中的事情始末，事实并不如此。林渺并非一般意义上的诈骗犯，她的诈骗行径另有隐情。小说也可以视之为叙述者“我”、莫小萤和林渺一男两女之间的情感纠葛，但其实这只是“我”自己一厢情愿式的多情。林渺并非有意于“我”，她只如莫小萤的影子一般附在“我”的生活中：“我”既弄不清她们彼此的分别，也不明白自己真正的所爱，故而只能在不断的出走和回归之间徘徊。小说还可以读成对爱的始终如一的神话。表面看来，作者的主人公“我”们洒脱且浪荡不羁，但其实十分保守。他们是一群表面操着嬉皮语的拘谨之人。他们身在后现代的无深度的世界，却时刻想着前现代的忠贞和执着。小说其实是在“我”身处迷惑的不断挣扎和走向爱的忠贞之间展开和结束的。“我”虽不断被林渺迷惑，但在肉体上却始终忠诚于女友莫小萤。小说最后，林渺消失(死亡)了，或者反过来理解，林渺同莫小萤合二为一，“我”也接受了考验，最终完成了自我救赎。

如此这般从多重的角度来解读小说当然未尝不可，但事实上皆非作者的本意，或者说客观上与小说的叙述效果并不相符。小说虽然是以叙述主人公“我”为故事及讲述的中心，但事实上，小说的核心主人公是林渺。这是一个故事中套故事的写法，就像小说中莫小萤所讲的三个故事那样，所讲的都是林渺的故事，但因呈现的角度和进入的路径彼此分殊，结果也不尽一致。表面上看，林渺的一切是通过叙述者“我”的识见观察一一呈现的，这种呈现于叙述者“我”而言，确实是再真实不过。这也是第一人称限制视角叙述的好处，但也随之带来另一问题：事实果真如“我”所见闻的样子吗？因为，一俟遇到莫小萤讲述的故事，“我”的一厢情愿的解读便于顷刻之间坍塌倾颓。“我”自认为世事洞明，但其实始终是雾里看花，水中望月：我看到的只是事物的表面。这时，只有把多个故事重叠起来，彼此阐释对方，并一一理清其中的脉络逻辑，最终才会恍然大悟。小说表面轻佻的文风背后其实是人生的苍凉：林渺的所作所为，那种不断冒充别人女儿的行径，都只是想表明她并非无父的一代。读到这里才察觉，一种感伤的反讽让人彻骨。这样来看林渺那种重做一回有父亲的女儿的行止，就显得意味深长。她的生父始终是一个谜，但她不甘于这种血脉的中断，故而她始终锲而不舍地追寻，她想找出自己的父亲，最后却发现，这注定永远成为一个无解的谜。这种无父一代的追求之旅，是否意味着精神荒芜的子一代向传统和父辈靠拢的象征？而如果把父亲理解成个人的前史的话，那么她的寻父之旅就带有重新接续自己同历史之间关联的努力的象征。她最终没能找到自己的父亲是否意味着她只能身处历史之外，做一个没有历史的幽灵？这样来看小说的题名“我在路上的时候最爱你”，就可以理解小说中所说的“在路上”是什么意思了。这是一种寻找的隐喻，人只有在寻找的过程中才最有价值，而事实上，结果是不能预料，其实也是最为虚妄的。既然找不到，或目标本就缺无，找的过程，其实才最重要也最值得称道。这样来看石一枫和他的小说，就带有存在主义的某种味道在内了。

而事实上，石一枫的小说中，“在路上”始终是一个关键的范畴。这从《b小调旧时光》(2007)和《红旗下的果儿》(2009)以来一直如此，特别是后者，小说的主人公陈星热衷于不断的行走，不停歇地没有目标的行走，其实就是某种存在主义的宣言了。在这里，这种存在主义是作为对现实秩序的反抗而出现的。但另一重意义上，“在路上”又是石一枫的小说主人公走向自我救赎的最好途径。他的小说主人公在走向自我救赎的过程中大都有一个“在路上”的必经一环。《我在路上的时候最爱你》中，“我”同莫小萤之间的最后相遇之前，有“我”重走莫小萤父亲生前走的路的仪式。《红旗下的果儿》中，“在路上”同地震耦合在一起，“在路上”因而就有凤凰涅槃劫后重生的意味了，这种重生就是一种自我救赎完成的标志。《恋恋北京》中，叙述主人公“我”赵小提也是在远行路上的一次车祸后有所醒悟并悔悟的。应该说，这种“在路上”的状态反映的毋宁说是中国“后现代”语境下的青年一代的典型心态：目标缺失后的无望的寻找状态。上一辈人的理想信念显然已经失去凝聚力，他们又不愿意流俗或追求物质上的享受，故而往往处于一种介于精神和物质之间的中间状态：“在路上”就是这种中间状态的最好表征。

二

正是这种中间状态，使得石一枫小说中的主人公们常常被冠之以“后王朔时代的‘北京顽主’”的称谓；这种从王朔到石一枫的脉络中来定位石一枫的小说当然没有问题，但如果仅仅指出其中的联系并不能真正说明问题，因为事实上，此一顽主非彼一顽主。其间时代的不同自不待言。

石一枫的“顽主系列”中，长篇《红旗下的果儿》(2009)是一部重要作品，小说以北京为背景，写的是1996—2008年的青少年成长故事。这是男女主人公从一名中学生到踏入社会并逐渐成熟的12年。明白了这一背景，对于理解小说主人公之浑浑噩噩有一定的帮助。小说中不论是好学生张红旗，还是“坏学生”/顽主陈星和小北，都表现出对传统观念的背离，不同的只在于前者是在恪守下的默默反抗，后者则表现为一种漠视和不合作的态度。小说中陈星的“在路上”状态可以做深度上的理解，即这种始终“在路上”表明一种秩序之外的边缘状态。这是一种姿态的表征：他时刻保持一种距离，不愿介入进来。但身处秩序之外，并不意味着拒绝生活之门，而事实上生活和秩序却是不能两分的。陈星不想进入到秩序中，往往意味着他只能做一个生活的旁观者，故而他同张红旗之间，始终是一种生活之外的“柏拉图之爱”。对于这一矛盾，陈星有所体会，但也无能为力。在小说中，是地震使得陈星从秩序之外走进了生活。他以自我救赎的方式，完成了自己的重生，这一重生亦即生活的重生，故而张红旗见到他的“这一刻，张红旗觉得自己是一个女人了”。作为女人，亦即意味着张红旗进入了生活的角色，这一角色是陈星命名并赋予她的。这样来看，这部小说即可看成是从生活的旁观者进入生活的隐喻式书写。

从这里可以看出，石一枫的顽主们并非无所追求，而是不知道该如何追求。他们不愿意混杂在秩序之中，而又看不到出路何在，故而只有不断的出走。在王朔的时代，顽主们可以通过在体制外的游荡获得一种前所未有的自由，而今天，石一枫的顽主们却不得不首先面对现实生活和经济上的压力。王朔的顽主们身处八九十年代社会转型时期，社会的转轨为他们的生存提供了极大的空间。这也就是为什么当初的顽主们没有困惑，而石一枫的顽主们却要肩负越来越沉重的压力——来自社会、家庭乃至自身的。王朔的顽主们有的是从体制内解放出来的欢欣，而今天的顽主们却要面对或者回答何去何从的问题。王朔的顽主们通过“反”的姿态其实是获得了一种动力——“反”本身就是一种目标，而当石一枫的顽主们无需或没有可以“反”的时候，就连这可怜的目标都没有了，故而只能寄情于逃课、酗酒、打架、恋爱。从这角度看，石一枫的顽主们，更像是多余的人和零余者形象。他们桀骜不驯，但又并非社会渣滓；他们遵纪守法，但又不安分守己；他们不满于父辈给他们设定的人生轨迹或传统要求于他们的社会目标和价值观，但又不知道为什么不满，也无意去探究这种不满的根源；他们一方面十分自负，另一方面其实相当自卑。这也正意味着他们的悖论：石一枫的顽主们可以无所事事，但却不得不常常回答“下一步该怎么办”的问题。这样来看《五年内外》（中篇小说，2007）《b小调旧时光》（长篇小说，2007）就别有趣味。前者是把青春期的无所事事桀骜不驯（即“只想当一个成功的地痞流氓”）视为人生必经的一个阶段对待的，一旦主人公意识到“当流氓也是一件最没劲的事”后，便也完成了自我的超越；小说虽然没有直接涉及“下一步”的命题，但其实是以否定之否定的方式走向自我救赎的。后一部小说在石一枫的创作中则比较特别，这是一篇带有穿越和科幻性质的长篇小说，其中融入了作者对社会人生和世界自然的哲理思考，同时又不脱作者那种特有的落拓颓废的底色。小说讲述的是一个在无心向学的大学艺术史学生阴差阳错卷入一场关于超能量“魔手”的争夺战的故事。

这部小说充分显示了作者对小说叙述风格的控制能力。篇首的那句“永远无法逃脱感伤情绪的困扰，这可能是我们的致命伤”与小标题名“出事”之间构成一种绝妙的反讽，整部小说笼罩其中，别具某种张力。事实上，小说的主人公“我”的性格很难用“感伤”概括，叙述者主人公“我”是一个落拓颓废的青年学生，既无心上学，也无任何传统所认可的目标追求，这几乎构成了石一枫小说主人公核心的精神标志。对于“我”而言，唯一向往的仅只是“一心只想练钢琴，考入俄罗斯的柴可夫斯基音乐学院演奏系”，但这也仅限于向往，因为事实上“我”并不勤奋，甚至这只是一种姿态——关于音乐的姿态：“我”对音乐界也同样厌倦不已。小说伊始，叙述者“我”说得最多的词汇是“忧郁”，“忧郁”就是想到俄罗斯演奏而不可能，就是知道没有音乐天才，还在弹奏不已。而也正是基于超越现实局限的“忧郁”之思，作者幻化虚构出一种关于神奇“魔手”的东西和音乐天才拉赫玛尼诺夫穿越时空而来的存在。“魔手”本是一种关于音乐魔力的东西，其附在音乐人身上便能成就音乐天才，可一旦落入邪恶手中，也会带来旷世灾难。拉赫玛尼诺夫穿越时空来到“我”所身处的时空，本为寻找丢失的“魔手”，却与类似西方电影文化中“狼人”式的动物“异乡人”遭遇，于是乎一场争夺“魔手”的斗争就此展开。这是作者创作长篇之初的作品，虽不够成熟，但已充分显示出作者特有的文风特征。这部小说在文风上，十分奇特，既具有十分坚硬的写实的风格，又具有瑰丽的想象；文字则是介于抒情和反讽之间，轻松活泼而又真实质朴，正所谓真真假假假假真真。虽然作者后来的小说创作日趋成熟，但这种独特的风格特征，却一去不复返了。

三

虽然说，石一枫的小说主人公很多都有一个“在路上”的状态，但他们最终还是纷纷走上了重返家园的路。他的小说其实写的是重回家园的故事。这样来看他的小说，某种意义上就是一个人生三部曲(即出走—在路上—重返家园)的隐喻。这种闭合式的结构表明，他的顽主们既表现出一种叛逆，但更向往回归和认同。他们纷纷回到生养他们的北京，同时也最终回归到秩序中来。用《恋恋北京》封底的话就是“顽主老去、果儿生长、生生不息、恋恋北京”。

作为一个在北京土生土长并求学工作于此的青年作家，石一枫的小说不脱北京的色香味。他的小说中，特别是创作初期的《红旗下的果儿》明显可以看出《阳光灿烂的日子》(王朔/姜文)的影子，只是到了《恋恋北京》，石一枫笔下的北京才真正剥离出北京人看北京的局限，视角开始转向外省人。虽然说，年轻一代作家中像文珍的小说写出了现代大都市北京城带给人的紧张、焦虑和绝望，但她并没有真正把外地人为在北京扎根所付出的艰辛写出来，《恋恋北京》在这方面可谓是切实而沉重。小说中名牌大学毕业生姚睫留在北京的经历很能代表“北漂一族”的经历。姚睫并非底层，但她为在北京立足而付出的艰辛或经历，却是非“底层”不好形容。这种艰辛，是文珍小说中的北漂们所不能想象的——她的小说中主人公们的那种精神状态并非北京所特有，北京于他们而言只是一个符号；这种艰辛也不是马小淘的《毛坯夫妻》中的宅女所能理解——她躲在家里，其实也就是隔开了的世界。对于姚睫而言，这些似乎都太奢侈，她既没有家可供“宅”，也无那种虚幻的“城市强迫症”，对她而言，首先面对的是要有立锥之地可供休憩而后去打拼。这部小说所代表的是那种直面生活的压力的书写，而非文珍和马小淘那种对北京生活的精神化处理。这种艰辛也非徐则臣小说中社会边缘弱势群体的生存状态可比，后者可以划入底层写作，而石一枫的主人公姚睫在精神上则显然不同，北京于她更有精神上的联系，在《恋恋北京》中，石一枫写出了北京所显示出来的生活和生存两方面的意义：北京只有在生存和生活两个层面或侧面符合需要才能走向重生：“北京，你不再繁华得六亲不认，不再古老得千秋万岁，你有了生命。你是我沧桑的不老的情人。”

如果说，石一枫在《恋恋北京》中写出了北京城与人的地老天荒，那么他的另一部小说《节节最爱声光电》则尽显北京的声光电。北京城，在《恋恋北京》中见证了姚睫与“我”（赵小提）之间爱情之火的迁延和绵漫，在《节节最爱声光电》中则成为同女主人公节节一起成长的历史镜像。节节的一生是与不断的跑，各种跑联系在一起的。受了委屈要跑，高兴了要跑，躲避别人要跑，忙于生计更要跑：“节节在城市中奔跑，高楼大厦开出团团花朵，她如同在花之间飘了过去。因为节节的奔跑，北京变成了一个漫天花雨的城市。”“跑”不同于“在路上”。“跑”既体现一种针对现实的距离，但也表明一种态度，那就是积极介入和不断的寻找：跑和找是联系在一起的。另外，它还是一种活力的表征。小说中的节节就是一种混合了“跑”的各种元素的青年女孩。以巴赫金的观点观之，《节节最爱声光电》是一部标准的成长小说。小说中主人公节节的成长身上凝聚浓缩了整个时代乃至国家的象征。可以说，节节的成长过程亦即北京城蜕变长成一个充满声光电的大都市的过程。从这个角度看，节节最后的回归，也就可以理解为小说作者对北京在现代文明进程中的历史走向的思考。

在出版时间上，《节节最爱声光电》虽略早于《恋恋北京》和《我在路上的时候最爱你》，但正是此部小说的出现，表明了石一枫小说创作的真正成熟和对文字风格的娴熟把握。这种成熟首先表现为一种视角向内和对人生的新的理解和思考。小说中全然没有了此前一贯的嘲讽和戏谑，也没有了故作轻松的沉重，相反，是多了一层理解和宽容。这种理解随着节节的成长而日渐浓厚变大，最后呼之欲出跳将出来。小说把焦点对准人物的内心，个人情感性格的成长，连同城市一起变化着改变着沉淀着，最后定型和成熟。虽然节节还是那个爱跑的节节，但已然今非昔比。

四

自从1996年发表短篇《上学》(作者时年17岁，正值高中阶段)始，已显示出石一枫控制叙述及语调的能力，及至首部长篇《b小调旧时光》(2007)的出版，更是充分展露出作者编织情节和制造悬念的专长，而最近一部《节节最爱声光电》(2011)的问世，再一次凸显石一枫小说风格上的多变，作者随意进出人心的潜能于焉浮现。在石一枫的小说中，既有《不准眨眼》(中篇小说，2006)那样才华横溢而荒诞和反讽兼具的作品，也有看似朴实温和其实暗藏讽刺批判的《红旗下的果儿》；既有不露声色地展现被侮辱和被损害的《县城里的友谊》(短篇小说，2008)，也有《张先生在家么》(短篇小说，2008)这样忧伤苍老的外露感伤之作。从石一枫的小说创作来看，他很早就熟练地掌握了小说形式的技巧，1998年的短篇小说《流血事件》已带有元小说的味道；他尝试过各种写法，各类题材，以及各种风格，这些在他的中短篇小说中有淋漓尽致的展现。相对而言，他的长篇小说创作则要“拘谨”得多，也执着得多，题材也相对单一。或许他也明白，对于中短篇小说而言，可以各种不同的实验或试验，但对于长篇小说而言，却必须厚重和坚实，仅靠形式的实验或炫技是很难支撑其鸿篇巨制的始终的。也正是因为这点，石一枫的长篇小说才格外显得质朴而内敛。

对于年轻作家而言，情节的编织和离奇效果，当然可以靠想象力来获得，但对于生活的理解方面却不能有所增益，而只有随着年龄的渐长以及对世事观察理解的深入才可能完成，在这方面，《节节最爱声光电》恰好标志着作者从向外(即编织情节)转而向内(即对人心的理解)的界碑。随之而来的，是作者文风从粗犷反讽向细腻温婉和体贴的转变。有趣的是，伴随着作者对世界人生的理解的深入，(当年的)顽主们(如小说中节节的爸爸)也渐渐风光不再，他们当年的华光，在今天早已暗淡，“玩心”也日益被世事所缠绕变样。而这，是否也将意味着作者新的探索的开始？对此，我们充满期待。

附　录

代际意识与边缘写作：田耳访谈录

徐勇（以下简称徐）：田耳老师您好！ 作为一个同龄人，我读您的小说感到很亲切，很真实，里面有很多我们这一代人的共同经验的东西在。 您写作的时候，是否想过一代人的经验问题？

田耳（以下简称田）：确实想过，大多数作家都摆脱不了这样的冲动：为同代人代言。

徐：那您又是如何处理个人经验和一代人经验之间的辩证关系的呢？

田：谈不上居高临下的处理，作家往往倚赖自己的观察，自己去看，然后瞎打误撞、阴差阳错中寻找一代人共同的东西。 每个作家，必须相信自己看到了真实，以此建立写作的合法性。

徐：那么是否可以说，您是把这种辩证关系集中在您的小说中的一个叫作“小丁”的人物这一形象身上的？ 您的小说中，有很多都是以小丁作为主人公的。

田：我没有考虑什么辩证关系，写作是感性的，写作者是随性的，思前想后，主观便重，我觉得小说家的身体感触和思考一样重要，小说中很多不可思议的成分，往往是发乎身体，不走脑的。 小说家写出来，归纳阐释往往是别人的事。 至于小丁，只是以前用笔写草稿时，笔画最少，省力气。 如果一直用电脑，我会多用笔画繁复一些的名字。

徐：这确实是很有意思，我感兴趣的是，小丁这一人物形象身上是否有您的影子在？

田：应该有吧，态度像我。 写性情相同的主人公，确实写作起来顺当一些。

徐：因此我就想，您采取的应该是一种把“70后”一代的经验糅合进您的主人公的个人经验中去的做法，也就是说，您是把一代人的成长经历作为背景，来表现您的特定主人公的成长、青春和恋爱的。

田：就是我个人的，或者我身边一些人的。我不可能随时以“一代人”为概念去看待周边琐屑的生活。我又不是领导。

徐：如果从成长小说的角度看，我发现很有趣的现象是，您的这些以小丁为主人公的小说，与一般意义上成长小说不太一样。而也正是在这点上，带有我们“70后”一代人的成长的代际特征。

田：具体哪些呢？

徐：一般的成长写作，总是把主人公的成长纳入社会进程或民族国家的成长过程中去，它们之间是合二为一的，而您的小说却正好相反，您写的多是一些与时代精神或主流意识形态若即若离的人。或者说是一些“多余人”的角色。但他们又与“80后”一代人的成长写作不同。“80后”一代的成长，更多是个人的创伤，或者为反抗而反抗，为叛逆而叛逆。

田：我觉得我的写法可能同是一批“70后”作家的选择，因为我们经历的是从集体主义时代到经济社会转轨的全过程，大多数人从小受集体教育熏陶，长大却是孤零零行走于社会。多余人的心情，我是特别严重。

徐：是的，这正是我阅读您的小说的强烈感受。这样一种多余人的心情，虽不能说是我们“70后”一代人所独有（“60后”也存在），但却感觉特强烈。

田：可能，这有助于我成为一个观察者。我认为作家应该是观察者，这是和别的人本质的不同。过多的观察，人难免有身处事外之感。写作观察和身处事外，在我这里是相互促进相互强化的。有人说我写东西狠，说我写的东西他写不出来，潜台词是他心善，但我意识到能有这等细微观察力的，可能都不是良善之辈。

徐：这也正是您的小说的独特之处，因为，就“70后”写作而言，路内的小说中也有很多“多余人”的形象，但你们两个人的处理方式明显不同。同样，也同“60后”里的吴玄小说中的多余人形象不同。这样一种多余人，我把他理解为一种既不迎合，也不反抗，而是一种无所用心，是一种靠惯性生活，因而也就不能赋予过多的意识形态内涵。

田：这说法我同意，多余、宿命、平静、随遇而安，这些都是我笔下叙述者共同的面目。

徐：您的这些主人公虽然不思进取或者说没有什么明确的人生目标，但并不拒绝赚钱，也不拒绝“泡妹子”。换言之，您的小说的主人公们只是放弃形而上的思考，但并不拒绝形而下的生活。

田：他们只不过是人。

徐：而这，某种程度上，也正是我们“70后”作为“60后”和“80后”之间的一种中间状态。既不具有明确的反抗或叛逆意识，但又不能真正做到个人化，因而也就不彻底。

田：这个中间状态，主要是年龄和与之而来的经验所造成的。“70后”，不是“60后”“80后”的中间状态，才怪。

徐：是的，我们生活在物质上不太丰裕的年代，精神上又似是而非，两相夹击，就成了我们这一代人的精神状态。

田：我倒觉得“70后”比“80后”易满足，因为穷过。

徐：这或许也是“70后”一代情绪不太强烈的原因吧。

田：现在还看不清晰，但“70后”的写作无疑是相当失败的。

徐：从代际而言，好像是这样的，“80后”作为一代人，通过媒体已经登场。而我们“70后”作为一个集体，好像还是默默无闻。

田：倒不是默默无闻，而是没有出代表性的作品。

徐：但我觉得，比如说徐则臣，路内和您，我认为都是“70后”里很有代表性的作家。

田：那么大一个国家，整整十年的一批人，总会有几个受关注，一个没有才怪。脸是混熟了，但眼下谁敢说有真正立住的作品？当然，可能是时代于文学的关注只有那么一点份额，份额不够，小说就无以完成经典化。只有人名，还欠作品名。有没有余华与《活着》、史铁生与《我与地坛》、阿城与《棋王》式的对应关系？远未达到。

徐：但是我想，这也不是个人的原因，甚至也不是一代人的原因。

田：这是执果索因了，如果有那么一个同代人，写出了一部真正立得住的作品，我们现在所有的自我原宥都随之破灭。所以我想，是不是该暗自庆幸？但是作为一个挑剔的读者，我却只有失望。而我，读了这么多年小说，对作品名的关注度远大于人名。我认为这可能才是唯一有效的路径。

徐：我们这个时代，即使是那些一线作家，他们的很多作品也都很粗糙。所以我想还是需要呼唤一种史诗性的作品和史诗性的写作。而我们的很多作家，恰恰缺乏这点。

田：史诗作品的性质如何鉴定？大吗？重要吗？《白鹿原》式的势大力沉？但我觉得《活着》更好，四两拨千斤的力道。各有判断。

徐：在我理解，就是把个人的经验融合进对一个时代、一个国家、一种文化形态的思考中去。

田：还是抽象了些。

徐：是的，《白鹿原》确实是一种史诗性写作。比如说，最近我读了“80后”作家李晁的《迷宫中的少女》写得非常精致，但总觉得气象稍小。这样的作品，按照新批评的观点来看，是好作品，有内涵，有张力，有韵味，但就是不能称之为史诗，太局限于个人的一己世界。

田：倒是厚重的长篇都粗糙，比如说《白鹿原》《平凡的世界》。

徐：这确实是一个问题，甚至说难题。

田：南方作家语言意象皆精致，捣弄不出厚重的长篇。而且，《白鹿原》和《平凡的世界》，泥沙俱下都谈不上，就是粗糙，但气息浊重浑实。

徐：是有这个味道，但有时候，过了若干年后再来看，还就是这样的作品能流传下来。这可能就是因为这些作品，能做到同时代，同现实之间的互动和对话。

田：所以，说实话，发现这一点以后，作为一个针脚细密的南方作家，我感到痛苦。你要我写《平凡的世界》那样的语言，打死也不干。

徐：是啊，南方作家很精致，但普遍不太大气。就您而言，除了地域的因素外，可能还是和您的风格有关吧。换句话说，您或许只能在您的风格内寻找突破点。

田：太专注于语言，写得精致，人必然很累，且很容易往小地方钻。当然，也有人写出精致或是粗糙都难辨的语言，像巴别尔，可那是超世冠代的天才。写作者其实很难突破自己，能保持一个水准不断出东西，已是不易。

徐：但我觉得您完全不必纠结，有一个一以贯之的风格，对一个作家是很重要的。有些作家，一变再变，到后来，连他自己都不知道该怎么写下去了。所以，回到您的写作，您的小说风格化很明显，这是您的长处。我觉得是这样的。

田：这倒是无须强求的，各有定数。辨识度高，是写作最重要的生存法则。而且我自认为辨识度还较为隐蔽的，不是渴求大多数读者能觉察到。

徐：是的，但对很多作家而言，难就难在，如何在这种辨别度中寻求一种平衡，一种变化中的始终如一。您的作品，我感觉风格化比较明显，是那种特有的腔调，特有的氛围，特有的节奏，在当代小说创作中比较特别。

田：我比较注重首因效应，就是现场性。江苏评论家汪政专门谈到我这一点。每天只写一段，反复改，不是想得太成熟，只倚赖改动本身，缓慢地，甚至经常是充满意外地达到自己预期的效果。

徐：也就是说您注重的是灵感的思路的流动性，而不是固定化、模式化。

田：还有写作中临时起意的趣味性。

徐：我的感觉，这恰恰是您的作品特别富有魅力的地方，这造成了您的作品中的旁枝逸出，有一些闲笔。而这恰恰是那些力图把生活戏剧化的作家所忽视或不具备的。

田：这也是我个人的重要观点。我认为作品应该可以有闲笔，有废话，只要读者喜欢看，不觉得拖沓，就行。而我们时下文风，多年以来，是从简白滑向了干瘪。我发现，这是一个任何行当任何门类都走向“标准化”的时代，我甚至认为卡佛的大受欢迎，其实是让很多人看到了短篇也可以“标准化”——简到极致，其实是易于规范和操作的。

徐：但也出现另一种情况，那就是您的小说大多不太注意开头和结尾，特别是结尾。您的结尾很多表现都较为平淡。不知您注意到这点没有？

田：我很注重结尾，我也相信我的结尾是有力量的。我不是要讲故事，而是要显示出故事的可能性。

徐：我的意思是说您的结尾比较趋于平淡式的结局，本来很可以戏剧化的结尾，您却选择了一种多重可能性，一种敞开。比如说，《长寿碑》的情节使我想起了阎连科的《受活》，都是写政府官员在长寿上做文章，都是弄虚作假，但与阎连科的把生活奇观化相比，您采取的是一种无事或者说去戏剧化的处理方式。也就是说，您虽写到了县长竭力打造一个长寿县来，写到了在县长这一举动下农民们的生活、命运的变迁，但您只是写了就写了，并没有想着怎么把这一事件结尾，您并没有按照某一预设的逻辑向前推进，您采取的是开放式的结尾方式：没有结尾，或者结尾的淡化处理。

田：是这样，我觉得生活本身就是这样。人年轻的时候，遇到一个异性，暗恋于他（她），以为今生必有多种相逢。其实，往往分开再也没聚，什么意外都没有，曾经臆想到的邂逅或重逢，从未发生，甚至到一定年龄，人会忽然发现曾经刻骨铭心的东西非常虚妄，毫不重要。我喜欢这样的东西，喜欢生命中时不时流溢出来的，那些平和冲淡的况味。

徐：所以我想，您的这种以一种生活化的方式处理传奇事件的做法，蕴含了您的某种对人生世界或历史的看法。但这些却与很多作家截然不同。

田：我反传奇，同时又追求精彩，一种泥沙俱下的生活质地带出的精彩，一种生活隐微之处的起承转合焕发的精彩。犹如武术，我用的是寸劲。

徐：但您的有些作品，比如说《友情客串》，就可以当成小说版的《疯狂的石头》来读，您是怎么看待您的这些“异数”的。

田：那是偶尔为之，一个构思突然就成熟了，顺手便写下来。不是我写作谱系中主流的作品。

徐：此外还有《重叠影像》《被猜死的人》《拍砖手老柴》和《掰月亮砸人》。这是不是与您的编剧经历有关？

田：《重叠影像》还是反传奇，注重生活质地的。你归纳得准确，这一系列作品，恰是我找快感，写得相对轻松的作品，就是有了一个构思不断往下铺。这里头，《被猜死的人》应是较为满意的。

徐：还是回到您的小说结尾的讨论吧。比如说《到峡谷去》，丁小宋牵着刚见面的网友小文，连同母亲，一起“到峡谷去”。按照形式主义文论家的逻辑，丁小宋初见小文，带她到峡谷去，必定要有或浪漫或悲情的故事发生，但小说发展到后来，什么事都没有发生，您让小文一人独自留宿峡谷鹭庄，却让丁小宋回到佴城。您有没有想过为什么要这样处理以至于让读者的阅读期待落空？或者说您是故意要让读者的阅读期待落后？这是我一直感兴趣的问题。

田：当我小时候读武侠小说和看武侠片时，心里奇怪的是，为什么总是要正一和反一对决？为什么不会是反一号一个闪神，掉下悬崖摔死？为什么作品里面的人物都像是有级别，级别越低越死得快？我很反感这个，因为看武侠片时，别人将自己代入成为男主，以一敌十，以一敌百时，我从来都意识到，我会是那一刀一个被解决的配角。所以，我愿意从配角的眼光出发，看待事物发展，也期待偶然，有如奇迹。至于《到峡谷去》，里面的小文并不重要，重要的是小丁的母亲。

徐：我想，您是不是采取一种配角的视角观察，配角既介入事件，又可以从容观察？这是一种双重便利，很多时候，小丁这一形象就是配角，像《韩先让的村庄》、像《到峡谷去》，像《翥头》和《给灵魂穿白衣》。也就是说让主角主导故事进展，配角从旁观察，或者说就是以配角作为叙述视角。

田：是，我经常把叙述主体放在次要人物的身上，而不放在最重要的人物身上。包括《天体悬浮》，都是这样。

徐：我明白了，您很多时候都是在主要人物旁边另外设置一个配角人物，以此构成对应或对照关系。

田：可能在我混迹的群体中，我一直就是个观察者，是个次要人物，看着别人淋漓尽致地展现自己。确实如此，也不是配角，大多数情况下都是——男二号。有一天我把小说结集，如果想模仿巴尔扎克拟出《人间喜剧》这样的总体名称，那我的小说可否用《千年老二》总括下来？可能与我小时候看福尔摩斯探案有关，华生的角色定位，对我有影响。

徐：这样来看，您的小说实际上也就有了一种“间离效果”。是不是可以说，您的这个“男二号”很多时候就成为您的或者说叙述者的声音的代表了。您侧重的是男二号的感受、观察。

田：对的，我一直对别人的故事感兴趣，很小的时候就开始了。我愿意成为一个观察者，我很怕引起别人注意，只想默默地看别人身上的故事，各自不同的经历。

徐：或者可以说，您是以男二号的身份介入故事当中，既是作为旁观者，但又不是冷漠的、俯视的，而是那种参与的、随众的，但又保持距离的。

田：对，若即若离。这种介入的姿势，是我写起来最顺手的。

徐：这样一种叙事，我觉得在您的《在少女们身边》比较明显。以小丁为视角，您展现了时代社会的喧嚣加之于人心上的影响，小丁似乎不为所动。但小丁又似乎不能真正不为所动。于是小丁的矛盾、内心希望和困惑，小丁的被动和主动之间，就存在一种张力关系，小说情节正是在这种张力中推进的，我不知道我的这种理解是否准确？

田：然后，我笔下的男一号往往性格张扬，是男二号（叙述者）的引领人，这也是我真实的写照。我从小害怕被人注意，因为自身毛病较多，一旦被人注意，往往意味着灾难；同时我又渴望跟随某人，他强大而张扬，做着我想做却不敢做的事。小丁最后也倚赖他的叔叔，过上成功者的生活，但内心仍然充斥着挫败感。这一篇，是和自身经历较近的。但现在成年，我又不再羡慕那些性格张扬的人。那些过于自信的人，往往难以让自己思维深入。

徐：这我就想明白了。您的小说中的小丁式的主人公，虽然具有“多余人”的精神面貌，但主要是因为他们是被影响的，或者说是男二号，也就是说是您的人物关系设置，某种程度上决定了小丁们的多余人性格。

田：和自身经历有关系。

徐：我觉得如果您把这种人物关系设置和观察视角放在一种宏大叙事的框架中，定能写出“惊世”之作。因为，至少就我的阅读体会而言，这样构思和写作的作家很少。

田：这要看机缘，宏大叙事，确实对作者要求太高太全。

徐：也就是那种史诗性的大作品。

田：作家总有些凌驾于众人之上的态度，但我的经历，让我有效地避免了这一点。

徐：是的，宏大叙事之所以衰弱，与作家那种上帝式的视角有关。但时代社会，以及文学史又总是呼唤史诗性的作品，这是一个很大的悖论。

田：你这个说得太好。当然，有评论者认为我的写作态度有庸俗化的倾向。我也是无法。

徐：而如果您能把您的这种视角选择和人物关系设置，置于其内，定能复活宏大叙事的能量。

田：这个只能水到渠成，我的写作还是随性，像摘果子，哪颗熟了摘哪颗。脑子中往往同时酝酿多篇作品。

徐：就我参与的文学史教材编写实践和文学史的学习，以及通过对大量的“80后”作家的阅读，我感觉到，一个作品有无恢宏的气象和气魄，很多时候都与叙事内容有关。如果仅仅纠缠于微小叙事，或者说个人的内心情感的波折，这样的作品即使写得再是精美，文字再是漂亮，比如说像很多“80后”作家那样，也终究让人失望。但我觉得您已有了诸多铺垫，只欠东风了。

田：“70后”差不多也是这样，太细琐。我们又不可能反复再三地于无声处听惊雷，有时候，还是切实需要几个响雷。

徐：是的。大问题、大角度、大气度，不论怎么批判或否定，都是不可回避的。

田：我们毕竟成了夹缝的一代，经历的事情本来也一直变动不居，缺少大块的、整体的和相对长久稳定的理解。我们的写作，确实过于小。

徐：另外，我想，您既然是少数民族，但您的作品中带有民族特色的作品却不多，只有诸如《掰月亮砸人》等不多的几篇，您是否意识到这一点？

田：我是土家族，其实土家族是50年代才确定的民族，之前一直以为自己是汉族。我体会到的民族性本来就不多。

徐：但作为少数民族身份，有一种便利，就是可以把小说写得具有传奇色彩和异域情调，而这恰恰在某种程度上，也是当年的沈从文，您的老乡之所以能令人瞩目的地方。

田：是的，他确立了湘西作家的写作道统，几乎所有的湘西作家都按他这模式去写。《掰月亮砸人》，是写民国时候的贫蔽，我觉得也不是很有民族特质。我们湘西作家喜欢写民族的东西，取个名，来个风俗，一定要扯上民族性。我以前关注到这样的现象，我是排斥的。我觉得小说首先是语言，是个性语言的自我发泄。我刻意写得有民族特性的，应该是《戒灵》，发在《民族文学》上。写完，我知道我再也不会这样去写。

徐：这主要是因为，我觉得，民族视角可以是一种边缘视角，也可以是一种另类视角，这能带来很多叙述上的便利。

田：还有《郑子善供单》，其实是以逸史的笔法写民族的问题，倒没有刻意突出民族性。边缘和另类都没错，问题是，稍微处理不好，就见着刻意为之的印痕。

徐：那也确实是，很多人都学沈从文，反倒淹没了自己的个性。我觉得，这里，倒不一定要突出民族性，只要能提供一种把世界重新陌生化的角度，就够了。

田：是的。

徐：您在一篇文章中谈到的您的编剧经历，这一段经历，对您的小说写作有什么影响？

田：主要是对那个长篇《天体悬浮》帮助很大。若未有编剧经历，我一定要想好开头结尾才肯动笔。有了这次经历，我顺着开头向下走，结尾是写作中自然而然呈现出来的。

徐：但据我所知，编剧一般是要照顾到戏剧化或矛盾一步步推进的，但您的《天体悬浮》却似乎并不如此。

田：我基本是按这个套路走。紧紧围绕中心线索，套上一串彼此关联反复的小情节。解决此问题同时，又设置下一个矛盾，如此推进。

徐：我明白了，编剧经历让您能够把握长时段或者大的时空交错中的各种矛盾线索，并因此理出主线和副线来。

田：编剧让我从封闭走向开放。

徐：但我感觉您的小说比如说《天体悬浮》中的戏剧化仍旧不是很突出，或者说叙事节奏并不是很快，您的《天体悬浮》总体上同您的中短篇有内在精神上的关联。

田：不是戏剧化，而是让我敢于相信船到桥头自然直，敢于信马由缰，和笔下人物一天一天地过，去应对不可预期的明天。而此前写中短篇，我都是胸有全篇，运筹帷幄的。到《天体悬浮》，写作更有冒险的意味。

徐：《天体悬浮》中最有看点的是与丁一腾相对照的辅警形象，您为什么想到要写辅警？ 这与近几年媒体上经常拿辅警、临时工或合同工说事，是否有某种关联？

田：主要是我有这种经历。 我在派出所写过材料。

徐：这一辅警形象，还使我想到了《一个人张灯结彩》中刚毕业到派出所实习的警校毕业生。

田：那时候还没这经历，直到有了经历，派出所的形象才在我脑中立体起来。

徐：辅警形象是否也意味着一种视角，一种观察表现的角度？

田：视角倒是丁一腾独有的，他和一般的辅警不一样，确实有点像我本人。 辅警的生活粗糙，充满底层气质，又有一定的权力，非常混搭。 也总有些美女，夹在辅警队伍中，摇曳生姿。

徐：是否可以看成，这是一种侧面表现，而非正面强攻？ 因而也就显示出生活中的丰富复杂性来和多面性来。

田：我没有侧面和正面的选择，我只写我眼前看到的，我是非常感性地，凭着经验，判断我看到的种种现象，哪些可以进入小说写作，而且很多都写砸了。 我写得特别慢，就是这个原因，有很多东西，写了很久，才发现并不适合用小说表现。

徐：但您有没有想过，您的这种表现，虽然拓展了我们对警察的认识，但也带来一种危险，我们会问，这与我们通常宣传中的警察形象不一样啊？ 到底哪一种更真实呢？

田：我不考虑这个，这不是小说家的责任。 读者也自有判断。《天体悬浮》写出来，一些警察作家是骂的；也有一些，像我的好友田湘，也是警察，就认为非常真实。 当然，可能也是阶段性的东西。

徐：但就读者而言，我们读小说的时候，总会有意无意地寄希望于作者的判断和态度，如果您有意隐去了作者的态度，读者往往就会茫然和无措，不知该如何去判断小说中的人物了。

田：以前听《文艺学概论》，里面说文学主要有三大功能：审美，认知和教育。后面到我写小说，自认为主要是冲着认知功能去。我在所有小说中都力戒摆出教育面目。因为我读别人的小说，也反感这个。你呈现一些东西，我自有判断，自有取舍。我的态度是隐藏着，但并非没有，甚至有时候是非常鲜明的。要是读不出我的态度，我想也不是我的目标读者。

徐：这使我想起了《一个人张灯结彩》中的老黄在对哑巴小于和他的情人的矛盾态度。这里面，可能才存在情和理的矛盾吧。这种矛盾在您的小说中多有呈现。

田：清晰的小说，确实不怎么招人喜欢，我们生活中有多少说不清道不明的东西，矛盾、恍惚、纠结，左右为难，进退失据。

徐：所以，有些时候，您就会隐去判断，让那种矛盾充分显现出来。比如说《一个人张灯结彩》中老黄和副局长之间的。

田：手头正写的这个，也是这样，甚至我感到无力掌控。可能是我写这么多年，最难处理的一个。

徐：这是您写的长篇吗?

田：中篇。

徐：回到刚才提到的问题，我想您的小说，最有魅力的，还是那些具有矛盾的开放性和进退失据的那些。您把您的困惑、感慨和矛盾都置入其中，而又不明白呈现出来。

田：确实，我也有经验，难处理的东西，往往就是小说价值所在。小说要敢于埋藏难度。我很多时候是将小说当成数学题一样的东西去解的。其实一定要有自己的处理方式，有时候隐约，但一定是处理的。我小学时还是数学特长生，语文倒并不突出。父亲也是化学老师，一心要我学理科。后来数学成绩下滑，是被数学老师当众抽我耳光，才放弃。

徐：您这个说法很有意思。小说和数学之间的关系，我确实是第一次听说。但我总觉得您的小说中，这样一种矛盾还是偏于弱了点。或者说还是强度不够。

田：不是强弱的问题，而是难和易。比如说2015年发表的《金刚四拿》，其题面就是，一个村已凑不齐抬棺材的八个人，怎么办？这个问题我想了十年，直到有一天突然想到，那就打破八个的限制，换成十六个人抬，不就行了？一想通，小说也得以出来。看似捅破一层窗户纸，其实也需要机缘巧合。我为自己设置的这些问题，未必有多难，但很多是别人根本不去考虑的。

徐：我非常喜欢这篇，但是我觉得，这其实是一个长篇小说的题材，可以写出很宏阔的小说了。这里面涉及的问题太多太多，一个短篇似乎不太容易撑得下。

田：小说看得多，和写作的朋友交流得多，我认为在写作中，我付出的精力还是蛮多的。我很多中短篇都能拉长，比如《长寿碑》，一个县的公开造假，要写开了，可以发挥的地方特别多。

徐：我是这样看的，长篇适合矛盾多重展开，而短篇则可以相对集中几个矛盾。

田：我不是这样进入。

徐：矛盾如果多重展开，就有一个如何收尾的难题，而您的《长寿碑》好就好在，矛盾在展开而未及结束之时，也就充满了想象的空间。

田：对的，我大多时候铺张，《长寿碑》的戛然而止让我很受用。

徐：但您有没有想过，一部作品的深度和厚度，常常与矛盾的重要性，及其展开的角度有关。一个回避矛盾，或者侧面展现的作品，不管怎样都是有其遗憾在的。这似乎是一个两难。

田：我真的没太在意深和厚，我觉得那是杂念。我要做的，就是面对一个题材，按我的方式，如何最好地呈现出来。

徐：茅盾的《子夜》，虽然在今天看来很粗浅，但他展现的矛盾及其解决的方式方法，在今天看来都具有象征性和症候性，都与现实之间具有某种对话关系。

田：这个我还没看。

徐：您的小说，常常把背景放在佴城、鹭庄或朗山，您有没有想过把这一时空背景拓展开来，或在一个更宏阔的背景下，来展现您的主人公的生活呢?

田：我没有想过，我觉得现有的够用了。现在换了居住地，小说中多了一个韦城，也就是南宁。这里遍地都是姓韦的人，故有此名。但我想，若非我自己解释，有的人又会联想到“围城”什么的，以拔高为乐事。

徐：您有什么想过一部小说该如何设计它的背景，它的背景与故事情节之间的关系等之类的问题?

田：我主要还是先想情节，有了情节，背景自然会贴上来。我不会从背景想起，想我要讲什么时代什么地方的故事，没有。

徐：我读您的小说，有时候感觉您的小说的背景大都是封闭的，与外界隔绝的，这就使得您的小说发生的故事具有了某种自足性。

田：就是很小的一个范围内，时间跨度也不大。我的小说，和我人一样，有种自闭，却也怡然自得。

徐：但您有没有想过，这样的封闭的空间中发生的故事，很多时候往往会有某种田园诗或寓言的味道?而事实上，您的很多小说，也都写到了外界，比如说最典型的是《金刚四拿》，比如说《夏天糖》，等等。

田：可能这样想过，我本人也是一样，不爱旅游，不爱远行，觉得麻烦。《金刚四拿》写了回家，没写到外界。《夏天糖》是合同要求，无奈之举。

徐：但是我感觉，《金刚四拿》是在外界的背景下，或者说是在回乡的背景下，也就是在变的前提下，写乡土，写不变。这应该说是一种变与不变的辩证了吧。变在这里是很重要的前提，有与没有这个前提，结果是不一样的。

田：可以是，但现在不写回家的人，就写不了乡土。

徐：我非常喜欢这部小说，我觉得这部小说与那种仅仅写乡土，写乡镇小城的小说不同，有一种更为广阔的视野。

田：谢谢，雷达用了个词叫“雅乡土叙事”，换是陈晓明，肯定又是

“后乡土”了。

徐：我不知道您以后是不是会沿着这个思路继续写下去，或者还是回到封闭的乡土？ 我想到了您的《到峡谷去》《韩先让的村庄》，里面写到了现代化或者全球化的大潮下，鹭庄发生的巨变，您是如何看待这种巨变的。

田：以前农村有相对的独立性，现在乡土已成为城市的附庸，不好写。 你记不记得有条规定，城市居民不能到乡下买地建房？ 我觉得这是一条极为正确的规定。

徐：您说的这个我听说了，所以我想如果您能很好地抓住这个，应该是个很好的题材。

田：就是我说的，农村失去了自在自为的一套价值体系，成为城市的附庸，必将一步步走向衰败，虽然表面上，它会变得光鲜。 我刚才讲的那条规定，正确，但不明智，因为不可操作。 城里人要到乡下建房，手段太多了。 若干年后，乡下人发现最好的房都是城里人建的，会感到是一种入侵。

徐：我们村里就有这样的事，我哥哥家的房子卖给了城里人，他们装修好了后，只是偶尔来住住。

田：乡村的弱势，是连自保能力都没有，无法与城市抗衡。 当年说，长得好的树都进了城，这是多么悲哀的事。

徐：我感觉这是一个重大的社会课题。 当年是农民想方设法到城里去，现在是城里人有事没事到农村来，这种对流，不知道意味着什么？

田：只能拭目以待，好在现在进入县城相对容易，农民进城的期待值也低，买了房就当自己是城里人，暂时弥合着这种矛盾。 他们感觉城市并没有对自己关上大门。 还有城市间的集中，南北问题。 我认为，北方尚有农村，南方，写来写去，大多数人写的是乡镇或城乡接合部。 我写的背景，准确来说，大都是城乡接合部。

徐：农民在那里买了房，而那里又有城里人，各种人混杂，因而文学写作中的身份问题也就格外凸显出来了。

田：电视剧也是一样，你见过发生在南方的农村故事吗？ 农村故事，都是在东三省了。 南方作家，余华，苏童，写的也多是乡镇。 可能乡镇也最易彰显南方作家的写作特质。

徐：是的，确实很少，有的只有像余华的《兄弟》中的刘镇那样的地方。 艾伟的小说，也是这样。

田：南方作家大多如此。 真正的城市文学，极为少见。

徐：那您有没有想过要把各种矛盾集中在乡镇这样的中间状态下加以表现？ 也就是说，把矛盾放在交叉地带发酵、展开和解决，而不仅仅是在封闭的背景讲述故事。

田：你这都是从大处着眼，而我构思小说，首先要想到几个核心的情节，想到一个人物，如何描写让他有命运感。

徐：看来，这确实是研究者和作者的区别，我们思考的角度总不太一样。

田：确实不一样，你看作家的评论和评论家的，都是完全两个套路。

徐：但我想，有没有这种宏阔的背景，写出来的作品，是不一样的。

田：这就是差别，如果我按你这样去构思，很容易流为主题先行。

徐：那也确实容易走向主题先行。

田：我不能搭了架子再往里填空。 也有这样的作家，但大多数作家不是这样。

徐：但如果能很好地处理其中的矛盾，并达到某种平衡，写出来的作品是很不一样的，而且很有力度的。 虽然说很多时候，这都是一种挑战。

田：这不是一个作家去选择能不能这样做，而是，他要考虑自己是不是这样的作家。

徐：是的，这可能还是个人的风格问题，风格很多时候决定了一个作家的题材选择、矛盾设置、情感表达和人物塑造。 确实是不能一概而论。

田：一个好作家，总是相对狭窄，甚至反复重复地写一样的题材，一样的故事。一个人只能对特定的事物发言，要考虑写作的有效性，不要贪多贪全。现在早已不是大百科全书时代。

徐：我非常同意您的观点，但我总觉得，在风格一以贯之的前提下，如果能有不断的变化和探索，并能突破自己，有时候对一个作家也确实是考验。

田：这种变化和探索大都是细微的，渐进的，不可能一下子写出完全不一样的东西。就像画家画画，也有探索，但这在专业领域才可打量，普通大众，就认为李苦禅画鹰，张善孖画虎，黄胄画驴，标签化了，其中的探索，也视而不见。

徐：是的，写作也并不只是为了增加知识或获得某种真理，我们今天对文学的要求，早已过了50—80年代了。

田：我认为，要给写作找出最基本的动因，那只能是一些天生需要写作，也适合写作的人的生理发泄。

徐：某种程度上说，写作可能就是一种自我认同的方式吧。

田：这还是往上拔高的说法。有些人，不写就是手痒。有些人想写不能写，有些人能写不想写。既能写又想写，当然会成为作家。

徐：如果回过头来检视您自己的作品，不知您对自己的哪部作品最满意？您有没有想过按照您已有的哪种路子，或者哪一部作品继续写下去？比如说《天体悬浮》，还是《金刚四拿》，或者《做摇椅的男人》，我觉得这几部作品代表了您的小说的几种不同的倾向。

田：这个我不讲虚话，还是有满意的。长篇只有《天体悬浮》，中篇有《湿生活》《独证菩提》，短篇稍多，《衣钵》《夏天糖》《坐摇椅的男人》《氮肥厂》《金刚四拿》。

徐：那您有想过接下来怎样写吗，或者另辟蹊径？

田：走不了，比如一直想延续《衣钵》的写作，一直没法写出来，16年后写了《金刚四拿》，才算接上。

徐：看来，写作真不是像我们做研究这样，可以按计划来。写作者只能被写作带着走。有什么样的体验，就有什么的写作，看来只能是这样了。

田：非常感性，你根本不知道哪块云会下雨。好的作品都是意外，我写了才知道好坏。有的一下笔还激动，写着写着就发现难成器；而有的一开始写还随意，随着写作进行，逐渐展现出肌理，发现会是好作品，这才提起了精神。计划性太强，作品往往中规中矩。我的写作，失控状况很多，这是我的兴趣所在。写作像一次次赌石，切开才看有没有料。

徐：看来，很多时候，对一个作家来说，感性、体验远比计划和理性更重要。这也说明批评者和作家很少能有真正的一致了。

田：有时候，写完还不觉得好，发表以后有了反馈，甚至有了反馈再观察很长时间，才相信那是个好货。《衣钵》《金刚四拿》都是这样。

徐：期待您有更好的作品！谢谢！

跋 批评的"逆向生长"

一

虽然从事文学批评已有经年，但真正面对如何做批评这一问题还是第一次，这令我多少有些惶恐和困惑。我近乎强烈地感觉到，这几年写的很多批评文字似乎都并不能称之为批评文章，这是因为，我常常自觉不自觉地采用一种文学史的视角和眼光，也就是说我是在用文学史研究的方法做批评，而且，很多时候我总在刻意回避评价和判断，立场和态度上也颇含糊，这对批评文章的写作来说，多少显得有些避重就轻；批评显然要有评判，好就是好，不好就是不好，只要言之成理，即使是严厉的批评也未尝不可。

但我有时候也在想，批评就一定要立判高下吗？批评不可以回避，或者说隐藏自己的判断吗？仅仅表明自己的立场和态度是很容易的，有好说好，有坏说坏，这些似乎也并非难事。问题在于，作家为什么要或会这么写而不是那么写？他的创作是否有若隐若现或者说贯穿始终的某一倾向？这一倾向的背后是否有时代、社会的语境、上下文隐匿其间？等等。对于这些问题，仅仅就作家的某一作品来谈显然是无法正面或全面回答的，这时就需要结合作家此前的作品，把它们置于前后贯穿的脉络当中去，只有这样才能更好地把握和厘清作家创作的线索和承继递变关系。这样一种承继递变，作者可能没有意识到，或者即使意识到，也没有明确或清晰地表达出来，或者只是一种倾向甚至意向。就此而言，批评家需要发现作家自己所没有发现或意识到，但实际上又确确实实地存在于作家的脉络当中的起承转合。比如说作家方方的《软埋》。我在这部发表于 2016 年的新作中看到了作家写作于 20 多年前的小说《落日》(2004)的倒影：两部小说在对临死的老年主人公弥留之际的意念的处理上存在共通之处。两者之间横亘有 20 多年，作家自己可能早已忘记，但若从其整个创作历程来看，这种关联却又存乎其中时隐时现。因此，我认为，对于批评家来说，他所需要做的就是把作者所没有意识的，或虽然意识到，但还没有表达出来的那一部分用批评家自己的文字表达出来。某种程度上，我认为批评就是一种发掘工作，是一种文学上的考古学。

这就意味着批评也是一种阐释，而不能仅仅被视为翻译。批评家所做的工作不是复原或还原，如果说复原或还原可以称之为翻译的题中应有之义的话。事实上也不可能还原，因为假使作家自己都没有意识到的话，批评就可能是一种再创作。这既是一种提升，也是一种对话：作家与批评家之间的，以及批评家与作品之间的对话。虽然有些时候作家自己并不一定认同，但只要言之成理，只要是立足作品或从作品的解读中得出，这样的批评就有它的存在价值。因为，如果批评只是用作家的文字，或他们喜欢的方式方法的话，这样的批评就只能是作品的附庸，自然也就可有可无了。而事实上，就表达的形象和文采而论，批评家常常要逊于作家。这就要求批评家使用自己的文字，批评家必须要有一套属于自己而非作家的术语和范畴。批评家必须清晰且明确地表明自己的意思，虽然这意思不一定是评判。批评家必须使用理性思维，而不是形象思维。从这个角度看，批评家和作家永远都只能是一种错位的对应关系，他们彼此因应，但永远不可能重合。这也不难想象，批评家和作家之间，即使是关系最好的时候，他们之间也相隔甚远。

二

当然，真正回避评判的批评是不可能的。我的意思是说，批评虽然围绕某一作品展开，但若仅仅就这部作品谈这部作品，显然是无法判断其优劣，也无法发掘其新变与传承的。要想建立一种变与不变的辩证关系，就有必要在一个宏阔的视野内展开。本着这样一种理解，我认为批评可以以一种逆向式的方式展开。对于这种批评我想把它称之为“逆向批评”。所谓“逆向批评”是指，这是以所评论的对象作品作为逆向的起点的批评方式。作为逆向的“起点”，所评论的作品既是分析的坐标，也是叙述的起点。把它当成坐标，是想借此反观作家此前的创作，力求找出其中的内在关联或共同倾向，以此回溯或重构出一个作家的发展脉络来。这是以所评论的作品作为叙述的“起点”的脉络，同时也是分析的“终点”。说它是终点，是想从作家作品的脉络中归纳、梳理和发掘出作家写作这部作品的线索。沿着这一线索，作家此前的作品，都是奔向所评论的作品而来。这也意味着，他此前的作品和他后来的作品某种程度上构成一种前世今生的关系。

这样的回溯是想建立一种解读作品的阅读期待和“前理解”。表面看来，这是一种循环式的做法，是一种在回溯和既往的双向进程中把握对象。但这样的回环往复是为了更好地展开对批评对象的辨析：既辨析其传承，也注意到可能有的新变和突破。只有这样，我们才能更好地把握作者在这部新的作品中是否有所创新，创新到什么程度。这是一种从动态的角度对作品的把握和定位，因而也就要求我们对作家其他作品展开通读，同时也要尽可能地把这一作品放在整个文学史——中国的或者外国的——的脉络中去考察。只有这样，才能真正做到对这一部作品的全面把握，而不仅仅是评判。从这个角度看，批评也是文学史的考察。这是以所评判的对象为中心所建构起来的文学史。

三

显然，如此一番“前理解”的建构最终是为了有效分析和把握作品，所以对于文学批评来说，最为头痛和关键的可能是如何定位作品的问题了。因为如果定位不准，或者说定位不明，这样的批评就可能是一种摇摆不定或举棋不定，标准上的模糊、理论上的抵牾，甚至评判上的前后矛盾，都会时有发生。当然，这也并不是说批评不可以有不同的标准，也并不意味着批评可以舍弃理论不用。诚如余华在一篇创作谈中提出的作者和读者的“签约说”所言，批评家只有先同作品达成某种约定和共识，然后才有可能对其展开有效而准确的分析、论述和评判。比如说莫言的《蛙》，对于这一作品，显然是既不能用现代主义的“成规”加以阐释的，也是与作家本人的《生死疲劳》等小说所不同的另一种风格。这一小说与莫言早期的《透明的红萝卜》等小说类似但又不尽一致。同样是写实的框架，《透明的红萝卜》突出的是感觉的真实，至于事件和情境本身，是作者所不关注的。《蛙》显然走的是另一种路子，它更注重的是事件本身的真实，以及与此有关的情境的真实。对于这样一部作品，准确的定位应该是把其置于贾平凹的《废都》《白夜》《老生》，苏童的《河岸》《黄雀记》等小说中去，而不是阎连科的所谓的“神实主义”小说，就这部作品而言，写实是基底和本体论，写虚是方式方法。概言之，对于这样一部作品，有必要把它放在传统现实主义和融贯现代主义技法之后的现实主义相交叉的角度加以考察。只有这样，才能精确地把握其渊源、发展、传承和作者的原创性。

但这也带来一个难题，即所谓定位上的多元化导致的批评标准的多样和评判上的交叉游移。批评家会对作家的同一部作品在不同文章中采取不同的评判标准。其结果，作家的某一作品，在批评家的某一篇文章中可能会以肯定的态度出现，在另一篇文章却被断然否定。同样，批评家可能会在某一篇文章中突出作家的其中一部作品，而在另一篇文章中突出作家的另一部作品。这样一种交叉游移是否可以理解为批评家的前后矛盾甚或滑头呢？显然事实并非如此简单。这似乎并不仅仅是批评家的问题，因为所谓批评的标准的多样，是由作品的多样化造成的。一部作品可以从不同的角度、不同的脉络把握，自然会有不同的定位及结论上的不同。除非批评家只就其中的某一倾向、潮流或主义展开，或者只选择自己感兴趣的作品评论。如若批评家兴趣广泛，或有宽阔的阅读面，不拘泥于某一流派、潮流或主义，其批评的标准的多样化便是不可避免的。

其实，批评的标准的多样甚或评判的交叉游移并非问题的症结所在，真正至关重要的是文学批评背后的问题意识的有无。问题意识的有无，及其能否同时代、社会之间展开一种有效的呼应、互动，这在某种程度上是困扰文学批评的关键和难点所在。“逆向批评”在展开其文学史式的多重脉络的梳理和分析时极有可能造成问题意识的阙如，因此，如何在一种文学史式的脉络展开和时代意识的发掘之间达成某种平衡，就成为制约“逆向批评”的关键所在。这是我这几年的文学实践中深感困扰的地方，也是我极想有所突破的方向。我虔诚地期待一种带着时代的问题意识的批评产生！

后 记

这是我的第四本书。虽然书中的文章皆是断断续续写出，但关联着我近几年来的思考，它们之间有着一以贯之的内在联系。我的博士论文题目是《八十年代小说创作与青年问题》，博士毕业后，我的研究兴趣开始转移，很大一部分精力用在了文学批评的写作上，但其中关注最多的，是以“70后”和“80后”创作者为主的青春文学。也就是说，文学写作中的青春和青年问题，始终是我最近几年来的研究重心所在。

虽然，青春和青年，难免与幼稚、狂热、盲目以及冲动联系在一起，但它们无疑也预示着希望、未来和种种可能。这是一体两面的存在。就像这本书里我写的以上文章，自然有诸多浅薄或粗疏之处，但其中倾注了我的热情、我的尝试和我的努力，我仍旧很珍视它们。某种程度上，青春和青年的价值，正在于它是未完成的，有着种种可能和可塑性。比如说，就在我写下这篇后记的时候，书中论述到的“80后”作家张悦然和“70后”作家石一枫，他们最近几年的创作如张悦然的《茧》《大乔小乔》和《天鹅旅馆》，石一枫的《特别能战斗》《心灵外史》《借命而生》等，都充分显示出作家的不竭的创造力和艺术上的成熟大气。这也说明，当我写作这篇后记的时候，书中的很多观点其实、可能或已经过时且不具备阐释力。这也就是说，我这本书出版的时候，可能已经意味着它的腐朽。如果青春文学能以它迈向成熟的加速度来推动我这本书的速朽，我这本书的价值就已经实现了。它的意义正在于它的中间物的身份：它的出版标志着它的观点的过时。我期待这一天早一点到来!

尽管如此，在本书出版之际，仍有必要对以下师友和贵人表示我的诚挚的谢意。他们是《南方文坛》的张燕玲老师、《当代作家评论》的韩春燕老师、《西湖》的吴玄老师、《上海文学》的来颖燕老师、《创作与评论》的马新亚老师、《上海文化》的张定浩老师，以及《山花》的李晁兄和《百家评论》的赵丽凤老师等等。没有他们的厚爱和慷慨，这本书中的文章不可能顺利发表出来。在这里，还要感谢张涌泉院长等学院领导，没有院领导们的大力支持，这本书也不能得以顺利出版。最后，要特别感谢吴义勤老师！吴老师对年轻后辈的大力提携和帮助，让人敬佩和感动。谢谢吴老师！

是为记。

徐　勇

2018年5月17日　于浙江师范大学

图书在版编目(CIP)数据

所有坚固的一切都将永驻:青年文学与"80后"写作/徐勇著.—上海:上海人民出版社,2018
(地火文学批评丛书)
ISBN 978-7-208-15222-9

Ⅰ.①所… Ⅱ.①徐… Ⅲ.①中国文学-当代文学-文学创作研究 Ⅳ.①I206.7

中国版本图书馆CIP数据核字(2018)第112624号

责任编辑 屠毅力
装帧设计 张志全工作室

地火文学批评丛书
所有坚固的一切都将永驻
——青年文学与"80后"写作
徐 勇 著

出　版 上海人民出版社
(200001 上海福建中路193号)
发　行 上海人民出版社发行中心
印　刷 上海商务联西印刷有限公司
开　本 635×965 1/16
印　张 20
插　页 5
字　数 270,000
版　次 2018年7月第1版
印　次 2018年7月第1次印刷
ISBN 978-7-208-15222-9/I·1730
定　价 68.00元